새움

작가의 말

사람들은 세월이 흐르면 상처는 아물어지고 잊혀지다가 결국 치유되는 것이라고, 쉽게 생각해버린다. 그렇게 생각하는 것이, 이 복잡한 세상에서 살아가는 데 편리하기 때문일 것이다. 하지만 과연 그럴까. 거기에는 자기 부정과 비굴한 타협 같은 것은 없는 것일까.

생각하기도 싫은 그것을 지금 다시 굳이 꺼내 말썽을 피울 필요가 뭐 있느냐는 무책임한 질책을 하는 사람도 있을 것이다. 이른바 극우라는 계층이 토해내는 강자의 논리에 굴종하는 비굴함이 만연해 있는 사회에서는 충분히 그럴 수 있다. 하지만 나는 그 생각하기도 싫은, 너무 오래되어 곰팡이까지 낀 그것을 햇볕에 꺼내는 일이 지금까지 너무도 부족했음을 절감했고, 그래서 이번 작품을 집필하게 되었다.

1950년 한국전쟁으로부터 30년이 지난 1980년대 군부독재에 이르는 시기는 전쟁의 상처가 아물기는커녕 곪을 대로 곪아 고름이 질질 흐르는 그것을 임시방편으로 가마때기로 덮어두었을 뿐이었다. 그것을 들춰보거나 거기에 대해 언급하는 것 자체를 엄단했기 때문에 학살당한 양민들의 유족은 묘비마저 제대로 세우지 못한 채 숨을 죽이고 살아야 했다.

계엄령의 밤

계엄령의 밤

개정판 1쇄 발행 | 2025년 3월 15일

지은이 김성종
발행인 한명선

책임편집 김수경
제작총괄 박미실
디자인 모리스

주소 서울시 종로구 평창길 329(우편번호 03003)
문의전화 02-394-1037(편집) 02-394-1047(마케팅)
팩스 02-394-1029
전자우편 saeum2go@hanmail.net
블로그 blog.naver.com/saeumpub
페이스북 facebook.com/saeumbooks

발행처 (주)새움출판사
출판등록 1998년 8월 28일(제10-1633호)

ISBN 979-11-7080-066-8 03810

군부독재의 악랄함을 상징적으로 보여주는 것이 바로 계엄령이다. 날카로운 총검을 든 채 요소요소에 서 있는 계엄군의 살벌한 모습은 그 자체가 공포였다. 군부는 걸핏하면 계엄령을 발동, 공포를 통해서 국민을 통제했고, 사찰 기관들은 제철을 만난 듯 신이 나서 거리를 휘젓고 다녔다.

한국전쟁으로부터 군부독재로 이어지는 30여 년에 걸친, 감추고 싶은 그 상흔을 누더기처럼 온몸에 걸친 채 생존해온 한 여인을 창조하는 작업은 나에게 감동적이면서도 깊은 슬픔을 안겨주었다. 거기에 계엄하의 엄혹한 사회에 적응하지 못하고 오히려 온몸으로 부딪쳐 절망 속으로 자신을 내던진 한 젊은이의 삶은, 두 영혼의 연결고리로 인해 그 참담한 시대의 비극을 극한으로까지 몰고 가는 상황에 이르게 되었다.

계엄하의 그 살벌한 상황에서 벌어지는 인간들의 절망적인 몸부림과 저항을 그린 작품이 별로 없는 초라한 한국 문학에 이 작품이 조그만 불씨가 되어 이제라도 계속 말썽을 피우는 작품들이 쏟아져 나오면 얼마나 좋을까.

2017년 1월

김성종

차례

절름발이 창녀

막일꾼들로 보이는 남루한 차림의 사내 두 명이 골목 안으로 들어섰다. 추적추적 비가 내리고 있었지만 그들은 비를 피하려고도 하지 않은 채 골목 안을 휘둘러보았다. 희미한 가로등이 드문드문 서 있을 뿐이어서 미로 같은 골목은 어둠 속에 잠겨 있었다.

"쉬었다 가세요."

창녀가 가로등 불빛 속으로 모습을 드러내며 고양이 같은 목소리로 말했다. 삼십대의 일꾼들은 여자를 아래위로 살펴보았다. 여자는 몸을 팔기에는 너무 늙고 추하고 연약해 보였다.

"얼마야?"

납작코에 몸집이 큰 사내가 술 냄새를 풍기며 혀 꼬부라진 소리로 거만하게 물었다.

"만 원만 줘요. 긴 밤은 2만 원……."

"2만 원 좋아하네."

무안을 당한 창녀는 비굴하게 웃어 보였다. 그러자 키가 작은 사내가 싼 맛에 구미가 동하는지 쭈뼛거리다가 여자를 따라나섰다. 여자는 오른쪽 다리를 심하게 절고 있었다.

"야, 병신이잖아."

납작코가 동료의 팔을 잡아끌었다.

"야, 재수 없어. 딴 데로 가자. 널려 있는 게 여잔데 왜 하필 병신을……."

"병신이면 어때. 구멍은 다 똑같은데."

"재수 없단 말이야. 널려 있는 게 여잔데 왜 하필 병신이야."

"싸잖아."

"싸고 괜찮은 애들 얼마든지 있어."

납작코는 동료의 등을 떠다밀었다.

늙은 창녀는 손님이 따라오지 않자 돌아서서 그들이 사라지는 모습을 물끄러미 바라보았다. 자주 겪는 일이기 때문에 쉽게 단념하고 또 다른 손님을 기다린다.

늙은 얼굴이 불빛에 드러나면 사내들이 질겁하고 도망치기 때문에 그녀는 불빛을 피해 처마 밑에 몸을 숨긴다. 처마 밑에 서 있으면 비도 피할 수 있어 좋다. 그녀는 지금까지 무엇인가를 기다리며 쭉 살아왔기 때문에 기다리는 데는 익숙하다. 비가 내리고 있기 때문에 으스스 한기가 느껴져 어깨와 목을 움츠린다.

"쉬었다 가세요."

이 말에 남자가 걸음을 멈추면 그녀의 입에서는 자동적으로 다음 말이 흘러나온다.

"싸게 해드릴게요."

그러나 정말 가난뱅이가 아니면 그녀를 안으려고 하지 않는다.

사내들이 기피하는 늙은 창녀는 그러나 매일 밤 거기에 나와 손님을 기다린다.

처마 밑에 움직이지 않고 우두커니 기대서 있으면 그녀는 어둠의 일부가 되어, 어둠에 잠겨 존재 자체가 사라져버린 것 같다. 무료해진 그녀는 주머니에서 피우다 만 담배꽁초를 꺼내 불을 붙인다. 담뱃불이 어둠 속에서 유난히 빨갛게 타오른다. 담배 연기가 어둠 속으로 홀연히 사라지는 것을 그녀는 멀거니 바라보다가 한숨을 길게 내쉰다. 문득 자신을 기억해주고, 자신을 찾는 사람이 이 넓은 세상에 아무도 없다는 것을 알자 그녀는 그 끔찍한 외로움에 몸부림치고 싶어진다.

"놀다 가세요."

그녀는 거의 기계적으로, 지나가는 남자들에게 말을 건다. 그녀의 호객하는 소리는 공허한 울림에 지나지 않는다. 남자는 그녀를 힐끗 쳐다보고 그냥 지나쳐 간다. 젊고 예쁜 여자를 찾아서.

"쉬었다 가세요. 싸게 해드릴게요."

목소리는 빗소리에 젖어 한없이 꺼져들고 있었다.

도망자

행인 몇 명이 게시판에 붙어 있는 벽보를 열심히 보고 있었다. 그들은 일행인 듯했고, 심각한 표정으로 그 앞에 서 있었다. 그도 멈춰 서서 어깨 너머로 벽보를 바라보았다.

수배 벽보에는 그의 사진도 함께 크게 실려 있었다. 수배자가 바로 뒤에 서 있는데도 사람들은 그것도 모르고 벽보만 바라보고 있었다. 그럴 수밖에 없는 것이 그는 챙이 달린 청바지 색깔의 낡은 마도로스 모자를 눌러쓰고 있었고, 거기다 검은색 뿔테 안경까지 끼고 있어서 벽보에 실린 사진과는 영 달라 보였다. 벽보 사진은 안경을 끼지 않았고, 길쭉한 얼굴에 눈썹이 짙고 그 아래 두 눈은 크고 겁먹은 듯이 보이기도 하고, 그러면서도 깊은 빛을 담고 있는 듯했다. 턱 주위는 시커먼 털로 뒤덮여 있었다.

게시판에서 물러난 그는 건널목에 이르자 조금 망설이다가 신호등을 무시하고 재빨리 차도를 가로질러 뛰어갔다. 오른쪽에서 맹렬한 속도로 질주해오던 헌병 지프차가 거칠게 경적을 울리며 지나갔다. 헌병 하나가 열린 차창을 통해 욕설을 퍼붓는 것 같았지만 너무 빨리 달려갔기 때문에 잘 알아들을 수가 없었다. 그들

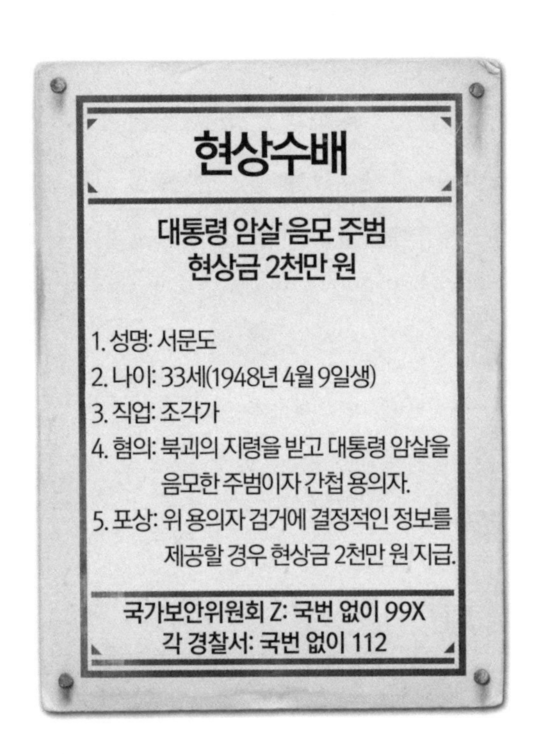

은 제 세상을 만난 듯 활개 치며 돌아다니고 있었다.

비를 피해 처마 밑으로 뛰어든 그는 꼬나물고 있던 담배꽁초를 길바닥에다 버리고 나서 어깨를 웅크렸다. 그리고 재빨리 주위를 살폈다.

밤 11시가 가까운 종로 거리는 귀가를 서두르는 사람들과 차량들이 이미 썰물처럼 빠져나갔기 때문에 썰렁해 보였고, 어둠과 함께 고인 물 같은 적막감이 유령처럼 떠돌고 있었다. 거기다 비까지 세차게 내리고 있었다.

오늘 밤은 어디서 자지? 그는 무심코 자신에게 물어보고 나서 자신의 초라한 신세에 화가 났다. 어쩌다가 내가 이렇게 됐지? 그것은 스스로 자초한 일이었기에 누구를 탓할 것도 없었다. 하지만 언제까지 붙잡히지 않고 이렇게 도망자 생활을 할 것인가, 그리고 과연 언제까지 버틸 수 있을까 하는 데까지 생각이 미치면 앞이 캄캄해지면서 절망감이 엄습해오는 것이었다.

그의 뒤로는 비좁은 계단이 있었고, 벽에는 '백화다방 2층'이라는 글귀가 빨간색 페인트로 비뚜름하게 적혀 있었다. 그는 지친 걸음으로 계단을 올라가 낡은 목재문을 밀고 안으로 들어갔다. 문짝은 틀이 제대로 맞지 않아 제법 큰 소리를 내며 삐걱거렸다. 손거울을 들여다보며 부지런히 얼굴을 매만지고 있던 뚱뚱한 오 마담이 눈을 동그랗게 뜨면서 몸을 일으켰다.

"어머, 오랜만에 오셨네요."

"오랜만이에요."

그는 어색하게 미소를 지으면서 중간쯤 되는 자리에 가서 털썩 앉았다.

다방 안은 마담과 차 심부름을 하는 앳돼 보이는 소녀만이 있을 뿐 손님 하나 없이 텅 비어 있었다.

"커피 드시려구요?"

오 마담이 경계의 눈빛을 번득이면서 벽에 걸려 있는 낡은 시계를 힐끗 쳐다보았다. 그는 당연하다는 듯 고개를 끄덕였다.

"한 잔 줘요."

"곧 시마이해야 하는데……"

마담은 문 닫을 시간에 나타난 손님이 하나도 반갑지 않다는 표정으로 말했다.

"조금 있으면 문 닫아야 해요. 그 안에 마실 수 있겠어요?"

그녀는 통금 때문이라는 말은 생략하고 있었다. 다 알고 있는 일이기 때문에 굳이 말할 필요가 없었던 것이다.

"금방 갈 테니까 한 잔 줘요."

다방 일을 끝낸 여자들은 통금 시간이 되기 전에 서둘러 집으로 돌아가야 하는 부담을 안고 있었다. 밤 11시가 지났는데도 여자들이 아직 퇴근하지 않고 있는 것을 보면 숙소가 인근에 있는 것 같았다.

마담이 소녀를 데리고 안으로 들어가는 것을 보고 그는 담배를 피워 물면서 주위를 둘러보다가 옆 탁자 위에 놓여 있는 신문을 집어들었다. 그것은 J일보 호외였다.

1980년 5월 25일 일요일

김재규 교수형

박선호·이기주·유성옥·김태원도

어제 서울구치소에서 집행

고 박정희 대통령 시해 사건의 김재규(54·전 중앙정보부장) 등 5명에 대한 사형이 24일 오전 서울구치소에서 교수형으로 집행됐다고 계엄사령부가 발표했다. 이날 형 집행에는 검찰관, 검찰서기, 서울구치소 관계관, 목사, 신부, 승려 등이 입회했다.

김재규, 박선호(46·전 중정의전과장), 이기주(32·전 중정경비원), 유성옥(37·전 중정운전기사), 김태원(33·전 중정경비원) 등 범인 다섯 명 중 김재규는 내란목적살인 및 내란수괴 미수로, 박선호·이기주·유성옥·김태원 등 4명은 내란목적살인 및 내란주요임무종사 미수죄로 육본계엄보통군법회의와 육본계엄고등군법회의에서 각각 사형을 선고받고 2월 5일 대법원에 상고했는데, 지난 20일 상고가 기각됨으로써 사형이 확정되었으며, 상고기각 4일 만에 형이 집행된 것이다.

카운터 뒤에 있는 조그만 방으로 들어가자 마담은 소녀의 어깨를 다급하게 잡아 흔들면서 입에다 손가락을 갖다댔다.

"차는 내가 준비할게. 빨리 경찰에 전화해. 간첩이 왔다고 빨리 신고해!"

"네에?"

어리둥절해하는 소녀에게 조용히 하라고 윽박지르면서 그녀는 잔뜩 흥분한 목소리로 다시 한 번 말했다.

"저 사람 간첩이니까 경찰에 빨리 신고하란 말이야!"

"간첩이라구요? 아이구, 무시라. 전 그런 거 못해요. 손님인디 으떻게……."

"아이구, 이 빙신, 내가 신고할 테니까 나가서 커피나 줘. 손님 의심 사지 않게 잘해야 해."

간첩 하나 신고하면 포상금이 얼마인 줄 아니? 이 말을 하고 싶은 것을 꾹 참으면서 그녀는 소녀가 나가자마자 전화기 앞으로 다가앉아 다이얼을 돌렸다.

그녀가 서문도를 간첩이라고 생각한 것은 일 년 전쯤 신문을 보고서였다. 신문에는 대통령 암살 모의를 도모한 조직이 일망타진되었다는 기사가 대문짝만 하게 실렸는데, 범인들 사진 가운데 한 명이 바로 서문도였던 것이다. 범인들은 북괴의 사주를 받은 간첩들로 수 명이 체포되고 주범 서문도는 도주 중으로 수사기관이 뒤쫓고 있다고 했다. 마담은 그가 다방 안으로 들어서는 순간 첫눈에 그를 알아보았던 것이다.

일 년 전까지만 해도 그는 단골손님으로 백화다방에 자주 드나들었다. 거기다 지금은 그만두고 없지만, 한때 레지로 일했던 은혜라는 아가씨와 그렇고 그런 사이였기 때문에 인상에 박혀 있었던 것이다.

스물한 살의 은혜는 순박하기 짝이 없는 촌뜨기였다. 일 년간 공순이 생활을 하다가 도중에 갑자기 다방 레지가 된 것은 같은 고향 출신 다방 여주인의 간곡한 권유 때문이었다. 얼굴이 예쁜 데다 아직 닳은 데가 없이 순진한 그녀는 손님들이 찾는 전형적인 아가씨였다. 예상했던 대로 다방 일을 시작하자마자 손님들의 인기를 독차지한 그녀는 하루 종일 그들의 집적거림에 시달려야 했다. 나이가 많고 적고를 떠나 남자 손님들은 하나같이 그녀를 어떻게 해보겠다고 갖가지 수작을 다 부리곤 했고, 그런 그들을 뿌리치느라고 그녀는 몸살이 날 지경이었다. 그러던 그녀의 눈에 비로소 문도가 보인 것은 한참이 지나서였다. 남자는 다 똑같고, 진절머리가 나는 존재들이라고 여기고 있던 판이라 처음에는 커피잔만 날라 주고 거들떠보지도 않았는데, 어느 날 문득 구석 자리에 앉아 조용히 책을 읽고 있는 그의 모습이 눈에 띄었던 것이다. 그러고 보니 그는 다른 남자들처럼 그녀에게 집적거리거나 말을 건 적도 없었고, 항상 똑같은 구석 자리에 앉아 두어 시간 정도 말없이 책을 보거나 무엇인지는 몰라도 글을 쓰다가 가곤 했다. 사람이 너무 조용해서 다방 종업원들은 그를 그림자라고 불렀다. 가끔씩 그림자를 찾아오는 사람들이 있었고, 그들은 한참 동안 그림자와 밀담을 나누다가 돌아가곤 했다. 은혜가 볼 때 그림자는 그 모임의 리더인 것 같았고, 그를 찾아온 사람들은 모두 그 앞에서 고분고분하게 구는 것 같았다.

은혜가 그림자에게 바짝 마음이 끌리기 시작한 것은 그에게서 책 한 권을 선물로 받고서부터였다. 난생처음 책을 선물로 받은 그녀는 감격했고, 그때부터 그림자에게 남다른 관심을 품게 되었던 것이다. 은혜가 시를 좋아하는 것을 알게 된 그는 그녀에게 릴케의 시집 〈두이노의 비가〉를 사주었고, 그것을 받은 그녀가 좋아서 어쩔 줄 모르는 것을 보고 그 뒤에도 계속해서 릴케의 다른 시집 〈마리아의 생애〉며 〈진혼곡〉 같은 것들을 어렵사리 구해주었다. 얼마 후 그녀는 그림자가 혼자 살고 있는 촌집에까지 놀러 가게 되었고, 방문 횟수가 늘어나면서 돼지우리처럼 어질러져 있는 집을 치우고 그를 위해 밥상을 차려주기도 하다가 결국은 잠자리까지 같이했다. 그는 서울에서 가까운 경기도 고양에 있는 시골의 외딴집에서 혼자 살고 있었는데, 마을 앞에 바로 기차역이 있기 때문에 서울로 나들이하는 데는 별로 불편함이 없었다. 넓은 마당 한쪽에는 양철판으로 벽을 덮은 큼직한 건물이 하나 있었는데 꽤 오래된 듯 곳곳이 녹슬고 찢겨나가 안쪽의 흙벽이 일부 무너져 있었다. 그것은 정미소 자리로, 그곳을 그는 작업실로 이용하고 있었다. 꽤 넓은 실내 바닥에는 온갖 쇠붙이가 널려 있었는데, 처음 그것들을 본 은혜는 그림자가 그것들을 모아서 파는 모양이라고 생각했다. 하지만 나중에 알고 보니 그는 철판을 가스 불로 자르고 붙이고 해서 무슨 괴물 같은 것들을 만들고 있었다. 그러니까 그는 철로 조각 작품을 만들고 있었다. 한밤중에 일어나 땀을 뻘뻘 흘리면서 철판을 잘라 붙이고 망치로 두드려대는 그의 열정에 놀라기도 하면서 한편으로는 저런 괴물 같은 것들이 팔리기나 할까 하고 의구심이 들기도 했지만, 놀랍게도 그의 작품들은 심심찮게 팔려나가고 있었다. 그것도 상당히 비싼 값으로.

그런데 그의 작품을 사가는 사람들은 주로 일본인들이었다. 그들은 한국까지 건너와 작품들을 본 뒤 작가가 요구하는 금액을 지불하고 그 무거운 것들을 배 편이나 항공 편으로 실어 날랐다. 금액이 적은 소품들은 사진만 보고 구입하기도 하는 것 같았다. 한번은 서울의 유명 화랑에서 초대전을 열었는데 그때 나온 팸플릿을 보고서야 그녀는 그림자의 이력을 조금은 알게 되었다. 거기에는 그가 도쿄와 뉴욕에서 대학을 다니고 작품 활동을 한 것 등이 소개되어 있었다. 그는 외국에서도 상을 여러 개 받은 젊은 작가로, 외국의 평론가들이 뽑은 20세기의 가장 주목할 만한 세계의 조각가들 안에 들어가 있을 정도로 유명했다. 하지만 한국에서는 그의 작품들이 별로 주목을 받지 못하고 있었다. 그의 철제 작품들의 가치를 제대로 알아보는 사람들이 없었기 때문이다.

오 마담이 은혜가 임신한 것을 알게 된 것은 그녀가 입덧하는 것을 목격하고서였다. 애 아빠가 그림자 그놈이 아니냐고 추궁하자 그녀는 마지못해 고개를 끄덕였다. 그런데 은혜가 갑자기 다방을 떠난 것은 그녀가 임신했기 때문이 아니었다. 어느 날 수사관들이 들이닥쳐 그녀를 끌고 갔기 때문이었다. 그뿐만이 아니었다. 그들이 오 마담을 상대로 그림자가 다방에서 무슨 일을 했는지와 그림자가 만나던 사람들에 대해 꼬치꼬치 캐묻는 바람에 그녀는 혼이 빠져 정신을 차릴 수가 없었다. 그림자가 갑자기 백화다방에 발을 끊은 것은 그런 일들이 있기 수일 전이었다.

수사기관에 끌려간 은혜는 그림자의 행방을 대라는 수사관들의 닦달에 한동안 곤욕을 치러야 했다. 그녀를 발가벗겨놓고 며칠 동안 잠도 재우지 않은 채 고문하던 그들은 그녀한테서 아무런 정보도 얻어낼 수 없다는 것을 알고 결국 그녀를 풀어줬다. 하지만 그녀는 백화다방에는 더 이상 일하러 오지 않았다.

"왜 이렇게 오랜만에 오셨어요?"

급하게 뽑아낸, 담배꽁초를 풀어놓은 것 같은 커피잔을 조심스럽게 들고 가는 소녀를 밀어내고 대신 잔을 받아 문도 앞에 내려놓으며 마담이 물었다.

"좀 바빴어요."

커피를 빨리 마시기 위해 그는 거기다 입을 대고 후후 불었다.

백화다방에는 거의 일 년 만에 들른 것이었다. 그전에는 이삼일에 한 번꼴로 드나든 단골 다방이었었다. 마담이 그의 표정과 행색을 살피다가 입을 열었다.

"많이 마르셨네요."

거기에는 대꾸하지 않은 채 그는 은혜에 대해서 물었다.

"은혜 연락처 좀 알 수 없을까요?"

간절한 눈으로 자기를 쳐다보는 것을 매정하게 밀어내면서 그녀는 고개를 저었다.

"몰라요. 태어난 지 얼마 안 된 아기를 안고 한번 들렀었는데, 그 뒤로는 통 소식이 없어요. 아빠를 몹시 보고 싶어 하던데……."

그의 창백한 얼굴에 경련이 스쳐갔다. 그녀가 자신의 아기를 가졌다는 것은 도망자 생활을 시작하기 전에 이미 알고 있던 사실이었다. 하지만 그때 그는 분명히 은혜에게 아기를 지우라고 말했고, 그 말에 그녀가 흐느껴 울던 것이 생각나 그는 목이 잠겼다.

"아기를 낳았다구요?"

"몰랐어요?"

그가 고개를 흔들자 그녀는 혀를 찼다.

"너무하셨네요. 아들을 낳았는데, 아빠를 쏙 빼닮았더라구요."

아빠를 빼닮았다는 한마디가 그의 가슴을 후려쳤다. 그는 가슴이 아려 자기도 모르게 가슴을 움켜잡을 뻔했다.

마담은 힐끗 벽시계를 쳐다보고 나서 슬그머니 몸을 일으켰다. 신고하기 무섭게 경찰이 들이닥칠 줄 알았는데 기대와는 달리 시간이 너무 지체되는 것 같아 초조하기만 했다. 영미가 보이지 않아 그녀는 카운터 뒤로 가서 방문을 벌컥 열었다. 머리를 양 갈래로 땋아 늘인 소녀는 허둥대면서 수화기를 내려놓는다.

"여기서 뭐하고 있어? 무슨 전화야?"

"어, 엄마가⋯⋯ 아, 아프대요. 내일 집에 좀 가봐야겠어요."

오 마담은 눈을 흘기고 나서 "안에 있지 말고 빨리 나와." 하고 내뱉고는 문을 거칠게 닫았다. 얼떨결에 거짓말을 한 영미는 조금 전에 끊긴 통화를 마저 끝내기 위해 조심스럽게 수화기를 집어들고 어디론가 전화를 걸었다.

"언니, 저예요."

"응, 그래. 아까 그 말이 무슨 말이야? 문도 오빠가 거기 와 있는 게 사실이야?"

맞은편에서 은혜가 초조한 목소리로 물었다.

"네, 지금 마담 언니하고 커피 마시고 있어요. 그런데 오빠가 지금 위험해요. 마담 언니가 오빠가 간첩이라고 하면서 경찰에 신고를 했어요. 곧 있으면 경찰이 올 거예요. 어떡하죠?"

"아, 안 돼! 그건 안 돼! 오빠는 간첩이 아니야! 빨리 도망치라고 해! 그리고 오빠한테 내 연락처 가르쳐줘! 빨리!"

"간첩 신고를 해놓고 어떻게 오빠하고 저렇게 마주 앉아서 차를 마시고 있죠? 마담 언니는 악녀예요."

"경찰 올 때까지 시간 끌려고 그러는 거야. 오빠한테 빨리 도망치라고 해!"

"아이, 어떡하지?"

영미는 나이는 어리지만 기민한 데가 있었다. 그녀는 은혜와 같은 고향에서 자라면서 은혜를 친언니처럼 따랐고, 무작정 서울로 올라와 오갈 데 없는 그녀를 거둬서 다방에서 일하게 해준 사람도 은혜였기 때문에 언니의 연인인 문도가 위험에 처한 것을 알면서도 모른 체할 수가 없었고, 그래서 언니한테 전화를 걸었던 것이다.

"언니, 전화 받으세요."

밖으로 나온 영미가 천연덕스럽게 하는 말에 오 마담은 담배를 피우다 말고 일어섰다.

"누구 전화야?"

"모르겠어요. 그냥 바꿔달래요."

마담이 방 안으로 들어가기 무섭게 영미는 문도의 팔을 거칠게 잡아당겼다.

"빨리 도망가세요! 마담 언니가 오빠를 간첩이라고 신고했어요! 경찰이 곧 올 거예요! 빨리 도망가요! 그리고 이거, 은혜 언니 연락처예요."

그녀는 신문 호외에다 전화번호를 갈겨썼다.

당황한 문도는 신문지를 찢어내 주머니에 쑤셔넣은 다음 영미의 어깨를 꽉 안아주면서 "고마워." 하고 속삭였다.

"조심하세요!"

영미는 밖으로 뛰쳐나가는 그를 향해 다급하게 소리쳤다.

그가 계단을 막 내려가려는 순간 위로 헐떡이며 올라오고 있는 검은 그림자들이 보였다. 몸을 피할 새도 없이 맞닥뜨린 것이다. 손에 들고 있는 시커먼 권총이 불빛을 받아 번쩍거리는 것이 얼핏 보였다. 그는 그것을 냅다 걷어찼다. 구둣발이 권총과 함께 상대방의 턱을 강타하자 그 충격에 앞장서서 기세 좋게 올라오던 자가 통나무처럼 맥없이 뒤로 나가떨어졌다. 그 바람에 뒤따르던 자들도 함께 뒤엉켜 계단 아래로 굴렀다.

탕! 탕!

총소리를 들으며 문도는 정신없이 계단을 뛰어올라갔다. 건물은 5층 높이로, 맨 위에는 옥상이 있었다. 옥상으로 통하는 철문은 다행히 잠겨 있지 않았다.

탕! 탕!

총소리가 좁은 계단 통로를 뒤흔들었다. 옥상으로 뛰쳐나간 그는 밖에서 문을 잠갔다. 그것으로 시간을 조금이라도 벌 수 있을 것 같았다. 그는 전에 백화다방을 출입할 때 바람도 쐴 겸 도주로를 살펴보기 위해 옥상까지 올라와본 적이 몇 번 있었다. 옥상 위에는 비바람이 소용돌이치고 있었다.

쾅쾅쾅!

이번에는 총소리가 아닌 철문을 두드리는 소리가 요란스럽게 들려왔다.

그는 옥상 구석 쪽에 있는 비상계단을 타고 조심스럽게 아래로 내려갔다. 철제 계단은 너무 오랫동안 방치되어 있었기 때문에 금방이라도 떨어져나갈 듯 흔들거렸다. 비상계단 아래에는 좁은 공간이 있었는데 하필이면 그곳에 개집이 있었다. 개집 앞에서는 송아지만 한 시커먼 개가 흰 이를 드러낸 채 무섭게 짖어대고 있었다. 다행히 개는 묶여 있었다. 한 사람이 겨우 빠져나갈 수 있는 좁은 통로는 높은 담으로 막혀 있었다. 계단 밑에까지 내려가면 개에게 물릴 것 같아 그는 세 계단 위에서 통로로 뛰어내렸다. 개가 입에 허연 거품을 물며 잡아먹을 듯이 짖어댔다. 통로의 중간쯤에 다행히 드럼통이 하나 놓여 있었다. 그는 그 위로 올라간 다음 담을 타고 그 너머로 뛰어내렸다.

탕! 탕! 탕!

머리 위에서 다시 총소리가 났고, 이어서 호각 소리가 요란스럽게 들려왔다. 그는 미친 듯 골목으로 내달았다. 미로처럼 얽혀 있는 골목을 무작정 달려갔다. 숨이 턱에 닿아 가슴이 터질 것 같았고, 다리에 힘이 빠져 더 이상 달릴 수 없게 되자 건물 참에 있는 계단에 털썩 주저앉았다. 총소리도 호각 소리도 더 이상 들리지 않는 것으로 보아 추격자들을 따돌린 것 같았다. 그때 통행금지를 알리는 사이렌 소리가 울리기 시작했다.

앵—

그것은 밤의 적막을 난폭하게 찢어발기며 어두운 하늘로 멀리 퍼져나갔다. 통금 사이렌이 울릴 때마다 신경이 날카로워진 그는 거의 노이로제 상태에 빠져 두 손으로 귀를 막곤 했다. 그러나 지금은 귀를 막는 대신 몹시 불안해하며 주위를 살폈다. 골목 안은 사람의 발길이 끊겨 있었지만, 통금 위반자를 단속하기 위해 경찰이나 계엄군이 금방이라도 들이닥칠 것 같아 그 자리에 앉아 있을 수가 없었다.

앵—

첫 번째 사이렌이 길게 꼬리를 이으며 사라지자 다시 두 번째 사이렌이 울렸다. 그는 벌떡 일어나 두리번거렸다. 어디쯤인지 짐작이 가지 않았다. 조금 걸어가자 큰길이 나왔다. 휑하니 뚫린 차도 위로 경찰차가 경광등을 번쩍이며 지나갔다. 뒤이어 헌병 지프가 쏜살같이 달려갔다. 아무래도 큰길을 건너가야 할 것 같았다.

건너편 어둠 속에 싸여 있는 골목 안으로 깊이 들어가 숨는 것이 안전할 것 같았다. 그가 지나온 골목 저쪽에서 날카로운 호각 소리가 들려오고 있었다. 뒤로 돌아가다가는 붙잡힐 것 같았다. 길 건너 골목 안으로 들어가면 몸을 숨길 곳이 있을 것이다. 밖에서 노숙할 수는 없었다. 그의 옷은 이미 푹 젖어 있었다. 그는 따뜻한 곳이 그리웠다. 아, 은혜. 갑자기 은혜가 못 견디게 그리웠고, 그녀가 낳았다는 아기를 보고 싶었다. 어떻게 생겼을까? 그는 온 힘을 다해 차도를 가로질러 달려갔다. 다행히 감시의 눈은 그를 미처 포착하지 못한 것 같았다. 그는 골목 안으로 정신없이 뛰어든 다음 숨이 차 헐떡거리면서 그것이 가라앉을 때까지 도둑고양이처럼 어두운 골목 안을 한동안 노려보았다.

통금이 시작됐지만 골목 안은 그래도 큰길보다는 조금 여유가 있는 편이다. 통금 사이렌이 울리면 큰길부터 차단되면서 길가에 경비 병력이 살기등등한 모습으로 쫙 펴지지만 그들의 감시가 골목 안까지 들어오는 데는 꽤 시간이 걸린다. 그것을 알고 있는, 통금에 발이 묶인 행인들은 황급히 골목 안으로 피신해서 잠잘 곳을 찾는다. 골목 안에 있는 숙박업소라야 싸구려 여관이나 여인숙이 대부분이지만, 그런 곳에서나마 하룻밤 새우잠을 잘 수 있으면 다행이다.

허둥대며 골목 안을 배회하던 문도는 갑자기 검은 그림자가 튀어나오는 바람에 깜짝 놀라 멈춰 섰다.

“놀다 가세요.”

앳된 목소리의 조그마한 소녀가 처마 밑으로 그의 팔을 잡아끌었다. 침침한 가로등 불빛에 비친 어린 창녀는 애처로운 눈으로 그를 올려다보았다. 그 가여운 모습이 순간적으로 그를 화나게 했다. 어린 소녀한테 강제로 매음을 시키고 그 피를 빨아먹는 악랄한 폭력에 전율이 느껴졌다. 한낱 창녀일 뿐인 이런 가련한 존재는 사회의 관심 밖에 버려져 있고, 전체주의 사회에서는 그런 존재를 언급하는 것조차 금지되어 있다. 인권을 이렇게 마음대로 유린하고 있는데도 불구하고 그것을 방치해두는 바람에 인신매매와 매음 시장은 호기를 맞아 독버섯처럼 창궐하고 있다. 그가 거칠게 팔을 뿌리치면서 밀어버리자 소녀는 쓰러질 듯 비틀거렸다.

"아, 미안해. 너한테 화낸 거 아니야."

"놀다 가세요. 싸게 해드릴게요. 손님 못 받으면 전 죽어요."

소녀는 울먹이며 그에게 필사적으로 매달렸다.

"제발 이러지 마. 미안해."

그는 소녀를 뿌리치고 걸음을 빨리했다. 마음이 아팠지만 할 수 없는 일이었다. 어린 소녀를 안고 잔다는 것은 차마 못할 짓이고, 더구나 그는 도주 중이었다. 그는 갑자기 울고 싶어졌고, 그런 기분에 젖어 계속 비를 맞으며 걸어갔다.

그러나저러나 그는 당장 잠잘 곳이 필요했다. 더 이상 멀리 간다는 것은 위험을 자초하는 일이었다. 그는 창녀촌 한가운데 있었다. 그가 머뭇거리자 여기저기서 창녀들이 손을 뻗쳐왔다. 값

싼 화장품 냄새가 코를 찔렀다. 당장 잘 곳도 없는데 창녀 방인들 어떤가. 그런 생각이 들었지만 그는 반사적으로 손을 뿌리치면서 다시 걸음을 빨리했다. 하지만 얼마 못 가 멈춰 서고 말았다. 더 이상 갈 수 없는 막다른 골목이었던 것이다. 발길을 돌려 왔던 길로 되돌아가려니 창녀들 가운데를 뚫고 지나가야 한다는 것이 더없이 부담스러웠다. 하지만 피해갈 수도 없었기 때문에 그는 마음을 단단히 먹고 발길을 돌렸다. 그때 어둠 속에서 작은 목소리가 들려왔다.

"쉬었다 가세요."

그것은 잘 들리지 않을 정도로 가냘픈, 병든 고양이 같은 목소리였다. 가로등 불빛을 피해 어둠 속에 가만히 서 있는 검은 그림자는 그를 잡으려고도 하지 않은 채 그 자리에 그렇게 숨어 있는 듯했다.

"쉬었다 가세요. 싸게 해드릴게요."

맥 빠진 목소리에 이어서 콜록거리는 기침 소리가 들려왔다. 콜록 콜록 콜록. 다른 창녀들은 놀다 가세요 하는데 그녀는 쉬었다 가세요 한다. 그 말에 그는 친근감을 느꼈다. 목소리는 가냘팠지만 어쩐지 연륜이 배어 있는 것 같았고, 기침을 참으려고 애쓰고 있는 것 같았다.

"비 맞지 말고 쉬었다 가세요. 싸게 해드릴게요."

그녀는 잘해드릴게요 하는 말도 덧붙였다. 너무 애절한 목소리였기 때문에 그는 차마 발길이 떨어지지 않았다. 그때 호각 소리가 날카롭게 들려왔다. 골목이 갈라지는 저쪽 끝에서 검은 그림자들이 호각을 불어대면서 다가오고 있었다. 그는 더 이상 머뭇거리고 있을 시간이 없었다.

"거기 서 계시면 안 돼요. 붙잡혀 가요. 빨리 오세요."

그녀가 다급한 목소리로 말했다. 그리고 가까이 다가와 그의 소매를 잡아끌었다. 비로소 그는 가로등 불빛에 드러난 그녀의 얼굴을 볼 수가 있었다. 그녀가 왜 불빛을 피해 어둠 속에 서 있었는지 알 수 있을 것 같았다. 그녀는 꽤 늙어 보였고, 거기다 추하기까지 했다. 노파라고 볼 수는 없었지만 사내들에게 몸을 팔기에는 나이가 너무 많아 보였다. 짙은 화장으로 그것을 가리고 있었지만 그의 눈을 속일 수는 없었다. 육십까지는 안 돼 보이고 오십은 넘은 것 같았는데, 어떻든 몸을 팔기에는 너무 나이 들어 보였다. 나이 든 늙은 여자가 그 나이 되도록 몸을 팔다니. 피치 못할 사정이 있겠지만 그것은 한마디로 비참한 모습이었다. 그는 팔리지 않는 그 늙은 창녀를 차마 외면하지 못하고 머뭇거리다가 그녀가 이끄는 대로 마지못해 따라갔다. 그녀를 뿌리친다는 것은 너무 잔인한 짓일 것 같았다. 더구나 그는 빨리 몸을 피해야 할 처지였다. 앞장서 가는 그녀는 한쪽 다리까지 절고 있었다. 그녀는 긴 치마를 입고 있었는데 다리 저는 것을 조금이라도 감추려고 그런 듯했다. 하지만 오른쪽 다리를 심하게 절고 있는 것을 금방 알아볼 수가 있었다. 절름발이 창녀라니. 그는 너무 기가 막혀 아무 말도 나오지 않았다. 콜록 콜록 콜록. 대문을 지날 때 그녀는 좀 심하게 기침을 했다.

대문 안쪽에는 손바닥만 한 조그만 마당이 있었다. 검은 고양이 한 마리가 별로 놀라지도 않은 채 어슬렁거리며 마당을 가로질러갔다. 배가 잔뜩 부른 것이 새끼를 밴 것 같았다. ㄱ자형으로 꺾어진 단층 건물 하나가 마당을 감싸듯이 서 있었는데, 거기에는 작은 방들이 다닥다닥 붙어 있었다. 손님을 많이 받기 위해 낡은 한옥을 개조해서 방을 여러 개 들인 것 같았다. 기와지붕 한쪽에서 뻗어내린 물받이 홈통에서는 빗물이 콸콸 소리를 내면서 쏟아지고 있었다. 방문 앞에 있는 마루 위에 나와 앉아 담배를 피우면서 잡담을 하고 있던 여자 두 명이 그들을 보자 입을 다물었다.

늙은 창녀가 안내한 방은 맨 왼쪽 끝에 있는 방으로 두 사람이 겨우 누울 수 있을 정도로 비좁아 보였다. 천장에는 붉은빛의 희미한 전등이 매달려 있었다. 방 안에서는 퀴퀴하고 습기 찬 냄새가 났다. 구석 쪽에는 접이식 조그만 밥상 같은 것이 놓여 있었고, 그 위에는 화장품 몇 가지와 자질구레한 물건들이 놓여 있었다.

"어차피 주무시고 가야 하니까 긴 밤 요금을 내셔야겠네요."

창녀가 먼저 화대부터 내라는 듯 말했다.

"얼마죠?"

"만 원이에요."

"싸게 해준다고 해서 따라왔는데……."

그는 난처한 듯 주머니를 뒤적거렸다.

"싸게 해준 거예요. 긴 밤은 2만 원인데 깎아준 거예요."

"나 이거밖에 없는데……."

그가 주머니에서 꺼낸 돈은 동전까지 포함해서 9천 원가량이었다. 쫓겨날까 봐 그는 불안했다. 그래서 이렇게 말했다.

"나머지는 다음에 갖다 주면 안 되나요?"

"외상으로 하자는 거군요."

그녀는 히죽 웃었다. 그 바람에 이빨이 빠진 것이 보였다. 앞니가 두 개쯤 없는 것 같았다.

"나중에 주겠다고 하면서 갖다 준 사람 아무도 없었어요."

"약속할게요. 틀림없이 갖다 줄게요."

그렇게 말은 했지만 도망 다니는 처지에 사실 약속을 지킬 수 있을지는 자신할 수 없었다. 그녀는 그가 내민 돈을 받아서 헤아려보더니 잠시 생각하는 듯하다가 마음을 정한 듯 끄덕였다.

"좋아요. 다시 한 번 속아보죠."

"틀림없이 갚을게요."

그는 그 늙은 창녀가 여간 고마울 수가 없었다. 만일 그녀가 그를 받아주지 않았다면 그는 꼼짝없이 도둑고양이처럼 어두운 골목 구석에 숨어서 노숙해야 할 판이었다. 그러다가 계엄군에게 발각되어 붙잡히든가 사살당할 가능성이 컸다.

그는 빈털터리였다. 얼마간 가지고 있던 돈은 도망 다니느라 모두 써버리고 지금은 동전 한 닢이라도 아껴야 할 판이었다. 그에게 필요한 것은 현금이었다. 그는 여기저기 아는 사람들에게 손을 벌려보았다. 하지만 그것도 한두 번이지 갈수록 돈을 빌리기가 어려워지고 있었다. 아무리 가까운 사이라도 그의 도피 생활을 적극적으로 도와주겠다고 나서는 사람은 아무도 없었다. 그들은 오히려 그를 만나는 것을 꺼리거나 아예 연락을 끊어버리기도 했다. 그를 아는 사람들은 간첩으로 낙인찍힌 그와 접선했다는 사실이 수사 당국에 알려질까 봐 극도로 두려워하고 있었다. 그의 연락을 받고 화들짝 놀라는 사람이 한두 명이 아니었다. 일단 간첩으로 수사 선상에 오르게 되면 그것이 사실이든 사실이 아니든 간에 사람들에게 무조건 기피의 대상이 된다는 것을 그는 뼈저리게 실감하고 있었다. 지금까지 나의 인간관계라는 것이 이 정도에 지나지 않았던가. 그는 속으로 탄식하면서 사람이 무서워지기 시작했다.

그의 은행 계좌에는 그동안 저축해둔 돈이 꽤 많이 쌓여 있었다. 하지만 그의 은행 거래는 모두 동결되어 있어 단 한 푼도 찾아 쓸 수가 없었다. 비밀기관인 국가보안위원회 Z는 온갖 야비한 수단을 동원해 그를 압박해오고 있었다. 그럴수록 그의 저항은 커지고 있었다. 그는 맹렬히 저항하고 있었다. 자수하고 싶은 마음은 추호도 없었고, 도망 다니다가 총에 맞아 죽더라도 끝까지 가볼 생각이었다. 체포되면 심한 고문에 없는 죄를 뒤집어쓴 채, 혹시 목숨을 건지더라도 비참한 모습으로 수형 생활을 견뎌야 한다. 아무리 강한 의지를 지닌 사람도 고문 앞에는 배겨낼 재간이 없다. 더없이 나약한 모습으로 전락해서 목숨을 부지하려고 애쓰는 사람들을 그는 부지기수로 보아왔다. 나중에 석방되어 나와서는 투사인 척하지만 그것은 비굴한 모습을 감춘 뒤의 모습일 뿐이다. 그는 끝까지 도망 다니다가 비참한 최후를 맞더라도 결코 타협할 생각이 없었다. 도망 다니다가 체포될 경우 혹독한 고문 후에 사형대로 끌려가리라는 것을 그는 알고 있었다. 그들이 말하는 이른바 암살조직의 주모자인 만큼 그들은 본보기로라도 그를 잡아서 처형해야만 구색을 갖출 수가 있는 것이다. 체포된 그의 동료들은 이미 사형대의 이슬로 사라지고, 이제 그 혼자만 남아 있었다. 그는 그 악마의 제단에 자신의 피를 바치고 싶지 않았다.

"아, 피곤하다."

그는 맨바닥에 벌렁 드러누운 다음 팔베개를 하고 천장을 멀거니 올려다보았다.

"옷이 모두 젖었어요. 옷 벗고 누우세요."

창녀가 이부자리를 펴면서 말했다. 그는 대꾸도 하지 않은 채 그대로 잠자코 누워 있었다.

잠시 후 부스럭거리는 소리가 나서 고개를 돌려보니 그녀가 옷을 벗고 있었다. 앙상한 엉덩이뼈와 탄력을 잃은 채 말라붙어 있는 젖가슴, 한 줌밖에 안 돼 보이는 가는 허리, 금방이라도 부러질 듯한 마른 나뭇가지 같은 팔다리, 그런 것들을 보고 난 그는 못 볼 것을 보기나 한 것처럼 얼른 시선을 돌려버렸다.

"그거 하려고 들어온 거 아니니까 옷 입어요. 부담 갖지 말고 잠이나 자요."

"제가 싫으세요?"

그녀의 목소리에는 슬픈 빛이 배어 있는 듯했다. 그는 당황해서 얼른 머리를 흔들었다.

"싫은 건 아니고…… 피곤해서 그래요."

그녀는 한숨을 길게 내쉬었다. 그리고 잠시 그를 내려다보다가 그의 옷을 벗기기 시작했다.

"다 젖었어요. 벗어서 말려야겠어요."

점퍼와 티셔츠, 그리고 바지를 차례로 벗기는 동안 그는 눈을 감고 있었다.

"팬티까지 젖었어요."

그녀가 팬티를 벗길 때도 그는 어린아이처럼 가만히 있었다.

"이리 올라오세요."

그녀는 그의 팔을 이부자리 쪽으로 가볍게 당겼다. 그는 한 바퀴 굴러 이부자리 위로 몸을 뉘었다. 그녀는 젖은 옷가지들을 벽에 박아놓은 못에 걸고 나서 그 곁에 다가앉아 위에서 그를 내려다보았다.

"잘생기셨네요. 배우 해도 되겠어요. 혹시 배우 아니세요?"

그 말에 그는 쿡 하고 웃었다.

"그런 거하고는 거리가 멀어요."

"코가 잘생겼어요."

그녀는 손가락으로 그의 코끝을 살짝 건드렸다.

"눈썹도 짙고…… 특히 눈이 아름다워요. 눈빛이 참 맑아요. 예술 하는 사람 같아요."

"별 볼 일 없는 놈이에요."

"아니에요. 그냥 보통 사람은 아니에요. 얼굴이 너무 창백한 것만 빼고는 나무랄 데 없는 얼굴이에요. 누구하고 꼭 닮았어요."

"누구하고 닮았어요?"

그러나 그녀는 거기에는 대답하지 않은 채 그 곁에 자연스럽게 누웠다.

"안아줘요."

너무 자연스러웠기 때문에 그는 팔을 뻗어 그녀를 가만히 안았다. 그녀는 그의 품에 안기면서 먼 길을 갔다 온 사람처럼 안도의 한숨을 내쉬었다.

"거절할 줄 알고 걱정했어요."

그는 잠자코 그녀의 앙상한 어깨를 어루만졌다.

"남자한테 이렇게 안겨보기는 오랜만이에요."

"믿을 수가 없는데……."

창녀가 남자 품에 안겨본 것이 오랜만이라는 말이 거짓말 같았다.

"정말이에요."

"손님이 오랫동안 없었던 모양이죠?"

"그게 아니고 늙고 못생겼어도 가끔씩 손님이 있기는 있어요.

그런 손님들은 싼 맛에 들렀다가요. 싸게 해주지 않으면 누가 나 같은 거 거들떠보겠어요. 돈은 없고, 그건 하고 싶은 날품팔이나 실업자 같은 가난뱅이들 말이에요. 그런 남자들이 주로 내 손님들이에요. 그런데 그 사람들, 하나같이 날 따뜻이 안아주거나 하지 않고 뭐가 그리 급한지 아랫도리만 벗고 몇 번 올라갔다 내려갔다 하다가 도망치듯 가버리곤 해요. 배설만 하고 가는 거예요. 날 여자로 보지 않고…… 그러니까 안고 싶은 마음도 없는 모양이에요."

그녀가 남자 품에 안겨보기는 오랜만이라고 한 말이 비로소 이해가 되었다.

"나 같은 싸구려를 안아줘서 고마워요."

"당신은 싸구려가 아니에요."

그는 힘을 주어 그녀를 끌어안았다. 그러자 그녀의 입에서 가는 신음이 흘러나왔다. 그러나 그것은 이내 콜록거리는 기침 소리로 변했다.

"죄송해요."

기침이 멎지 않자 그녀는 그의 품에서 빠져나가 구석에 웅크리고 앉아 한참 동안 기침을 했다.

"술 한잔하실래요?"

기침이 멎자 그녀가 물었다.

"좋아요. 한잔합시다."

도무지 잠이 올 것 같지 않아 걱정했는데 술 마시자는 말에 그는 귀가 번쩍 뜨였다.

그녀는 대충 옷을 입고 나서 밖으로 나가더니 잠시 후 소반에다가 소주 한 병과 안주를 받쳐 들고 들어왔다.

"안주가 없어요."

그녀는 깍두기 그릇을 열어 보이며 미안해했다.

"그거면 됐어요."

일어나 앉은 그는 두리번거리다가 한쪽에 던져둔 배낭 속에서 신문지를 꺼내 아랫도리를 가렸다. 그것을 보고 그녀가 킥킥거렸다.

"숙녀 앞에서 벌거벗고 앉아 술을 마실 수는 없잖아요."

"난 괜찮은데."

그녀가 먼저 그의 잔에 소주를 따라주었다.

"난 괜찮지 않아요."

그녀의 손에서 술병을 받아든 그는 그녀의 잔에 조심스럽게 술을 따랐다.

"무슨 일 하세요?"

"그냥 놀고 있어요."

"노는 사람 같지 않은데……."

그녀가 살피듯이 그를 쳐다보면서 말했다. 그는 단숨에 술을 입속에 털어 넣었다. 그리고 잔을 내려놓으면서 조금 흥분된 목소리로 말했다.

"아, 이렇게 마음 편하게 술 마셔보기는 참 오랜만이다."

"그래요? 그렇게 바빴어요?"

그녀가 눈을 동그랗게 뜨고 물었다.

"바쁘다면 바쁘고……."

그는 하고 싶은 말을 할 수 없는 것이 답답했다. 일 년 가까이 도망 다니느라고 그는 좋아하는 술을 마음 편하게 마신 적이 없었다. 모두가 그를 기피하는 바람에 함께 술 마실 사람도 없었고, 기껏해야 포장마차 같은 데서 혼자 쓸쓸히 앉아 한두 잔 얼른 마시고 사라지는 것이 고작이었다.

"이름이 뭐죠?"

그가 이름을 묻자 창녀는 흠칫 놀라는 것 같았다.

그의 어깨와 가슴은 근육질로 덮여 있었다. 쇠를 자르고 두드리고 붙이는 작업을 하다 보니 자신도 모르게 몸에 근육이 붙고 있었다. 그런 일 외에도 그는 고행자처럼 무거운 배낭을 지고 힘들게 산에 오르는 것을 좋아했다. 지리산 종주를 열 번 넘게 했고, 한겨울에 혼자서 지리산을 출발해 강원도 고성의 진부령까지 석 달 동안 쉬지 않고 백두대간을 걷기도 했다.

"이름은 알아서 뭐 하려구요?"

"이름을 알아야 돈을 갚을 거 아니요. 나중에 내가 여기 찾아왔을 때 당신이 안 보이면 이름을 대야 할 거 아니야. 말하고 싶지 않으면 관두고."

"목화라고 해요."

"물론 본명은 아니겠지."

"이런 데 있는 여자가 본명 말하는 거 봤어요?"

그녀는 잔에 남아 있는 술을 재빨리 마시고 나서 깍두기 하나를 손가락으로 집어 먹었다. 그것을 보고 그도 손가락으로 깍두기를 집었다.

목화는 얼굴이 길쭉했다. 목도 기린처럼 길어 그녀를 더욱 가냘파 보이게 했다. 머리는 조금 긴 편이었고, 그것이 넓은 이마를 살짝 가리고 있었다. 겁을 집어먹은 것 같던 큰 눈은 술기운이 돌면서 조금씩 풀어지고 있었다. 튀어나온 광대뼈 아래 뺨은 살점 하나 없이 움푹 패여 있었고, 큰 입의 한쪽 끝은 무슨 말이라도 하고 싶은 듯 자주 씰룩이고 있었다. 그 입이 벌어지면 이빨 빠진 것이 보이기 때문에 그녀는 그것을 보이지 않으려고 말할 때는 입을 조금만 벌리든가 손으로 가리든가 했다.

"결혼했어요?"

그녀는 그를 응시하듯 쳐다보며 물었다. 그는 고개를 흔들었다.

"결혼할 나이는 지난 것 같은데 왜 안 했어요? 지금 몇 살이에요?"

"어쩌다 보니까 그렇게 됐어요. 꼭 결혼해야 할 이유도 모르겠고. 서른셋이에요."

알겠다는 듯 고개를 끄덕이는 그녀의 두 눈이 잠시 허공을 더듬는 것 같았다. 그는 담배를 피워 물고 빈 술병을 바라보았다. 소주 한 병은 금방 비워지고, 두 사람의 잔도 비어 있었다. 그녀가 그의 담배를 가리켰다.

"담배 한 대 피워도 돼요?"

"마음대로 피우세요."

그가 담뱃갑을 밀어주자 그녀가 담배 한 개비를 꺼내 입에 물었다. 그가 성냥을 그어 친절히 불까지 붙여주자 그녀는 고맙다고 하면서 밖으로 나갔다.

그는 소변을 보려고 두리번거리다가 몸을 일으켰다. 천장이 낮아 그의 키가 조금만 더 컸어도 머리가 천장에 닿았을 것 같았다. 그의 시선이 잠시 맞은편 선반 위에 가서 머물렀다. 선반 위에는 여러 가지 자질구레한 것들이 놓여 있었는데 맨 왼쪽에 눕혀져 있는 책 몇 권이 그의 시선을 끌었다. 책은 모두 네 권으로 몹시 낡아 보였다. 〈여자의 일생〉, 〈나는 고양이로소이다〉, 〈테스〉, 〈죄와 벌〉 등 소설책 네 권으로 모두 일본어판이었다. 그는 맨 위에 놓여 있는 〈여자의 일생〉을 집어들고 대충 살펴보았다. 속 페이지에는 여기저기 밑줄을 그어놓은 곳이 많았다. 맨 뒷장을 보니 책을 발행한 곳은 도쿄에 있는 고단사講談社라는 출판사였고 발행연도는 쇼와昭和 9년이었다. 일본에서 한동안 유학 생활을 한 적이 있기 때문에 그는 일본 연호가 별로 낯설지 않았다. 머릿속으로 얼른 계산해보니 1980년 현재 일본은 쇼와 52년이고, 쇼와 9년이면 43년 전이니까 1937년에 발행된 책이었다. 〈나는 고양이로소이다〉를 펴보니 거기에도 군데군데 밑줄이 그어져 있었다. 그는 맨 밑에 있는 〈죄와 벌〉을 빼내 펼쳐보았다. 그러자 책갈피 속에 끼어 있던 것이 빠져나와 밑으로 떨어졌다. 그는 얼른 그것을 집어들어 보았다. 그것은 누렇게 바랜 흑백사진이었다. 젊은 부부가 아기를 안고 있는 사진이었는데, 남자는 양복 차림에 넥타이를 맨 단정한 차림으로 외모가 준수해 보였다. 그가 안고 있는 아기는 두세 살밖에 안 돼 보이는 갓난아기로 색동옷에 도령 모자를 쓰고 있었고, 한 손에는 딸랑이를 든 채 빙그레 웃고 있었다. 그 곁에 한복 차림으로 다소곳이 앉아 있는 여자는 얼굴이 갸름하면서도 우아한 자태를 보여주고 있었다.

미닫이문이 삐걱거리면서 열리더니 목화가 소주 두 병을 들고 들어섰다. 그녀는 술병을 거칠게 내려놓고 나서 다가오더니 그의 손에서 사진을 낚아챘다. 그 기세가 마치 더러운 손으로 사진을 만지지 말라는 듯 몹시 쌀쌀맞았다.

"보지 마세요!"

그녀는 사진을 본래대로 책 속에 꽂고 나서 그를 쏘아보았다. 무참해진 그는 〈테스〉를 손에 든 채 자리에 앉았다. 앉으면서 그는 신문지로 다시 사타구니를 가렸다. 그녀는 그가 들고 있는 책까지 빼앗지는 않았다. 하지만 숨소리가 거칠어져 있었다.

"이거 일제강점기 때 나온 책인데 목화 씨 거예요?"

"내 방에 있으니까 내 거죠."

그녀는 조금 퉁명스럽게 대꾸하면서 술병을 딴 다음 그의 잔에 술을 따랐다.

'이거 혹시 손님이 화대 대신 맡기고 간 거 아닌가요?'

그는 하마터면 이렇게 물을 뻔한 것을 얼른 삼키고 나서 달리 물었다.

"모두 일본 책이던데…… 일본어 알아요?"

그녀의 잔에 술을 따라 주면서 그는 조심스럽게 그녀의 표정을 살폈다.

"좀 알아요."

그녀는 대수롭지 않다는 듯 말했다. 그러나 그 순간 그의 눈에는 그녀가 좀 특별하게 다가왔다.

"그래요?"

정말 뜻밖이었다. 늙은 창녀가 일어를 알다니. 비로소 그녀가 아무렇게나 대해도 좋은 그렇고 그런 창녀가 아닐지도 모른다는 생각이 문득 들었고, 그러자 좀 부담스러운 느낌이 들었다. 그러나 그녀는 일어를 좀 안다는 게 무슨 대수냐는 듯 무표정하게 술을 마시다가 딴 데로 시선을 돌리더니 멍한 얼굴이 되면서 뭔가 골똘히 생각에 잠기는 것 같았다.

"이거, 〈테스〉 읽어봤어요?"

그녀는 무슨 소리냐는 듯 책에 흘낏 눈길을 주더니 서슴없이 말했다.

"그건 세 번 읽었고, 〈죄와 벌〉은 다섯 번 읽었어요."

"우와, 대단하군요."

그는 정말 놀란 눈으로 그녀를 쳐다보았다.

"소설책을 읽을 정도면 일어를 아주 잘하는 것 같은데, 어디서 일어를 배웠어요?"

그는 잔을 재빨리 비우고 나서 그것을 그녀에게 건넸다. 그녀 쪽에서도 빈 잔을 그에게 내민 다음 거기다 술을 가득 따랐다.

"일제 때 학교에 다녔어요. 중학교까지 다녀서 일어는 어느 정도 알아요."

"아, 그렇군요."

그러면 그렇지. 그는 속으로 중얼거리면서 비로소 이해가 된다는 듯 고개를 끄덕이다가 병을 들어 그녀의 잔에 술을 따랐다.

서로 잔을 권커니 잣거니 하다 보니 술병은 금방 비워졌다. 그들은 몽롱하게 취해갔고, 그런 분위기 속에서 그는 늙은 창녀에 대해 다시 호기심이 일어 쓸데없이 이것저것 물어보았다. 그런데 그녀는 취기 때문인지, 아니면 감출 것도 없다고 생각했는지 별로 머뭇거리지도 않고 묻는 대로 술술 털어놓았다.

일제로부터 해방되던 해에 그녀는 열일곱 살이었다. 그리고 2년 뒤인 열아홉에 결혼한 그녀는 이듬해 아들을 낳았고, 그 아들이 살아 있다면 지금은 장성한 사내가 됐을 거라고 하면서 목소리가 조금 떨리는 것 같았다.

"아들 낳고 어느새 30여 년이 흘러 내 나이가 벌써 쉰둘이 됐어요. 쉰둘이라구요."

그녀는 혀 꼬부라진 소리로 중얼거리면서 떨리는 손으로 잔을 집었다.

"그럼 저 사진에 있는 아기가 바로 그때 낳은 아들인가요?"

문도는 책이 놓여 있는 선반을 가리켰다. 그러자 그녀의 얼굴빛이 어두워지면서 당황해하는 것 같았다.

"가족사진 맞죠? 사진에 있는 젊은 여자하고 아줌마하고 닮았어요."

아줌마라는 표현이 묘한 느낌으로 다가왔지만 달리 부를 수 있는 적당한 말이 생각나지 않아 그렇게 부른 것인데, 그녀는 그 말에 좀 놀라는 것 같았다.

"아줌마라는 말 참 오랜만에 들어보네요. 난 그렇게 불릴 자격도 없는데……."

"그럼 뭐라고 부르죠? 다른 사람들은 뭐라고 불러요?"

그녀는 씁쓸하게 미소 지었다.

"나 같은 거 사람 취급도 안 해요. 젊은 놈이나 늙은 놈이나 그냥 야야 하고 반말로 불러요. 하도 많이 들어서 나도 그게 편해요. 그렇게 불러도 좋으니까 그렇게 불러요."

"어떻게 그렇게 불러요. 그럴 수는 없죠."

그는 완강히 고개를 저었다. 그러자 목화가 뼈 있는 말을 했다.

"밑바닥 인생들은 손톱만큼도 서로 보살펴주려고 하지 않고 자기보다 못하다 싶으면 더 멸시하고 괴롭혀요. 이 바닥에서는 인정사정 같은 거 없어요. 모두가 짐승이나 같아요."

"왜 그럴까요?"

"전 사람을 믿지 않아요."

그는 동감이라는 듯 고개를 끄덕이면서 그녀의 표정을 살피다가 조심스럽게 말했다.

"사진 보자마자 그 여자가 아줌마하고 닮았다는 느낌이 들었어요."

"그래요? 너무 많이 변했는데……."

그녀의 두 눈이 과거를 더듬는 듯 허공으로 향했다. 그녀는 몸을 일으키더니 〈죄와 벌〉을 가지고 돌아와 앉았다. 그리고 책갈피에서 사진을 빼내 잠깐 들여다보더니 손을 내밀고 있는 문도에게 그것을 건네주었다.

"아무리 세월이 많이 흐르고 얼굴이 변해도 어딘가 비슷한 구석은 남아 있는 법이죠. 눈매하고 코, 턱선 같은 것은 비슷해요. 남편은 무슨 일을 했었나요?"

"가족을 부양하기에는 너무 부족한 것이 많은 사람이었어요. 일제 때도 해방 뒤에도 감옥을 제집 드나들듯 한 사람이었어요. 감옥에서 나오면 잠시도 집에 있지 않고 돌아다녔어요. 집에 붙어 있는 날은 별로 없었어요. 그 사진은 아기 첫돌 때 찍은 거예요. 똑같은 걸 두 장 뽑아 한 장은 남편이 가지고 다녔고, 남은 한 장이 그거예요."

그는 사진을 뒤집어보았다. 그리고 뒷면에 적혀 있는 글을 읽어보았다. '趙龍秀 君(조용수 군) 첫돌 4282. 4. 9.'

"사진이라곤 그거 하나밖에 없는데……."

그녀는 말끝을 흐리면서 얼른 술을 들이켰다. 도대체 무엇이 잘못되었기에, 무슨 이유가 있었기에 그녀는 30여 년이나 지난 지금 가족들과 헤어진 채 늙은 창녀가 되어 이 좁은 골방에 갇혀 남자들에게 몸을 팔고 있는 것일까. 그는 그녀의 과거가 몹시 궁금했다. 분명 거기에는 피치 못할 사정이, 그것도 한 가정이 무참히 파괴된 비극적인 사연이 틀림없이 있을 것만 같았다. 하지만 한편으로는 그것을 건드리기가 왠지 두려워 조심스럽게 묻지 않을 수 없었다.

"가족은 다 어디 두고 혼자 이런 데 있는 거죠?"

세 번째 소주병이 거의 다 비어가고 있었다. 그녀는 그의 잔에 나머지 술을 채우면서 말했다.

"술은 얼마든지 구할 수 있으니까 맘대로 마셔요. 나도 오늘 밤 취하고 싶어요."

그녀는 한숨과 함께 담배 연기를 허공으로 길게 내뿜었다. 밖에서는 양동이로 들이붓듯 비가 쏟아지고 있었다. 술을 마시고, 거기에 취하고, 그래서 마음의 벽이 허물어져 그동안 가슴속에 쌓아두었던 비밀스럽고 고통스러웠던 과거를 누군가에게 하나둘씩 꺼내기에는 안성맞춤인 밤이었다.

"어쩌다가 그렇게 됐죠?"

그녀는 술잔을 만지작거리다가 거기에 남아 있는 술을 입속에 다 부은 다음 작심한 듯 입을 열었다.

"아기가 세 살이 됐을 때 전쟁이 일어났고, 남편은 그해에 죽었어요. 아주 비참하게……."

아주 비참하게라는 말이 비수처럼 가슴을 파고들어왔다. 그녀의 얼굴이 표독스럽게 굳어지는 것 같았다. 독하게 마음을 먹지 않으면 그런 말을 꺼낼 수 없기 때문에 그러는 것 같았다.

"그랬었군요."

무거운 침묵이 어깨를 짓눌러왔다. 그는 들고 있던 술잔을 내려놓고 나서 안타까운 표정으로 그녀를 바라보았다.

"그랬군요. 미안합니다. 괜한 걸 물었네요."

"아, 아니에요. 누군가에게 털어놓을 수 있어서 좋아요. 지금까지 아무한테도 이야기한 적이 없어요. 어머, 술이 없네. 잠깐 기다려요."

그녀는 밖으로 나가더니 이번에는 소주를 여러 병 가지고 들어왔다. 거기다 찌그러진 냄비에 라면까지 끓여 와서 술상은 한결 푸짐해졌다.

"배고플 텐데 라면 먹으면서 술 마셔요. 저녁 안 드셨죠?"

"초저녁에 짜장면 한 그릇 먹었어요."

"우리 이거 다 마시고 자요. 더 이상은 없어요."

"감사합니다."

그는 늙은 창녀가 덜어주는 라면을 허겁지겁 먹었다. 화대도 제대로 내지 못했는데 너무 과분한 대접을 받는 것 같아 고마우면서도 한편으로는 미안한 생각이 들었다.

"남편은 전쟁터에서 사망했나요?"

더 이상 그녀의 상처를 건드려서는 안 되는 줄 알면서도 그는 결국 또 질문을 던지고 말았다.

"전쟁터에서 싸우다 죽었으면 차라리 나았죠."

"그럼 사고사로 돌아가셨나요? 아니면 다른 무슨 이유라도……."

그녀는 천부당만부당하다는 듯 고개를 설레설레 흔들었다.

"너무 억울하게 죽었어요. 빨갱이로 몰려서……."

문도는 두 눈을 크게 뜬 채 그녀를 한참 동안 응시했다.

"그랬어요?"

"지금까지 누구한테 하소연도 못하고, 억울함을 호소할 데도 없었고, 그런 말 하면 나까지 빨갱이로 보니까 아무 말 못 하고 살았죠."

"그랬었군요."

"그 사람이 그렇게 죽는 바람에 우리 가정은 갈가리 찢어지고 말았어요. 지금 내가 이 나이에 이 짓거리 하면서 죽지 못하고 살고 있는 것도 다 그 때문이에요. 남편이 빨갱이로 몰려 죽으니까 남아 있는 가족들도 제대로 사람 구실을 하면서 살아갈 수가 없더라구요. 도대체 빨갱이가 뭔지 모르지만……."

"아들은 어떻게 됐나요?"

그녀의 퀭한 두 눈에 눈물이 번지는 것을 보고 그는 고개를 돌렸다. 지금 한가하게 늙은 창녀의 그럴듯한 넋두리나 듣고 있을 때인가 하는 생각이 들었던 것이다. 자신은 지금 간첩 혐의로 쫓기고 있고, 언제 붙잡혀 처형당할지 모르는 절박한 신세 아닌가. 그의 시선이 문득 그녀의 한쪽 다리에 가서 멎었다. 다리가 불편한지 그녀가 자세를 바꿔 한쪽 다리를 길게 뻗었기 때문이었다.

그 다리는 무릎 아래가 뒤틀린 듯이 보였고, 마른 가지처럼 몹시 가늘어서 조금 건드리기만 해도 톡 부러질 것만 같았다. 거기다 피부가 마치 뱀 허물을 뒤집어쓴 것처럼 징그럽게 다리를 휘감고 있어서 보기에 끔찍했다. 그는 손으로 그 다리를 가리켜 보였다.

"어쩌다 그렇게 됐죠?"

그녀는 그를 힐끗 쳐다보고 나서 치맛자락으로 얼른 다리를 가렸다.

"고문당한 거예요."

그녀는 갑자기 주눅이 든 듯 조그만 소리로 말했다. 그는 놀라서 그녀를 쳐다보았다.

"누, 누가 고문했어요?"

"누군 누구겠어요. 경찰하고 청년단인가 뭔가 하는 놈들이죠."

"그자들이 왜 고문했어요?"

"남편 숨어 있는 데 대라고 다리를 걷어차고 짓밟고…… 그러다가 불에 달군 쇠꼬챙이로 지져댔어요."

"어떻게 그럴 수가. 나쁜 놈들 같으니!"

그가 분노 어린 표정으로 말하자 그녀는 자기 마음을 알아주는 사람을 비로소 만나기라도 한 듯 취기 어린 소리로 말을 이었다.

"인간은 잔인한 동물이에요. 말도 못하게 잔인한 짐승이에요. 그렇게 잔인할 수가 없어요. 제가 당한 것들을 들으시면 제 말이 맞다는 걸 아실 거예요."

"인간이 잔인한 짐승이라는 데는 나 역시 같은 생각이에요. 정말 잔인무도하죠. 그런데 그렇게 고문당한 게 언제 때 일인가요?"

"전쟁이 일어나던 해였으니까 꼭 30년 전이네요. 남편이 빨갱이로 몰려 잡으려고 하니까 도망치는 바람에 아무 죄도 없는 제가 대신 붙잡혀 가 고문당한 거예요. 전쟁은 사람들을 미쳐 날뛰게 하나 봐요. 경찰도 악질로 굴었지만 그보다도 더 악랄하게 날뛴 자들이 무슨 청년단인가 하는 놈들이었어요. 무슨 단체도 하도 많아 정확히는 잘 모르겠는데 아무튼 경찰도 아닌 것들이 경찰 행세하면서 불쌍한 양민들을 괴롭히고 마구잡이로 죽였어요. 그 짐승 같은 놈들은 남편 있는 데를 대라고 하면서 여러 놈이 돌아가면서 무지막지하게 고문을 했어요. 장난하는 것처럼 히히덕거리면서 아무렇지도 않게 고문하는데, 정말 견딜 수가 없었어요. 여러 놈들한테 돌아가면서 강간도 당하고……. 빨갱이 마누라 같은 건 어떻게 짓밟아도 상관없다는 듯이……. 빨갱이 마누라, 빨갱이 여편네, 빨갱이 같은 년……. 빨갱이라는 말 그때처럼 수없이 들은 적이 없어요. 그놈들은 그 말을 노상 입에 달고 살았으니까요."

눈물이 야윈 뺨 위로 흘러내리자 그녀는 얼른 술잔을 입으로 가져갔다.

"강간까지 당했어요?"

"강간 같은 건 아무것도 아니에요. 목숨이 붙어 있는 것만도 다행이었는데요 뭐."

그녀는 분을 삭이느라고 거칠게 숨을 내쉬었다.

"죽일 놈들 같으니!"

"그때 사람 참 많이 죽었어요. 아무 죄 없는 사람들 빨갱이로 몰아서 마구잡이로 죽였으니까요. 재판도 없이 마음대로 데려다 죽였어요."

"남편도 그렇게 해서 죽은 거군요?"

"결국 붙잡혀 죽었어요. 저 때문에 죽은 거예요."

그녀는 마침내 소리를 죽이며 흐느껴 울었다. 차츰 격하게 떨어대는 가냘픈 어깨를 보고 있다가 문도는 그녀 곁으로 다가가 그녀를 가만히 안아주었다. 그녀는 오래 기다렸다는 듯 그의 품에 안겨 한참 동안 흐느꼈다.

"제가 방정맞게 말하지 않았으면 남편은 죽지 않았을 거예요. 제가 그놈들에게 그분 숨어 있는 곳을 알려준 바람에 붙잡혀 죽은 거예요. 난 고문받다 죽더라도 절대 말하지 않을 생각이었어요. 그런데 아무리 고문하고 날 강간해도 내가 말을 듣지 않으니까 짐승 같은 놈이 우리 아기를 고문했어요. 세 살밖에 안 된 아기를……."

"아기를 고문하다니! 아기한테 무슨 짓을 했나요?"

그는 분에 못 이겨 몸이 다 떨려왔다. 늙은 창녀는 한참 동안 흐느끼다가 더듬거리며 말을 이었다.

"청년단원들 가운데 가장 악질인 자가 있었는데 별명이 저승사자였어요. 그놈 손에 걸리면 살아남질 못했어요. 자기 손으로 빨갱이를 백 명 넘게 처단했다고 자랑하곤 했어요. 그놈이 우리 애를 데려다가 제가 보는 앞에서 굶기고, 바닥에다 던져놓고는 찬물을 마구 쏟아부었어요. 아기는 자지러지게 울다가 나중에는 정신을 잃었어요. 전 아기가 죽은 줄 알았어요. 제가 울부짖는 것을 보고는 아기는 아직 죽지 않았으니까 이제 대답하라고 했어요. 마지막 기회라고 하면서 듣지 않으면 아기를 돼지우리에 던져 넣겠다고 했어요. 사흘 굶은 돼지들이 한입에 아기를 먹어 치울거라고 했는데 그놈은 충분히 그러고도 남을 놈이었어요. 그래서 할 수 없이 남편을 죽이지 않겠다고 약속할 수 있느냐고 물었어요. 참 어리석은 질문이었죠. 놈은 걸핏하면 남편은 큰 죄를 지은 게 없기 때문에 자수하면 감옥살이나 좀 하고 풀려날 거니까 안심하고 자수시키라고 했어요. 제 마음이 흔들리는 것을 보고 놈은 남편의 목숨은 자기가 책임지고 보장할 테니 조금도 걱정하지 말고 말하라고 했어요. 절대 죽이지 않겠다는 약속을 여러 번 확인하고 나서야 저는 마침내 남편이 숨어 있는 곳을 알려주고 말았어요. 바보같이 그놈의 말을 믿었던 거죠. 놈은 약속을 헌신짝처럼 버리고 남편을 죽였어요. 그것도 아주 잔인한 방법으로……."

그녀의 흐느낌은 격한 울음소리로 바뀌어 있었다. 그는 그녀의 남편이 어떻게 살해됐는지, 그것을 묻고 싶었지만 차마 그럴 수가 없었다.

"저는 죄지은 년이에요. 남편을 죽게 한 년이에요. 그때 입을 다물고 차라리 제가 죽었어야 했어요. 제가 이런 생활을 하고 있는 것도 천벌을 받았기 때문이에요. 전 천벌 받아 마땅한 년이에요."

격하게 터져나오는 울음을 참느라고 그녀의 어깨는 더 심하게 떨리고 있었다.

그녀가 자신을 몹시 학대하고 있는 것이 눈에 보이는 것 같았다. 오십 넘은 여자가 창녀 생활을 하고 있다는 것 자체가 자신에 대한 학대가 아닐까. 자신의 인격에 대한 끝없는 모멸을 통해 그녀는 스스로를 학대하고 있는 것인지도 모른다.

"어쩔 수 없는 일이었잖아요. 과거는 잊어버리고 새 삶을 살도록 해봐요."

위로의 말이라는 것을 해놓고 그는 부끄러움을 느꼈다.

그때 그녀가 갑자기 울음을 그치더니 그를 밀어버리고 술상 앞으로 다가앉았다.

"새 삶을 살라구요? 흥, 난 다 끝났어요. 그런 이야기 그만두고 술이나 마셔요."

그러나 그는 그 이야기를 더 듣고 싶었다. 솔직히 말하면 그녀의 과거사에 대해 좀더 자세히 알고 싶었다.

"노총각이라고 불러야 하나 아저씨라고 불러야 하나? 뭐라고 부를까요?"

"편한 대로 아무렇게나 부르세요."

"그냥 손님이라고 부를게요. 참, 이름을 알면 이름을 부르면 좋은데. 이름이 뭐예요?"

쫓기고 있는 처지에서 아무래도 본명을 알려줄 자신이 없어

문도는 잠시 머뭇거리다가 거짓말을 했다.

"창모라고 해요."

"성은 뭐예요?"

"허가예요."

"허창모."

그녀는 그의 이름을 한 번 음미하고 나서 고개를 끄덕였다.

"본명이 아니란 거 알아요. 그런 건 알고 싶지도 않고 알 필요도 없어요. 여기 오는 손님들이 미쳤다고 자기 본명을 대겠어요. 하지만 가짜 이름이라도 좋아요. 저도 가짜 이름을 댔으니까 피장파장이에요. 창모 씨, 제 과거를 이야기한 건 처음이에요. 조금 털어놓으니까 마음이 좀 후련하네요. 하지만 십 분지 일도 이야기하지 않았어요. 이야기 다 하려면 밤새도록 해도 모자랄 거예요."

"알고 싶은 게 있는데, 아들은 어떻게 됐어요?"

"죽었어요. 죽은 걸 보지는 못했지만. 제가 감옥에 가 있는 동안 죽었어요. 죽었다고 하니까 그렇게 알아야죠."

몸을 가누기 힘든지 그녀의 상체가 흔들거렸다. 그러면서도 그녀는 계속 술을 마셨고, 그 역시 사양하지 않고 술잔을 받았다.

"감옥에는 왜 갔죠?"

"그럴 일이 있었어요."

그렇게만 말하고는 그녀는 거기에 대해서는 더 이상 말하려고 하지 않았다.

"감옥에는 얼마 동안 있었죠?"

"25년이요."

"25년이나?"

그는 놀라서 술잔을 내려놓고 그녀를 뚫어지게 쳐다보았다.

"그것도 감형이 돼서 그런 거예요. 처음엔 무기형을 받았어요."

"그랬었군요."

그는 혀 꼬부라진 소리로 중얼거리면서 그녀의 손을 가만히 붙잡고 쓰다듬다가 손등에 입을 맞추었다. 그녀는 그 모습을 지켜보다가 다른 손으로 그의 머리를 쓰다듬었다. 이윽고 두 사람은 떨어지지 않고 서로를 끌어안으면서 바닥에 몸을 눕혔다. 그녀는 한 손으로 술상을 밀어놓은 다음 사내의 몸을 어루만졌다.

"이것도 인연인데 한번 해야잖아요."

그녀의 속삭이는 소리는 마치 옆방에서 들려오는 자장가 소리 같았다. 그 소리를 삼키듯 어디선가 탕탕탕 하고 총소리가 들려왔다. 문득 계엄령의 밤이 결코 끝나지 않고 영원히 계속될 것만 같은 생각이 들었다. 그 절망감을 잊으려는 듯 그는 늙은 창녀를 꽉 끌어안았다. 벌거벗은 몸은 앙상했지만 거기에는 따뜻함과 아늑한 평화로움이 있었다. 여자의 손이 정성스럽게 다리 사이를 쓰다듬자 그는 금방 달아올라 절망의 심연으로 빠져들어갔다. 탕! 아주 가까운 곳에서 또 총소리가 들려왔다. 그 소리는 밤의 적막을 뒤흔들면서 길게 꼬리를 잇다가 멀리 사라져갔다. 탕! 탕! 그 소리에 쫓기듯 여자가 갑자기 신음을 토하면서 그를 품에 안고 바르르 떨었다.

"무서워요. 무서워 죽겠어요. 꼭 안아줘요!"

그는 으스러지게 그녀를 껴안았다.

"세상이 왜 이렇게 무서워지는지 모르겠어요. 계엄군이 금방 들이닥칠 것 같아요."

"계엄군이 이런 데 왜 오겠어요."

"모르죠. 날 또 잡아갈지 누가 알아요. 형사들이 가끔씩 찾아와서 이것저것 캐묻다 가요. 정말 끈질긴 사람들이에요. 이런 데 숨어 있으면 안전할 줄 알았는데 그렇지 않아요. 가명으로 숨어 있으면 못 찾아낼 줄 알았는데 안 그래요. 귀신같이 냄새를 맡고 찾아오더라구요."

"찾아오는 이유가 뭐예요?"

"사상범 전과자라 관리가 필요하다는 거죠. 빨갱이 전과가 있으면 평생 감시망을 벗어날 수가 없어요. 감시도 대물림하나 봐요. 그게 언제 적 일인데 아직도……."

그녀는 한숨을 푹 내쉬다가 두 다리를 벌리며 그의 몸뚱이를 끌어당겼다.

"이런 이야기 그만하고 우리 한 번 더 해요. 이야기하러 온 건 아니잖아요."

"통금에 걸려서 온 거예요."

"그런 줄 알았어요. 통금 때문에 할 수 없이 자고 가는 사람이 많아요. 그런 사람은 날이 새자마자 도망치듯 빠져나가요. 하지도 않고 돈만 내고 가는 남자들도 많아요."

"하지도 않고 가는 남자들을 보면 어때요?"

"날 귀찮게 하지 않으니까 편하긴 하지만 한편으로는 무시당한 것 같아서 자존심 상하기도 해요."

"나도 하고 싶은 생각은 없었어요. 그냥 눈 좀 붙였다가 통행금지 끝나면 가려고 했어요."

"좀 솔직해질 수 없어요? 내가 늙어빠진 창녀라 그런 거예요?"

"그, 그건 아니고……."

마음과는 달리 자신의 물건이 팽창한 것을 보고 그는 좀 부끄러운 생각이 들었다. 그녀는 그것을 부드럽게 쓰다듬다가 거기다 입을 갖다댔다. 그녀가 입으로 정성 들여 애무하자 그것은 금방 터질 듯이 부풀어 올랐다.

"이래도 하고 싶지 않아요? 물건이 멋져요."

이 여자의 기구한 사연이 내 덜미를 잡는구나 하고 생각하면서 어쩔 줄 모르고 있는데 여자가 먼저 그의 몸 위로 자신의 몸을 실었다. 그때 만일 그녀를 밀어내고 일어선다면 여자는 틀림없이 울음을 터뜨릴 것만 같았다. 그녀는 익숙하게 그의 물건을 삽입한 다음 그것을 조이면서 가볍게 엉덩방아를 찧기 시작했다. 그와 함께 숨소리가 서서히 거칠어지기 시작했다. 얼결에 몸을 섞었던 첫 번째하고는 느낌과 감정이 완전히 달랐다.

도망 다니는 처지에 이게 무슨 짓이람. 그는 민망한 생각이 들었지만 몸의 감각은 그의 생각과는 반대 방향으로 반응하고 있었다. 감각은 목마른 나무처럼 갈구하고 있었고, 벌써 마음은 허덕이고 있었다. 늙은 창녀와 몸을 섞을 것이라고는 꿈에도 생각해본 적이 없었다. 그의 주위에는 항상 젊고 예쁜 여자들만 있었고, 그는 그런 여자들만 상대해왔던 것이다. 하지만 이 늙은 창녀한테는 함부로 대할 수 없는, 아니 냉정히 뿌리칠 수 없는 무엇인가가 있었다. 그녀의 과거가 너무 기구했기 때문일까. 그래서 너무 측은해서 그런 것일까. 딱히 그런 것만은 아닐 것이다. 그는 참지 못하고 그녀를 눕히고 그 위로 몸을 실었다. 그녀는 다리를 벌리고 그를 깊이 받아들이면서 잔뜩 달아오른 목소리로 말했다.

"여보라고 불러도 돼요?"

그는 아득해지면서 거칠고 힘차게 그녀를 밀어붙였다.

"여보라고 불러도 돼요?"

여보라는 한마디가 그렇게 부르고 싶을까. 죽은 남편이 생각나는 모양이지. 아무려면 어때.

"맘대로 해요."

"여보!"

뜨거운 입김에 귀가 타는 듯했다. 그는 으스러지게 그녀를 끌어안고 온 힘을 다해 자신을 그녀의 몸속으로 밀어 넣었다.

"아아, 이대로 죽어버리고 싶어요. 여보!"

그녀의 말에는 거짓이 하나도 없는 것 같았다. 그는 가여운 생각에 더 뜨겁게 그녀를 끌어안았다.

빨갱이 사냥

늙은 창녀 목화의 본명은 박선화였다. 그녀가 조남구와 결혼한 것은 열아홉 살 때였다. 남편은 그녀보다 아홉 살이 많은 스물여덟 살이었다. 해방이 되기 전까지만 해도 그는 경성콤그룹(국내 사회주의 공산주의 운동가들의 최후 집결체이자 독립운동 단체) 멤버로 지하운동을 하다가 일경에 체포되어 감옥살이까지 했었다. 말이 공산주의 운동이지 그는 사회주의적 무정부주의 쪽에 더 가까웠다.

그녀가 남구를 만난 것은 야학에서였다. 남구는 지하운동을 하는 한편으로 학교에 못 가는 가난한 청소년들을 위해 야학을 열고 있었는데, 서울에서 여학교에 다니고 있던 선화는 보조 교사로 그를 도와주고 있었다. 그러다가 남구의 지하운동에도 따라다니면서 이런저런 잔심부름을 하는 동안 그의 사상에 동조하게 되었고, 그러는 사이 두 사람은 떨어질 수 없는 연인 사이가 되었다. 그의 연인이자 동지로서 그녀는 경성콤의 기관지인 〈꼼뮤니스트〉를 은밀히 배포하는 일을 맡아 하기도 했다. 그러다가 남구가 붙잡히자 그녀도 하던 일을 접고 도피 생활에 들어갔던 것이다.

일본이 패망하자 남구는 감옥에서 나와 선화와 잠시 재회한 후 건국의 소용돌이 속으로 뛰어들었다. 그들이 정작 결혼한 것은 해방 후 두 해가 지나서였다. 그들은 서울에 신접살림을 차렸고, 그 이듬해 그녀는 아들을 낳았다.

해방 직후의 과도기였기 때문에 국내 상황은 어수선했고, 남쪽은 국내 사정도 잘 모르는 미군이 어설프게 군정을 실시하고 있었다. 선화는 신혼 생활도 잠시, 남편이 건국 활동에 뛰어들면서 제대로 가족만의 행복한 시간을 가질 수가 없었다. 과거 독립운동을 함께했던 동지들은 그를 계속 불러냈고, 피가 펄펄 끓는 그 역시 건국을 눈앞에 두고 가만 앉아 있을 수가 없었다.

그는 남로당 조직에 참여하면서 거의 집에 들어갈 시간이 없었고, 미 군정이 포고령을 내려 공산당 활동을 불법화시키고 그 지도자들에 대해 검거령을 내리자 지하로 잠복, 일제강점기 때처럼 도피 생활을 시작했다. 그 바람에 가족과 또 생이별을 해야 했고, 때가 되기만을 기다리면서 계속 숨어 다녔다.

선화 역시 그의 부인이라는 이유로 갈수록 감시가 심해지고 강제로 연행되어 조사받는 일이 잦아지자 더 이상 서울 생활을 계속할 수가 없어 고향인 마산으로 내려갔다. 남구도 나중에 마산으로 숨어들었지만 가족과 함께 살지는 못하고 벽돌공장에 위장 취업해서 숨어 지냈다. 그러다가 수사망이 좁혀져오는 것을 느끼고는 남로당 요원들과 함께 삼팔선을 넘어 평양으로 들어갔다.

안심하고 지낼 수 있는 데가 북쪽밖에 없었던 것이다.

얼마 후 그는 기차를 타고 모스크바에까지 가보았다. 공산주의 원조 국가가 과연 어떻게 생겼는지, 그 안에 사는 사람들이 어떻게 살고 있는지, 말 그대로 이상 국가인지 두 눈으로 직접 보고 싶었다. 평양에는 김일성과 함께 스탈린 사진이 도처에 걸려 있었다. 우상화 작업이 한창인 것을 보고 적이 실망했는데, 모스크바도 마찬가지였다. 곳곳에 코밑수염을 기른 스탈린 사진이 걸려 있어 안 보려야 안 볼 수가 없었고, 거기에 그는 완전히 질리고 말았다.

시베리아 횡단 열차를 타고 평양으로 돌아오는 동안 그는 내내 울적한 기분을 떨쳐버릴 수가 없었다. 혁명에 대한 열망은 민망할 정도로 차디차게 식어 있었고, 뭔가 크게 잘못되었다는 생각에 도무지 잠을 이룰 수가 없었다. 일제 치하에서 거기에 저항하면서 혁명을 꿈꾸던 그 시절이 그리웠다. 동지들은 고통스러웠지만 순수한 열정에 몸을 사르고 있었고, 마침내 일제가 패망하자 그들이 꿈꾸던 새로운 세상이 손에 잡힐 듯 눈앞에 펼쳐진 것 같아 감격의 눈물을 흘리기까지 했었다. 그러나 그런 기대와는 달리 세상은 이상한 방향으로 변질되고 있었다. 나라는 남북으로 갈리고 있었고, 남북 어디에도 그가 끼어들 자리는 없는 것 같았다.

북쪽은 혁명을 통한 이상주의 사회가 아닌, 개인숭배와 거기에 따른 권력 암투와 숙청의 회오리바람이 거리를 휩쓸고 있었다. 혁명에의 순수한 열정은 회색분자와 반동으로 낙인찍혀 쓰레기 취급을 받고 있었고, 거기에 저항하면 숙청의 반열에 올라 한 밤중에 사라지기 일쑤였다. 밤은 점점 어둠의 공포로 변해갔고, 사람들은 앵무새처럼 누군가를 계속 찬양하거나, 아니면 숫제 입을 다물고 있어야 했다.

한편 남쪽은 이른바 빨갱이 검거 선풍이 불고 있었다. 미소 냉전시대를 맞아 공산화에 공포감을 느낀 미국은 미 군정을 통해 점령 지역을 철두철미 반공국가로 만들기 위해 온갖 강압적인 수단을 동원하고 있었다. 그를 위해 과거 조선에서의 친일 행위 같은 것은 일절 문제 삼지 않고 덮어둔 채 기존의 체제를 그대로 유지하기 위해 친일분자들을 대거 요직에 앉혔다. 다년간 미국에서 생활하고 영어에 능통한 데다 기독교 신자인 이승만은 그와 같은 미 군정의 정책에 가장 적합한 인물이었고, 그를 간파한 이승만은 미 군정을 등에 업고 단기간에 남한만의 정부를 수립, 권좌에 올랐다.

미 군정처럼 친일분자들을 대거 권력 유지에 이용한 이승만은 그들에게는 구세주나 다름없었고, 현실적으로 더할 수 없이 든든한 후원자인 셈이었다.

미 군정의 입맛에 딱 들어맞은 이승만의 반공 일변도 정책에 편승한 친일분자들은 친일 문제를 거론하면서 자신들을 비판해 온 인사들을 반공이라는 이름 아래 빨갱이로 몰아세우면서 역공을 가했다. 군과 경찰력이 부족하자 우후죽순처럼 생겨난 각종 민간단체들까지 동원, 대대적인 빨갱이 사냥에 나섰다. 빨갱이로 체포된 사람들 가운데에는 공산주의자들도 있었지만 그보다는 거의 아무 의식도 없는 선량한 양민들이 대부분이었다. 방방곡곡에서 검거 선풍이 불었고, 체포된 사람들은 어디다 하소연도 못한 채 한밤중에 무더기로 끌려가 처형되었다. 이와 같은 양민학살은 1950년 6월, 전쟁이 발발하자 거의 발광 상태로 돌입한다.

군인과 경찰, 각종 청년단체들은 마치 제 시절을 만난 듯 정신없이 날뛰면서 그들이 말하는 이른바 빨갱이들을 일거에 쓸어버리기 위해 전국 도처에서 일제히 무차별 살육극을 벌였다. 그 가운데서 가장 대표적인 것이 보도연맹원 학살이었다.

보도연맹은 이승만 정권의 강력한 반공정책을 뒷받침하기 위해 만들어진 관제 반공단체였다. 듣기 좋게 겉으로 내세운 것이 반공이었을 뿐 그 내용은 좌경화된 사람들을 모아서 지도 계몽한다는 아주 그럴듯한 명분으로 결성된 것으로, 간단히 말하면 이른바 불순분자들을 다루기 쉽게 한데 묶어 관리하는 조직이었다. 그런데 회원수를 무리하게 늘리다 보니 좌우가 뭔지도 모르는 사람들이 대거 회원으로 등록되었다. 각 면 단위까지 지시가 내려가 할당된 숫자를 연맹에 가입시키기 위해 아무것도 모르는 양민들에게 그저 형식적인 것이니 지장만 찍으면 쌀 한 말을 주겠다는 식으로 유인하여 회원수를 늘이다 보니 그 수가 수십만에 달하게 되었다. 그리고 이듬해 전쟁이 발발하자 보도연맹원들을 모두 처단하라는 명령이 하달되었고, 전국 도처에서 수십만 명이 한밤중에 영문도 모른 채 끌려 나가 재판도 없이 잔인하게 학살되었다. 일제강점기에서도 없었던 일이 동족의 손에 의해, 그것도 정부의 지시로 자행되었던 것이다. 수십만 보도연맹원들뿐만 아니라 다른 여러 가지 구실이 붙어 학살된 양민의 수는 거의 백만에 달했고, 그들이 흘린 피의 강을 타고 전쟁은 수행되었던 것이다.

군경과 청년단원들이 덮쳤을 때 조남구는 통영 바닷가 한쪽에 세워져 있는 수산물 창고에 숨어 있었다. 하루 종일 생선 비린내를 맡으며 숨어 있은 지 두 달 만이었다. 그전에는 시장통에 있는 처가 쪽 사람 집 다락방에 숨어 있었는데, 불안해하는 집주인한테 더 이상 부담을 주고 싶지 않아 수산물 창고로 은신처를 옮겼던 것이다. 그 창고는 아내의 큰아버지 소유였는데 그가 좌익으로 몰려 처형당하자 원한에 사무친 그의 노모가 서슴없이 남구에게 그곳을 제공해주었던 것이다. 그곳에 그가 숨어 있는 것을 알고 있는 사람은 그 노모, 그러니까 선화의 친할머니와 선화 두 사람뿐이었다.

남구가 평양에서 환멸을 느끼고 다시 남쪽으로 내려온 것은 일 년쯤 전이었다. 그러나 이미 수배 대상에 올라 있는 그가 취할 수 있는 길은 자수하든가 잠적하든가 둘 중의 하나였다. 하지만 자수한다는 것은 스스로 죽음을 택하는 것이기 때문에 깊이 생각해볼 필요가 없었다. 일단 빨갱이로 낙인찍히면 자수하더라도 살려두지 않고 무조건 처단한다는 것은 공공연한 비밀이 되어 있었다.

군경과 청년단원들이 창고 문을 부수고 안으로 들이닥쳤을 때 그는 천장까지 높이 쌓아 올린, 생선을 담았던 빈 나무상자들 속에 둘러싸여 있었다. 나무상자들 사이로 들어갈 수 있게 출입구는 상자들로 교묘하게 위장되어 있어서 여간해서는 발각될 수 없게 만들어져 있었다.

"조남구! 숨어 있지 말고 나와라! 다 알고 왔으니까 숨어봐야 소용없어!"

그들이 외치는 소리를 듣는 순간 그의 몸에는 경련이 일었다. 그는 숨을 죽인 채 꼼짝도 하지 않고 가만히 있었다.

그는 새파랗게 젊은 서른한 살이었고, 하고 싶은 일이 너무도 많았다. 거기다 그에게는 사랑하는 아내와 어린 자식이 있었다. 당연히 자신은 앞으로 수십 년은 더 살아야 마땅했다. 그런데 지금 자신의 운명이 끝나려 하고 있었다. 그것도 악인들이 자신의 숨통을 끊어놓으려 하고 있었다. 그는 절대 자신의 운명을 그들의 손에 넘겨주고 싶지 않았다. 그는 너무 억울해서 그럴 수가 없었고, 어떻게 해서든지 살고 싶었다. 하지만 살기 위해 도망친다는 것은 도저히 불가능해 보였다. 완전히 포위된 마당에 끝까지 저항하다가 총에 맞아 죽든가, 아니면 자수해서 조금이라도 목숨을 부지하는 길밖에 다른 방법은 없는 것 같았다. 자수하더라도 무조건 처형당한다는 것은 세상이 다 아는 일이었다. 그렇더라도 혹시 모르지 않는가. 운이 좋아 처형을 면할 수만 있다면 일단 목숨은 건지게 된다. 그런데 누가 고자질을 했을까. 아내의 친할머니는 며칠 전 세상을 떠났고, 이 장소를 알고 있는 사람은 아내밖에 없다. 놈들이 아내를 못살게 굴어, 견디지 못한 아내가 할 수 없이 입을 연 게 아닐까. 그렇더라도 그는 아내를 원망할 생각은 추호도 없었다.

국내에서 대학을 다니다가 그는 도쿄로 유학을 가서 건축을 공부했었다. 건축을 전공하고 나서 조국이 해방되면 자신이 설계한 건축들로 서울 시내를 도쿄처럼 바꾸고 싶다는 야심을 가지고 있었다. 그러나 그런 생각은 자꾸만 뒤로 밀려났고, 그보다는 시대 상황에 더 관심이 많아 거기에 민감하게 반응하고 있었다. 그런 그가 일제에 저항하는 지하운동에 뛰어든 것은 아주 자연스러운 일이었다. 당시 도쿄에는 군국주의를 혐오하는 반전모임들이 있었는데, 그중에서 아나키즘 모임이 가장 그의 마음에 들었다. 일제는 자본주의와 일본 극우에 반대하는 세력은 무조건 싸잡아 공산주의자로 보고 있었기 때문에 그는 요시찰 인물로 감시를 받다가 후테이센진(不逞鮮人, 불령선인)으로 체포되어 일 년쯤 옥살이를 하다가 서울로 돌아왔다. 그때부터 그는 좀더 적극적으로 지하운동을 벌였고, 그 바람에 수차례 체포되었다가 해방을 맞았다.

자유민주적인 새로운 나라를 건설해야 한다는 열망 속에서 그가 가장 노력을 기울인 것은 친일분자들을 색출해서 처벌하는 일이었다. 그들이 여전히 설치도록 내버려둔 채 신생 독립국가를 건설한다는 것은 아무런 도덕적 기반도 없이 나라를 세우는 짓이나 다름없었다. 친일분자들을 깨끗이 청소한 뒤에 나라를 세워야 민주적이고 건강한 신생 국가가 될 수 있다는 것이 그의 생각이었다. 그렇지 않고 친일분자들을 그대로 방치할 경우 국가권력은 기득권을 가지고 있는 그들의 손아귀에 들어갈 것이고, 그렇게 되면 나라는 부패하고 혼탁한 나락으로 떨어지고 말 것이라고 그는 기회 있을 때마다 사람들 앞에서 역설했다. 하지만 시간이 흐르면서 그는 수세에 몰리기 시작했고, 이승만 정권의 비호하에 권력을 잡은 친일분자들에 의해 빨갱이로 지목되어 쫓기는 신세가 되었던 것이다.

"나오지 않으면 불을 지르겠다!"

그가 총이라도 가지고 있을까 봐 함부로 접근하지 못한 채 서성거리고 있던 청년단장이 고함을 질렀다. 걸핏하면 사람을 살상하는 데 이골이 난 그는 저승사자라는 별명을 가지고 있었는데, 그는 그것을 오히려 자랑스럽게 생각하고 있었다. 그의 마수에 한번 걸리면 살아나는 사람이 없기 때문에 붙여진 별명인데도 그는 거기에 전혀 개의치 않았다. 그가 뱀같이 생긴 눈으로 노려보면 모두가 두려움에 움츠러들 정도로 그는 공포의 대상이었는데, CIC(미군방첩대) 파견대장이 그의 동생이라는 배경 때문에 아무도 그를 제지하지 못하고 있다는 소문이 파다했다. 일제 때는 일본군 오장으로 만주 지역에 근무하면서 불온한 조선인과 중국인들의 목을 무수히 잘랐다고 자랑하곤 했다.

생선 상자들은 바짝 말라 있어서 불을 붙이면 금방 불이 번져 창고 안은 순식간에 화염에 휩싸일 것이 분명했다.

창고 주위에는 어느새 구경꾼들이 잔뜩 몰려와 있었다. 그들 가운데는 선화도 있었는데, 그녀는 군복 차림의 사내들에게 두 팔이 붙잡혀 있었다.

"비켜! 비켜!"

군복이 총대로 사람들을 헤치자 선화는 그 사이로 끌려갔다. 저승사자가 기다리고 있다가 그녀의 팔을 움켜잡고 안쪽으로 들어갔다. 그녀는 고문으로 온몸이 망가져 몸을 가누기조차 힘들었지만 그보다는 남편의 생사가 걱정되어 견딜 수가 없었다. 그녀가 남편이 숨어 있는 곳을 정확히 가리키자 저승사자가 생선 상자를 걷어찼다.

"조남구! 빨리 나와! 안 나오면 태워 죽일 거야!"

사납게 소리치고 나서 그는 주먹으로 선화의 어깨를 후려갈겼다. 그녀는 울먹이는 소리로 남편을 불렀다.

"용수 아빠, 빨리 자수하세요! 자수하면 살려준대요! 저하고 약속했어요! 약속했으니까 안심하고 나오세요!"

그녀는 시킨 대로 울먹이며 말했다. 그러자 구석 쪽에서 반응이 있었다.

"그놈들 말 믿지 마! 그놈들은 모두 거짓말쟁이야!"

남구는 온몸이 부르르 떨려왔다. 아내를 그곳까지 끌고 온 자들에 대한 분노 때문이었다. 이제 비로소 아내가 고자질한 것을 알았지만 오죽했으면 그랬을까 싶어 오히려 자기 때문에 고생하는 아내가 가여워 견딜 수가 없었다.

"정말 안 나올 거야? 좋아! 방법은 얼마든지 있어!"

맨 아래쪽 상자들을 잡아 뽑자 위에 쌓여 있던 상자들이 와르르 무너졌다. 여러 명이 달려들어 무너진 상자들을 한쪽으로 치우고 몇 발자국 앞으로 다가섰다. 높은 천장까지 가득 쌓인 상자 벽은 여전히 두꺼운 벽을 이루고 있었다. 그것들을 모두 치우려면 시간이 꽤 걸릴 것 같았다. 조남구가 총질을 할 수도 있다는 생각에 그들은 마음대로 움직일 수도 없었다.

"불을 질러!"

저승사자가 명령을 내리자 중위가 당황해서 무슨 말인가 할 듯하다가 상대방의 기세에 눌려 입을 다물었다. 사내 하나가 종이에 불을 붙인 다음 상자 밑으로 밀어 넣었다.

"아이구, 안 됩니더! 창고를 태우면 안 됩니더! 우리는 뭐 먹고 살라고……."

창고 주인집 둘째 아들이 달려들어 매달리자 저승사자가 총개머리판으로 사정없이 그의 뒤통수를 후려갈겼다.

"빨갱이 새끼를 숨겨준 놈도 똑같이 빨갱이야! 이 안에 도대체 몇 명을 숨겨준 거야? 이 빨갱이 새끼!"

주인집 아들은 머리에 피를 뒤집어쓴 채 부들부들 떨다가 길게 뻗어버렸다.

"이 새끼, 끌어다 차에 실어! 도망 못 가게 감시해. 즉결처분이다."

단원 하나가 허리를 굽혀 쓰러진 사내의 얼굴을 들여다보더니 고개를 흔들었다.

"기절한 것 같은데요."

"아무튼 차에 실어. 차에 싣고 가다가 죽었으면 내다 버려."

"알겠습니다."

두 명의 대원들이 양쪽에서 다리 하나씩을 잡아끌고 창고 밖으로 나가는데, 불길이 어느새 천장까지 치솟고 있었다.

"아이구, 살려주세요! 살려준다고 약속하지 않았습니까? 제발 살려주세요!"

이번에는 옷이 찢기고 산발한 젊은 여자가 저승사자에게 달려들었다. 선화였다.

"이건 또 뭐야?"

저승사자는 개머리판으로 그녀의 복부를 찔렀다.

"이년아! 자수하라고 해도 자수 안 하잖아! 타죽기 전에 빨리 나오라고 해!"

검붉은 연기와 함께 뜨거운 열기가 훅 덮치는 바람에 그들은 얼른 뒤로 물러섰다. 운동장처럼 넓은 창고 안은 금방 화염으로 가득 차오르고 있었다. 선화는 발을 동동 구르며 남편이 숨어 있는 쪽을 향해 소리를 질러댔다.

"빨리 나오세요! 나오면 살 수 있어요! 빨리 나와요! 용수 보고 싶지 않아요? 용수가 아빠 찾고 있어요!"

그 판에 상황 파악을 못하고 불을 끄겠다고 허겁지겁 물통을 들고 온 사람들은 발길에 차이고 개머리판에 얻어맞고는 밖으로 쫓겨났다.

선화는 저승사자가 남편을 태워 죽이려는 것을 보고 자신이 속은 것이 아닌가 하고 생각했다. 놈이 남편이 숨어 있는 곳을 알려주면 그를 살려주겠다고 약속했기 때문에 그녀는 그 말을 철석같이 믿고 남편의 은신처를 알려주었던 것이다.

물론 처음부터 그녀가 저승사자의 추궁에 술술 불었던 것은 아니었다. 발가벗긴 채 온갖 고문을 당하고 놈에게 강간까지 당했지만 그녀는 끝까지 행방을 모른다고 버텼었다. 그녀는 얼굴이 예쁜 데다 몸매까지 뛰어났기 때문에 저승사자는 처음부터 그녀한테 눈독을 들이고 접근했던 것이다. 상대가 수배 대상인 빨갱이 아내이기 때문에 구실은 얼마든지 있었다. 그녀를 끌어다 가둬놓고 무슨 짓을 해도 간섭할 사람은 아무도 없었고, 그래서 그는 꼴리는 대로 마음 놓고 그녀를 농락할 수 있었다.

사디스트인 그는 그 정도가 심해 일본군에 복무할 때부터 점령지의 여자들을 강간한 다음 칼로 음부를 도려내거나 젖가슴을 잘라내기도 하는 등 잔학한 짓을 자행해 그 증상을 키워왔었다. 그런 그에게 선화는 그야말로 먹음직스러운 먹잇감이었다. 그녀가 쉽게 불지 않으리라는 것을 알고 있는 그는 고문 시간이 길어질수록 그 시간을 즐기면서 그녀를 괴롭혔다. 그는 항상 막걸리를 마시면서 취한 채 그녀를 상대했다. 홀딱 벗겨놓고 가죽 띠로 철썩철썩 갈길 때마다 하얀 피부에 새겨지는 뱀 같은 자국들을 보는 것을 좋아했고, 피부가 찢어져 온몸에 피가 번지고, 때릴 때마다 피가 사방으로 튀는 것을 볼 때면 희열을 느끼곤 했다. 불에 달군 쇠꼬챙이로 다리를 지지면 그녀는 비명을 지르며 떼굴떼굴 구르곤 했는데, 그럴 때면 그는 한 손으로 막걸리 사발을 기울이면서 껄껄거리고 웃고는 했다.

만신창이가 된 몸을 가누지 못하고 쓰러져 있으면 그제야 그는 그녀를 탁자 위에 눕혀놓고 강간을 하곤 했다. 그와 같은 상태에서의 교접이야말로 그를 환희의 절정에 오르게 하는 그 나름의 변태적인 방법이었던 것이다. 하지만 온갖 고문을 당하고 수차례 강간까지 당하면서도 그녀는 남편이 숨어 있는 곳을 자백하지 않았다. 저승사자는 생각 끝에 그녀의 세 살짜리 어린 아들을 데려오게 했다. 그녀가 보는 앞에서 아기를 굶기면서 울어대는 아기를 맨바닥에 던져놓고 그 위에다 찬물을 쏟아붓자 아기는 자지러지게 울어대다가 기절하고 말았다. 자, 이래도 말 안 할 거냐? 한참 후 아기가 깨어나자 그는 또 찬물을 들어부었다. 아기가 기절하는 것을 보고 그녀는 몸부림치다가 자신도 혼절하고 말았다. 아기에게 가하는 고문은 그녀가 그때까지 받아온 그 어떤 고문보다도 그녀를 견디기 어렵게 만들었다. 저승사자는 술에 취해 비틀거리면서 아기의 두 다리를 움켜잡고, 마치 갓 잡은 닭을 들고 가듯 아기를 거꾸로 들어올리더니 "고놈 통통하게 살이 올랐네. 돼지우리에 던져 넣으면 돼지가 맛있게 먹어치우겠는데."
하고 말했다. 그리고 돼지우리가 있는 뒤곁으로 나갔다. 놈이 하는 짓으로 봐서는 정말 아기를 돼지 먹이로 던져줄 것만 같았다. 선화는 울부짖으면서 말하겠다고 소리쳤고, 그는 그것 보라는 듯이 도로 안으로 들어왔다. 남편을 죽이지 않고 살려만 준다면 숨어 있는 곳을 말하겠다고 하자 저승사자는 하늘에 맹세코 목숨은 살려줄 테니 걱정하지 말고 말하라고 했고, 그녀는 두 번 세 번 다짐을 받고서야 비로소 은신처를 알려주었던 것이다.

생선 상자 사이에 웅크리고 있던 남구는 매운 연기에 기침을 하면서 수건으로 입을 가렸다. 정말 놈들이 태워 죽일 모양이라고 생각하자 그대로 앉아서 타죽을 수는 없다는 생각이 들었다. 더 이상 버틴다는 그 자체가 더없이 어리석은 짓 같았다. 놈들이 질러대는 고함 소리는 이제 들려오지 않고 그 대신 아내의 울부짖는 소리만 들려오고 있었다. 무엇보다도 아기가 아빠를 찾고 있다는 아내의 말에 그의 마음은 크게 흔들리고 있었다. 죽을 때 죽더라도 마지막으로 아기를 한번 안아보고 싶은 것이 그의 간절한 소원이었다. 세 살배기 아들을 안아본 것이 지금까지 서너 번 되었을까. 아들을 데리고 함께 놀아본 적이 있었던가. 그는 갑자기 지금까지 살아온 자신의 삶이 후회되었다. 부정한 삶은 아니었지만 꼭 이렇게 살아야만 했을까. 세상이 어떻게 돌아가든 모른 체하고 가정에 충실한 소박한 생활을 했다면 이렇게 비참한 운명을 맞게 되지는 않았을 것이다. 내가 앞장서 나선다고 해서 세상이 바뀌는 것도 아니다. 세월이 흐르면 지금 사람들은 다 죽고 새로운 세대가 태어난다. 그러다 보면 세상도 바뀔 것이다. 나는 항상 바쁘게 살아왔다. 집을 떠나 거의 밖에서만 지냈고, 거기다 쫓기는 몸이 되고 보니 집에는 돌아갈 수도 없게 되었다. 귀여운 아기에게, 사랑하는 아내에게 큰 죄를 짓고 말았다. 만일 내가 살아남을 수만 있다면 모든 것 다 버리고 오로지 아내와 아들을 위해서만 내 모든 것을 바치고 싶다. 아, 아기가 보고 싶다! 한 번만 안아볼 수 있다면…….

"나간다! 나가!"

그는 쿨럭쿨럭 기침을 해대면서 소리를 질렀다.

생선 상자들은 되는대로 쌓여 있었지만 그가 숨어 있는 공간의 한쪽 밑에는 혼자서 기어나갈 수 있는 장치가 교묘하게 만들어져 있었다. 상자들을 서너 개 빼내자 한 사람이 겨우 빠져나갈 수 있는 공간이 생겼다. 그곳을 기어나가자 앞이 막혀 있었다. 또 상자들을 들어낸 다음 몸을 앞으로 밀어 넣었다. 그렇게 네 번째 공간을 통과하자 비로소 바깥으로 빠져나갈 수 있었다. 그가 모습을 드러내기 무섭게 여러 개의 총부리가 일제히 그를 겨누면서 다가왔다.

"손들어!"

그는 두 손을 번쩍 쳐들었다. 그의 두 팔은 뒤로 꺾였고, 손목에는 즉시 수갑이 채워졌다. 두 명이 양쪽에서 꼼짝 못 하게 두 팔을 움켜잡자 저승사자가 담배를 꼬나문 채 느물거리면서 다가

왔다.

"어데, 빨갱이 새끼, 낯짝 좀 보자. 꼭 기생오라비같이 생겼네."

그의 입에서는 술 냄새가 풍겼다.

남구는 재빨리 주위를 둘러보았다. 조금 떨어진 곳에 모여 서서 호기심 어린 눈으로 이쪽을 바라보고 있는 구경꾼들 사이로 아내가 보였다. 그녀는 군복에게 덜미가 잡힌 채 그를 향해 미친 듯 손을 흔들어대고 있었다. 그도 아내에게 손을 흔들고 싶었지만 그럴 수가 없었다.

"네놈 때문에 내가 얼마나 애먹었는지 알아? 이 빨갱이 새끼야! 이젠 다시 도망 못 갈 거다!"

이렇게 욕설을 퍼부으면서 저승사자는 갑자기 개머리판으로 남구의 오른쪽 발등을 찍었다. 그의 발등은 양말도 신지 않은 맨발이었다. 저승사자는 왼쪽 발등도 거침없이 내려찍었다.

"어이쿠!"

남구는 비명을 지르면서 주저앉으려고 했지만 양쪽에서 팔을 움켜잡고 있어서 그럴 수가 없었다. 으스러지고 터진 발등은 어느새 피범벅이 되어 있었다.

"자, 이제 마음대로 도망가 봐라. 이 새끼야! 걸어가!"

저승사자가 뒤에서 그의 엉덩이를 걷어차자 두 사내가 움켜잡고 있던 남구의 팔을 풀어주었다.

"걸어가란 말이야!"

저승사자가 다시 한 번 그의 엉덩이를 냅다 걷어찼다. 남구는 주춤거리며 한두 걸음 발을 떼다가 더 이상 걷지 못하고 무릎을 꿇고 말았다. 기다렸다는 듯이 저승사자가 군홧발로 그의 등짝을 밟아댔다.

"일어나, 빨갱이 새끼야!"

그가 일어나지 못하자 두 대원이 움직이지 못하는 그를 질질 끌고 트럭 쪽으로 다가갔다. 저승사자는 그것을 흡족한 표정으로 바라보고 있었다. 빨갱이 새끼는 붙잡는 즉시 개머리판으로 발등을 찍어버려야 도망 못 간다. 이것은 그가 생각해낸 것으로, 그는 눈앞에 당장 보이는 그 효과를 음미하면서 자신의 기발한 착상에 더없이 기뻐하고 있었다.

남구는 그 고통 속에서도 구경꾼들 앞을 지나갈 때 아내를 찾았다. 그녀는 발을 동동 구르며 울부짖고 있었다. 시선이 마주치자 그는 얼굴을 일그러뜨리며 고개를 끄덕였다. 그러자 덜미가 잡혀 있던 아내가 사내의 손을 뿌리치고 그에게 허둥지둥 달려왔다. 하지만 사내가 뒤에서 "이 쌍년, 가긴 어딜 가?" 하고 욕설을 내뱉으면서 총대로 어깨를 후려갈기는 바람에 그녀는 땅바닥에 나동그라지고 말았다. 쓰러진 그녀의 몸뚱이 위로 군홧발이 사정없이 내리찍혔다. 정신을 차릴 수 없는 사이 남편의 목멘 목소리가 들려왔다.

"내 걱정은 하지 말고 아기나 잘 보라고! 걱정하지 마!"

그녀가 고개를 들었을 때 남편은 트럭에 오르고 있었다. 오르는 게 아니라 짐짝처럼 내던져지고 있었다. 그녀는 남편에게 마지막으로 한마디를 해주고 싶었다.

"살려준다고 약속했으니까 걱정하지 말아요!"

하지만 그 말은 목이 메는 바람에 나오다가 말았다.

트럭 안에는 이미 앉을 자리가 없을 정도로 사람들이 빽빽이 들어차 있었다. 모두가 허리를 잔뜩 구부린 채 고개를 푹 숙이고 있었다. 총을 든 군복들이 트럭 위에 삥 둘러서서 고개를 쳐들거나 허리를 펴거나 하면 개머리판으로 사정없이 내려치는 바람에 사람들은 꼼짝도 못 한 채 숨을 죽이고 있었다.

머리 위에서는 태양이 이글거리고 있었고, 바닷가에는 유난히 많은 갈매기가 어지럽게 몰려다니고 있었다. 트럭은 한참을 달리다가 벽돌로 지은 어느 낡은 창고 앞에 멈춰 섰다. 그것은 양조장으로 사용하던 창고로, 지금은 주로 시국사범들을 가둬두는 데 이용되고 있었다.

부축을 받고 간신히 트럭에서 내린 남구는 창고 안으로 들어가기 전에 수갑을 풀어주는 것을 보고 목숨은 건지는가 보다 하고 생각했다. 안으로 떠밀려 들어가면서도 그의 입에서는 조심스럽게 안도의 한숨이 흘러나왔다. 꽤 넓어 보이는 창고 안에는 이미 많은 사람들이 갇혀 있었는데, 그중에는 젊은 여자들도 몇 명 있었다. 트럭에 실려 온 사람들이 밀려들어가자 실내는 빈자리 하나 없이 사람들로 가득 찼다. 천장 가까운 높은 곳에 조그만 창문이 두어 개 있을 뿐이어서 실내는 숨 막힐 듯이 무더웠고, 땀 냄새와 곪은 상처에서 나는 살 썩는 냄새, 피 냄새 등이 뒤엉킨 악취가 진동하고 있었다.

남구는 겨우 자리를 잡고 앉아 새우처럼 몸을 웅크렸다. 발등은 피로 뒤범벅된 채 찐빵처럼 부풀어 있었고, 뼛속을 갉아대는 것 같은 통증 때문에 절로 신음이 흘러나왔다. 하지만 고통에 못 이겨 흘러나오는 신음소리가 한둘이 아니었기 때문에 그에게 관심을 두는 사람은 아무도 없었다. 모두가 공포와 불안 속에서 살아날 길이 없을까 하고 두리번거리고 있을 뿐이었다. 그는 다시 한 번 목숨은 건질 수 있겠지 하고 생각했다. 고통 속에서도 자신을 위로하면서, 울부짖던 아내가 자꾸만 생각나 목이 메어왔다. 아내는 그가 살 수 있을 거라고 몇 번이나 말했었다. 그녀가 그렇게 자신 있게 말한 것으로 봐서는 결코 빈말은 아닌 것 같았다. 그것은 확실한 보장을 받고 한 말인 것 같았다. 그는 그 말을 믿고 싶었다. 목숨만 건질 수 있다면 감옥살이 정도는 감수할 수 있다. 약식재판을 거친 후 감옥으로 보내겠지. 지금은 전쟁 중이고, 상황이 급변하고 있으니까 어떻게든 살아남는 것이 중요하다. 피에 굶주린 이런 미치광이들 손에 죽는 것은 아무 의미도 없는 개죽음일 뿐이다. 그는 몸서리를 치면서 부르르 떨었다.

"어떻게 될 것 같아요?"

그보다 나이 들어 보이는 사내가 퀭한 눈으로 그를 살피면서 물었다. 그의 얼굴은 땀으로 번들거리고 있었다. 남구가 맥없이 고개를 젓자 사내가 말했다.

"연맹원은 무조건 죽인다던데……."

보도연맹원을 말하는 것이었다. 남구는 알겠다는 듯 고개를 끄덕이다가 말았다. 그는 아무 말도 하고 싶지 않았다. 그러자 그 또래의 조그만 사내가 생쥐 같은 눈을 깜박이며 끼어들었다. 그는 얼굴 한쪽이 찢긴 채 부풀어 있었다.

"난 봤어요. 죽이는 거요."

"어디서 봤어?"

나이 든 사내가 물었다.

"저기, 감나무 골짝에서 나무하다가 봤어요."

"어떻게 죽였어?"

"구덩이 파놓고 길게 쭉 꿇어앉히고는 하나씩 총으로 쏴 죽였어요. 뒤통수에다 대고 쐈어요. 총에 맞으면 그대로 구덩이에 굴러떨어졌어요. 구덩이에 떨어지지 않으면 발로 차 넣었어요. 그러고 나서 한 명 한 명씩 겨누고 또 쐈어요. 확실히 죽이려고 쏜 거죠. 다 죽은 걸 확인하고 나서는 흙과 돌멩이로 덮어버렸어요."

조그만 사내는 끔찍하다는 듯 몸서리를 치고 나서 주위의 반응을 살폈다. 모두가 약속이나 한 듯 갑자기 입을 다무는 바람에 무거운 침묵이 흘렀다. 잠시 후 누군가가 그 침묵을 깼다.

"재수 없으면 죽는 거고…… 재수 있으면 사는 거야."

벽에 비스듬히 기댄 채 담배 연기를 푹푹 내뿜던 안경 낀 사내가 가래 끓는 소리로 말했다. 달관한 듯한 말투였다. 그는 머리를 다쳤는지 헝겊으로 머리를 싸매고 있었는데, 피로 벌겋게 물든 헝겊은 말라붙어 있었다. 안경알 한쪽은 한가운데로 금이 가 있었다. 종이로 말아 피운 담배가 다 타들어가 손끝이 뜨거워지자 그것을 바닥에다 버린 뒤 거기다 가래침까지 잔뜩 뱉고 나서 그는 마치 예언자처럼 목청까지 가다듬으면서 다시 입을 열었다.

"이승만이 영감탱이가 그만 좀 죽이라고 해서…… 목숨은 건질 거야. 지심도나 가조도로 데려가서 수용한다니까 너무 걱정하지 않아도 돼."

이게 웬 말이냐는 듯 모두가 그쪽으로 시선이 쏠렸다. 그는 주름살이 많고 헝겊 밑으로 흰머리가 보이는 것이 나이가 꽤 들어 보였다.

"교장 선생님, 그거 정말입니까?"

그를 알아본 사내가 반가운 기색으로 말했다. 교장 선생님이라고 불린 사내는 상대방을 한번 유심히 쳐다보고 나서 고개를 끄덕였다. 모두가 실오라기라도 붙잡고 싶은 심정이었기 때문에 숨을 죽인 채 그의 입에서 다음 말이 나오기를 기다렸다.

"확실하진 않지만 좀 아는 경비원한테 슬쩍 물어봤더니 섬으로 데려간다고 했어요."

"섬에 데려가서 죽이겠죠."

"아니야. 섬에다 가둬놓을 거라고 했어. 확실하진 않지만…… 아마 그렇게 될 거야."

비로소 안도의 한숨 소리가 여기저기서 들려왔다. 교장이라는 남자의 한마디는 그만큼 무게가 있었다.

남구는 바지 주머니 속에서 비닐봉지 속에 들어 있는 것을 꺼내 보았다. 봉지는 풀어지지 않게 실로 단단히 묶여 있었다. 봉지 안에는 무엇인가 은박지로 싼 것이 들어 있었다. 실을 풀고 은박지를 벗기자 이번에는 기름종이로 여러 겹 두른 것이 있었다. 그것을 풀자 마지막으로 사진 한 장과 신분증이 나왔다. 도망 다니는 중에도 그것들을 잘 간수하려고 특히 신경을 썼지만 주머니 안에 넣고 다니는 바람에 많이 구겨지고 해져 있었다.

손바닥 절반 정도 크기의 사진은 흑백사진으로 아기가 첫돌이 되었을 때 아내와 함께 찍은 사진이었다. 아기는 그의 무릎 위에 앉아 있었고, 아내는 그 곁에 앉아 미소를 짓고 있었다. 그는 검정 양복에 넥타이를 매고 있었고, 아내는 한복 치마저고리를 입고 있었다. 아기는 색동옷에 도령 모자를 쓰고 있었고, 한 손에 딸랑이 장난감을 든 채 방글거리고 있었다. 과연 아내와 아들을 다시 만날 수 있을까. 살 수 있을 거라는 막연한 희망 말고는 어떤 확신도 가질 수 없다는 사실이 무엇보다도 안타까웠다. 아기는 토실토실 살이 올라 복덩이처럼 귀여워 보였고, 눈과 입이 큰 것이 나중에 크면 이목구비가 준수한 미남이 될 것 같았다. 그는 한숨을 내쉬고 나서 사진을 뒤집어보았다. 뒷면에는 '趙龍秀 君 첫돌 4282. 4. 9.'이라고 적혀 있었다. 그것은 그가 적어놓은 것이었다. 그는 그것을 뚫어지게 들여다보다가 그 옆에다 몽당연필로 집 주소를 적었다. 연필심이 거의 닳아 있어서 정성 들여 또박또박 눌러썼다. 馬山市會華面鳳洞里 4X番地(마산시회화면봉동리 4X번지). 지금 아내가 의지하고 있는 처갓집 주소였다.

그는 신분증을 집어들고 펴보았다. 그것은 국민보도연맹원증이었다. 그가 거기에 가입한 것은 서울에 있을 때였다. 한밤중에 집 앞에서 연행된 그는 좌익분자들을 계몽하기 위해 설립되었다는 보도연맹에 반강제로 가입한 뒤에야 풀려날 수가 있었다. 거기에는 그의 사진과 함께 인적사항이 간단히 적혀 있었는데, 발행처는 국민보도연맹 서울시종로구연맹이었다. 그것을 버릴까 하다가 그는 앞으로 어떻게 될지 모르는 판에 당분간 간직하고 있는 것이 낫겠다 싶어 사진과 함께 기름종이와 은박지로 여러 번 싼 다음 비닐봉지 속에 집어넣었다. 그것들을 그렇게 두세 겹으로 단단히 싸둔 이유는 물에 젖을까 봐 그런 것이었다. 도피 생활을 하다 보면 느닷없이 비를 흠뻑 맞을 때도 있고 깊은 개울을 건널 때도 있었다.

위에 입은 옷이라고는 땀에 전 러닝과 남방밖에 없었는데, 남방에는 주머니가 두 개 달려 있었지만 단추가 붙어 있지 않아 잠글 수가 없기 때문에 사진과 신분증을 넣어두기가 불안했다. 할 수 없이 그동안 바지 주머니 속에 넣고 다녔는데, 그렇다 보니 그것들이 많이 구겨지는 단점이 있었다. 하지만 다른 방법이 없었다.

그는 발등이 너무 아파 드러누운 채 끙끙 앓다가 잠이 들었다. 비몽사몽간에 자신의 등이 총검에 찔리는 충격에 비명을 지르며 놀라 눈을 떴다. 그때 "조남구!" 하고 부르는 소리가 들려왔다. 그는 얼른 "네!" 하고 대답하고는 몸을 일으켰다가 발이 아파 도로 주저앉았다.

“밖으로 나와!”

“네, 나갑니다!”

그는 기어서 출구 쪽으로 다가가면서 살려줄 모양이구나 하고 생각했다. 다른 사람도 호명되고 있었다. 스무 명쯤 되는 것 같았다.

8월의 태양은 서쪽으로 많이 기울어진 뒤에도 대지를 태워버릴 듯 뜨거운 열기를 내뿜고 있었다.

파죽지세로 거침없이 남하하던 인민군은 낙동강에 막혀 주춤하고 있었다. 부산-대구-경주로 이어지는 축을 돌파하려고 인민군은 총공세를 펴고 있었다. 그 축만 무너뜨리면 남한을 모두 점령하게 되고 전쟁은 끝나는 것이다. 승리와 통일이 바로 눈앞에 있었다. 그러나 긴 낙동강이 그들을 가로막고 있었다. 낙동강은 남한 면적의 10퍼센트밖에 안 되는 지역에 천혜의 보호막이 되어주고 있었다. 국군과 미군은 낙동강 전선에 교두보를 설치하고 안간힘을 다해 인민군의 도하를 저지하고 있었다. 전선이 무너지면 마지막이라는 생각에 사생결단하고 최후 보루를 지키고 있었다. 낙동강을 사이에 둔 치열한 전투는 밤낮으로 계속되고 있었고, 낙동강은 핏빛 노을보다 더 진하게 피로 물들고 있었다.

남구가 창고 밖으로 끌려나간 것은 이처럼 낙동강 전투가 한창 벌어지고 있을 때였다. 전황이 숨 가쁘게 돌아가고 있었기 때문에 후방의 민심은 흉흉했고, 군복을 입었지만 전투에는 참가하지 않은 민간인 지역의 청년단원들과 군인들, 그리고 경찰은 살기등등해서 그들이 말하는 빨갱이 사냥에 광분하고 있었다. 막바지로 치닫는 전황이 그들을 더욱 발광하게 만든 것이다.

남구는 다른 사람들과 함께 작은 통통배에 올랐을 때 비로소 섬에 실려 가는 모양이라고 생각했다. 섬에 수용되어 있으면 전선과는 멀리 떨어져 있어 비교적 안전하고 편하게 지낼 수 있을 것 같았고, 그러다 보면 조만간에 전쟁도 끝날 것이라고 좋은 쪽으로 생각했다.

배에 오르기 전까지는 20여 명이 새끼줄에 줄줄이 묶여 끌려갔는데, 부두에 도착하자 새끼줄을 풀고 대신 손을 뒤로 돌려 손목에다 철사줄을 단단히 감았다. 하도 단단히 묶는 바람에 피가 잘 돌지 않아 팔이 마비되는 것 같았고 조금만 움직여도 철사가 살을 파고드는 것 같아 몹시 고통스러웠다. 그런 고통 속에서도 남구는 의아한 생각이 들었다. 섬으로 데려가 수용할 거면 굳이 이렇게 철사줄로 단단히 묶을 필요가 있을까. 도망 못 가게 하는 것치고는 너무 심하지 않은가. 공포에 사로잡혀 기다시피 배에 오른 그는 뱃전에 꿇어앉혀졌다. 모두가 양쪽 뱃전에 그렇게 꿇어앉자 배가 출발했다.

남구는 붉게 타오르고 있는 노을을 바라보았다. 문득 저런 노을을 보는 것도 마지막일지 모른다는 불길한 생각이 들었다. 군복들은 꿇어앉아 있는 사람들의 등 뒤에 살기 어린 표정으로 서 있었다. 배는 섬을 향해 곧장 달리고 있었다. 가까워지고 있는 섬을 보니 지심도只心島였다. 동백꽃 터널로 유명한 작은 섬으로 사람들이 많이 찾는 곳이었다. 그도 아내를 따라 두어 번 가본 적이 있었다. 섬은 동백나무 숲으로 뒤덮여 있었다.

배는 지심도가 빤히 보이는 곳에서 갑자기 멈춰 섰다. 엔진까지 꺼져버린 것이 고장이 난 것 같았다. 하지만 그것은 고장이 아니고 일부러 그런 것이었다. 잠시 후에 선장실 문이 열리더니 웃통을 벗어젖힌 저승사자가 밖으로 나왔다. 그는 거나하게 취해 있었다. 배가 불룩 솟아 있었고, 꿇어앉아 있는 사람들을 훑듯이 쳐다보고는 하품까지 길게 했다. 그의 오른손에는 떡메가 들려 있었다.

"준비 다 됐습니다."

대원 하나가 거수경례를 하고 나서 말했다. 저승사자는 한 손을 쳐들었다.

"총알은 아껴. 내가 시범을 보일 테니까 그대로 해. 모두 허릴 펴고 고개를 쳐들고 있으라고 해."

대원은 지시 받은 대로 복창했다.

"모두 허리를 펴고 고개를 쳐들어라! 고개를 숙인 놈은 물속에 처넣을 거다!"

사람들은 얼른 허리를 꼿꼿이 펴고 고개를 쳐들었다. 남구도 고통스러웠지만 허리를 바로 한 다음 고개를 쳐들었다.

잠시 후 딱 하는 소리가 들려왔다. 뒤통수에 떡메를 얻어맞은 사내는 그대로 바다 위로 떨어졌다. 저승사자는 한 명에 딱 한 번씩만 떡메를 휘둘렀다. 가까이 앉아 있는 사내부터 떡메로 뒤통수를 한 번 갈기자 사내는 비명도 지르지 못한 채 앞으로 고꾸라졌다. 그는 마치 떡을 치듯 정확하고 힘차게 뒤통수를 가격했고, 고꾸라진 사내들은 그대로 바다 위로 떨어졌다. 미처 떨어지지 않고 난간에 걸릴 경우 군복들이 즉시 달려들어 바다 위로 던져버렸다. 순식간에 바다 위에는 울부짖고 허우적대는 소리가 가득했다. 남구는 차례가 오자 두 눈을 질끈 감았다. 아, 이렇게 죽는구나. 오, 하느님. 그는 신자가 아니지만 자기도 모르게 하느님을 찾았다. 캄캄한 어둠 속에서 아내와 아들을 와락 껴안는 순간 뒤통수에 떡메가 딱 하고 부딪치는 소리가 났다. 그는 더 이상 아무것도 생각할 수 없었고, 곧 정신을 잃고 바다 위로 떨어졌다.

꿇어앉아 있는 사람들 가운데는 젊은 여자도 한 명 있었다. 몸집이 가냘프고 작은 그녀는 고개를 홱 돌려 저승사자를 노려보았다. 안광이 번득이고 있었다. 저승사자는 주춤했다.

“고개를 돌려!”

그러나 그녀는 고개를 돌리지 않은 채 계속 그를 노려보았다.

“귀신이 돼서 널 찾아갈 거다!”

그 말이 채 끝나기도 전에 떡메가 그녀의 옆머리를 강타했다. 그러나 그녀가 재빨리 피하는 바람에 머리의 한쪽만 치고 지나갔다. 그녀는 피를 뒤집어쓰고 쓰러졌지만 바다로 떨어지지는 않았다. 화가 잔뜩 난 저승사자는 떡메로 그녀의 머리통을 내려찍었다. 머리통이 부서지면서 허연 뇌가 흘러나왔다. 군복들이 달려들어 그녀를 바다 위로 멀리 던져버리자 저승사자는 욕설을 퍼붓다가 "막걸리 가져와!" 하고 소리쳤다. 대원 하나가 선장실로 들어가 주전자를 들고 오자 그는 주전자 주둥이를 입에 대고 술을 꿀컥꿀컥 마셨다. 손등으로 입에 묻은 술을 쓱 닦고 난 그는 다시 떡메를 집어들고 다음 사내에게 다가섰다. 그러자 바들바들 떨고 있던 사내가 벌떡 몸을 일으켰다.

"살려주세요! 제발 살려주세요!"

떡메가 가슴팍을 때리자 사내는 떼구르르 굴렀다. 배가 기우뚱거렸고, 군복들이 달려들어 사내를 들어올려 바다에다 던졌다.

"안 되겠다! 그대로 던져버려!"

저승사자가 떡메를 내려놓으면서 명령하자 소위 계급장을 단, 얼굴이 검은 장교가 손을 들어 막았다.

"잠깐! 살아날지도 모르니까 확실히 해둬야 합니다!"

소위가 허리춤에서 권총을 뽑아드는 것을 보고 저승사자는 주전자를 집어들면서 말했다.

"알아서 해."

아직 배에 남아 있는 빨갱이들은 열 명쯤 되었다. 소위는 가까이 다가서서 한 명 한 명 뒤통수에다 대고 방아쇠를 당겼다. 당기는 것과 동시에 군홧발로 등짝을 걷어찼다. 탕 하는 총소리에 이어 몸뚱이가 수면 위로 첨벙하고 떨어지는 소리가 규칙적으로 리듬을 탔다. 소위는 머뭇거림도 없이 마치 장난감 총으로 총 쏘는

놀이를 하듯 아무렇지도 않게 사람들의 뒤통수를 쐈다. 마지막 사내한테는 연달아 두 발을 발사했다.

탕! 탕!

총소리가 가라앉자 살려달라고 아우성치고 허우적대는 소리가 들려왔다.

바다로 떨어진 사람들은 물속으로 곧장 잠기다가 가까스로 깨어나면 발버둥 치면서 수면 위로 얼굴을 내밀고 울부짖으면서 허우적거렸다. 하지만 두 손이 단단히 묶여 있어 헤엄칠 수도 없었고, 두 발로 물을 차면서 단말마의 몸부림을 몇 번 하는 것이 고작이었다. 남구 역시 물속에서 정신을 차리고 위로 몸부림치면서 올라왔지만 손을 움직일 수가 없어 몸은 자꾸만 밑으로 가라앉기만 했다. 그가 마지막으로 수면 위로 잠깐 얼굴을 내밀면서 숨을 몰아쉬었을 때 배 위에서 군복들이 재미있다는 듯이 웃고 있는 모습이 보였다.

사람들의 울부짖는 소리와 몸부림은 그렇게 오래가지 않았다. 얼마 후 마지막 몸부림도 사라지고, 바다는 언제 그런 일이 있었느냐는 듯 다시 잠잠해졌다.

쓰시마

두 달쯤 지난 10월 중순 어느 날 정오경, 쓰시마신문 기자인 야마자키 다케고山崎猛吳는 자전거를 타고 이즈하라마치 항구 쪽으로 가고 있었다. 항구 가까이 갔을 때 남자들 몇 명과 경찰관 한 명이 배 위에 둘러서서 무엇인가를 열심히 내려다보고 있는 것이 보였다. 옆구리에 마에마루眞榮丸라고 적혀 있는 그 배는 조그만 어선이었다. 기자다운 육감으로 무엇인가 있는가 보다라고 생각한 그는 가던 방향을 바꿔 그쪽으로 가보았다. 남자들 사이에 서 있는 경찰관은 잘 알고 지내는 사토오 순사였다. 야마자키 기자가 배 위에 올랐을 때 사토오 순사는 수첩에다 무엇인가 부지런히 적고 있었다.

"뭐야?"

순사에게 말을 걸면서 가까이 다가가던 그는 멈칫하고 섰다. 그도 그럴 것이 갑판 위에는 시신이 있었던 것이다. 그것도 하나가 아니고 여러 구가 무더기로 있었다.

"아, 야마자키 기자."

사토오 순사가 반갑게 아는 체를 하자 야마자키는 그쪽으로 다가가 악수를 했다.

"아침부터 바쁘군."

"음, 보다시피…… 처참해."

시신은 거의 뼈만 남아 있었고, 거기에 옷가지가 뒤엉켜 있었다. 그리고 하나같이 뒤로 손목이 묶여 있었다. 손목을 묶은 철사는 녹이 슬어 있었다.

"저건 여자 아닌가?"

야마자키가 손을 뻗어, 손톱 끝에 빨갛게 봉숭아물이 남아 있는 시신을 가리켰다.

"음, 여자도 한 명 있어."

야마자키는 평소에 들고 다니는 카메라로 무조건 사진부터 찍었다.

"어떻게 된 거야? 집단 살인사건인가? 손이 묶여 있는 걸 보니까 살인 같은데?"

"음, 그런 것 같은데…… 한국 쪽에서 떠내려온 것 같아."

"그렇다면 한국인들이란 말이야?"

"그런 것 같아."

야먀자키는 표정이 어두워지면서 고개를 끄덕였다.

"그럴 만도 하지. 거긴 지금 전쟁 중이니까."

그렇게 말하고 나서 그는 바다 저쪽을 바라보았다.

하늘은 금방이라도 비가 올 듯 시커먼 구름으로 뒤덮여 있었다.

바다 건너 저쪽은 지금 전쟁이 치열하게 전개되고 있었고, 그와중에 매일 무수한 사람들이 죽어가고 있었다. 신문사 기자들은 모두 한국전 뉴스에 촉각을 곤두세우고 있었고, 국내의 모든 언론 매체들은 한국전 상황을 매일 톱뉴스로 전하고 있었기 때문에 그는 그 피해 상황을 어느 정도 알고 있었다. UN군까지 참전하는 바람에 한국전은 이제 국제전으로 비화하고 있었다. 그 작은 나라에서 처참한 살육전이 벌어지고 있는데, 바다 건너 가까운 이곳은 너무도 평온하고 조용하다. 너무도 대조적인 그 사실이 도무지 믿어지지 않았다. 하지만 처참한 시신들의 모습이 한국전의 참상을 말없이 전해주고 있었다.

"어디서 시신을 발견했습니까?"

사토오 순사가 초로의 선장에게 물었다. 얼굴이 검게 그을리고 주름살이 깊게 파인 조그만 선장은 야마구치 현의 고시가하마越ヶ濱에 거주하고 있는 스에타케 토라마쓰末武虎松라는 사람이었다. 그는 바다를 가리키면서 조금 흥분한 어조로 말했다.

"어제 오후 4시께 쯔쯔무라豆酸村와 고토五島의 중간쯤에 있는 아자모淺藻 서쪽 근해 35마일 부근에서 주낙 조업을 하고 있는데 시체가 무더기로 떠내려오고 있는 걸 발견했어요. 그냥 지나칠 수가 없어 모두 건져 올렸는데 보나마나 한국인 같았어요. 며칠 전에도 떠내려가는 걸 봤는데 그땐 시간이 없어서 그냥 지나쳤어요. 해류가 한국에서 쓰시마 쪽으로 흐르고 있기 때문에 옛날부터 한국에서 버린 쓰레기가 꽤 많이 쓰시마 해안에까지 밀려와 쌓이고 있어요. 주민들이 그 쓰레기 치우느라고 고역이죠. 난 조업 끝내고 나가사키로 가는 중에 시신도 내려놓을 겸 경찰에 신고하려고 여기 들른 겁니다. 그런데 상태를 보니까 아주 끔찍하게 죽인 거 같아요. 누가 이렇게 악독한 짓을 했는지는 모르지만……."

선장은 소름이 돋는다는 듯 어깨를 움츠렸다가 폈다.

"한국은 지금 전쟁 중 아닙니까."

야마자키 기자가 아는 체를 하자 선장은 고개를 흔들었다.

"아무리 전쟁 중이라고 하지만 이건 너무 심해요. 보세요. 군인도 아니고 민간인들 아닙니까. 민간인들을 이렇게 꽁꽁 묶어서 수장시킬 수가 있습니까?"

분노에 차서 큰 소리로 말하는 늙은 어부의 모습을 보고 고개를 끄덕이고 있다가 사토오 순사와 야마자키 기자는 쭈그리고 앉아 시신을 살폈다. 사토오 순사가 가는 막대기로 시신의 머리통을 건드리면서 말했다.

"이건 총구멍 같은데. 뒤통수에다 대고 총을 쏜 것 같아. 그리고 이건 뒤통수가 함몰된 것으로 봐서 개머리판 같은 것으로 뒤에서 내려친 것 같아."

"여길 보라구. 이 여자는 아예 머리통이 없는데."

야먀자키가 손톱이 빨간 시신을 가리키며 말했다. 그녀의 머리통은 숫제 으스러져 있었다. 그 처참한 모습에 잠시 숙연한 침묵이 흘렀다.

"여자를 이렇게 죽인 걸 보면 한국에서 벌어지고 있는 전쟁이 얼마나 처참한지 알 수 있어."

야마자키의 말에 사토오 순사도 짐작이 간다는 듯 크게 고개를 끄덕였다.

"전쟁이 여기까지 번지지는 않겠지."

"그럴 리야."

야마자키는 카메라를 꺼내 시신들을 또 찍었다. 여러 장 찍고 났을 때 스에타케 선장이 시간이 없다고 하면서 가도 좋으냐고 물었다.

"수고하셨습니다."

사토오 순사는 정중하게 고개를 숙여 인사했다.

"이제 가셔도 좋습니다. 수고하신 김에 시신을 밖으로 옮기는 데 좀 도와주시겠습니까?"

"그거야 뭐……."

선장은 선원들을 불러 시신을 배에서 내려놓으라고 지시했다. 선원들은 내키지 않은 듯 미간을 찌푸리며 다가오더니 마대자루 같은 것을 펴서 그 위에다 뼈밖에 없는 시신들을 눕혀서 밖으로 내갔다.

그동안 야마자키 기자는 선장을 뱃전에 세워놓고 사진을 찍었다. 그리고 선원한테 부탁해서 세 사람이 함께 사진을 찍기도 했다.

"참, 보여드릴 게 있는데 잠시만……."

사토오 순사와 야마자키 기자가 배에서 내리려고 하자 선장이 생각난 듯 선장실로 뛰어갔다.

잠시 후 돌아온 그의 손에는 조그만 양철통이 하나 들려 있었다.

"호기심에 신원을 알아보려고 주머니를 뒤졌더니 이런 것들이 나오더라구요. 가져가서 보관하든가 말든가 하십시오."

찌그러진 양철통을 넘겨받은 사토오 순사는 그것을 들여다보았다. 안에는 손수건, 지폐, 신분증, 종잇조각, 몽당연필, 비닐봉지에 싸인 은박지 같은 것들이 들어 있었다. 야마자키는 신분증을 얼른 집어들었다. 그것은 물에 젖어 있다가 마른 탓으로 해지고 쭈글쭈글해져 있었다. 그것은 반으로 접혀 있었는데 겉면에는 '道民證(도민증)'이라는 글이 인쇄되어 있었다. 안쪽에는 사진이 붙어 있었는데 심하게 훼손되어 얼굴을 알아볼 수가 없었다. 손으로 쓴 글자들도 알아볼 수가 없었고, '慶尙南道知事(경상남도지사)'라는 인쇄 글자와 그 옆에 찍힌 붉은색 직인은 비교적 선명하게 남아 있었다. '交付官廳(교부관청)'과 '固城警察署長(고성경찰서장)', 그 옆에 찍힌 사각형 붉은색 직인도 또렷해 보였다.

사토오 순사는 망설이다가 그것을 도로 양철통 안에 넣고 나서 통을 들고 배에서 내렸다. 그 뒤를 야마자키가 부지런히 따라갔다.

시신들은 가로등 옆 시멘트 바닥에 놓여 있었고, 돗자리 같은 것으로 덮여 있었다. 어느새 소문을 듣고 사람들이 몰려와 구경하고 있었다. 굵은 빗방울이 후두둑 떨어지기 시작하자 그들은 서둘러 흩어졌다. 사토오와 야마자키도 거리 쪽으로 급히 걸어가기 시작했다.

"아무리 바빠도 점심 먹을 시간은 있겠지?"

야마자키가 곁눈질로 사토오를 쳐다보며 물었다.

"시신을 저대로 둘 수는 없고 빨리 치워야 해."

사토오는 손목시계를 보고 나서 식당 쪽으로 방향을 틀었다.

"굶으면서 일할 수야 없지."

"이 평화로운 섬에서 점심을 제대로 먹을 수 있다는 것만도 행복한 일이야. 바다 저쪽에서는 수백만 난민들이 배가 고파서 아우성이니."

"하긴 그래."

그들은 우동집으로 들어가 바다가 보이는 쪽에 자리를 잡고 나서 똑같이 새우튀김 우동을 주문했다.

"그것 좀 볼 수 없을까?"

야마자키 기자가 턱으로 양철통을 가리키며 호기심을 보였다. 사토오는 모자를 벗고 나서 양철통을 잠자코 야마자키에게 건넸다. 상대가 기자인 만큼 그의 호기심을 막을 생각은 없었다. 야마자키는 그것을 탁자 한쪽에 조심스럽게 올려놓은 다음 안경 너머로 유심히 살펴보았다.

"식사 자리에서 그런 걸 보는 건 좀 뭐 하잖아."

사토오 순사가 미간을 흐리면서 말하자 야마자키는 아무렇지도 않다는 표정으로 대꾸했다.

"뭐 어때. 피투성이 피살체를 보면서도 식사하는데. 바쁠 때는 할 수 없잖아."

야마자키는 유품들을 하나하나 집어들고 꼼꼼히 들여다보다가 잠시 후 우동이 나오자 그것들을 한쪽으로 밀어놓고 젓가락을 집어들었다.

"시신들은 어떻게 할 거야?"

"글쎄, 돌려보낼 수도 없고……."

한국은 전쟁 중인 데다 한일 간에는 국교까지 단절되어 있었다.

"상부에 보고해도 별수 없을 거야. 임시로 어디다 묻어야겠지. 이름도 알 수 없는 저런 외국인 시신은 참 곤란해."

"그렇겠군. 저대로 갖다 묻나, 아니면 화장해서 묻나?"

"일단 무연고 묘지에 묻었다가 함께 화장해서 절에다 모시든지 할 거야."

야마자키가 수저를 놓았을 때 사토오의 우동 그릇은 절반이나 남아 있었다. 야마자키는 빈 그릇을 밀어놓고 다시 유품들을 살피기 시작했다. 그러다가 그는 비닐봉지에 싸인 은박지를 집어들었다. 은박지로 무엇인가를 싸놓은 것 같았다. 봉지에서 그것을 꺼내 풀자 기름종이가 나타났다. 그것은 여러 겹으로 접혀 있었다. 그것을 펴자 작은 흑백사진 한 장과 함께 '國民保導聯盟員證(국민보도연맹원증)'이라고 인쇄된 신분증이 나왔다.

작은 흑백사진은 두 젊은 부부가 갓난아기와 함께 찍은 것이었다. 그것은 조금도 훼손이 안 되고 잘 보존되어 있었다.

"이걸 보라구. 가족사진인 모양이야."

사토오는 사진을 받아들고 찬찬히 살펴보았다.

"안됐군. 결혼한 지 얼마 안 된 것 같은데 말이야. 가족이 보고 싶을 때마다 이 사진을 꺼내 봤을 거 아니야. 여자가 상당한 미인인데."

"음, 남자도 잘생겼어. 본인한테는 아주 소중한 사진이었을 거야. 기름종이에 싸고 또 은박지에 싸두는 바람에 물에 하나도 안 젖은 것 같아. 바닷물 속에 오래 있었던 것 같은데 하나도 상하지 않은 걸 보면 신기해."

"뒤에 이름하고 주소 같은 게 적혀 있는데."

사토오가 사진을 건네주자 야마자키는 뒷면에 연필로 또박또박 적혀 있는 글자를 유심히 살펴보았다. 趙龍秀 君(조용수 군)이라는 한자어는 아기 이름 같은데 사진을 찍은 날짜로 보이는 '4282. 4. 9.'의 경우 4282가 무슨 연호인지 알 수가 없었다. 옆에 '馬山市會華面鳳洞里 4×番地'라고 적혀 있는 주소 같은 것도 한국에 대해서는 까막눈인 그에게는 낯설기만 했다.

그는 이번에는 보도연맹원증을 집어들고 찬찬히 살펴보았다. 그것은 반으로 접히게 되어 있었는데, 안에는 얼굴만 찍은 흑백사진이 한 장 붙어 있었다. 그 사진과 가족사진에 나와 있는 남자의 얼굴을 비교해보니 그 두 사람은 동일 인물이었다. 그는 보도연맹증에 붙어 있는 사진을 가리켜 보였다.

"이 얼굴하고 가족사진에 나와 있는 남자 얼굴하고 비슷해. 한쪽은 아주 초췌해 보이지만 같은 사람인 것 같아. 그리고 이게 이 사람 이름인 것 같아."

증명사진 오른쪽 성명란에 '趙南九(조남구)'라고 세로로 적혀 있는 것을 그는 손가락 끝으로 짚어 보였다. 그 면에는 본적과 주소, 그리고 생년월일 등 인적사항이 간단히 적혀 있었다.

그는 카메라로 사진의 앞뒷면을 여러 번 찍었다. 그것은 사진의 주인한테는 아주 귀중한 것이겠지만 그에게는 별로 쓸모없는 것이었다. 하지만 거기에는 철사줄로 두 손이 묶인 채 바다로 내던져진 같은 또래 젊은이의 안타깝고 처참한 죽음이 담겨 있었다. 비록 다른 나라 사람이지만 그는 국적 같은 것을 생각하고 싶지는 않았다. 사자의 신분을 밝혀주는 국민보도연맹원증도 앞뒷면을 모두 찍어두었다.

"도대체 무슨 이유로 젊은 사람들을 이렇게 잔인하게 죽였을까? 이유가 뭘까?"

사진기를 내려놓으면서 야마자키가 궁금해서 견딜 수 없다는 듯 물었다.

"적이든가…… 적을 위해 일했든가…… 뭐 그랬겠지."

"아무리 그렇더라도 이렇게 잔인한 짓을 할 수 있을까?"

"순진하군. 전쟁은 인간의 야만성이 표면화될 수 있는 좋은 기회야. 인간의 야만은 전쟁 때 제 세상을 만난 듯 춤을 추지."

"하긴 나치의 만행이 잘 말해주지. 일본군의 난징대학살만 해도……."

손님들이 들어오는 바람에 야마자키는 입을 다물었다.

끓는 물

선화는 석 달이 지나서야 집에서 나올 수가 있었다. 남편이 끌려간 뒤 끝내 죽은 것을 알고 나서는 충격으로 집 안에 틀어박혀 지냈다. 거의 대부분의 시간을 먹지도 않고 자리에 누워서 지냈지만 가끔씩 일어나 뒷마당으로 나가 꽃을 만지다가 실실 웃고는 했다. 아기에 대해서도 별로 관심이 없었다. 전에는 그렇게 아기한테 정성을 쏟고 아기를 귀여워하던 그녀가 남편을 그렇게 잃은 뒤로는 아기를 별로 쳐다보지도 않고 딴청만 부렸다. 다행히 그녀의 노모가 딸 곁을 떠나지 않고 돌봐주었기 때문에 망정이지 그렇지 않았다면 집안 꼴이 말이 아니었을 것이고 아기가 굶어 죽었을 수도 있었다.

석 달이 좀 지났을 때 그녀는 저녁나절에 목욕을 하고 화장을 짙게 하더니 전에 일하던 봉숭아식당으로 나갔다. 아는 친척이 운영하는 그 식당은 근방에서는 규모가 제일 큰 데다 음식 맛이 좋기로 소문이 나 손님들이 끊이지 않고 찾아오고 있었다. 그녀가 목욕을 하고 거기다 화장까지 하고 나가는 것을 보고 노모는 이제 좀 나아진 모양이라고 생각하면서 눈물을 훔쳤다. 노모는 기회 있을 때마다 딸에게 시국이 하도 험하니 내 목숨 하나 부지하기도 어렵다, 사람 목숨 파리만도 못하니 어쩌냐, 운명으로 받아들이고 아기나 잘 키우도록 해라 하고 타이르곤 했다. 그러던 어느 날 느닷없이 딸이 먼 산을 쳐다보다가 이런 말을 했다. 시신이나 찾아서 묻어줬으면 좋겠어요. 그 말에 노모는 아무 말도 할 수가 없었다. 하지만 이렇게 말해주고 싶었다. 바다에 버렸다는데 시신은 무슨 시신. 벌써 고기밥이 다 돼서 없어졌을 텐데.

선화는 생활비를 벌어야 했기 때문에 그 식당에서 부엌일을 돕기도 하고 손님들 시중을 들기도 했다. 그 일이 선창에 나가 쭈그리고 앉아 비린내 나는 생선을 손질하는 것보다 훨씬 나았다. 봉숭아에서는 저녁때는 술을 팔았기 때문에 그녀는 손님들 곁에 앉아 술 시중을 들어야 했다. 그녀는 그것이 싫었지만 인기가 좋아 손님들이 으레 그녀를 찾았기 때문에 주인 여자의 강권에 못 이겨 술자리에 나앉게 되었는데, 자주 그런 자리에 앉아 손님들의 희롱을 받다 보니 나중에는 익숙해져 작부나 다름없이 변해갔다. 술자리의 매력은 무엇보다도 벌이가 쏠쏠하다는 점이었다. 자존심 같은 것을 버리고 모멸감을 좀 참아낼 수만 있다면 손님들이 던져주는 잔돈푼만 모아도 월급을 훨씬 웃돌고도 남았다. 그녀는 그 유혹을 뿌리칠 수가 없었다. 그녀는 돈이 절실히 필요했고, 그것은 많을수록 좋았다. 버는 족족 돈은 남편의 도피 생활에 들어갔다. 돈이 없으면 도피 생활도 거의 불가능했다. 위기에 봉착할 때마다 그는 돈으로 때워나갔고, 그래서 생선 상자 창고에 숨어들기 전까지 장기간 도피 생활을 할 수가 있었던 것이다.

오랜만에 그녀가 나타나자 봉숭아는 아연 들뜬 분위기가 되었다. 비록 한쪽 다리를 절기는 했지만 긴 치맛자락으로 하체를 가리고 있었기 때문에 별로 눈에 거슬리지도 않았다. 그녀만 한 미녀를 구하기 어려웠기 때문에 누구보다도 주인 여자가 구세주나 만난 듯 반색이 되어 그녀를 맞았다.

"이게 얼마 만이지? 한 반년은 됐지?"

그녀는 남편 일로 수사기관에 불려 다니게 되면서부터 봉숭아에 나올 수가 없었다. 특히 저승사자 손에 걸려들면서부터는 모진 고문에 하루하루 견뎌내기가 고통스러웠기 때문에 식당에 나가는 것은 생각도 할 수가 없었다. 그녀가 저승사자 손에서 벗어나게 된 것은 남편이 붙잡혀 바다로 실려 나간 뒤부터였다. 남편이 저승사자 손에 죽었다는 소문이 나돌고부터 놈은 비로소 선화를 휘어 감았던 마수를 거둬들였다. 그리고 3개월이 더 지나서야 그녀는 몸을 추스르고 봉숭아에 돌아왔던 것이다. 그런데 그녀가 봉숭아에 다시 나타난 것은 일을 하기 위해 온 것이 아니었다. 그녀 나름대로 생각이 있었기 때문에 온 것이었지만 그녀는 그것을 숨긴 채 웃는 얼굴로 손님들을 맞았다.

그녀가 지나가는 말로 이 사람 저 사람에게 저승사자에 대해 물어보니 그는 여전히 마음 내키는 대로 사람을 살리고 죽일 수 있는 막강한 힘을 과시하면서 이 지역에서 잘 지내고 있다고 했다. 그 앞에서는 서장도 맥을 못 춘다는 소문이 파다했다. 그런 소문이 돈

것은 저승사자와 새로 부임한 경찰서장이 한바탕 붙은 사건이 있고 나서부터였다. 경찰서장은 그날로 저승사자의 동생이 파견대장으로 있는 CIC에 불려 갔고, 다음 날이 돼서야 절뚝거리며 돌아왔는데, 그 후로는 저승사자를 보기만 해도 슬슬 피했다.

저승사자는 봉숭아의 단골이었다. 그는 항상 많은 사람을 거느리고 나타나 주지육림 속에서 신나게 떠들다가 가곤 했는데, 술값은 외상이거나 그 지역 유지들이 내곤 했다. 외상 술값도 결국은 나중에 돈푼깨나 있는 유지들이 갚곤 했다.

선화가 봉숭아에 다시 나간 지 일주일이 지났지만 웬일인지 저승사자는 그곳에 코빼기도 보이지 않았다. 궁금해서 알아보니 서울에 다녀온다고 하면서 올라갔다고 했다. 열흘째 되는 날 열댓 명쯤 되는 사람들이 시끌벅적하게 나타났는데, 조금 후에 모두가 벌떡 일어나 뒤늦게 들어온 사내한테 일제히 인사하는 것을 보니 바로 저승사자였다. 술이 두어 순배 돌아간 뒤 선화가 고개를 다소곳이 숙이고 나타나자 그는 꽤 놀라는 것 같았다.

"아니, 너 여기 웬일이야? 죽은 줄 알았는데 아직 살았어?"

"아이, 단장님도……."

그녀는 저승사자 옆에 앉아 있는 어린 여자를 밀어내고 그 옆에 바싹 다가앉았다.

"절 벌써 잊으셨나요? 저보고 천하 명기라고 몇 번이나 말씀하시고서."

그 말 한마디에 좌중에 웃음이 터졌다. 그러나 그는 웃지 않고 열심히 그녀를 쳐다보기만 했다.

"아이, 그만 쳐다보시고 제 술 한 잔 받으세요."

그녀가 눈을 곱게 흘기면서 술병을 들자 그는 좀 얼떨떨해진 얼굴로 잔을 내밀었다. 하지만 술잔을 입으로 가지고 가려다 말고 잔을 탁 내려놓으면서 퉁명스럽게 쏘아붙였다.

"야, 너 여기 있지 말고 나가! 재수 없으니까 나가! 앞으로 내 앞에 얼씬거리지 마! 알았어?"

"아이, 단장님, 왜 이러세요? 단장님 덕분에 저 사람 된 거 모르세요? 단장님 말씀이 옳아요. 백번 옳아요. 빨갱이들은 모두 잡아 죽여야 해요. 우리가 고생하는 것도 모두 빨갱이들 때문 아닌가요? 왜 난 그걸 나중에야 알았는지 모르겠어요. 전 단장님 같은 애국자를 알게 돼서 정말 다행이라고 생각해요. 이승만 대통령은 단장님한테 훈장을 줘야 해요. 그렇게 생각지 않으세요?"

"우리 단장님이야 훈장을 여러 개 받고도 남지."

낯간지럽게 아첨하는 소리가 여기저기서 튀어나왔고, 들뜬 분위기를 이용해서 선화는 술잔을 높이 들어올렸다.

"자, 우리 건배해요! 빨갱이들로부터 불철주야 우리를 지켜주시느라고 애쓰시는 김치수 단장님의 만수무강과 조국통일을 위해서!"

모두가 "건배!" 하고 외치자 저승사자의 얼굴이 발개졌다. 그는 얼굴 가득히 미소를 띠면서 선화에게 술잔을 건넸다.

"자, 한 잔 받아. 사람이 돼서 다행이다."

그녀는 행복에 겨워하는 표정으로 두 손으로 잔을 받았다.

"감사합니다. 단장님이 존경스러워요. 다음에 국회의원 출마하시면 될 거예요. 출마하시면 제가 앞장서서 선거운동 해드릴게요."

"허허허허, 오늘 밤 그 천하 명기 맛 좀 볼까?"

그녀의 엉덩이를 주무르면서 하는 말에 모두가 웃음을 터뜨렸다.

"아이, 몰라요."

그녀는 허리를 틀면서 그의 허벅지를 꼬집는 척하다가 다리 사이로 손을 슬그머니 밀어넣었다. 그의 사타구니는 두툼하게 부풀어 있었다. 그는 기분이 좋은 듯 헤벌쭉 웃었다.

"단장님 부탁이 있어요."

"응, 뭔데?"

"저기, 통일되면 저 평양에 데려가줘요."

"평양?"

"네, 평양이요. 평양에 한번 가보고 싶어요."

"그, 그건 안 되지."

"아니, 왜요?"

"야, 평양 가면 거기 기생 맛을 봐야지 널 왜 데려가냐? 평양 기생이 얼마나 예쁜지 알아?"

"아이, 몰라요. 얄미워요."

다시 웃음이 터졌고, 그녀는 눈을 흘기면서 사내의 사타구니를 꽉 움켜잡았다. 저승사자는 신이 나서 지껄이기 시작했다.

"UN군이 압록강까지 치고 올라가고 있으니까 통일은 떼놓은 당상이야. 압록강을 바로 코앞에 두고 있어. 겨울이 오기 전에 압록강에 빨갱이들을 모두 쓸어 넣을 거야. 김일성은 벌써 압록강 건너로 줄행랑쳤다잖아. 지가 가면 어딜 가겠어? 만주밖에 더 있어? 맥아더가 거기다 원자탄 하나 터뜨리면 다 끝나는 거야."

기다렸다는 듯이 사람들이 일제히 박수를 쳐댔다.

"평양에 들어가서 평양 기생이 따라 주는 술 마실 날도 얼마 남지 않았어."

저승사자가 기고만장해서 떠들고 있을 때 선화는 조용히 몸을 일으켰다.

잠시 후 그녀는 하얀 호리병을 하나 들고 와 보란 듯이 그것을 탁자 위에 올려놓았다.

"그, 그게 뭐냐?"

혀 꼬부라진 소리로 저승사자가 물었다.

"잘 아는 스님이 산삼을 넣어 5년을 숙성시킨 술인데, 정력에 기막히게 좋대요. 산삼뿐만 아니라 정력에 좋은 각종 약초를 넣어서 숙성시킨 거래요. 제가 단장님한테만 특별히 드리려구 가져왔어요."

"그래애? 야, 이거……."

그는 그녀가 따라 주는 노란 술을 게슴츠레한 눈으로 바라보았다.

"이 술은 돈 주고도 못 사는 술이니까 단장님 혼자서만 마셔야 해요. 다른 사람하고 마시면 효과가 반감돼요."

"그래도 그럴 수가 있나. 조금씩이라도 나눠 마셔야지."

"양이 얼마 안 돼서 다 나눠 마실 수는 없어요. 단장님한테만 드리려구 갖고 온 건데……."

"아, 그래도 술은 나눠 마셔야 맛있지 혼자서 무슨 맛으로 마셔. 여기, 영감님한테 먼저 따라 드리라구."

영감님이라고 불린 사람은 홀쭉한 턱에 흰 수염을 길게 기른, 한약방 주인이었다. 선화는 그에게 술을 조금만 따라 준 다음 저승사자 곁에 앉아 있는 두 사람한테도 두어 방울 따라 주고 나서 더 이상 다른 사람들한테는 술을 따르지 않고 저승사자한테만 계속해서 술을 권했다. 저승사자는 하품을 해대면서도 "압록강에 가서 얼굴을 씻어야 하는데 말이야." 어쩌고 하면서 주는 대로 넙죽넙죽 술을 받아 마셨다.

그날 밤 저승사자는 결국 봉숭아 별채에서 선화를 껴안고 잠이 들었다. 그는 만취 상태에서도 기를 쓰고 선화의 배 위에 올라가 그걸 밀어 넣으려고 안간힘을 다했지만 입구만 더럽히다가 제풀에 나가떨어져, 벌거벗은 채 그대로 곯아떨어졌다. 그는 별채가 떠나갈 듯 심하게 코를 골았다. 수면제를 탄 술을 정력에 좋은 산삼주로 알고 주는 대로 마셨으니 그가 정신없이 곯아떨어진 것도 무리는 아니었다.

그가 눈을 뜬 것은 한밤중이었는데 갑자기 사타구니가 뜨거워지는 것을 느끼고 놀라서 깨어난 것이다.

반닫이 위에서 가물거리고 있는 호롱불만이 주위를 밝히고 있었기 때문에 방 안은 어둠침침했다. 흐릿한 시야 속으로 하얀 옷에 머리를 풀어 헤친 여인이 자신을 내려다보고 있는 것을 보고 그는 놀라서 몸을 일으키려고 했다. 꼭 귀신 같았다.

"누, 누구야?"

그는 소리를 지르며 일어나려고 했지만 팔다리를 움직일 수가 없었다. 그는 벌거벗은 채로 사지가 단단히 묶여 있었던 것이다. 두 팔과 두 다리를 제각각 묶어서 사지가 쫙 벌어지게 양쪽 벽기둥에다 줄 끝을 묶어놓았기 때문에 옴치고 뛸 수가 없었다.

"누, 누구야? 귀신이야?"

"흐흐흐……."

여인은 흡사 귀신처럼 웃었다. 저승사자는 소름이 끼쳐 버둥거렸다.

"이게 무슨 짓이야? 이거 당장 풀어! 너 내가 누군지 알아?"

"잘 알지. 그 잘난 단장님 모르면 간첩이지."

"너, 누구야? 여긴 어디야? 너 죽고 싶어 환장했어?"

"네가 바다에 던져 죽인 빨갱이 조남구 부인 박선화야. 이제 알겠어?"

그녀는 조금도 당황하지 않고 아주 침착하게 조용히, 그러나 또렷한 목소리로 말했다.

"선화라구? 그러고 보니까 그러네. 한데 왜 이러는 거야? 왜 귀신처럼 차려입고 그러는 거야? 뭔가 오해하고 있는 것 같은데, 이거 풀고 이야기해."

"풀어줄 테니까 솔직히 대답해. 우리 남편 시신은 어딨어?"

"내가 그걸 어떻게 알아? 한두 명도 아니고…… 난 몰라. 난 아무도 죽이지 않았어."

그녀는 주전자를 집어들었다. 주전자 주둥이에서는 허연 김이 흘러나오고 있었다. 그녀는 사지를 벌리고 있는 사내의 사타구니에다 주전자 주둥이를 기울였다.

"으악!"

저승사자는 악을 쓰면서 사지를 버둥거렸다.

"이 개 같은 년! 흐흐흑, 죽여버릴 거야! 네가 이러고도 살아남을 줄 알아?"

"네 손에 죽기 전에 내가 먼저 널 죽일 거야. 내 남편은 네놈 손에 죽었지만 난 그럴 수 없어. 내가 먼저 널 죽일 거야. 우리 남편 시신은 어딨어?"

그녀는 사타구니에다 다시 주전자 물을 쏟아부었다.

"으아아악! 사람 살려! 사, 사람 살려!"

그는 온몸을 뒤틀면서 악을 썼다. 그러나 여자는 조금도 흐트러짐이 없이 냉혹한 눈으로 사내를 내려다보고 있었다. 그녀는 이 순간을 위해 그동안 치밀하게 준비해놓았던 것이다. 튼튼한 노끈과 그것을 벽 쪽에 붙들어 맬 수 있는 쇠고리 같은 것은 금방 마련할 수 있는 것들이 아니었다.

"아무리 소리쳐도 소용없어. 네놈을 구해줄 사람은 아무도 없어. 이 물을 다 부으면 그게 익어버려 넌 더 이상 사내구실을 할 수 없을 거야. 뜨거운 물은 얼마든지 있어. 뜨거워? 네놈이 그동안 빨갱이라고 잡아 죽인 죄 없는 사람들의 고통을 생각하면 이런 건 아무것도 아니야. 뜨겁긴 뭐가 뜨거워."

다시 뜨거운 물이 쏟아지자 그는 울부짖으면서 애걸하기 시작했다.

"알았어! 제발 그, 그만해! 사실대로 말할게. 그만해!"

"우리 남편 시신은 어디 있어? 바다에 빠뜨려 죽였으니까 시신이 어디 있는지 모르겠지. 지금쯤 고기들이 다 먹어치우고 뼈만 남았겠지. 네놈이 죽였지?"

"아, 아니야! 난 절대 아니야! 난 선장실에서 자고 있었어. 자고 나오니까 이미 다 끝나 있었어. 배 위에는 내 부하들하고 경찰, 그리고 군인들만 남아 있었고…… 나머지는 보이지 않았어."

"거짓말하지 마! 난 네놈이 무슨 짓을 했는지 다 들었어. 소문이 파다하게 나 있는데 끝까지 거짓말하는 거야?"

연약하기만 하던 여자의 두 눈에 살기가 번득이는 것을 보고 저승사자는 공포로 숨이 막히는 것 같았다.

"거짓말 아니야. 사실대로 말한 거야. 난 절대로……."

"네놈이 우리 남편 머리를 뒤에서 떡 치는 것으로 때려서 바다에 빠뜨렸다는 거 다 알아. 그걸 본 경찰이 말해준 거야. 자기는 말리고 싶었지만 네놈이 무서워서 그럴 수 없었다고 했어. 네놈은 술까지 처마시고 취해서 사람들을 개 패듯 때려서 바다에 빠뜨렸어."

그녀의 목소리가 갑자기 젖어들고 있었다. 그녀는 울먹이는 소리로 말을 이었다.

"철사줄로 두 손을 꽁꽁 묶어 꼼짝 못 하게 해놓고 그런 짓을 했어. 두 손이 묶였으니 헤엄도 못 치고 얼마나 괴로웠겠어. 네놈은 지금 팔다리가 묶여 있으니 그 심정 알 거다. 하지만 넌 물속에 있는 게 아니니까 훨씬 낫겠지."

"선화, 왜 이래? 그건 잘못 들은 거야. 누가 나를 해치려고 그런 거짓말을 퍼뜨린 거야. 제발 그러지 말고 내 말을 믿어! 문제 삼지 않을 테니까 이거 좀 풀어줘! 선화 남편 죽은 건 정말 안됐어. 나한테도 어느 정도 책임이 있으니까 충분히 보상해주겠어. 평생 먹고살 수 있게 해줄게. 돈은 얼마든지 있어. 보석도 있고 땅도 있어. 뭐든지 말만 해. 문서로 작성해달라면 작성해줄게. 제발 이거 풀고 우리 허심탄회하게 이야기하자구! 내가 선화를 사랑하고 있는 거 알잖아? 우린 이미 몇 번이나 몸을 섞은 처지고, 그걸 모른 체할 수는 없잖아."

그는 울먹이기까지 하면서 애걸복걸했지만 선화는 들은 체도 하지 않았다.

"네놈한테 모진 고문을 당하고 강간까지 당했지만 내가 버틸 수 있었던 건 남편 때문이었어. 남편을 두고 난 자살할 수가 없었어. 남편을 위해서라면 난 어떤 고통도 견뎌낼 준비가 되어 있었어. 그런데 네놈이 우리 남편을 죽이고 말았어. 그것도 아주 잔인한 방법으로……."

그녀는 마침내 섧게 흐느껴 울기 시작했다. 쌓이고 쌓인 한이 한꺼번에 터져 나오는 것 같았다. 그때 사내의 왼쪽 손이 묶인 줄에서 빠져나왔다. 놈은 야수처럼 소리를 지르면서 왼손으로 오른손에 묶인 줄을 풀려고 기를 썼다. 선화는 당황해서 부엌으로 뛰쳐나갔다. 가마솥에서는 물이 펄펄 끓고 있었다. 그녀는 양동이에 뜨거운 물을 가득 담아서 방으로 급히 뛰어들었다. 그때 오른손까지 묶인 줄에서 막 빼낸 저승사자가 두 손을 쳐들면서 그녀에게 달려들었다. 그와 거의 동시에 선화는 양동이의 물을 그의 얼굴에다 한꺼번에 확 쏟아부었다. 뜨거운 물벼락을 맞은 사내는 단말마의 비명을 지르면서 격렬하게 몸부림쳤다.

"아아아아아악! 아아아악!"

처절하게 비명을 질러대는 저승사자를 차갑게 내려다보다가 그녀는 밖으로 나갔다.

하늘에는 둥근달이 떠 있었다. 언젠가 달이 너무 아름다워 왠지 슬퍼져 가만히 눈물을 흘리던 일이 생각났다. 그러나 그날 밤 그녀는 아름다운 달을 보고서도 눈물 한 방울 흘리지 않았다.

저승사자는 목숨은 건졌지만 얼굴이 짓뭉개져 정상적인 생활을 할 수 없게 되었다. 두 눈은 멀었고, 입은 반 이상이 붙어버려 제대로 말도 식사도 할 수 없었고, 코와 귀는 아예 없어져버렸다.

온 얼굴이 짓물러 터져 피고름이 계속 흘렀고, 하루 종일 흘러나오는 고통스러운 신음에 질린 가족은 될수록 그를 멀리했다. 사람들은 인과응보라고 하면서 고소해했고, 그를 따라다니던 그 많은 사람들은 약속이나 한 듯 발길을 뚝 끊었다. 길 가던 사람들도 그의 괴상망측하고 무시무시한 모습을 보고는 슬슬 피해갔다. 저승사자는 그동안 부정한 방법으로 쌓아놓은 전 재산을 털어서라도 치료를 받으려고 별짓을 다 했지만 뒤떨어진 의술에다 전쟁통이라 치료다운 치료를 받을 수가 없었다.

선화는 체포되어 재판을 받고 무기징역형을 선고받았다. 증인들이 그녀에게 유리하게 증언해주었기 때문에 사형만은 면하게 된 것이다.

그녀가 저승사자의 자살 소식을 들은 것은 그로부터 5개월이 지난 어느 추운 겨울 진주교도소에서였다.

이별

다음 날도 비가 내렸다. 쉬지 않고 내리는 비 때문인지는 몰라도 문도는 너무 울적해서 속이 뒤틀리는 것 같았다.

늙은 창녀 목화는 그에게 아침 밥상까지 차려주었다. 작은 소반에 차린 보잘것없는 차림이었지만 거기에는 그녀의 애틋한 정성이 담겨 있었다. 간밤의 정사가 그녀에게는 특별한 감정으로 남아 있는 것 같았다. 그를 쳐다보는 그녀의 눈빛에는 애정과 슬픔이 교차하고 있는 것 같아 그는 시선이 마주칠 때마다 그것을 애써 피하곤 했다.

"이제 떠나면 영영 못 보겠네요."

그녀가 젓가락으로 노릇노릇하게 익은 조기 조각을 그의 밥숟갈 위에 얹어 주면서 작은 목소리로 말했다.

"시간 나면 또 올게요."

"정말이죠?"

크고 검은 두 눈이 촉촉이 젖는 것 같았다. 그는 고개를 끄덕였다.

"언제라고 못 박을 수는 없지만…… 또 올게요."

왜 하필이면 이런 여자가 나한테 이러는 걸까. 그는 연민을 느끼고 가슴이 아려왔다.

"기분이 안 좋으세요? 안색이 창백한데……."

"비가 너무 오니까…… 비 때문에 그런 것 같아요."

그들은 열린 문을 통해 마당으로 쏟아지고 있는 비를 잠시 멀거니 바라보았다.

"제 주제에 헤어지는 걸 아쉬워하고 또 만나고 싶어 하다니, 나 참 웃기는 년이죠?"

그녀가 웃으며 말했다.

"아뇨, 그렇지 않아요."

"정말로 하는 말이에요?"

"네, 정말이에요."

"고마워요. 사실 나도 여기 언제까지 있을지 몰라요. 우리 같은 건 하루살이 목숨이니까…… 내 맘대로 못 해요."

"여길 그만두고 생활을 좀 바꾸는 게 어때요?"

현실을 모르는 바보 같은 질문일지도 모른다는 생각을 하면서도 그는 그렇게 물었다. 돌아온 대답은 예상했던 대로였다.

"이 지옥을 빠져나가고 싶은 생각 단 하루도 안 한 적이 없어요. 하지만 그건 불가능해요."

"왜 불가능하죠?"

그는 젓가락을 내려놓고 그녀를 가만히 응시했다.

"빚이 많아요. 빚을 지지 않고 살 수 없게 교묘하게 덫을 쳐놓

왔기 때문에 갈수록 빚만 늘어나고 있어요. 하루 일당이라는 게 있어서 손님이 있거나 없거나, 몸이 아프거나 말거나 일정한 금액을 바쳐야 하고, 방세다 관리비다 해서 뜯어 가는 게 많아요. 빚을 내서 빚을 갚으면 이자가 눈덩이처럼 불어나고, 그러면 다시 또 빚을 내야 하고…… 그런 악순환이 계속되는 거죠. 그런 걸 조종하고 관리하는 게 포주예요. 포주는 불쌍한 우리를 상대로 돈놀이까지 하는 거죠. 자기한테 돈을 빌려서 자기한테 진 빚을 갚으라는 거죠. 피까지 빨아먹는 거머리예요."

"경찰에 신고하지 그래요. 아니면 멀리 도망가든가."

그녀는 피식 웃었다.

"참 순진하시네. 하긴 이 세계에 대해서 모르니까 그렇게 생각할 수밖에 없겠죠. 경찰에 신고해봐야 소용없어요. 모두 한통속이고 정부도 수수방관하고 있어요. 군사정권은 남성들의 욕구 해소를 위해서 사창가가 필요하다는 필요악 정책까지 펴고 있어요. 여성은 남성들의 제물이 되는 게 당연하다는 식의 그런 발상이 한심해요. 자기 딸들을 창녀로 삼을 생각은 조그만큼도 없으면서 창녀들의 인권 같은 건 마음대로 유린해도 좋다는 생각…… 난 벌써부터 포기했어요. 포기하고 절망해버리니까 차라리 마음 편해요. 이 나라에는 인권 같은 건 존재하지 않아요."

"내가 돈이 있다면 그 빚을 갚아주고 싶군."

"말만 들어도 감사해요. 저 하나만의 문제가 아니에요. 전국에서 신음하고 있는 창녀들이 얼마나 많겠어요. 하지만 우린 같은 국민이면서 이 사회로부터 철저히 버림받은 존재들이에요. 종교인도, 정치인도, 그 어느 지식인도, 재벌도 우리를 위해 손을 내민 적이 없어요. 양심에 찔릴 때는 슬그머니 외면하는 게 상책이겠죠."

"본질을 외면하는 게 그들이 잘 쓰는 수법이죠. 비겁하다고 하면 펄쩍 뛰겠지만 사실이 그래요. 어디 멀리 도망가서 숨으면 안 되나요?"

그녀는 힘없이 피식 웃다가 말았다.

"이 골목을 벗어날 수가 없어요. 눈에 보이지는 않지만 모두가 서로를 감시하고 있어요. 깡패들이 지키고 있긴 하지만 그 외에도 감시망이 잘 돼 있어요. 그리고 용케 도망간다고 해도 곧 붙잡혀 와요. 붙잡히면 죽지 않을 정도로 얻어맞아요. 병신이 된 애들도 수두룩해요. 붙잡아오는 데 든 비용은 모두 붙잡혀 온 애가 뒤집어써요. 나도 몇 번 시도해보다가 결국 포기하고 말았어요."

자기 삶을 자기 마음대로 못 하다니, 이런 악랄한 노예 생활이 또 어디 있을까. 그는 안타까운 눈으로 그녀를 쳐다보다가 밖으로 시선을 돌렸다. 도망 중인 자신의 처지를 생각하자 그녀를 동정하고 있는 자신이 혼란스럽게 느껴졌다.

"언제 섬으로 팔려 갈지 몰라요. 손님도 못 받는 퇴물이 되면 내보내는 대신 섬에다 팔아먹어요. 마지막까지 빨아먹는 거죠. 섬에 가면 그것으로 끝나요. 거기서 탈출한다는 건 불가능해요. 거기서 몸도 팔고 술도 팔고 하다가 죽는 거죠."

그녀의 말을 다 받아들이기가 힘들어 그는 상을 물리고 자리에서 일어났다.

"잘 먹었어요. 대접 잘 받고 가요."

"가시려구요? 너무 이르지 않아요?"

"이제 가야죠."

그는 그녀의 두 손을 잡아주고 나서 밖으로 나가려고 했다.

"연락처 좀 알려줄 수 없어요?"

그는 잠시 머뭇거렸다. 문득 그녀가 귀찮다는 생각이 들었다. 그녀와의 관계는 여기까지다. 더 이상은 곤란하다. 그래서 그는 이렇게 말했다.

"난 지금 떠돌이 생활을 하고 있어요. 집 전화도 끊어져 연락처도 없어요. 여긴 전화 연락이 안 되나요?"

그녀는 급히 종이쪽지에다 전화번호를 적어주었다.

"오시게 되면 전화 주세요. 목화를 찾으면 바꿔줄 거예요. 오실 리 없겠지만 혹시 모르잖아요. 통금에 걸려서 찾아올 수도 있고……. 아마 잊지 못할 거예요."

그녀는 그의 어깨 위에다 한쪽 손을 얹더니 고개를 돌려 그를 외면했다. 그녀의 앙상한 뺨 위로 눈물이 흐르는 것을 보고 그는 죄의식에 몸 둘 바를 몰라 그녀의 어깨를 감싸주었다. 그녀는 기다렸다는 듯이 그의 품에 안기면서 가만히 몸을 떨었다.

"어제, 손님을 처음 봤을 때 젊어서 죽은 남편이 살아 돌아온 줄 알았어요. 너무 닮아서……."

"잘 있어요."

그는 밖으로 나갔다. 그리고 뒤돌아보지 않고 마당을 가로질러 대문을 열고 골목으로 나갔다. 골목을 꺾어지려고 할 때 뒤에서 다급하게 그를 부르는 소리가 났다. 뒤돌아보니 목화가 우산을 들고 뛰어오고 있었다.

"우산 가져가세요."

"필요 없어요. 돌아가세요."

그는 퉁명스럽게 내뱉듯이 말하고는 홱 돌아서서 빠른 걸음으로 걸어갔다. 그녀와 관계된 것을 몸에 지니고 있으면 안 될 것 같았다. 자꾸만 생각날 것 같았고, 그러다 보면 결국 그녀를 만나러 다시 오게 될 것 같았다.

그녀는 우산을 펴지도 않은 채 비를 고스란히 맞으며 그의 모습이 사라질 때까지 우두커니 서 있다가 넋 나간 모습으로 힘없이 집으로 돌아왔다. 방으로 들어간 그녀는 책 속에서 사진을 빼내 들고 남편과 아들, 그리고 자신의 모습을 멍하니 들여다보다가 방바닥에 엎드려 흐느껴 울었다.

큰길로 나간 그는 길을 건넌 다음 공중전화 부스로 들어가 문을 닫았다. 헤어질 때 늙은 창녀에게 퉁명스럽게 말한 것이 금방 후회되었다. 우산을 받고 나서 고맙다고 한마디 해주는 것이 뭐가 그렇게 대수란 말인가. 속 좁은 녀석 같으니. 사창가에 들어가 창녀와 몸을 섞고 화대를 지불하고 나온 내가 남들과 다를 게 뭐란 말인가. 남들과 다르고, 또 달라야 한다고 생각한 내가 도대체 뭐가 다르단 말인가.

출근 시간이었기 때문에 많은 사람들이 부산하게 오가고 있었다. 하나같이 우산을 들고 있었기 때문에 그 사이에 끼어들면 우산도 없이 비를 맞고 있는 자신의 모습이 금방 눈에 띌 것 같았다. 무리 속에서 눈에 띈다는 것은 도망자 입장에서는 위험한 일이었다. 지금은 계엄령하이고 도처에 감시의 눈이 번득이고 있었다. 그는 주위를 둘러보고 나서 주머니를 뒤져 동전을 꺼냈다. 동전과 함께 종이쪽지가 나왔다. 그것이 발밑으로 떨어지는 것을 알았지만 그는 그것을 줍지 않고 그대로 내버려두었다. 그것은 목화가 조금 전 전화번호를 적어 준 종이쪽지였다. 공중전화에 동전을 집어넣자 잠시 후 신호가 떨어지면서 "여보세요." 하는 아이 목소리가 들려왔다.

"엄마 계시니? 계시면 좀 바꿔줘."

"누구세요?"

"음, 그냥 좀 바꿔줘."

"엄마, 어떤 남잔데 누구냐니까 그냥 좀 바꿔달래." 아이의 말소리가 수화기를 타고 들려왔다. 조금 기다리자 "여보세요." 하는 조심스러워하는 여자 목소리가 들려왔다.

"안녕하세요. 저 서문돕니다."

"네, 누구시라구요?"

상대방은 깜짝 놀라는 것 같았다.

"서문도입니다."

"어머나!"

"잘 계셨나요?"

"네네, 전 잘 있어요. 그런데 서 선생님 괜찮으세요?"

그녀의 목소리는 언제나 맑고 낭랑해서 듣기에 좋다.

"그럭저럭 견뎌내고 있습니다. 얼마 가지는 못하겠지만……."

"아이, 어쩌죠. 선생님 생각하면 잠이 안 와요. 어떻게 그런 일이……. 전 이해가 안 돼요."

"미안합니다."

"지금 어디 계세요?"

"종로에 있어요."

"어머, 그래요."

"화랑에는 몇 시에 나오시나요?"

"점심 먹고 나가려구요."

"그럼 2시쯤 화랑으로 찾아가겠습니다."

"어머, 그건 좀 곤란해요."

여자의 목소리가 갑자기 움츠러들고 있었다. 겁을 집어먹은 목소리였다.

"그래요? 곤란하면 관두죠."

"며칠 전에 형사들이 찾아와서 선생님 작품 전시에 대해서 꼬치꼬치 캐묻고 행방에 대해서 묻고 갔어요. 선생님 보면 신고하라고 하면서, 신고하지 않으면 처벌받는다고 했어요."

“거기까지 찾아왔군요. 알겠습니다. 잠시 들르려고 했는데……. 그건 그렇고 저기, 작품 대금을 좀 주셔야겠는데요. 그동안 밀린 게 상당한데 일부 좀 받았으면 해서요. 알다시피 도망 다니려면 돈이 많이 들어요.”

“그러실 테죠. 그런데 이건 제 개인적인 생각인데…… 오해는 하지 마시구요. 저기…… 힘들게 그렇게 도망 다니시지 말고 자수하시는 게 어떤가요? 자수하시면 정상참작도 될 테고…… 선생님을 누구보다도 아끼기 때문에 드리는 말씀인데…… 피해 다니시는 것도 한계가 있을 거고 언젠가는 붙잡힐 텐데, 그러려니 자수해서…….”

“자수해서 광명 찾으라는 건가요? 그건 제가 알아서 할 일이고 전 지금 돈이 필요합니다.”

그는 동전을 몇 개 더 집어넣었다.

“그러지 말고 한번 잘 생각해보세요. 저기, 당국에서 선생님에 대해 발표한 게 모두 사실인가요?”

“사실인 것도 있고 아닌 것도 있어요. 암살하려고 한 건 사실이지만 간첩은 아니에요.”

“어머나, 선생님 같은 분이 어떻게 그런 엄청난…….”

“자수할 생각은 추호도 없습니다. 작품 대금이나 주십시오. 여러 개 팔린 걸로 알고 있는데, 지금까지 제 손에는 단 한 푼도 들어온 게 없습니다.”

“아이, 어쩌죠. 어려울 때 도움을 드려야 하는데. 사실은 작품은 나갔는데 아직까지 돈이 들어온 게 하나도 없어요. 작품을 가지고 갔으면 즉시 대금을 줘야 하는데 그런 사람 거의 없어요. 차일피일 미루면서…… 어떤 사람은 작품을 도로 가져가라고 하질 않나. 가뜩이나 불황인데 저도 참 곤란할 때가 많아요. 엎친 데 덮친 격이라고 세무조사까지 받았어요. 신고 안 했다고 자그마치 3억이나 얻어맞았어요. 정말 미치겠어요. 이러다가는 문 닫아야 할 것 같아요."

그녀의 넋두리는 멈출 것 같지 않았다. 그는 그녀에게 연락한 것을 후회하면서 전화를 끊으려다가 화가 치밀어 거칠게 쏘아붙였다.

"혹시 간첩 돈은 떼먹어도 된다고 생각하지 마십시오. 다시 말하지만 난 간첩이 아니니까 오해하지 마세요."

"어머머, 무슨 말씀을 그렇게……."

그는 수화기를 거칠게 내려놓았다. 그의 조각 작품을 전시한 그 화랑은 서울에서 손꼽히는 메이저급 화랑 가운데 하나였다. 주인 여자가 수완이 좋아 돈 많은 부호들과 군부 출신 권력자들 같은 사람과 주로 거래하고 있다는 소문이 있었다. 공중전화 부스를 나온 그는 구멍가게에 들어가 우선 우산부터 하나 구입했다.

비는 오늘도 종일 내릴 것 같았다. 목화가 우산을 들고 뛰어올 때 그대로 서서 기다리고 있었어야 했다. 그녀의 호의를 거절한 것이 다시 후회스러웠다. 어제 손님을 처음 봤을 때 젊어서 죽은 남편이 살아 돌아온 줄 알았어요. 너무 닮아서……. 못 들은 척하고 나왔는데 그 말 한마디가 가시처럼 가슴을 찌르고 있었다. 그녀는 남편을 생각하고 운 것이다. 그녀의 남편은 아주 젊어서 비참하게 죽었다고 했는데 어떻게 죽었길래 그런 말을 했을까. 그는 〈죄와 벌〉 속에 들어 있던 조그만 흑백사진을 생각해보았다. 세 식구가 찍은 그 사진 속의 남자는 잘생기긴 했지만 자신과 닮았다고 생각하지는 않았다.

우산을 쓰고 생각에 잠겨 걸어가다가 그는 어느 건물 앞에서 걸음을 멈췄다. 건물 1층에는 K은행 간판이 큼직하게 걸려 있었다. 건물 지하에는 다방이 있었다. 건물 오른쪽에는 게시판이 세워져 있었는데, 거기에는 계엄 포고령 하나만 댕그라니 붙어 있었다. 그는 지하로 내려가려다 말고 포고령을 읽어보았다.

군사정부는 계엄령을 해제하기는커녕 계엄 지역을 전국으로 확대하는 등 영향력을 더욱 강화하고 있었다. 미친놈들. 그는 중얼거리면서 지하계단을 내려가 다방 문을 밀고 안으로 들어갔다. 아침이라 그런지 다방 안은 한산해 보였다. 요란스럽게 치장한 마담이 웃으며 그를 맞았다. 그는 구석진 곳에 놓여 있는 공중전화로 가서 은행에 근무하는 친한 친구인 최재우에게 전화를 걸었다.

대학에서 법학을 전공한 그 친구는 집안 사정이 어려워 재학 내내 고학을 하면서 학교에 다녔는데, 졸업 후에는 고등고시를 준비한다고 틀어박히는 바람에 여전히 생활이 어려웠다. 그는 지

비상계엄령 포고문 10호

1. 1979년 10월 27일에 선포한 비상계엄령이 계엄령 규정에 의하여 1980년 5월 17일 24시를 기하여 그 시행 지역을 대한민국 전 지역으로 변경함에 따라 현재 발효 중인 포고를 다음과 같이 변경한다.
2. 국가의 안전보장과 공공의 안녕질서를 유지하기 위하여
   가. 모든 정치 활동을 중지하며 정치 목적의 옥내외 집회 및 시위를 일절 금한다. 정치 활동 목적이 아닌 옥내외 집회는 신고를 하여야 한다. 단, 관혼상제와 의례적인 비정치적 순수 종교 행사의 경우는 예외로 하되 정치적 발언을 일체 불허한다.
   나. 언론 출판 보도 및 방송은 사전 검열을 받아야 한다.
   다. 각 대학(전문대 포함)은 당분간 휴교 조처한다.
   라. 정당한 이유 없는 직장 이탈이나 태업 및 파업 행위를 일절 금한다.
   마. 유언비어의 날조 및 유포를 금한다. 유언비어가 아닐지라도
      1) 전-현직 국가원수를 모독 비방하는 행위
      2) 북괴와 동일한 주장 및 용어를 사용, 선동하는 행위
      3) 공공집회에서 목적 이외의 선동적 발언 및 질서를 교란시키는 행위는 일체 불허한다.

1980년 5월 17일

계엄사령관 육군대장 이대성

리산 자락에 있는 어느 절간에 방을 하나 얻어 공부하면서 문도에게 걸핏하면 편지를 보냈다. 자기가 묵고 있는 절에 숙식비를 줘야 하는데 이번 한 번만 마지막으로 좀 도와달라는 내용이었다. 문도는 틀림없이 고시에 합격할 테니 힘을 내라는 편지와 함께 숙식비에 보태서 돈을 조금 더 보내주곤 했다. 그렇게 보내준 것이 그의 기억으로는 열 번이 넘은 것 같았다. 하지만 재우는 고시를 볼 때마다 번번이 낙방했고, 그렇게 몇 년을 떨어지더니 결국은 고시를 포기하고 은행에 들어갔다. 지금은 과거의 궁색하던 때를 말끔히 벗고 어린 아내와 함께 자식도 둘이나 낳고 행복한 가정을 꾸리고 있는 것 같았다.

전화를 바꿔 든 재우는 깜짝 놀라는 것 같았고, 금방 목소리가 작아졌다. 그가 지하다방에 있다고 하자 더 놀라는 것 같았다.

"지금 회의 중이라 나갈 수가 없는데……."

보지 않아도 당황해하는 기색이 역력했다. 문도는 또 후회했다.

"부탁이 있어서 왔어. 내 예금 좀 찾을 수 없을까?"

"그건 안 돼. 동결된 거 잘 알잖아. 네 계좌는 건드릴 수가 없어."

"조금만이라도 안 될까?"

"안 돼. 십 원 하나도 안 돼."

"그, 그럼 그건 놔두고 돈 좀 빌려줘."

상대방은 난처한지 우물쭈물 뜸을 들이다가 말했다.

"가만있자. 좀 기다려봐. 조금 있다가 연락할게. 아, 잠깐. 어, 얼마가 필요하지?"

"백만 원 정도……"

"알았어. 다는 안 되겠지만 한번 마련해볼게. 저기, 한데 말이야 그렇게 돌아다녀도 괜찮은 거야?"

"괜찮지는 않지. 하지만 주위 도움으로 그럭저럭 버티고 있어."

"신문에 난 거 정말이야?"

"그를 죽이고 싶어 한 건 사실이야. 하지만 나머지는 모두 거짓말이야."

그는 자기도 어리둥절할 정도로 쉽게 말해버렸다.

"그렇구나. 우리야 발표되는 것만 알지 자세한 내막은 알 수 없지. 저기, 그건 그렇고…… 한데 언제까지 그러고 있을 거야? 계속 그런 생활 할 수 있겠어?"

"잡히면 뒤집어씌워 죽일 텐데 내 발로 사형대에 올라갈 수는 없지."

"설마 그러려구. 아무튼 좀 기다리고 있어. 탁자 위에 손수건 올려놓고 있어. 손수건 있어?"

"있긴 한데 왜 그러지?"

전화가 끊기는 소리가 들려왔다.

사실 그는 친구들에게 부담을 주고 싶지 않았다. 북괴의 지령을 받고 대통령 암살을 기도한 간첩이라는 어마어마한 죄목은 말만 들어도 친구들을 주눅 들게 하기에 충분했다. 그와 접촉하는 것만으로도 죄가 되고, 그 사실을 신고하지 않으면 간첩을 방조했다는 죄로 처벌을 받게 되어 있었다. 더구나 지금은 계엄령하가 아닌가. 그래서 그는 피해를 줄까 봐 가능한 한 친구들에게 연락을 삼가고 있었다. 연락해서 도움을 청하면 마지못해 도와는 주겠지만 상대가 잔뜩 겁에 질려 전전긍긍할 것을 생각하면 차마 못할 짓이라는 생각이 들었다. 친구들도 그에게서 연락이 올까 봐 은근히 불안해하고 있으리란 것을 그는 본능적으로 감지하고 있었다. 사건이 보도되고 그의 이름과 사진이 모든 TV 방송과 신문에 크게 실린 후, 그렇게 자주 연락하고 만나던 친구들은 서로 약속이나 한 듯 그를 피하고 있었다. 그는 그들의 그같이 돌변한 태도를 이해하려고 노력했지만 아무래도 배신감을 떨쳐버릴 수는 없었다.

그와 접촉할 수 있는 연락처는 이제 한 군데밖에 없었다. 원릉 쪽에 있는 작업실은 Z의 감시를 받고 있기 때문에 그쪽으로 연락을 취할 수는 없었다. 양부모가 물려준 북촌의 한옥은 오갈 데 없는 할머니가 집을 지키고 있었는데, 그곳은 아직 수사기관의 감시망이 닿지 않은 것 같았다. 하지만 혹시 모르기 때문에 그는 그 집에는 가지 않고 가끔씩 전화만 걸어보곤 했다. 할머니는 문도가 지금 어떤 처지에 있는지 아무것도 몰랐고, 더구나 문맹이기 때문에 그에게 걸려온 전화를 메모할 수도 없었다. 그래서 생각나는 대로 전해주곤 했다.

"은혜라는 여자한테서 자주 연락이 오네. 사흘이 멀다 하고 오는데 연락 좀 해주지그래."

그러나 친구들로부터 걸려온 전화는 없었다. 그 대신 신분을 밝히지 않는 정체불명의 전화가 자주 걸려오고 있는 것 같았다.

그가 생각 끝에 마침내 재우에게 처음으로 연락한 것은 가지고 있는 돈이 떨어졌기 때문이었다. 문도는 재우의 간곡한 부탁으로 그가 근무하고 있는 K은행 낙원동 지점에다 적지 않은 돈을 입금해놓고 있었다. 하지만 현재 그의 은행계좌가 모두 동결되어 있어서 한 푼도 찾을 수가 없었다. 그를 쫓고 있는 수사기관이 그를 궁지에 몰아넣기 위해 그런 짓을 한 것이다. 재우에게 도움을 청한 것은 그가 가장 가까운 친구라는 점, 그리고 과거에 금전적으로 그의 도움을 받은 적이 있었고, 그래서 딱 잘라 거절하지는 못할 것이라는 생각이 들었기 때문이었다.

그는 카운터로 가서 조간신문을 집어들고 자리로 돌아와 그것을 펼쳤다.

1980년 5월 26일 월요일

북괴는 대남 도발 말라

브라운, 美 국방 경고

美, 한국에 60일분 전쟁물자 비축

[워싱턴=UPI 통신]

해럴드 브라운 미 국방장관은 23일 미국이 한국에서 최고 2개

월간 격전을 수행하는 데 충분한 전쟁물자를 보유하고 있다고 밝히고, 북괴에 대해 대남 도발을 감행해서는 안 된다고 경고했다.

브라운 장관은 UPI통신과의 단독회견에서 『우리는 대한 안보 공약에 주의를 환기시키고 만약 외부세력이 현재의 한국 사태 발전을 이용하려 할 때는 이 공약에 따라 대응할 태세임을 밝혀왔다』고 전제하고, 미국은 한국과 유럽에서 전쟁비축물자를 점진적으로 증강, 30~60일간 『매우 치열한 전쟁』에 대처할 수 있다고 선언했다.

브라운 장관은 전반적인 미국의 전쟁수행 능력에 대한 질문에 『우리는 30일에서 최고 60일까지의 전쟁수행 능력을 보유할 수 있도록 비축물자를 증강해왔다. 그러나 우리가 최고의 긴장 수준에서 얼마나 오래 전쟁을 수행해야 할지는 분명치 않다』고 말하고 30~60일간이란 기간은 한국과 유럽에 적용되며, 이 경우 매우 치열한 전쟁에 임할 수 있다고 설명했다.

그는 세계 다른 지역의 경우 전쟁 기간은 훨씬 길어질 것이나 한국이나 유럽의 경우처럼 초반부터 격전이 예상되지는 않는다고 말했다.

브라운 장관은 현 한국 사태와 관련, 북괴가 대남 공격을 계획하고 있다는 조짐은 없으나, 미 당국은 한국 내의 대규모 소요 사태와 북괴 측의 오랜 대남적대 입장 때문에 조심하고 있다고 밝혔다.

그는『내 판단으로는 한국 사태와 관련하여 북괴 군대 이동이 있음을 뒷받침하는 정보는 없으나 확정적으로 말할 수는 없다』고 밝히고, 미국이 주한미군의 경계태세를 높이는 조치는 취하지 않은 채 관계 정보에 보다 큰 관심을 집중시키고 있다고 덧붙였다.

또각또각 하이힐 소리가 나더니 그 앞에서 여자가 멈춰 섰다. 그의 눈에 감색 스커트와 두 다리가 보였다.

"최 과장님 기다리시는 손님이시죠?"

그는 신문지를 접으면서 고개를 쳐들었다. 은행 제복을 입은 젊은 여자가 무표정하게 그를 내려다보고 있었다. 그녀의 가는 두 눈이 탁자 위의 더러운 손수건과 그를 번갈아 쳐다보았다.

"네, 그렇습니다."

"과장님은 회의 중이라 못 오시고 제가 대신 이거 전해드리라고 해서……."

그녀는 흰 봉투를 꺼내 탁자 위에 내려놓더니 고개를 한번 까닥하고는 홱 돌아서서 가버렸다. 그는 멍하니 그녀의 뒷모습을 바라보다가 봉투를 집어들었다. 봉투 안에는 지폐와 함께 편지가 들어 있었다.

'회의 중이라 시간 낼 수 없어 미안해. 부탁한 대로 다 채우지 못해 미안해. 성의니까 받아줘. 그리고 앞으로 은행으로 찾아오

는 건 재고해줬으면 좋겠어. 목구멍이 포도청이라고 말이야. 하여간 미안해. 재우.'

그는 비참한 기분으로 지폐를 세어보았다. 그가 부탁한 액수의 딱 절반이었다. 성질 같아서는 그걸 들고 은행으로 찾아가 재우의 얼굴에다 던져버리고 싶었지만 꾹 참았다. 돈의 액수보다도 은행으로 찾아오는 것을 재고해달라는 말이 그를 더없이 참담하게 만들고 있었다. 내가 어쩌다가 이렇게까지 됐지. 지금까지 가장 친한 친구라고 여겨온 녀석한테 천덕꾸러기 취급을 받다니. 그는 모멸감에 몸 둘 바를 몰라 한참 동안 안절부절못하면서 자리에 앉아 있었다. 재우가 멋지게 그를 따돌렸다는 생각이 들자 다시 화가 치밀어 올랐다. 놈은 치밀하게 계산했다. 탁자 위에 손수건을 올려놓으라고 한 것은 여직원이 그를 쉽게 알아볼 수 있게 하기 위한 것이었다. 하지만 그보다는 다방에서 그의 이름이 불리는 것을 차단하기 위해서였다는 것이 더 옳은 해석일 것 같았다. 여직원이 그에게 다가와 "혹시 서문도 씨세요?" 하고 물을 경우 다른 손님들이 그것을 들을 수도 있다. 손님들 가운데에는 형사도 있을 수 있고, 형사가 아니더라도 현상금이 붙은 중요한 수배자 이름을 기억하고 있는 사람이 없다고 어떻게 자신할 수 있겠는가. 그리고 더 신경 쓰이는 것은 여직원이 그의 이름을 기억하고 있다가 나중에라도 그가 수배 인물이라는 것을 알 수도 있다는 것이다. 길 가다가 현상수배 벽보에 실린 그의 사진을 알아보고는 화들짝 놀라 이름을 확인할 것이고, 그렇게 되어 일이 잘못

꼬이기라도 하면 재우가 간첩과 접촉, 그의 부탁으로 그녀가 간첩에게 돈을 전해줬다는 것을 경찰에 신고할 수도 있지 않은가. 이런저런 위험을 생각해서 재우는 여직원에게 그의 이름을 말해주지 않고 대신 손수건이 놓여 있는 탁자를 찾아가서 돈을 전해주라고 시킨 것이다. 대단히 계산이 밝고 교활하고 영리한 놈이다. 그는 찻잔을 입으로 가져갔다가 커피가 식은 것을 알고는 그것을 한쪽으로 치워놓고 다시 신문을 펴들었다.

신문 1면 위쪽에는 큼직한 사진이 하나 실려 있었다. 바닥에 널려 있는 무기들 주위로 청년들이 서 있는 사진이었는데, 그중 가까이 찍힌 청년 한 명은 복면까지 하고 있었다. 그 사진엔 굵은 글자로 '총기 널린 폐허의 광주'라는 제호까지 달려 있었고, 다음과 같이 사진 설명이 붙어 있었다. '신분을 감추기 위해 헬멧에 복면까지 한 한 난동자가 무기 회수 광경을 보고 있다.' 기사는 7면으로 이어지고 있었다. 그는 7면에 시선을 박았다.

7면 상단에는 두 컷의 사진이 실려 있었다. 위쪽 사진에는 시민수습대책위라는 플래카드가 걸려 있는 트럭, 트럭 위에서 주먹을 흔들며 구호를 외치고 있는 청년들, 민간인 복장에 헬멧을 쓰고 총을 든 채 거리 복판에 서 있는 청년의 모습 등이 보였다. 사진 설명은 이랬다.

'시민대책위원회의 방송반이 질서 회복을 호소하고 있는데도, 과격파들이 방석모를 쓴 채 계속 무기를 휴대한 채 거리를 배회하고 있다. 탈취한 군 트럭으로 과격파들이 거리를 무질서하게

누비고 있다.'

아래쪽 사진은 불에 탄 차량의 흉한 모습과 그 앞을 오가는 사람들의 모습을 찍은 것으로 이런 설명이 쓰여 있었다.

'불타고 찌그러진 볼썽사나운 차량의 잔해들. 광주 시내 중심가에는 이미 폐차가 된 각종 차량들이 버려져 있다.'

그는 숨을 죽인 채 기사를 읽기 시작했다.

바리케이드 너머 텅 빈 거리엔 불안감만…….

「무정부 상태 光州」 1주

총 들고 서성대는 「과격파」들

길목서 저지…… 무기 반납 지연

시민들 "생필품 동나 고통스럽다."

광주시를 서쪽에서 들어가는 폭 40미터의 도로에 화정동이라는 이름의 고개가 있다. 그 고개의 내리막길에 바리케이드가 쳐 있고 그 동쪽 너머에 「무정부 상태의 광주」가 있다. 쓰러진 전주·각목·벽돌 등으로 만들어진 바리케이드 뒤에는 총을 든 난동자들이 서성거리고 있는 것이 멀리서 보였다. 그 뒤편의 거리는 차가 없어 더욱 넓어 보였다.

그 바리케이드를 마주보면서 6백여 미터쯤 떨어진 이쪽, 도로 중앙에 철조망과 함께「무기 회수반」이라는 글자가 쓰인 다섯 개의 입간판이 길을 막고 있다. 바로 이곳이 총기의 반납을 기다리고 있는 당국의 전초선이다. 24일 오후 光州의 지도층 인사들로 구성된 시민수습대책위는 얼마의 총기를 가져다놓고 갔다고 했다. 여기서 총기의 반납을 기다리고 있던 한 관계자는『수습대책위에서 총기를 반납하려 해도 바리케이드 저쪽에 있던 과격파들이 이를 저지하거나 감시하고 있어 대책위 측에서는 골목길을 돌아와 무기 반납소에 무기를 놓고 간다.』면서 무기 반납에 아직도「방해」라는 문제가 있음을 지적했다.

일부 사람들이 이 지역을「대치 장소」니 하는 이름으로 부르는 것을 이 관계자는 몹시 못마땅해했다.

『우리는 지금 시민을 보호하기 위해 외곽 차단을 하고 있을 뿐이지, 결코 대치하고 있는 것은 아닙니다.』

이 관계자는『문제는 광주 시민의 생업입니다.』라고 했다. 광주로 통하는 모든 통로가 막힌 상태에서 광주에는 식품과 의약품 등 생필품의 품귀 현상이 빚어지고 있다.

이런 현상은 타지에서 반입되던 생필품이 끊긴 데서 비롯된 것이지만 대부분의 상점과 시장들이 가게를 열었을 때의 안전이 보장되지 않은 상황 때문이기도 하다고 바리케이드 저편에서 온 몇 사람들은 얘기했다.

바리케이드와 무기반납소 사이에는 인도에 수십 명의 시민들이 옹기종기 모여 서성거리고 있었다. 그 모습은 마치 일요일에 교통이 차단된 어느 번화가의 모습과도 흡사했지만 사람들은 그 번잡했던 거리가 벌써 7일째 텅 비어 있는 것을 불안해하는 것처럼 느껴졌다. 머리 위에는 간간이 헬리콥터 소리가 요란했다. 시민들에게 계엄 당국의 전단을 뿌리러 가거나 뿌리러 오는 헬리콥터라고 했다.

24일 정오(나중에는 오후 6시로 연장)까지 무기를 회수해 국군광주통합병원으로 가져오면 과거를 일체 불문에 부치겠다는 내용이었다.

광주통합병원이 바로 이 화정동 무기반납소를 의미한다.

무기를 반납하러 오는 사람을 보려고 기다렸다. 그러나 30분을 기다리는 동안 그런 기회는 오지 않았다. 다만 오토바이를 탄 어느 사람이 잠시 반납소의 종사원에게 접근하더니 다시 휭 돌아서 질주해갔다. 어떤 사람이냐고 물었다. 어느 관계자가 『아마 무엇인가를 물어보려 온 사람일 것』이라고 대답했다.

오후 2시 30분쯤 도청의 수습위원들로부터 「허락」을 받고 바리케이드를 통과한 본사의 서명원, 이현재, 노기도, 조세명 네 기자가 마치 4총사처럼 무기반납소 쪽으로 걸어올라 왔다. 7일 동안 마치 몇 년씩 늙은 것처럼 느껴지는 얼굴들이었다.

막혔던 얘기를 나누고 얼마의 돈을 건네주고 그동안 찍었던 필름과 새 필름이 교환된 뒤 네 기자는 올 때처럼 그렇게 길을 내려갔다. 그들의 모습이 바리케이드 저쪽으로 아스라이 사라질 때까지 불안했다. 이 불안은 광주 사태가 해소될 때까지 남을 수밖에 없는 그런 불안인지도 모른다.

겉으로 표현들은 안 하지만 모두가 불안에 떨고 있다. 아예 입을 다물고 있거나 못 본 채 외면해버린다.

다방을 나온 그는 우체국을 찾아갔다. 도쿄로 국제통화를 신청하고 잠시 기다리자 직원이 부스를 가리켰다. 안으로 들어간 그는 수화기를 집어들었다.

"문돕니다."

"짜식, 뭐하러 전화했어?"

굵고 거친 목소리가 귀청을 울렸다.

"죄송합니다."

"야, 인마! 죄송하다면 다야? 너 빨갱이야?"

"아, 아닙니다."

"체포된 거냐? 지금 조사받고 있는 거야?"

"아, 아닙니다. 전 지금……."

"어떻게 된 거야? 체포 안 됐으면 도망 다니는 거냐?"

"네……."

그는 힘없이 말했다.

"자알한다, 짜아식. 신문에 난 대로 북괴의 사주를 받고 넘버원 암살을 기도한 간첩이란 게 사실이야?"

막말로 거침없이 그를 몰아붙이는 사람은 외삼촌이었다. 죽은 어머니의 오빠인 그는 사실상 문도를 교육시키고, 그를 유학 보내주고, 그가 조각가로 자리 잡을 때까지 아낌없이 지원해준 사람이었다. 그런 만큼 문도는 그 앞에서는 꼼짝없이 쩔쩔맬 수밖에 없는 입장이었다.

"그, 그건 오햅니다."

"너 킬러야? 조각가야, 킬러야? 어떤 게 맞아?"

"그, 그건 조작된 겁니다. 믿지 마십시오."

"야, 인마! 안 믿게 됐어? 신문 방송에 크게 나고 계속 떠들어대고 있는데 안 믿을 사람이 어딨어? 한국은 지금 미쳐 돌아가고 있어. 정상이 아니란 말이야. 그런 세상인데 네가 말려들어 넘버원 암살을 노린 간첩으로 이름이 오르내리다니 그게 말이 돼? 잘 들어. 미쳐 돌아가고 있는 사회에서는 절대 앞에 나서지 말고 쥐새끼처럼 안 보이는 하수구 같은 곳에 숨어 지내야 안전해. 이건 쥐새끼 이론이란 거야. 쥐새끼가 왜 잘 번식하고 잘 사는지 알아? 절대 잘난 체하거나 앞에 나서지 않고 숨어 지내기 때문이야. 알아들어? 낭중지추囊中之錐란 말 알아?"

"잘 모르겠는데요."

"그것도 몰라, 인마. 주머니 속에 들어 있는 송곳이란 말이야. 실력 있는 놈은 앞에 나서지 않고 가만있어도 세상이 다 알아준다 이 말이야. 너 정말 나서지 말고 가만있어. 알았어?"

"네, 알겠습니다."

"날 속일 생각하지 말고 바른대로 말해. 그래야 살 수 있어. 어떻게 된 거야? 왜 네가 빨갱이 간첩이 돼서 넘버원 암살을 노리게 된 거야? 사실이야, 사실 아니야? 아니 땐 굴뚝에 연기 날 리 있어? 아무리 미친놈들이라도 아무 죄 없는 생사람을 잡을 리 있어? 사실을 알아야 내가 널 도와줘도 도와줄 수 있어. 말해봐."

그의 외삼촌은 대통령을 계속해서 넘버원으로 부르고 있었다.

"암살을 도모한 건 어느 정도 맞습니다. 하지만 북한하고는 아무 상관이 없습니다. 간첩 부분은 조작한 겁니다."

"암살을 도모한 게 맞다고? 이런 미친놈을 봤나! 기가 막혀 말이 안 나오네."

장탄식하는 소리에 그는 귀를 막고 싶었다.

일찍이 일본에 귀화한 외삼촌은 이름도 일본식으로 요시다 고이치로 바꾸고 철두철미 일본인으로 살아가고 있는 사람이었다. 육십쯤 된 그는 빠칭코로 돈을 벌어 그것을 밑천 삼아 다른 일에도 손을 대 지금은 대단한 재력가가 되어 있었다. 문도가 보기에 요시다 삼촌은 야쿠자 조직과도 관계가 있는 것 같았다. 누가 말해준 것은 아니지만 그것은 느낌으로 와닿은 생각이었다. 그 앞에서 머리를 짧게 깎고 여지저기 문신이 있는 검은 복장의 사내들이 허리를 깊이 숙여 인사하는 것을 보면 그런 생각이 들곤 했다. 그렇다고 본인한테 물어볼 수도 없는 일이었다. 한번은 외삼촌이 위독하다고 해서 병원으로 급히 달려간 적이 있었다. 병실 앞에는 인상이 험악한 사내들이 살기 어린 표정으로 버티고 있었다. 요시다는 온몸에 붕대를 감은 채 산소마스크를 쓰고 있었다.

병실을 지키고 있는 사내에게 어떻게 된 일이냐고 물었지만 그는 잠자코 고개만 흔들었다. 요시다는 문도를 가까이 오게 하더니 유언처럼 한국말로 속삭였다. 너한테 할 말이 많은데, 내가 죽으면 네 앞으로 유산을 남겨뒀으니까 그리 알아라. 밖으로 나가 담당 의사를 붙잡고 상태를 물어보니 흉기에 많이 찔려 피를 많이 흘리긴 했지만 급소를 다치지 않아 목숨은 건졌다고 했다. 요시다가 야쿠자이거나 야쿠자와 관계가 있음을 말해주는 사건이었다. 그는 극우파 인물로 조총련을 싫어했고, 노골적으로 공산주의를 혐오했다. 반대로 문도는 극우라는 것을 본능적으로 싫어했지만 외삼촌 앞에서는 그런 내색을 조금도 비치지 않았다. 일본에 있을 때 문도는 좌파 지식인들과 주로 교류했고 그쪽으로 깊이 경도되어 있었지만, 요시다는 전혀 그것을 눈치채지 못했다. 때문에 이번 사건에 그가 경악한 것도 무리는 아니었다.

"자수해라. 네가 언제까지 도망 다닐 수 있을 것 같냐? 당장 자수해!"

요시다가 결론을 내리듯 말했다.

"안 됩니다."

"멍청한 자식! 네가 죽고 싶어 환장했구나. 왜 자수 안 하겠다는 거야?"

"자수하면 바로 사형입니다. 놈들은 본보기로 처단하려고 벼르고 있습니다. 개죽음당할 수는 없습니다. 저는 옳은 일을 했고, 양심에 조금도 꺼리거나……."

"시끄러워!"

요시다가 꽥 소리를 질렀다.

"바보 같은 놈! 천하에 멍청한 놈! 네가 그렇게 신념에 따라 행동했다면 떳떳하게 죽음을 받아들여! 안중근 이봉창처럼 떳떳하게 죽음을 받아들여! 뭘 우물쭈물하고 있는 거야? 말리지 않을 테니까 자수하든가 자살하든가 해."

문도는 외삼촌이 홧김에 전화를 끊을까 봐 걱정했다. 그러나 다행히 그는 전화기를 붙들고 있었다.

"죽기는 싫습니다. 왜 제가 죽어야 합니까?"

"죽기 싫으면 자수해. 자수해서 재판을 받게 되면 내가 일류 변호사를 붙여서 빼내줄게. 한국 정부 쪽에 영향력이 있는 친한파 정치인들한테도 손을 써둘 테니까 걱정하지 말고 자수해. 몇 달만 고생하면 나올 수 있어."

"자수는 할 수 없습니다. 그들은 틀림없이 저를 사형대에 세울 겁니다. 이미 함께 일한 세 명의 동지들이 사형당했습니다. 누가 뭐래도 그건 원숭이의 엄명이라고 들었습니다."

"원숭이? 원숭이가 누구야?"

"대통령 말입니다. 원숭이처럼 생겨서 우린 그자를 원숭이라고 부릅니다."

"그러고 보니까 그렇게 생겼네."

킬킬거리고 웃는 소리가 잠시 들려왔다.

"대통령 자격도 없는 것이 대통령이라고 우기고 앉아 있으니까 더 원숭이처럼 보입니다."

"인마, 그래도 대통령은 대통령이야. 그런데 원숭이가 무슨 엄명을 내렸다는 거야?"

"청와대에 있는 지인한테서 들었는데, 원숭이가 각료회의와 비서관회의에서 특별히 자기 목숨을 노린 자들을 한 놈도 놓치지 말고 잡아들여 극형에 처하라고 두 번 세 번 강조했답니다. 그가 이번 사건에 얼마나 관심이 있는지 알 수 있는 정보입니다. 거기에 대해서는 감히 아무도 나서서 이견을 말할 수 있는 분위기가 아니랍니다. 그 지인이 저보고 하는 말이 피할 수 있는 한 피해 있으라고 했습니다. 제 생각에는 삼촌이 아무리 손을 써도 소용없습니다."

현 군사정권에 비판적인 저항 세력들은 대통령을 원숭이라고 부르기도 하고 몽키의 머리글자만을 따서 그냥 간단히 M이라고 지칭하기도 했다.

군을 동원해서 쿠데타로 정권을 탈취한 M은 그 과정에서 인명을 많이 살상했는데, 그에 대한 원성이 두려운 나머지 전국에 계엄령을 발동, 공포정치로 국민들을 옥죄어놓고 있었다.

하지만 그는 원숭이를 많이 닮아 조롱거리가 되곤 했는데, 그것이 자신에 대한 별명으로 사람들 입에 오르내리고 있음을 알게 되자 긴급조치령을 내려 사람들 입을 아예 봉해버리려고 했다. 이른바 국가원수모독죄라는 것으로, 자신을 조롱하는 사람을 발견하는 즉시 모독죄로 구속하라고 엄명을 내렸다. 하지만 그럴수록 사람들은 거기에 반발해서 원숭이를 안주 삼아 낮은 목소리로 끊임없이 씹어댔다.

"원숭이가 말은 그렇게 하지만 재판을 자기 마음대로 할 수 있나. 그래도 보고 있는 눈들이 있는데."

요시다는 격한 감정이 사라지고 조금 신중해져 있었다.

"거기 계시니까 잘 모르실 겁니다."

"인마, 여기 있어도 난 한국 사정은 알 만큼 알아. 나한테도 정보통이 있어. 내가 한국에 투자한 돈이 얼만데 그쪽에 관심이 안 갈 리가 있어. 계엄 때문에 그쪽 사업은 내리막길이야. 하여간……"

"거기서 듣는 것하고 여기서 실제로 보고 겪는 것하고는 천양지차입니다."

"망할 자식, 그럼 어떡하겠다는 거야? 계속 도망 다니겠다는 거야? 그러다가 총 맞아 죽으면 어떡하려고 그래? 도망자는 막 쏴 죽이는 모양이던데 언제까지 피해 다닐 수 있을 것 같아? 도피 생활을 하려면 돈도 꽤 필요할 텐데…… 돈이 문제가 아니지."

"부탁이 있습니다."

"뭐야? 말해봐."

"일본으로 가고 싶습니다. 생각해봤는데 더 이상 다른 방법이 없는 것 같습니다."

"어떻게 일본으로 오겠다는 거야?"

"이 전화 혹시 도청되는 거 아닙니까?"

"그건 걱정하지 않아도 돼. 도청 방지가 돼 있으니까 맘대로 이야기해도 돼."

"저기, 밀입국할 수밖에 없을 것 같습니다."

"뭐야? 밀입국하겠다고? 어떻게 밀입국하겠다는 거야?"

어이가 없다는 듯 요시다가 큰 소리로 물었다.

"생각해봤는데 정상적으로는 안 될 것 같고…… 아무래도 차선책으로……."

"그러니까 밀항하겠다는 거냐?"

"죄송합니다."

"말하는 게 갈수록 태산이구나. 너 혹시 머리가 이상하게 된 거 아니야?"

"죄송합니다."

"야! 너 밀항이 쉬운 줄 아냐? 그거 목숨 걸고 하는 거야. 일본 도착해서 붙잡힐 확률이 더 커. 붙잡히면 어떡할 거야?"

"망명 신청하면 됩니다."

"망명? 누가 너 같은 놈을 받아준대? 넌 아주 중요한 수배인물이기 때문에 한국에서 넘겨달라고 요구하면 두말하지 않고 넘겨주게 돼 있어. 망명은 꿈도 꾸지 마."

"체포되면 할 수 없는 거죠 뭐. 모든 거 다 포기해야죠. 하지만 전 성공 가능성이 적더라도 해보고 싶습니다. 해보지도 않고 포기한다는 건 말도 안 됩니다."

"잘 논다 잘 놀아. 혼자 잘해봐."

"삼촌이 도와주신다면 가능합니다. 부탁합니다."

"난 그런 거 잘 몰라. 내가 밀항 같은 거 도와주게 됐어? 뻔뻔스러운 놈 같으니!"

"죄송합니다."

"죄송하다는 말 좀 그만해. 듣기 싫으니까."

"알겠습니다."

"그건 그렇고 너 같은 놈이 어떻게 감히 일국의 대통령을 암살하려고 했지?"

"분명히 말씀드리지만 전 원숭이를 결코 대통령으로 생각지 않습니다. 그런 엉터리가 대통령이라니 소가 웃을 노릇입니다."

"어떻든 대통령은 대통령이야. 넌 현실을 인정해야 해."

"전 인정 못합니다. 그는 살인마입니다. 그리고 민주주의를 후퇴시킨 반역자입니다."

"좋아. 네가 어떻게 생각하든 내가 상관할 바 아니고…… 어떻게 원숭이를 해치우려고 했는지 그거나 말해봐. 설마 네가 킬러는 아니겠지?"

"전화로는 말씀드리기가 곤란합니다. 자세한 건 나중에 만나뵙고 말씀드리겠습니다. 간단히 말씀드리면 원숭이가 외국 방문할 때 해치우려고 했습니다."

"어떻게 해치우려고 했어?"

요시다는 바짝 호기심이 동하는지 계속 물어왔다.

"킬러를 고용할 생각이었습니다. 비용은 어느 기업인이 대주기로 했습니다. 원숭이한테 사업체를 뺏긴 기업인이……. 자세한 건 나중에 기회 있으면 말씀드리겠습니다."

문도는 더 이상 말하는 것을 삼갔다.

"으음, 알았다. 그런데 이해가 안 가는 건 네가 그런 엄청난 일에 주도적으로 참여했다는 거다. 내가 지금까지 알기로는 넌 조각밖에 모르는 순수한 예술가였어. 그런데 어쩌다가 그런 일에 뛰어들었는지, 피치 못할 사정이 있어서 그런 건지 도무지 알 수가 없어. 그렇게 된 무슨 이유가 분명히 있었을 텐데, 그게 뭔지 숨기지 말고 말해봐."

"여러 가지 이유가 있는데, 나중에 뵙고 말씀드리겠습니다. 하루빨리 일본에 갈 수 있게 손 좀 써주십시오. 여기서는 더 이상 버티기가 힘듭니다. 이러다가는 붙잡힐 것 같습니다."

"녀석, 내가 네놈 뒤치다꺼리나 하는 사람이냐?"

"죄송합니다."

"내일쯤 서울 사무실에 전화해서 미스 킴을 찾아. 내 조카라고 하면 무슨 말이 있을 거야. 넌 시키는 대로 하면 돼."

"감사합니다."

"장기간 떠나 있을지 모르니까 신변 정리나 해둬."

"알겠습니다. 감사합니다."

"돈 필요하면 미스 킴에게 연락해서 필요한 만큼 가져가. 내가 전화해둘게."

"가, 감사합니다."

우체국을 나오자 군 장갑차 여러 대가 지나가는 것이 보였다. 장갑차 위에는 군인 한 명이 비를 고스란히 맞으며 서 있었고, 그 앞에는 기관총좌가 설치되어 있었다. 속력도 내지 않고 천천히 움직이는 것으로 봐서 계엄군이 시민들에게 무력시위를 하고 있는 것 같았다. 우리는 언제라도 너희들을 깔아뭉개버릴 준비가 되어 있다. 그러니까 까불지 마라. 계엄군은 이렇게 말하고 있는 것 같았다. 시민들은 묵묵히 장갑차 행렬을 구경하고 있었다. 문도도 착잡한 심정으로 그것을 바라보았다.

계엄령이 언제 끝날지는 아무도 알 수 없었다. 그것은 M의 결정에 달려 있었다. 사면초가에 빠진 그는 손에 들어온 권력을 놓지 않으려고 계엄령을 발동, 미친개처럼 이빨을 드러낸 채 권력에 도전하는 것은 무엇이나 물어버릴 듯 으르렁거리고 있었다. 계엄령은 이제 전국으로 확대되어 있었다. 장갑차 행렬이 으르렁거리며 사라지자 문도는 담배를 피워 물었다.

안가에서

문도가 야권의 지도자이자 차기 대권의 가장 강력한 도전자인 J를 알게 된 것은 일본에서 작품 활동을 하고 있을 때였다. 그때 J는 M의 탄압을 피해 일본에 망명해 있었다.

J는 망명 중에도 쉬지 않고 M과 그 정권을 비판했다. 그의 날 선 비판은 일본은 물론 미국과 유럽으로도 전해져 신문과 방송에 자주 오르내리곤 했다. 정권을 탈취하기 위해 무고한 시민들을 학살한 살인자, 한국의 민주주의를 후퇴시켜 국가 발전을 저해한 반역자, 한국 역사상 전무후무한 독재자 등 극렬한 표현을 써가며 맹비난하는 바람에 M은 분을 못 이겨 안절부절못했다. 눈엣가시 같은 존재를 당장에라도 제거하고 싶지만 일본 경찰의 보호를 받고 있기 때문에 이러지도 저러지도 못하고 분을 삭이고만 있었다.

"저 새끼를 당장 잡아올 수 없어?"

어느 날 안가의 술자리에서 M이 비밀기관인 국가보안위원회 Z의 책임자인 오 부장에게 물었다. M은 텔레비전 화면에 나온 J를 노려보고 있었다. 그것은 도쿄에 있는 어느 강당에서 J가 강연하고 있는 것을 정보요원이 몰래 찍어서 보낸 것으로, J는 주먹을 움켜쥐고 흔들면서 맹렬히 M 정권을 규탄하고 있었다. 그리고 청중은 실내가 떠나갈 듯 박수를 쳐대고 있었다.

"저 개새끼 말이야. 저거 잡아올 수 없냔 말이야?"

"자, 잡아올 수는 있습니다. 하지만……."

무릎을 꿇고 있는 오 부장은 다리가 저릿저릿 저려왔다. 안가의 술자리는 그에게 언제나 불편했다. 하지만 가난한 시골 출신의 M은 고향집 같다고 하면서 언제나 뜨뜻한 방바닥에 앉아 술 마시는 것을 좋아했기 때문에 그는 술자리가 끝날 때까지 무릎을 꿇고 앉아 있어야만 했다. 무릎을 꿇는 것은 자신을 최대한 낮추고 상대방을 공경한다는 것을 몸으로 보여주는 행위였다. 하지만 땅딸막한 몸집에 살이 찐 그는 허벅지 살집 때문에 무릎을 꿇고 앉아 있기가 여간 고역스럽지가 않았다. M이 편히 앉으라고 한마디만 해주면 좋으련만 그는 못 본 체하고 있었다.

"그, 그건 좀 생각해봐야 할 것 같습니다."

"생각해볼 게 뭐가 있어?"

"자연스럽게 불러들여야 하는데 그럴 수는 없고…… 눈치가 빨라 걸려들지도 않고…… 강제로 데려와야 하는데…… 결국 납치할 수밖에 없는데…… 그렇게 되면 외교 문제가 발생하고…… 문제가 복잡해질 겁니다."

오 부장은 M 곁에 붙어 앉아 애교를 떨고 있는 어린 여자애를 힐끗 쳐다보았다. 이런 중요한 이야기를 그녀 앞에서 한다는 것이 꺼림칙했다. 하지만 M은 전혀 거리낌 없이 거기에 대해서 이야기했다. 쿠데타 당시 M은 육군 중장이었고 오 부장은 준장이었는데, 그 같은 상하 계급의식은 지금도 그들의 의식 속에 남아 있어서 비록 군복을 벗은 상태지만 그들끼리는 군대식으로 대화를 나누고 있었다. 그리고 거기에는 오랫동안 생사를 함께 넘나들었다는 동지 의식 같은 것도 깔려 있었다.

"그러니까 모사드처럼 감쪽같이 끌고 와야지. Z는 도대체 뭐하는 거야? 이스라엘 애들 보라구. 신출귀몰하잖아. Z는 뭐가 부족해? 예산은 특별히 많이 배정해줬고, 인력도 그만하면 됐고, 장비도 좋잖아. 뭐가 부족해서 저놈 하나한테 쩔쩔매는 거야? 저 새끼 하나 때문에 우리 정부하고 내가 얼마나 피를 보고 있는 줄 알아? 저 새끼가 완전히 우릴 갖고 논다구. 씨팔!"

술잔을 탁자 위에 거칠게 탁 하고 내려놓자 여자애는 깜짝 놀라 몸을 바로 한 다음 휴지로 재빨리 엎질러진 술을 닦아냈다. 대학 1학년생인 그녀는 열아홉 살로 얼굴은 앳돼 보이지만 몸은 글래머로 어디서든 남자들의 시선을 끌었다. M 취향에 딱 들어맞는 스타일이었다. 광고업계에서 먼저 그녀를 새로 출시된 소주 광고에 내보내자 당장 반응이 뜨거워져 소주 판매가 급증했고, 여기저기서 그녀를 모델로 쓰겠다는 주문이 쇄도했다. 그러자 TV 방송국에서 그녀를 탤런트로 발탁, 새 드라마에 조연으로 내보냈다. 그러나 광고 모델과는 달리 주연한테 가려 반응은 별로 신통치 않았다.

"모사드처럼 신출귀몰하고 무슨 일이든 번개처럼 해치울 수 없어? 지금 자리가 별로 마음에 안 드나?"

"아, 아닙니다. 무슨 수를 쓰든 데리고 오겠습니다."

오 부장은 이마가 탁자에 닿도록 머리를 조아렸다.

"일본 수사기관이 모르게 감쪽같이 데리고 오란 말이야. 꼭 데리고 오지 않아도 돼. 더 이상 세상 사람들 눈에 띄지 않게 하란 말이야."

그것은 제거하라는 말이었다. 오 부장은 몸이 뻣뻣이 굳어지는 것 같았다.

"아, 알겠습니다."

"방법은 많잖아? 내가 그걸 꼭 말해야 돼?"

"아, 알겠습니다."

"알긴 뭘 알아?"

M은 핀잔을 주고 나서 갑자기 여자 탤런트의 젖가슴을 주무르기 시작했다. 그녀는 깜짝 놀라 어깨를 움츠렸지만 손을 감히 뿌리치지는 못했다. 오 부장 옆에 앉아 있는 샌님처럼 생긴 비서실장은 슬그머니 시선을 돌렸고, 그 맞은편에 자리 잡은 곰 같은 경호실장은 두 손을 비비고 있는 오 부장을 괜히 흘겨보면서 텔레비전을 껐다.

"너 이름이 뭐야?"

"이애리입니다."

"몇 살이야?"

"열아홉입니다."

"그래? 나이는 어린데 무슨 젖이 이렇게 크냐?"

그녀는 얼굴이 빨개지면서 고개를 숙였다.

"아버지 직업이 뭐야?"

"경찰입니다."

"그래? 어디서 근무하고 있어?"

"그건 잘 모르고…… 파출소 소장입니다."

"그래? 넌 대학생이냐?"

"네, K대 의상과 1학년에 다니고 있습니다."

"다른 일은 안 하고 학교만 다니나?"

"아닙니다. 모델도 하고 탤런트도 하고 있습니다."

"그래애? 바쁘겠구나. 소원이 뭐야?"

"드라마 주연 한번 맡고 싶습니다. 영화에도 주연으로 출연하고 싶고……."

M은 오 부장 쪽으로 시선을 돌렸다.

"들었지? 드라마하고 영화 쪽에 애 주연 자리 알아봐."

"알겠습니다."

오 부장은 탁자 위에 놓아둔 수첩에다 재빨리 지시사항을 적어 넣었다.

"감사합니다. 감사합니다."

애리는 어쩔 줄 모르며 연신 고개를 숙였다. M은 잔을 들어 위스키를 단숨에 들이켜고 나서 오 부장 쪽으로 시선을 돌렸다.

"이봐, 오 부장, 식물인간이 정치할 수 있나?"

느닷없는 질문에 오 부장은 당황해서 대답했다.

"하, 할 수 없습니다."

M은 대화 도중 갑자기 화제를 바꿔 뚱딴지같은 질문을 던지는 것으로 유명했다.

"제거해야 할 놈은 제거해야겠지만 꼭 그렇게 하지 않아도 되잖아. 식물인간으로 만들어버리면 골치 아픈 일도 없을 거고 간단히 해결되잖아. 굳이 여기까지 끌고 올 필요도 없고 말이야."

비로소 그의 말뜻을 알아차린 오 부장과 다른 두 사람은 기막힌 아이디어라는 듯 크게 고개를 끄덕였다.

"잘 알겠습니다."

"미친개는 그냥 놔두면 광견병을 퍼뜨리니까 몽둥이로 때려잡아야 해."

"옳은 말씀입니다."

"어설프게 건드렸다간 더 미쳐서 날뛰니까 확실하게 때려잡아야 해."

"맞습니다. 완전히 뻗을 때까지 때려잡아야 합니다."

경호실장이 눈을 희번덕거리며 말했다. M은 텔레비전을 바라보았다.

"왜 텔레비전을 껐어? 아까 그거 다시 켜봐."

경호실장이 재빨리 리모컨으로 텔레비전을 켠 다음 거기에 연결되어 있는 비디오의 버튼을 누르자 아까 보던 장면이 나왔다.

J는 강단에서 내려와 얼굴 가득히 미소를 띤 채 사람들과 악수를 나누며 강연장을 빠져나오고 있었다. 그 뒤를 수행원으로 보이는 사람들이 따르고 있었다. 수행원들 숫자는 꽤 많아 보였다. 그중에는 여자도 두 명 끼어 있었는데, 한 명은 중년으로 보였고 다른 한 명은 서른 안팎의 젊은 여자였다. 젊은 여자는 검정 투피스 차림이었는데, 용모가 매우 아름다운 데다 기품 있어 보였다. 그녀는 그림자처럼 J를 수행하고 있었다. M은 그녀를 유심히 바라보다가 말했다.

"저 많은 수행원들, 자원 봉사자는 아닐 거고 보수를 주고 있을 텐데 도대체 그 돈이 어디서 나는 거야? 그뿐이 아니고 저 새끼 움직이면 돈이 들 텐데 그 돈 다 어디서 나는 거야?"

"후원을 받고 있을 겁니다."

비서실장이 처음으로 아는 체했다.

"그 돈줄을 차단해야 해. 돈줄을 차단하면 놈도 꼼짝할 수 없을 거야. 후원금을 주는 놈들 명단 없어?"

"국내에는 후원자가 아직 없습니다."

오 부장이 조심스럽게 말했다. 그 말에 M은 발끈했다.

"없긴 왜 없어? 있지만 찾아내지 못하고 있는 거 아니야?"

"맞습니다. 후원자가 없을 리가 없습니다. 드러내놓고 안 한다 뿐이지 은밀히 후원금을 내는 놈들이 적잖을 겁니다. 그런 놈들을 잡아내지 못한다는 건 말이 안 됩니다."

추경호 실장이 맞장구를 쳤다. 오 부장이 분을 이기지 못해

씩씩거리는 것을 냉소를 띤 눈으로 쳐다보면서 그는 직격탄을 날렸다.

"오 부장, Z는 그 많은 예산과 인력을 가지고 뭘 하고 있습니까? 각하께서 좀 편히 주무시게 할 수 없습니까? 각하께서는 요즘 잠도 잘 못 주무시고 걱정이 많으시다는 거 모릅니까?"

오 부장은 너무 기가 막혀서 말이 안 나왔다. 뭐 오 부장이라고? 이 건방진 새끼! 당장에라도 놈을 요절을 내고 싶지만 각하를 앞에 내세우고 하는 말에 어떻게 해볼 도리가 없었다. 놈은 각하를 교묘하게 이용해서 이쪽을 괴롭히고 있었다. 경호실장이 되자 오만불손하기가 이를 데 없고, 이제는 각하 다음은 자기라는 식으로 2인자 행세를 하고 있었다. 쿠데타 당시 오 부장이 별 하나를 단 사단장이었을 때 추 실장은 얼굴이 새카만 일개 대위에 지나지 않았다. 그 앞에서는 똑바로 쳐다보지도 못하고 얼어붙곤 하던 야전부대 장교에 불과했다. 계급으로 말하면 하늘과 땅 차이였는데 쿠데타 당시 M의 경호를 맡은 것을 계기로 그의 총애를 받아 전역 후 승승장구, 국회의원까지 지내더니 마침내 M의 최측근인 경호실장까지 된 것이다. 오 부장은 놈이 이제 자기를 오 부장이라고 거침없이 불러대는 것을 보고 그들 사이가 갈 데까지 갔다고 직감했다. 놈에게 먹히느냐, 아니면 놈을 먹어치우느냐. 이제 남은 것은 이것뿐이라고 생각했다.

M하고 함께 있을 때면 추 실장은 걸핏하면 오 부장에게 트집을 잡고 그를 깎아내리곤 했다. 그럴 때마다 오 부장은 놈을 때려

죽이고 싶었지만 각하 앞이라 이러지도 저러지도 못하고 속으로 분을 삭이느라 안절부절못했다. 그런데 더 울화가 치미는 것은 각하가 추 실장의 그 같은 모욕적이고 버르장머리 없는 짓거리를 말리기는커녕 오히려 흐뭇한 표정으로 바라본다는 점이었다. 그것을 볼 때마다 그는 머리가 돌아버릴 것 같았다.

"추 실장, 남의 일 참견하지 말고 자기 일이나 잘해요. 각하 경호나 잘하라구요. 각하의 잠자리가 불편하시다는 것은 전적으로 경호실장 책임이에요."

오 부장은 각오하고 용기를 내 쏘아붙였다. 이 개새끼, 올챙이 적 생각 못하고 어딜 기어올라? 그가 사나운 눈으로 노려보자 상대방도 시선을 피하기는커녕 마주 노려본다. 저 새끼의 저 뻔뻔한 마빡을 총으로 쏴버릴 수 있으면 얼마나 좋을까.

"오 부장, 뭘 몰라도 한참 모르시네. 도대체 Z의 존재 이유가 뭡니까? 미친개가 도쿄에서 저렇게 매일 짖어대고 설쳐대는데 Z가 지금까지 한 일이 뭐가 있어요? 자리만 차지하고 앉아 있으면 답니까? 계엄령을 해제하지 못하는 것도 Z 책임이 커요. Z가 미리 불안 요인을 제거시켜 놓으면 안심하고 해제할 수 있는데, 하나도 준비가 안 돼 있어요. 이런 상태로는 해제할 수가 없어요. 계엄령은 해제해야 하는데 빨갱이들은 준동하고 있고, Z는 송사리나 잡고 있으니 각하께서 불안해서 어떻게 편히 주무실 수가 있겠어요? 먼저 문제 파악부터 제대로 하세요."

기다렸다는 듯이 탁자까지 두드리면서 속사포처럼 쏘아댄다.

오 부장은 M을 힐끗 쳐다보았다. 그는 무표정하게 화면만 바라보고 있었다. 듣고 있으면서도 못 들은 척하고 있었다. 오 부장이 성난 얼굴로 추 실장을 덮칠 듯하면서 몸을 일으켰을 때 M이 입을 열었다.

"저 검은 옷 입은 여자 대단한 미녀인데. 저 새끼, 말이 망명이지 할 건 다 하고 다녀. 저런 미녀까지 데리고 다니고 말이야. 저 여자에 관한 정보는 없나?"

J는 막 차에 오르고 있었다. 차는 벤츠였고, 여자도 그 차를 타고 있었다. 밖에 나오자 선글라스를 꺼내 낀 그녀는 더 매력적으로 보였다. 조수석에 오른 그녀가 문을 닫자 차는 출발했다. 그 뒤를 수행원들 차가 따라갔다.

"차에 함께 타는 걸 보면 J의 최측근인 것 같은데요."

비서실장이 한마디 했다. 오 부장은 또 당황했다. 그는 고개를 갸우뚱하다가 탁자 위에 설치되어 있는 버튼을 눌렀다. 버튼을 누르기가 무섭게 경호원이 문을 열고 안으로 들어섰다.

"마 차장 좀 오라고 해."

오 부장의 지시에 경호원은 직속상관인 추 실장을 쳐다보았다. 추 실장은 고개를 끄덕였다.

"오라고 해."

추 실장의 부하들은 바로 옆방에서 대기하고 있었고, 오 부장의 부하들은 그보다는 좀더 떨어진 곳에 있었다.

잠시 후에 마 차장이 나타났다. 그는 머리가 벗겨지고 두 눈이 날카롭게 생긴 사내였다. 그는 술상을 사이에 두고 마주 앉아 있는, 대통령을 비롯한 막강한 권력자들을 보자 무릎부터 꿇었다.

"부르셨습니까?"

오 부장은 리모컨으로 화면을 조금 뒤로 돌린 다음 재생 버튼을 눌렀다.

"저 검은 옷 입은 여자 말이야. 누군지 알아?"

검은 옷은 여러 사람들과 악수를 나누고 있는 J 곁에 서 있었다.

"선글라스 낀 여자 말입니까?"

마 차장은 최대한 공손히 물었다.

"그래, 그 여자 말이야."

"J의 비서입니다. 최세희라고 일본 와세다대 영문과 출신이고 예일대에서 석박사를 받았습니다. 나이는 31세이고, J의 비서가 된 지는 일 년쯤 됐습니다. 항상 검은 옷차림을 하고 다니기 때문에 그것으로 유명합니다. 그것 때문에 블랙 로즈, 그러니까 검은 장미라는 별명도 가지고 있습니다. 가끔씩 시간 날 때는 신주쿠에 있는 '라비앙로즈'라는 살롱에서 노래도 부릅니다. 샹송을 잘 부릅니다. 그 살롱에서도 블랙 로즈로 통하고 있습니다."

"그 살롱 가봤나?"

M이 담배를 입으로 가져가면서 호기심을 보였다. 애리가 재빨리 라이터 불을 붙여주자 그는 담배 연기를 한 모금 깊이 빨아들였다가 후우 하고 내뿜었다.

"네, 손님을 가장하고 가봤습니다. 빈자리 하나 없이 자리가 찼는데 인기가 아주 좋았습니다. 노래 부를 때는 검은 드레스에 빨간 장미꽃을 가슴에 꽂고 부르는데, 블랙 로즈라는 별명은 먼저 그 살롱에서부터 얻은 것 같습니다. 거기 가면 저 여자 포스터도 붙어 있습니다. 검은 드레스 차림 사진과 함께 제2의 줄리에트 그레코, 블랙 로즈의 감미로운 샹송이라는 선전문구가 있는 아주 멋진 포스터입니다."

"저 여자는 J 옆에서 무슨 일을 하고 있어?"

M의 두 눈이 질투로 번득이고 있었다. 그가 한 여자한테 이렇게 관심을 보인 적은 별로 없었다.

"수행비서로 일어와 영어 통역을 하고 있고, 요즘은 그림자처럼 따라다니고 있습니다. 소문으로는 J의 연인이라는 말도 있는데 확실치가 않습니다."

"그래?"

모두가 놀라는 것이 호기심이 잔뜩 동하는 모양이었다. M의 표정은 묘했다. 호기심과 질투가 뒤섞인 묘한 감정이 다시 밖으로 드러났다가 얼른 사라지는 것 같았다.

"J의 부인은 지금 어디 있나?"

"서울에 있는데 아파서 누워 지냅니다."

"그 새끼, 도쿄에 혼자 있으면 여자가 필요하겠군."

"본래 플레이보이 아닙니까."

하고 오 부장이 말했다. M은 수긍이 간다는 듯 끄덕였다.

"기생오라비같이 생긴 놈이 젊어서는 여자깨나 건드렸겠어. 그런 놈이 민주화 투사라고 떠들어대고 있으니 우리 국민들이 안됐어. 사기꾼 농락에 속아 넘어간 줄도 모르고 말이야. 이건 거대한 사기야. 저 새끼는 국민을 상대로 거대한 사기를 치고 있는 거야."

"바로 그겁니다. 옳게 보셨습니다."

추 실장이 기다렸다는 듯이 맞장구를 쳤다. 그는 한 수 더 떠서 이렇게 말했다.

"저 새끼가 사기꾼이라는 것을 집중적으로 부각시켜야 합니다. 증거를 모아서 언론의 협조를 얻어 사기꾼이라는 것을 밝혀야 합니다. 그리고 그것이야말로 Z가 해야 할 일입니다."

M은 고개를 끄덕이다가 오 부장을 힐끗 쳐다보았다.

"할 수 있겠어?"

"할 수 있습니다. 증거를 최대한 모아서 언론의 협조를 구해보겠습니다."

오 부장은 모욕감으로 얼굴이 벌게져서 말했다. 그런 그에게 경호실장이 또 속이 뒤집히는 한마디를 했다.

"협조 구할 거 뭐 있어요. 기자새끼들은 약아빠져서 이리 빠지고 저리 빠지면서 할 말 못 할 말 다 하려고 하는데 거기에 말려들면 안 되죠. 처음부터 꽉 휘어잡아야 해요. 말 안 들으면 사장놈 데려다가 쪼인트 까면서 신문사 문 닫으라고 한마디 하면 설설 길 거예요. 지금이 어느 땝니까? 계엄하 아닙니까?"

"추 실장 말처럼 모든 게 그렇게 쉽게 돌아가면 고민할 필요 없겠죠. 하지만 세상만사는 실장 말처럼 그렇게 호락호락하지 않아요. 지렁이도 밟으면 꿈틀하는데 하물며 인간인데……."

"말 안 듣는 놈들은 탱크로 확 밀어버려요. 백만 명 정도 없애버려도 이 나라는 끄떡없어요. 인구가 너무 많아서 걱정인데 우물쭈물할 필요 없어요."

그렇게 말하는 추 실장의 눈에는 살기가 번득이고 있었다.

"탱크에 깔려 죽은 그 백만 명 가운데 만일 추 실장 가족이 끼어 있으면 어떻게 하겠어요? 그래도 괜찮아요?"

"아니, 뭐라구?"

경호실장이 금방이라도 일어설 듯이 자세를 꼿꼿이 했다.

"왜 내가 말을 잘못했나? 건방지게 누구 앞에서 반말이야? 실장 가족들은 모두 미국에 가 있으니까 탱크에 깔려 죽을 리가 없다 이건가?"

추 실장이 벌떡 몸을 일으키자 오 부장도 반쯤 일어섰다. 추 실장의 오른손은 옆구리에 가 있었다. 그 가까이에 권총이 보였다. 대통령과 함께 있는 자리에 권총을 휴대할 수 있는 사람은 그가 유일했다. 오 부장도 무기 휴대는 금지되어 있었다. 그는 창백한 얼굴로 부들부들 떨었다. 그때 M이 한마디 했다.

"왜 두 사람은 만나기만 하면 애들처럼 싸우는 거야? 자, 한잔씩 해."

추 실장은 동영상이 끝난 화면을 끄고 나서 무릎을 꿇고 두 손으로 잔을 받았다.

"죄송합니다. 추한 모습을 보여드려서……."

오 부장도 무릎을 꿇은 채 두 손으로 잔을 들었다.

"죄송합니다. 심려를 끼쳐드려서 죄송합니다."

"술이나 마셔. 이봐, 거기."

M이 턱으로 마 차장을 가리켰다. 마는 "네." 하면서 몸을 바로 했다.

"조금 전에 그 블랙 뭔가 검은 장미인가 그 여자에 대해서 좀 더 말해봐. 아는 대로 말해봐. 그 여자 집은 어디야? 부모는 어디 살고 있어?"

"부모는 서울에 살고 있습니다. 부친 되는 사람은 의사인데 영등포에서 안과 병원을 운영하고 있습니다. 모친은 대학교수로 Y대에서 독문학을 가르치고 있습니다. 오빠가 한 명 있는데 미국에서 변호사로 활동하고 있습니다. 그런데 그 오빠가 뉴욕에서 반한 활동을 활발히 하고 있습니다. 반한 활동을 하는 사람들 가운데 대표적인 인물입니다."

"요주의 가족이군."

M이 중얼거리자 추 실장이 잽싸게 끼어들었다.

"빨갱이 가족 아닙니까?"

"한번 조사해볼 필요는 있을 것 같습니다."

오 부장이 마지못해 끄덕이자 M이 갑자기 마 차장과 이애리를 밖으로 내보냈다. 그리고 조금 근엄한 표정으로 말했다.

"검은 장미를 우리 사람으로 만들 수 없을까? 비밀리에 전향시켜서 우리 사람으로 만든 다음 스파이로 활용하는 거야. 이중 스파이로 말이야. 그렇게 되면 J에 대해 속속들이 알게 되겠지. 그 자식을 지원해주는 놈들이 누구인지 그것도 알 수 있을 거고 말이야."

"기막힌 생각이십니다."

경호실장이 엄지손가락을 세워 보이며 자못 감동했다는 듯이 말했다. 비서실장은 박수까지 쳤다.

"명안이십니다."

그러나 오 부장은 머뭇거렸다. 솔직히 말하면 말도 안 되는 소리를 지껄이고 있는 것이다. 뭐 어째? 기막힌 생각이라구? 곰 같은 놈이 정말 웃기네. 뭐가 명안이야? 짜아식들, 각하 비위 맞춘다고 애교들 떨고 있네. 설사 블랙 로즈를 데려온다 해도 그녀가 J를 배신하고 M을 위해 일할 것 같아? 말도 안 되는 소리. 뭐, 이중 스파이? 각하, 일국의 대통령이라면 뭐 좀 알고 말씀하십시오. 곰 같은 놈 아침에 기분이 좋아서 춤을 추면 똑같이 곰이 됩니다. 제가 확실히 말씀드리건대 블랙 로즈는 목에 칼이 들어와도 절대 변절하지 않을 겁니다. 그 여자는 그런 짓을 할 여자가 아니에요! 오 부장은 큰 소리로 이렇게 말하고 싶었다. 하지만 그의 입에서 흘러나온 말은 추 실장의 말처럼 M의 비위를 맞추는 말에 지나지 않았다.

"미처 생각지 못한 것을 말씀해주셔서 감사합니다. 검은 장미를 데려와보겠습니다."

그는 두 손을 마주 비비며 말했다. 그러자 추 실장이 잽싸게 끼어들었다.

"데려와보면 안 되죠. 반드시 데려와야죠. 방법은 여러 가지 있잖아요? 부모가 서울에 있다니까 그 사람들을 이용하든가 해서 꼭 데려와요."

"방법은 우리가 알아서 할 테니까 거기에 대해서는 참견하지 말아요."

"잠깐. 내 말 들어봐."

M이 두 사람을 막고 나섰다.

"만일 검은 장미가 말을 안 들으면 다른 방법도 있어. 그 여자를 데려다 놓고 J와의 관계를 중점적으로 조사해서 파헤치는 거야. 좋은 기삿거리 아니야? 부인은 서울에 아파 누워 있는데, 놈은 도쿄에서 미인을 데리고 다니면서 재미나 보고 있고. 민주 투사라는 건 허울뿐이고 알고 보니까 사실은 불륜이나 저지르는 난봉꾼이더라, 뭐 이런 거 말이야. 이런 걸 신문에 사진하고 대서특필하는 거야. 그러면 하루아침에 J 이미지는 곤두박질칠 거 아니야."

"정말 기막힌 아이디어입니다. 아무도 생각지 못했던 것을 각하께서 생각하시다니 면목 없습니다."

추 실장의 말에 M은 싱글벙글하며 말을 이었다.

"Z가 해야 할 일이 바로 이런 거야. 이런 걸 공작이라고 하나? 옳고 그른 게 문제가 아니야. 없는 것도 있는 것처럼 만들어내는 것이 바로 Z가 해야 할 일이야."

"맞습니다."

추 실장이 맞장구를 쳤다.

"현대는 정보전이야. 확보한 정보로 공작을 하는 거야. 공작 하나로 국가 운명이 왔다 갔다 할 수도 있어. 그 파괴력은 굉장한 거야. 오 부장, 이번에 솜씨를 한번 볼 테니까 잘해봐."

"알겠습니다. 지원팀을 보내서라도 검은 장미를 반드시 데려오겠습니다."

자신 있게 각하에게 약속은 했지만 오 부장은 꺼림칙해서 견딜 수가 없었다. 마치 목에 가시가 걸린 것처럼 불편하고 메스꺼웠다. 무엇보다도 M이 한 여자한테 그렇게 관심을 보이는 이유를 알 수가 없었다. 지금까지는 화면 속의 여자가 예쁘면 으레 예쁘다고 한마디 하든가 저 여자 뭐 하는 여자야 하고 지나가는 말로 묻는 것이 고작이었다. 그런 그가 한 여자한테 눈독을 들이고 그 여자를 데려오라고 지시하고, 이중 스파이로 이용하라느니, J와의 불륜 관계를 파헤쳐 그의 이미지에 타격을 입히라는 등 아주 구체적인 것까지 지시했다. 이런 적이 없었기 때문에 그는 더욱 당혹스러웠다. 그 여자가 J의 연인이라고 하니까 걷잡을 수 없이 질투에 사로잡혀 두 사람 관계를 파탄시키려고 그러는 것일까. 설마…….

밤의 여신-검은 장미

그날 밤 도쿄에는 눈이 내리고 있었다. 크리스마스를 앞둔 거리에 쏟아지는 하얀 함박눈에 사람들은 하나같이 들뜬 기분으로 거리를 걷고 있었다. 반짝거리는 크리스마스트리, 우산을 쓴 사람들, 우산을 쓰지 않고 그대로 눈을 맞으며 걷는 사람들, 달랑거리는 구세군의 종소리, 느리게 움직이는 자동차들, 여자들의 밝은 웃음소리, 가게에서 흘러나오는 크리스마스 캐럴송, 길가에 놓여 있는 재떨이 주위에 서서 담배 연기를 뿜어대는 사람들, 카페 창가에 앉아 커피를 마시고 있는 사람들, 빵집 앞에 길게 늘어선 사람들, 책방 안에서 책을 들여다보고 있는 사람들, 건널목 신호가 바뀌고 많은 사람들이 길을 건너 오가고……. 도시의 움직임과 소음 위로 하얀 눈이 내리고 있었고, 또 그 위로 어둠의 장막이 덮이고 있었다.

세 명의 젊은이는 신주쿠의 술집들이 늘어서 있는 가부키초로 접어들었다. 사람들이 와글거리고 있어서 조심하지 않으면 어깨를 부딪칠 판이었다. 한국인인 그들은 수년씩 일본에 머물고 있었기 때문에 일본어에도 능통하고 일본 문화와 풍토에도 익숙해져 있었지만 그래도 외국인인 이상 혹여 말썽이라도 생길까 봐 조심하고 있었다.

살롱 라비앙로즈(La Vie En Rose, 장밋빛 인생)는 번잡한 술집 거리를 조금 벗어난 곳에 자리 잡고 있었다. 5층짜리 붉은 벽돌 건물은 지은 지 꽤 오래돼 보였지만 그 때문에 주위의 현대식 건물들과는 확연히 구별되는 중후한 분위기를 풍기고 있었다. 그 건물의 1층은 이탈리안 레스토랑이었고, 그 위쪽은 기업체 사무실로 사용되고 있었다. 라비앙로즈는 지하 깊숙이 둥지를 틀고 있었다. 그들은 엘리베이터를 이용하지 않고 계단을 따라 지하로 내려갔다.

계단 벽에는 가수들을 소개하는 포스터가 나란히 붙어 있었는데, 블랙 로즈의 포스터를 보고 그들은 그 앞에 잠시 서서 그것을 쳐다보았다. 검은 드레스 차림에 검은 베레모를 쓰고 왼쪽 가슴 위에 붉은 장미꽃을 꽂은 채 노래를 부르고 있는 그녀의 모습은 다른 가수들보다 훨씬 돋보이고 아름다웠다. 그들은 하나같이 놀라는 모습이었다. 그녀가 이곳에서 노래를 한다는 말은 들었지만 그들 생각으로는 그저 아마추어 수준이겠거니 했는데 와 보니 그게 아니었다. 그녀는 아마추어가 아닌 정식 가수로 대접받고 있었다.

나무로 된 육중한 문 앞에는 정장 차림의 남자가 서 있었다. 그는 테이블 위에 놓여 있는 예약자 명단에서 이름을 확인한 뒤 문을 열어주었다. 예약하지 않고는 들어갈 수가 없는 곳이었다. 그들은 오기 전에 그 살롱에 대해 어느 정도 이야기를 들었기 때문에 준비는 되어 있었지만 처음 입장할 때부터 주눅 드는 것은 어쩔 수가 없었다. 그들을 초대한 블랙 로즈의 말에 의하면 그곳은 도쿄의 상류층이 주로 이용하는 고급 사교클럽 같은 곳으로 예약제로 운영되며 당연히 술값이 아주 비싸다는 것이었다. 그만큼 하나같이 모든 것들이 고급스럽기 때문에 돈이 하나도 아깝지 않을 거라는 말도 덧붙였다.

안으로 들어가자 실내는 생각했던 것보다 넓어 보였고, 가죽으로 된 소파와 연륜이 묻어나는 목제 테이블이 적당한 간격을 두고 놓여 있었다. 높은 천장에 매달려 있는 네 개의 샹들리에는 황홀하면서도 은은한 빛을 뿌리고 있었고, 한쪽 벽에는 명화들이 걸려 있었다. 그 맞은편 벽은 천장 높이까지 책장이 빈틈없이 서 있었는데, 책장에는 책이 빼곡히 꽂혀 있었다. 그것이 실내 분위기를 압도하고 있었고, 그 지적이고 품위 있는 분위기 속에서 술을 마시는 것을 손님들은 은근히 즐기고 있는 듯했다. 자리는 반쯤 차 있었다. 하지만 손님들이 계속 들어오고 있는 것으로 보아 빈자리는 금방 차버릴 것 같았다.

세 명의 한국 청년은 와인으로 입을 적시면서 그날의 주메뉴로 되어 있는 양식 세트로 저녁식사를 했다. 그날의 비용은 부잣집 아들이 모두 부담하기로 했기 때문에 그들은 마음 놓고 마시고 먹었다. 그곳에 오게 된 것도 그 부잣집 아들이 자청해서 술값을 내겠다고 해서 온 것이었다. 블랙 로즈가 자기 이름으로 예약도 해주고 초대했지만 술값까지 그녀에게 부담시킬 수는 없었던 것이다.

세 사람이 친밀해진 것은 J를 위한 지원활동을 하게 되면서부터였다. 정의감에 불타고 민주화에 대한 열망과 의식이 있는 사람들은 J가 일본으로 쫓겨 와 고군분투하고 있는 것을 그대로 두고 볼 수가 없었다. 그의 강연을 듣고 거리에서 몇 사람이 모여 피켓을 들고 한국의 군사독재를 규탄하는 시위를 하는 정도로는 성이 차지 않았다. 뭔가 조직이 필요하고, 자금을 모아 행동을 조직적으로 할 필요가 있었다. 그래서 만든 것이 '자유의 깃발 아래'였다. 그 모임에는 양식 있는 일본의 지식인들도 참가했기 때문에 'Under the Flag of Freedom'이라는 영문 이름도 함께 병기되었다. 사람들은 나중에 부르기 쉽게 머리글자를 따서 UFF(우프)라고 부르게 되었다.

문도는 그 모임에 처음부터 적극적이었다. 그가 그렇게 적극적으로 앞장서게 된 것은 최세희, 즉 검은 장미 때문이었다. 그녀는 J의 비서이면서 그 모임을 뒤에서 주도했고, 그녀에게 첫눈에 반해버린 문도는 그녀를 위해서, 그리고 그녀의 마음을 얻기 위해서도 모임에 열심히 나갈 수밖에 없었다. 그러나 시간이 흐를수록 그는 갈등과 갈증으로 번민에 빠질 때가 많아졌다. 그것은 J와 검은 장미, 그리고 자신이 끼어든 삼각구도가 어떻게 끝날지 알 수 없기 때문에 생긴 것이었다.

그는 J를 민주화라는 열망에 가장 부합하는 인물로 존경하고 있었다. 그 역시 민주화에 대한 열망은 누구 못지않게 강했다. 그는 조각이라는 조형예술에 전념하고 있으면서도 정치적으로는 자유민주주에 대한 신념이 확고했기 때문에 사리사욕을 위해 헌정 질서를 파괴하고 국가 발전을 저해한 군사정권을 증오하고 저주했다. 그가 우프 결성에 주도적으로 참여한 것은 아주 자연스러운 일이었다. 하지만 그 순수한 열망에 뜻하지 않게 번민이 끼어든 것이다. 그것은 순전히 검은 장미라는 존재 때문이었다.

검은 장미를 보는 순간 그는 가슴이 벅차오르는 것을 느꼈고, 이어서 그것은 걷잡을 수 없이 그의 가슴에 파문을 일으켰다. 그런데 그녀 때문에 가슴앓이를 하는 남자가 자기 혼자가 아니라는 것을 알고 그는 초조하고 불안해졌다. 그만큼 그녀는 남자들에게 인기가 있었고, 마치 여신 같은 존재로 흠모를 받고 떠받들어지고 있었다. 그들 사이에는 어느새 보이지 않는 경쟁의식이 자라고 있었다. 하지만 그런 것들보다도 문도에게 도저히 넘을 수 없는 높은 장벽으로 보이는 것은 다름 아닌 바로 J였다. J는 이제 그의 연적으로 그 앞을 가로막고 있었던 것이다.

검은 장미가 J의 연인이라는 소문은 별로 쉬쉬할 것도 없는 공공연한 비밀이었다. 그런데 감히 그가 그 연인을 넘보고 있었던 것이다. 그것은 애초부터 그래서는 안 되는 싸움이었고, 존경하는 J에게 무엄한 짓이기도 했다. 하지만 그는 검은 장미를 포기할 수가 없었다. 시간이 흐를수록 그녀를 향한 그의 연모는 걷잡을 수 없이 불타오르고만 있었다. 그와 함께 그동안 J에게 경도되었던 존경심은 흔들리고 있었다. J는 예순다섯 살이었고, 검은 장미는 서른한 살이었다. 나이 차이가 서른네 살이나 되었고, J에게는 부인도 있었다. 더구나 그에게는 도덕적으로 흠잡을 데 없는 고결한 인품이 요구되었다. 그런데 알고 보니 딸 같은 여자와 불륜 관계에 있었다. 그것은 도덕적으로 용납될 수 없는 짓이었다.

라비앙로즈는 9시가 지나자 앞 좌석 몇 개를 제외하고는 빈자리 하나 없이 손님들로 꽉 찼다. 가수를 가까이서 볼 수 있는 앞 좌석 몇 개는 예약 손님들을 위해서 비워둔 것 같았다.

문도 일행은 이제나저제나 하고 검은 장미의 출현을 기다리고 있었다. 무대 위에서는 피아노 반주에 맞춰 흑인 남자가 열심히 재즈를 부르고 있었다. 그 흑인은 짙은 선글라스를 낀 맹인이지만 재즈를 잘 불러 밤이면 여기저기 술집으로 불려 다니고 있었다.

검은 장미는 살롱에서 매일 밤 노래를 부르는 것이 아니고 일주일에 두 번, 수요일과 토요일에만 나와 무대 위에 섰다. J의 비서 일이 바빴기 때문에 그것도 특별히 양해를 구하고 나오는 것이었다. 그녀가 나오는 날은 살롱은 빈자리 하나 없이 손님들로 꽉 차곤 했다. 그만큼 그녀의 인기는 좋았다.

"J와 블랙 로즈는 그것도 하나?"

몸집이 작고 허약해 보이는 이중구가 불쑥 물었다. 장난스러우면서도 민감한 질문이었기 때문에 서문도와 구동수의 시선이 동시에 그에게 쏠렸다. 중구는 술값을 내기로 한 사람으로, 부호의

아들이었다. 그는 게이오대에서 경제학을 전공하고 영국으로 건너가 옥스퍼드대에서 박사학위를 받은 후 국내 대학에 교수로 부임, 2년 남짓 학생들을 가르치다가 갑자기 일본으로 도망치다시피 건너온, 그의 말로는 피치 못할 사정이 있는 사람이었다. 구동수는 창백한 얼굴에 표정 변화가 별로 없는 과묵한 젊은이였다. 와세다대에서 일본 현대사를 전공한 그는 현재 박사 과정에 있었다.

"아마 할걸."

동수가 가볍게 한마디 했다.

"그 나이에 그게 가능할까?"

문도는 감정을 숨긴 채 말했다. 그의 동지들은 그가 블랙 로즈를 짝사랑하고 있는 것을 아직 모르고 있었다.

"충분히 가능하지. 팔십대 노인이 손녀 같은 이십대하고 결혼해서 애 낳고 사는 경우 얼마든지 있잖아. 유럽의 유명 연예인 가운데 그런 사람이 많다구."

중구가 눈을 빛내면서 말했다. 문도는 고개를 흔들었다.

"애써 노력해서 한 번 했는데 그게 딱 임신이 된 거겠지. 약이나 뭐 그런 거 먹고 발기시켜서 할 수도 있고. 한다면 가뭄에 콩나듯 하겠지. 하지만 한창 섹스에 맛 들인 젊은 여자가 그 정도에 만족할 수 있을까? 그런 경우 젊은 여자에게 영감이 정절을 요구한다는 건 고문이 아닐까?"

"여자가 견딜 수 없으면 도망쳐야지 뭐. 자유로운 영혼이기를 바란다면 말이야."

동수가 담배 연기를 내뿜으며 느긋한 어조로 말했다.

"하지만 도망치기가 쉽지 않을걸. 노인의 돈과 권력을 보고 부나비처럼 날아온 여자가 섹스 하나 때문에 그 모든 걸 버리고 갈 수 있을까? 쉽지 않을걸. 여자들이란 사랑에 목매단 것처럼 보여도 사실은 그렇지 않아. 얼마나 현실적이라고."

중구의 말이 끝나기 무섭게 문도가 입을 열었다.

"J는 돈도 없고 권력도 없어. 그런데도 블랙 로즈 같은 여자가 연인으로 붙어 다니잖아. 여자라고 다 같지는 않아."

"흥, 뭘 모르는군."

동수가 빈정대듯 말했다. 두 사람은 귀를 기울였다.

"J는 돈과 권력 같은 것으로 따질 수 없는 인물이야. 그 이상의 가치가 있는 민주주의의 상징 같은 분이야. 그리스도를 돈으로 따질 수 있어? 간디한테 권력이 있었나? 하지만 따르는 사람들이 얼마나 많아? 블랙 로즈한테 J는 단순한 연인이 아니야. 그 여자는 J의 육체가 아닌 정신을 사랑하고 있을 거야. 그러니까 일반 남녀 사이처럼 섣부르게 판단하려고 하지 마."

동수의 말에는 설득력이 있었다. 하지만 그것을 그대로 받아들이기에는 뭔가 미심쩍었다.

"두 사람은 소문대로 정말 연인 사이가 맞나?"

문도는 은근슬쩍 물어보았다. 대답하기 곤란한 듯 잠시 침묵이 흐르다가 중구가 먼저 입을 열었다.

"맞겠지 뭐."

"연인 사이는 사이인데 우리가 생각하는 그런 일반적인 사이는 아니야. 보다 고차원적인 그런 관계라고 보면 돼."

그때 무대가 밝아지면서 검은 드레스의 늘씬한 여인이 나타났다. 가슴 한쪽에는 붉은 장미가 꽂혀 있었고, 출렁거리는 검은 머리 위에는 역시 검은색의 베레모가 얹혀 있었다. 그녀는 인사말도 생략한 채 불어로 샹송을 부르며 모습을 드러내더니 무대 위를 천천히 거닐었다. 첫 번째 노래는 'Tombe La Neige(눈이 내리네)'였다. 무대 뒤 대형 화면에는 눈이 내리는 설원 위로 여자가 홀로 눈을 맞으며 걸어가는 모습이 보이고 있었다.

Tombe la neige
Tu ne viendras pas ce soir
Tombe la neige
Et mon coeur s'habille de noir
눈이 내리고 있어요
오늘 밤 그대는 오지 않겠죠
그래도 눈은 내리고 있어요
내 마음은 까맣게 변하고 있어요

Ce soyeux cortège
Tout en larme blanche
L'oiseau sur la branche

Pleure le sortilège

이 비단 같은 행렬

모든 것은 하얀 눈물

나뭇가지 위의 새는

절망하듯 울부짖고 있어요

Tu ne viendras pas ce soir

Me crie mon desespoir

Mais tombe la neige

Impassible manège

그대는 오늘 밤 오지 않을 거라고

절망이 나에게 외치고 있어요

하지만 눈은 내리고 있어요

저렇게 태평스럽게 내리고 있어요

La~ la la la, la la la, la la la

Uh~ hm m m, m m m, m m m

Tombe la neige

Tu ne viendras pas ce soir

Tombe la neige

Tout est blanc de désespoir

눈이 내리고 있어요

오늘 밤 그대는 오지 않겠죠

그래도 눈은 내리고 있어요

모든 것은 절망의 순백색

Triste certitude

Le froid et l'absence

Cet odieux silence

Blanche solitude

슬픈 확신

그리고 추위와 당신의 빈자리

이 끔찍한 적막

하얀 고독

Tu ne viendras pas ce soir

Me cri mon désespoir

Mais tombe la neige

Impassible manège

그대는 오늘 밤 오지 않을 거라고

절망이 나에게 외치고 있어요

그래도 여전히 눈은 내리고 있어요

저렇게 태평스럽게 내리고 있어요

La~ la la la, la la la, la la la

Uh~ hm m m, m m m, m m m

La~ la la la, la la la, la la la Uh~

노래가 끝나자 손님들은 환호를 보내며 박수를 쳤다.

"감미롭고 환상적이야."

문도는 노래가 너무 감동적이었기 때문에 더 이상 감정을 숨기고 싶지 않았다.

"아, 근사했어. 저렇게 노래를 잘하는 줄 몰랐어."

중구도 자못 흥분한 목소리로 말했다.

"여신이야."

동수의 한마디는 검은 장미의 모든 것을 말해주고 있었다.

그녀는 박수와 환호에 고개를 끄덕이다가 출입구 쪽을 바라보았다. 문도 일행도 박수를 치면서 자연 그쪽으로 시선이 갔다. 사람들이 막 안으로 들어서고 있었는데, 그 가운데 한 사람을 보고 문도는 자기 눈을 의심했다. 놀랍게도 그는 J였다.

"J야! 선생님이 오셨어!"

문도는 몸을 일으키면서 낮은 소리로 외쳤다.

"여긴 웬일이지? 여길 다 오시다니!"

중구와 동수도 거의 동시에 일어섰다.

음악이 잠시 멈춘 사이 J와 그 일행은 지배인의 안내로 앞에 마련되어 있는 자리에 가서 앉았다. 잠시 소란스러워지는 듯하다가 실내는 다시 조용해졌다. 문도 일행은 그들과 합석하고 싶었으나 빈자리가 없었고, 달려가 인사라도 드리고 싶었지만 공연이 진행 중이기 때문에 방해가 될 것 같아 그대로 주저앉았다. 나중에 틈이 나면 그때 가서 인사를 드리기로 하고 잠자코 자리에 앉긴 했지만 문도는 마음이 영 편치가 않았다. 검은 장미가 참 맹랑하다는 생각이 들었다. 그들을 초대해놓고, 그들한테는 귀띔조차 하지 않고 J를 초대하다니. 놀라게 해주려고 그런 것일까. 이런 곳에서 J를 만난 것이 반갑기보다는 당황스럽기만 했고, 마치 뒤통수를 한 대 얻어맞은 것 같았다. 그와 함께 J와 검은 장미의 관계가 생각 이상으로 깊다는 느낌이 들었다. 그녀에게 있어서 J가 어떤 존재인가를 그들에게 보여주고 싶어서 일부러 이와 같은 이중 플레이를 한 것같이 생각되었다. 그런 생각을 하자 그는 불쾌했고 기분이 우울해졌다. 그녀에게 데이트를 신청했다가 딱지 맞은 것을 생각하자 모욕감과 패배감으로 얼굴이 달아올랐다. 그는 자존심을 버리고 세 번이나 그녀에게 데이트를 신청했고, 그때마다 번번이 거절당했다. 그녀는 그에게 별로 관심이 없는 것 같았다. 그 후로 그는 너무 자존심이 상해 더 이상 데이트 신청을 할 수 없었고, 그녀를 보면 슬슬 피하면서 연정을 잠재우려고 무진 애를 써야 했다. 그러던 차에 그녀가 세 사람을 라비앙로즈로 초대한 것이다.

검은 장미의 목소리가 마이크를 통해 흘러나왔다.

"잠시 시간을 내어 여러분에게 아주 특별한 손님 한 분을 소개

해드릴까 합니다. 괜찮겠습니까?"

그녀는 능숙한 일본어로 손님들에게 정중히 양해를 구했다.

"네, 좋아요."

"소개해주세요."

여기저기서 박수 소리가 들려왔다. 검은 장미는 고개를 숙여 인사했다.

"감사합니다. 제가 여러분에게 소개해드리고 싶은 분은 한국의 민주화를 위해서 목숨을 내놓고 군사독재와 싸우고 계시는 J 선생님이십니다! 잘 알고 계시겠지만 선생님은 현재 일본에 망명 중이십니다. 바로 그분, J 선생님을 소개합니다!"

우레 같은 박수 소리가 터져 나왔다. J가 일어서서 두 손을 흔들자 손님들도 기립 박수로 응답했다.

"선생님을 잠시 무대로 모시겠습니다!"

실내가 떠나갈 듯한 박수와 환호를 받으며 J는 천천히 무대로 올라갔다. 지팡이를 짚고 절뚝거리며 올라가는 그를 수행원 한 명이 부축했다. 무대 중앙으로 간 그는 먼저 검은 장미와 포옹했다. 그런데 반가워서 으레적으로 하는 포옹치고는 시간이 너무 긴 것 같았다. 문도에게는 그렇게 보였고, 손님들은 그것을 부추기듯 소리까지 지르며 박수를 쳐댔다. 문도는 자기도 모르게 얼굴이 발개지면서 주먹을 쥐었다 폈다 하고 있었다. 이윽고 J가 포옹을 풀자 검은 장미는 감격에 겨워 손으로 눈물을 닦았다.

"감사합니다! 감사합니다!"

박수와 환호에 묻혀 J가 손님들에게 인사하자 검은 장미가 얼른 눈물을 훔치고 통역을 시작했다.

"저의 망명을 받아주신 일본 정부와 일본 국민에게 이 자리를 빌려 진심으로 감사드립니다. 여러분의 따뜻한 환대가 없었다면 지금쯤 저는 국제 미아가 되어 세계를 떠돌고 있을 겁니다. 여러분이 저를 받아주시고 이렇게 보호해주시는 것은 민주주의에 대한 여러분의 굳은 신념 때문임을 저는 잘 알고 있습니다. 만일 제가 민주주의를 파괴하고 자기 국민을 탄압한 독재자였다면 일본 국민은 저를 이렇게 따뜻하게 받아주지 않았을 겁니다. 민주주의는 인류 공통의 가치이고 거기에는 국경도 민족도 존재하지 않습니다. 저는 그 가치를 위해, 한국의 민주화를 위해 목숨을 바쳐 싸울 것입니다. 바다 건너 한국 국민은 계엄령하에서 기본권을 박탈당한 채 공포에 떨고 있습니다. 여러분, 군사독재를 타도하고 한국이 민주국가로 다시 태어나 여러분의 따뜻한 이웃이 될 수 있도록 부디 도와주십시오. 감사합니다."

짧지만 감동적인 인사말에 사람들은 한참 동안 다시 기립 박수를 보냈다.

정중 앞에 선 J는 지적이고 중후한 인상의 신사였다. 육십대인데도 불구하고 얼굴은 주름도 없이 맑고 깨끗해 보였다. 군사독재의 탄압에 고통을 당하고 장기간 옥살이까지 한 사람 같지가 않았다.

"감동적이었어. J는 역시 J야."

중구의 말에 문도와 동수는 고개를 끄덕였다.

이윽고 J가 무대에서 내려와 자리에 앉자 다시 음악이 시작되었다.

검은 장미는 'Hymne à l'amour(사랑의 찬가)'를 불렀다. 에디트 피아프가 스물한 살 연하의 애인이자 복서 마르셀 세르당이 비행기 사고로 죽자 그를 생각하며 불렀다는 그 노래를 그녀가 애절한 목소리로 부르자, 실내는 갑자기 슬픈 분위기로 바뀌면서 손님들은 숨을 죽였다. 노래가 끝나자 무대 뒤쪽의 화면이 바뀌면서 낙엽이 구르는 공원이 나타났다. 고목이 줄지어 서 있는 공원의 한쪽에 중절모를 쓴 양복 차림의 노신사가 구부정하니 앉아 있다. 담배를 입에 문 채 원탁 앞에 혼자 쓸쓸한 모습으로 있는데 탁자 위에는 와인잔이 하나 놓여 있다. 잔 속에 반쯤 남아 있는 와인을 다 마셔버리기가 아까운지 거기에는 손도 대지 않고 있다. 화면 아래로 다음과 같은 자막이 흐른다. 'Les Feuilles Mortes(고엽)의 시인 자크 프레베르'

그녀가 '고엽'을 불렀을 때 문도는 자신의 모든 것이 그녀 안으로 깊숙이 빨려드는 것을 느끼고 전율했다. 영혼까지 빨아들이는 듯한 그 힘에 그는 속수무책으로 빠져들었다. 지금까지 그녀에게 매혹되어 느꼈던 짝사랑의 감정과는 다른, 그보다 더 깊은 나락으로 그를 빨아들여 도저히 헤어 나올 수 없게 만들어버린 악마의 블랙홀 같은 것이었다.

그녀는 마지막으로 'La Vie en Rose'를 불렀다.

그가 나를 품에 안고

낮은 목소리로 속삭일 때

내게 삶은 장밋빛이에요

노래가 끝나자 잠시 휴식 시간이 있었다. 그제야 문도 일행은 자리에서 일어나 앞쪽으로 걸어가 J에게 인사했다. J도 그들을 보고는 반가워하면서도 좀 놀라는 것 같았다.

"아니, 여긴 어쩐 일들이지?"

"샹송을 한번 들으러 왔습니다."

마침 옆자리 손님들이 일어섰기 때문에 그들은 의자를 당겨 합석할 수 있었다. J와 함께 온 사람들은 우프의 핵심 멤버 두 명과 수행비서 한 명, 그리고 경호원 한 명이었다. 조금 있자 검은 장미가 나타나 한국인들과 인사를 나눈 다음 J 곁에 앉았다.

"노래 너무 좋았어요. 감동적이었어요."

J의 말에 이어 모두가 이구동성으로 칭찬을 하자 검은 장미는 어쩔 줄 모르다가 갑자기 J의 팔짱을 꼭 끼면서 그의 어깨에다 볼을 비볐다. J는 건배를 제의하면서 와인잔을 들었다.

"싸움만 하다가 음악을 들으니까 참 좋았어요. 앞으로도 종종 음악을 들읍시다. 음악을 통해 살벌해진 마음을 정화시킬 필요가 있어요. 우리의 여신 검은 장미를 위해 건배!"

잔들이 서로 부딪치는 쟁그랑거리는 소리를 들으면서 문도는 검은 장미를 바라보았다. 그녀도 웃다 말고 시선이 부딪치자 크고 검은 두 눈이 더욱 커지는 것 같았다. 깊이를 알 수 없는 그 눈빛은 그러나 금방 긴 속눈썹에 가려져버렸다. 그녀는 중구가 무슨 말을 하자 턱을 치켜들고 큰 소리로 웃었다. 갸름하게 생긴 턱밑으로 희고 긴 목이 쭉 뻗어 있었고, 그 아래 가슴이 깊게 파인 드레스 위로 풍만한 가슴골이 눈부시게 빛나고 있었다. 문도는 현기증을 느끼고 시선을 돌렸다. 그때 경호원이 무선 호출기를 꺼내 보더니 일어서서 카운터 쪽으로 걸어갔다. 잠시 후 돌아온 그는 J의 귀에다 대고 속삭였다.

"암살단이 일본에 잠입했답니다. 밤에는 외출을 삼가시라고 연락이 왔습니다."

"정말이야? 믿을 만한 거야?"

J는 긴장해서 물었다. 각종 정보의 홍수 속에서 살고 있는 그는 의심이 많을 수밖에 없었다.

"목로주점에서 온 겁니다."

목로주점이라는 말에 그는 더 이상 묻지 않고 입을 다물었다. 목로주점은 믿을 만한 정보원으로, 그들 사이에서는 암호로 통하고 있었다. 그의 얼굴에 불안한 기미가 스쳐가는 것을 보면서 경호원은 재빨리 말했다.

"잠깐 기다려주십시오. 경호 인력이 오고 있습니다."

J의 안색은 어느새 굳어져 있었다. 심상치 않은 분위기에 좌석은 금방 차갑게 가라앉았다.

문도는 자리에서 일어나 화장실 쪽으로 걸어갔다. 소변을 보고 나오는데 검은 장미가 좁은 복도에 서 있었다. 그녀는 미소를 짓고 있었다. 그녀의 한쪽 손이 그의 어깨 위로 올라왔다. 손가락 사이에는 종잇조각이 들려 있었다. 그녀는 그것을 말없이 그의 윗주머니에 꽂은 다음 화장실 안으로 사라졌다. 당황한 그는 도로 화장실 안으로 들어가 급히 종잇조각을 꺼내 보았다. 거기에는 달필로 이렇게 쓰여 있었다. "이따가 집에 놀러 와요. 둘이서 한잔하고 싶어요. 택시를 타세요." 집 주소와 함께 전화번호도 적혀 있었다. 그는 잘못 본 것 같아 집중해서 다시 읽어본 다음 그것을 주머니에 집어넣었다. 갑자기 몽롱해지는 머릿속을 정리하기 위해 찬물로 얼굴을 씻었다.

문도는 택시를 타고 가면서도 여전히 어리벙벙하고 꿈을 꾸고 있는 것 같은 기분이었다. 세 번이나 데이트 신청을 거절해놓고, 거의 기대를 접고 속앓이를 하고 있는 그에게 이쪽 의향은 물어보지도 않고 일방적으로 느닷없이 한밤중에 집에 찾아오라고 했으니 그가 당황해하는 것도 무리는 아니었다. 이 여자가 날 놀리는 게 아닐까 하는 생각까지 들 정도로 그는 헷갈렸다.

그녀의 집은 도쿄만이 내려다보이는 고층 아파트 단지에 있었다. 도쿄만 일대가 개발되면서 새로 들어선 현대식 고급 아파트촌으로 대부분 상류층 사람들이 거주하고 있거나 세컨드 하우스로 이용하고 있었다. 엘리베이터를 타고 25층으로 올라가면서 시계를 보니 자정이 지나 있었다. 약속 시간이 정해진 것도 아니고 해서 그녀보다 먼저 집에 도착해서 안에 들어가지도 못한 채 밖에서 떨며 기다리느니 아예 늦은 시간에 가는 게 낫겠다 싶어 밤거리를 여기저기 배회하다가 온 것이었다.

엘리베이터에서 내린 그는 그녀가 써준 대로 2518호 앞으로 다가가 숨을 가다듬었다. 안에 과연 그녀가 있을까. 머뭇거리다가 그는 자신의 소심함에 반발하듯 신경질적으로 초인종을 눌렀다. 세 번 누른 다음 초조하게 숨을 고르고 있자 찰칵하는 부드러운 마찰음과 함께 문이 열렸다. 안으로 들어가자 세희가 미소를 지으며 서 있었는데, 어깨가 드러나고 안이 비치는 흰색의 긴 드레스를 걸치고 있었다.

"안 오시는 줄 알았어요."

"그럴 리가……."

거실로 안내된 그는 갑자기 동화 속 나라로 들어선 느낌이었다.

거실에는 수십 개의 촛불이 너울거리고 있었다. 전깃불은 모두 꺼져 있었고 촛불만이 어둠을 밝히고 있었다. 그의 코트를 받아 옷걸이에 걸어놓고 난 그녀가 다가오면서 물었다.

"샴페인 한잔하실래요?"

"네, 그러죠."

그녀는 미소를 띤 채 그를 그윽이 쳐다보고 있었지만 그는 그녀를 바로 쳐다보지 못한 채 허둥댔다. 가운에 비친, 브래지어와 팬티만 걸친 그녀의 나신은 너무 황홀한 모습이어서 비현실적으로 보였다. 자신이 붙을 때까지 그는 시간이 필요했다.

펑 하는 소리와 함께 허연 거품이 병 주둥이 밖으로 흘러나왔다. 그녀는 탁자 위에 놓인 두 개의 유리잔에 샴페인을 따른 다음 한 개를 그에게 주었다.

"이쪽으로."

그녀가 창가 쪽으로 다가가면서 말했다. 그는 잔을 든 채 그쪽으로 다가가 밖을 내다보았다. 도쿄만의 야경이 한눈에 들어왔다.

"저 다리가 레인보우 브릿지, 그리고 그 건너가 오다이바예요. 가보셨죠?"

"네, 가보긴 했지만 밤에 보니까 멋있는데요."

오다이바로 이어지는 긴 다리는 조명을 받고 아름다운 모습으로 바다 위에 떠 있었다. 인공 섬으로 개발된 오다이바는 휘황한 불빛 속에 잠긴 성 같았다. 그 위로 눈발이 날리고 있었기 때문에 야경은 더욱 환상적인 아름다움을 보여주고 있었다.

"건배해요."

그녀가 가까이 다가서면서 잔을 내밀었다.

"아름다운 밤이네요. 검은 장미를 위해."

잔이 쟁그랑하고 부딪치자 그들은 마주 보고 웃었고, 잔을 입으로 가져갔다.

"샹송을 그렇게 잘 부르는 줄 몰랐어요."

"그냥 취미로 부르는 거예요."

"콘서트를 연 적이 없나요?"

"아이, 그럴 만한 실력은 못 되고…… 그러고 싶지도 않아요. 어디까지나 취미 생활이에요. 살롱 무대 정도는 부담이 안 되고 제 취향에도 맞아요. 요즘은 러시아 음악에 푹 빠져 있어요. 러시아 음악은 울림이 있고 깊이가 있어서 좋아요. 기회가 있으면 러시아 음악도 한번 부르고 싶어요."

그들은 소파로 가서 앉은 다음 코냑을 마셨다.

가죽 소파는 크고 푹신해서 그대로 누우면 침대가 될 수도 있을 것 같았다. 맞은편 벽에는 책장과 함께 장식장이 놓여 있었고, 장식장 안에는 크리스털 제품들이 들어 있었다. 오른쪽 벽에는 사진 액자가 걸려 있었는데 가족사진인 것 같았다. 아파트는 상당히 커 보였다. 도쿄에서 이만한 아파트에 산다는 것은 그것만으로도 부를 말해주는 것이었다. 그는 방 하나짜리 자신의 공간을 생각하고는 그녀에 대해서 더욱 궁금해졌다.

"가족과 함께 살고 있나요?"

"아뇨, 혼자 살고 있어요."

"이 넓은 아파트에서 말이에요?"

"네, 이 아파트는 오빠 거예요. 오빠는 여기서 사업을 좀 크게 하면서 이 아파트를 구입해서 가족하고 살았는데 난 여기 얹혀 살았죠. 그러다가 가족들을 데리고 미국으로 갔어요. 그 바람에 나 혼자 차지가 된 거죠. 오빠는 투자 가치도 있고 살기도 좋고 하니까 이 아파트를 처분하지 않고 그대로 뒀는데 결국 내 거나 마찬가지죠 뭐. 나보고 나가라고 하겠어요."

그렇게 말하고 나서 그녀는 씨익 웃었다.

"민주화 운동 하는 사람치고는 너무 부자인데요."

"난 빈털터리예요. 수입이라곤 출판사에서 나오는 인세 수입, 원고료, 그리고 노래 좀 부르고 받는 돈이 전부예요. 그런데 민주화 운동하는 사람이 부자면 안 되나요?"

"안 될 건 없지만 왠지 어울리지 않잖아요. 부자들은 민주화니 뭐니 하는 데는 관심이 없잖아요. 돈만 잘 벌 수 있고 자신의 재산을 지킬 수만 있다면 군사독재든 뭐든 상관 안 하잖아요. 마치 남의 나라 일처럼 무관심하죠. 군사독재와 결탁해서 돈벌이를 하는 부자 놈들도 수두룩하고요."

그녀는 잔을 흔들면서 고개를 갸우뚱했다.

"전 일반론을 이야기하는 거예요. 민주주의와 재산 관계는 상반된 것이 아니고 서로 보완하면서 비례한다고 봐요. 민주주의가 발달하면 사회·정치적 환경이 좋아지고 경제 수준도 높아지기 마련이에요. 멀리 볼 것도 없이 여기 일본이 그래요. 그런 사회에서는 자유 경쟁을 통해 정당하게 돈을 버는 부자들이 생길 수밖에 없어요. 검은돈이 아닌 이상 자본주의 사회에서 그 돈에 대해 왈가왈부한다는 건 이상하잖아요. 그런 관점에서 볼 때 후진국에서 부자가 민주화 운동을 한다는 건 부정적으로 볼 게 아니라 오히려 장려할 일이라고 봐요. 자기 재산을 잃을지도 모르는데도 위험을 감수하고 민주화 운동에 헌신하는 부자는 정말 용기 있는 사람이라고 봐요. 민주화 운동이 가난한 사람들의 전유물이라고 생각하는 건 너무 어리석고 편협한 생각이에요."

그녀는 왼쪽 다리를 들어 오른쪽 다리 위에 걸쳐놓았다. 그 바람에 드레스 자락이 벌어지면서 매끈한 허벅지가 드러났다. 그는 밑에서 뜨거운 것이 밀고 올라오는 것을 느끼며 남아 있는 술을 단숨에 들이켰다. 이 여자는 왜 나를 유혹하는 것일까. 내가 만만해 보이는 걸까. 아니면 내가 진정으로 좋아서 이러는 것인가. 심심해서 그냥 한번 노총각을 데리고 놀아볼 심산인가.

"우리 주위에 돈 있는 놈치고 민주화 운동에 나선 사람 봤어요? 난 그런 사람 못 봤어요."

"중구 씨 있잖아요."

"그 친구는 특별한 경우죠. 아버지가 부자였지 그 친구가 부자는 아니죠."

"하지만 숨겨놓은 유산이 많을 거라고 하던데, 그게 사실이면 숨은 부자 아닌가요?"

"그렇게 보면 그렇죠. 하지만 그 친구는 그런 데는 별 관심이 없는 것 같아요. 좀 별난 친구죠."

이중구의 부친 이문섭은 처음 식품업으로 사업 기반을 다진 사람이었다. 그 사업이 잘되고 규모가 점점 커지자 다른 여러 사업에도 손을 대, 실패한 부분도 있었지만 대체로 사업이 잘돼 재벌 소리를 들을 만큼 성장했다. 그런데 하루아침에 몰락하는 비운을 맛보아야 했다. 군사정부에 밉보인 나머지 크게 벌여놓은 사업을 빼앗기기도 하고 나머지는 줄줄이 접어야 했던 것이다. 문도는 이중구를 통해 어느 정도 자세히 그 내막을 알 수가 있었다.

군사 쿠데타가 일어나기 전 그것을 도모한 군인들은 이문섭에게 은밀히 재정 지원을 요구했다. 쿠데타가 성공할 경우 큰 보상을 기대해도 좋다고 바람을 넣으면서 쿠데타 자금을 요구했는데 그 액수가 한두 푼이 아니고 아주 거액이었다. 그는 고심 끝에 그 요구를 딱 잘라 거절했다. 하지만 후환이 두려워 그것을 차단하기 위해 잘 아는 군 장성을 통해 군 수사기관에 그 사실을 밀고했다. 그런데 운이 없게도 그 장성은 쿠데타 모의 세력과 한통속이었고, 이문섭이 불안해하고 있는 사이 군인들은 쿠데타를 일으켰고, 그는 쿠데타가 성공하자마자 반혁명분자로 낙인찍혀 즉시 구속되었다. 사업체는 줄줄이 문을 닫았고, 부정축재자로 몰려 재산은 대부분 강탈당하다시피 빼앗겼다. 그는 혁명재판에서 15년형을 언도받고 옥살이를 하다가 2년쯤 지나 거의 시체나 다름없는 상태로 실려 나와 병원에 곧바로 입원했다. 생명이 위독하다는 의료진의 진단에 병원에 연금 상태로 입원시킨 것인데, 나흘 후 그는 숨을 거두었다. 그의 나이 65세로 부인과 세 자식이 있었다.

중구는 세 남매의 막내였다. 위로 누나와 형이 있었다. 누나는 결혼해서 호주로 이민 가 살고 있었고, 아버지의 사업을 돕던 형은 아버지 사후에도 수사기관에 불려 다니면서 곤욕을 치르다가 더러워 못살겠다고 하면서 미국으로 건너가버렸다. 집안이 그렇게 풍비박산되자 중구 역시 군사정권하에서는 더 이상 살고 싶지 않아 어머니를 미국의 형한테 보낸 다음 교수직을 버리고 일본으로 건너와버렸다.

집안일이라 외부에는 자세히 알려지지 않았지만 이문섭은 숨을 거두기 전 변호사에게 부탁, 세 자식에게 똑같이 유산을 나눠줬는데 군사정권에 그렇게 많이 빼앗기고도 숨겨놓은 재산이 상당히 남아 있었다. 스위스와 홍콩, 그리고 미국 은행 등에 빼돌린 외화만 해도 수천만 달러나 되었고, 미국과 호주 등지에 구입해 둔 금싸라기 부동산도 수두룩했다.

상당히 취기가 올랐을 때 실내에 러시아 음악이 흘러나왔다. 여자가 부르는 감미로운 노래였다. 세희가 일어서서 손을 내밀며 말했다.

"우리 춤춰요."

"난 춤 별로 못 추는데."

그가 일어서서 머뭇거리자 그녀는 스스럼없이 그의 품에 안기면서 두 팔로 목을 감았다.

"못 춰도 상관없어요."

그녀의 젖가슴이 몸에 밀착되고 매끄러운 살결이 목을 감싸자 그는 아득해지면서 반사적으로 그녀의 허리를 끌어당겼다. 귀에 와닿는 그녀의 숨결은 뜨거웠고, 머리 냄새와 몸에서 풍기는 체취는 그를 금방 몽환의 세계로 빨아들였다. 음악은 아주 느리게 흐르면서도 무엇인가 갈구하는 듯한 애잔함이 있었다.

"저기, 물어볼 게 있어요."

"뭐든 물어보세요."

그의 귀에 입김을 불어넣으며 그녀가 뜨겁게 속삭였다.

"내가 좋아서 이러는 건가요, 아니면 단지 욕망을 달래기 위해서 불장난을 하는 건가요?"

그녀는 잠자코 돌아가다가 갑자기 킬킬거리고 웃었다.

"왜 웃어요?"

"웃기니까요."

"뭐가 웃긴다는 거죠?"

그는 여자를 밀어젖히면서 정색을 하고 쳐다보았다. 그녀는 재미있다는 듯 생글거렸다.

"그런 걸 꼭 말해야 하나요? 말해야만 비로소 알게 되는 그런 멍청이인가요?"

그는 정말 멍청이가 된 듯 멍해졌다. 생글거리던 그녀의 얼굴에서 미소가 사라지더니 그녀가 갑자기 가운을 벗어던졌다. 이어서 브래지어와 팬티까지 걷어내 알몸이 되더니 그를 빤히 쳐다보면서 말했다.

"제가 뭐로 보이죠? 창녀로 보이나요?"

말문이 막힌 그는 말없이 고개를 흔들었다.

"그럼 뭘로 보이죠?"

"너무 아름다워요."

터질듯 탐스러운 젖가슴이 눈앞에서 흔들렸다.

"검은 장미는 당신의 사랑을 목마르게 기다려왔어요."

그는 그때까지도 머뭇거리고 있었고, 여자는 더욱 대담하게 나왔다. 그녀는 다시 두 팔을 뻗어 그의 목을 끌어안았다.

"J를 사랑하고 있잖아요."

그녀는 그의 품에 안긴 채 도리질을 했다.

"두 사람이 연인 사이란 거 다 알고 있어요."

그녀는 도리질을 멈추고 쓸쓸하게 웃었다.

"나이 차이가 많긴 하지만 어울리는 한 쌍이라고 생각해요."

"오해예요. 난 그분을 사랑한 적이 없어요. 존경은 하지만 결코 사랑하지 않았어요. 내 가슴에 파문을 일으킨 사람은 당신밖에 없었어요."

그는 여자를 돌려세운 다음 뒤에서 허리를 끌어안았다. 그리고 자신의 옷이 거추장스럽다는 것을 깨닫고는 재빨리 옷을 벗어던졌다. 더 이상 머뭇거리거나 하지 않고 오히려 허둥대기까지 하면서 거침없이 팬티까지 벗어서 발로 뭉개 밀어버렸다.

두 손으로 그녀의 가는 허리를 껴안고 목에 입술 갖다대자 그녀는 괴로운 듯 허리를 틀면서 신음을 토했다. 두 손으로 젖가슴을 사랑스럽게 감싸 안자 그녀가 얼굴을 모로 돌려 그의 입술을 찾았다. 그녀의 몸이 자연스럽게 옆으로 조금 돌려지고, 두 사람의 입술이 뜨겁게 포개지자 그의 움직임이 숨겨진 야수의 본능을 되찾으면서 거칠고 공격적으로 변했다.

그는 무릎을 꿇으면서 젖꼭지 하나를 깨물었다. 그녀의 입에서 "아!" 하는 고통스러워하는 소리가 흘러나왔지만 그것이 더욱 그를 자극했다. 그는 더 밑으로 내려가 두 손으로 그녀의 둥근 엉덩이를 받쳐 든 채 그녀의 배꼽과 아랫배를 애무하다가 마침내 짙은 숲속에다 얼굴을 묻고는 숨을 깊이 들이켰다. 잠시 후 그녀는 참지 못하고 수동적인 자세에서 벗어나 공격적으로 나왔다. 그를 일으켜 세운 그녀는 두 손으로 그의 몸을 만지기 시작했다. 그러면서 천천히 무릎을 꿇었다. 이윽고 그녀의 오른손이 염치없이 발기한 그것을 소중하게 감싸 쥐고 어루만지자 그는 그녀를 밀어낼 듯이 하면서도 그러지를 못하고 헐떡거렸다.

두 사람이 소파 위로 쓰러져 서로 엉겨 붙었을 때에도 여자가 더 공격적이었다. 이윽고 그녀가 힘이 부쳐 밑에 깔리고, 두 다리를 넓게 벌려 그를 받아들였을 때에야 그녀는 비로소 자신을 마치 운명에 내맡기듯 내던지고 두 눈을 감았다.

그가 미친 듯 쉬지 않고 키스를 퍼붓는 바람에 그녀는 얼굴이 얼얼했다. 너무 흥분한 그는 금방 절정에 올라 풍선을 터뜨렸고, 그녀가 아쉬운 듯 땀에 젖은 그의 어깨를 쓰다듬자 그의 얼굴은 민망한 빛을 띠었다.

"시간은 얼마든지 있어요. 또 하면 되잖아요."

그들은 떨어지기 싫은 듯 또다시 땀에 젖은 몸을 서로 끌어안았다.

한차례 폭풍이 지나가자 찾아온 것은 공허하면서도 편안한 안정감이었다.

그녀가 잔에 술을 따라오자 두 사람은 소파에 나란히 등을 대고 앉아 담배를 피우면서 술을 마셨다.

"J한테 미안한데."

그의 중얼거리는 말에 그녀는 머리를 흔들었다.

"왜 그렇게 생각하는 거죠? 부담 가질 필요 없어요. J와는 그런 관계가 아니라고 말했잖아요."

"그렇긴 하지만 J가 유난히 세희 씨를 아끼는 것 같아서 신경이 쓰일 것 같아요."

그녀는 담배 연기를 길게 내뿜고 나서 조금 심각해진 얼굴로 말했다.

"J가 저를 사랑한 건 사실이에요. 그분은 제 손을 잡고 몇 번이나 절 사랑한다고 말씀하셨어요. 너무 외로워 쓰러질 지경이었는데 제가 나타나 큰 힘이 되어주었고, 저 때문에 사는 맛이 난다고 말씀하시곤 했어요. 하지만 전 그분의 사랑을 받아들일 수가 없었어요. 그분은 크게 낙담하시면서 자기 사랑을 받아주지 않아도 좋으니 떠나지 말고 곁에 있어달라고 간곡히 부탁했어요. 전 사랑은 하지 않지만 존경하기 때문에 떠나지는 않을 거라고 안심시켰어요. 그분은 연세도 있고 해서 자기 절제를 잘하시는 분이에요. 속은 어쩐지 모르지만 그 후로는 그 문제에 대해 일절 이야기하신 적이 없어요. 자신의 한계를 잘 알고 아주 조심스럽게, 그리고 겸손하게 행동하시는 분이에요. 하지만 민주화라는 명제 앞에서는 아주 단호해요. J 이야기는 이제 그만하고 문도 씨 이야기 듣고 싶은데요."

"난 별로 할 얘기가 없는데……."

"제가 문도 씨한테 반한 이유가 뭔지 아세요?"

"모르겠는데요. 전혀 반한 것 같지 않았으니까요."

그는 세희를 끌어안고 입을 맞추었다. 키스가 끝나자 그녀가 말했다.

"아무리 반해도 자존심 강한 여자는 절대 내색을 안 해요. 시침을 떼고 앉아 있죠. 그럼 언제 내색을 하냐면 이렇게 무너지고 나서야 내색해요. 전 문도 씨 작품에 반했어요."

"조각 말인가요?"

"네, 조각 보고 반했어요. 지난번 전시회 때 작품 보고 다섯 번이나 전시장에 갔었어요."

"그래요? 그 정도라니 감사해야겠군요. 조각을 좋아하는군요?"

"그림이나 조각이 마음에 들면 몇 번이나 보러 가야 직성이 풀려요. 하지만 신통치 않은 작품을 보면 화가 나요. 문도 씨 작품은 상식을 파괴하고 좀 괴기스러운 분위기가 있어요. 뭔가 말 못할 비밀을 담고 있는 것 같기도 하고, 어떤 작품은 시대의 아픔을 절규하고 있는 것 같기도 해요. 전 절규하고 있는 그런 작품이 특히 마음에 들어요. 처음에는 한국 출신 작가라고만 알고 전시장에서 기자들 인터뷰 때 먼발치에서 한 번 본 적이 있는데, J와의 인연이 고리가 되어 이렇게 만날 줄은 정말 몰랐어요. 전시장에서 문도 씨를 처음 봤을 때 첫인상이 아주 강렬했어요. 그때는 수염도 깎지 않고 덥수룩했는데 눈빛은 맑고 아주 선해 보였어요. 더없이 착해 보였는데 이상하게도 인상은 강렬했어요. 그러고 나서 J 강연회에서 두어 번 보고 나중에 후원 모임에도 참석하는 걸 보고 반가우면서도 속으로 적잖게 놀랐어요. 조각하는 사람이 정치적 모임에 열심히 나오는 경우는 참 드물거든요. 말은 안 했지만 속으로 별종이거나 정신이 제대로 박힌 사람이구나 하고 생각했죠."

마지막 말에 그는 소리 내어 웃었다. 그는 두 손으로 그녀의 젖가슴을 애무하면서 말했다.

"예술 하는 사람들은 거의 정치나 사회 문제에 관심이 없죠. 예술과 정치는 별개 문제라고 생각하기 때문에 그런 것 같아요. 그들은 이도 저도 아닌 중간에 앉아서 팔짱을 낀 채 관망하다가 열매나 따 먹자는 심보죠. 나보고는 조각이나 착실히 할 것이지 J는 뭐하러 따라다니느냐고 빈정거리는 사람도 있어요. 하지만 그들은 중요한 것을 간과하고 있어요. 예술과 정치는 별개 문제가 아니고 아주 밀접한 관계가 있다는 것을 말이에요."

그의 손이 이번에는 그녀의 다리 사이 기름진 대지를 가만히 쓰다듬기 시작했다. 대지는 그에게 모든 것을 맡기면서 대지를 적셔줄 단비를 기다릴 채비를 하느라고 몸을 뒤쳤다.

"예술의 생명은 자유에 있어요. 자유가 없으면 예술의 창조 행위 자체가 막히는 거죠. 자유를 말살하는 정치라면 거기에 저항하는 게 예술가의 당연한 의무예요. 가만있으면 누가 자유를 갖다 주나요? 투쟁을 해야 해요. 정치적 투쟁을. 예술가의 이런 의식은 작품에도 고스란히 나타나고 있어요. 로댕의 '칼레의 시민들', 피카소의 '게르니카' 같은 걸작들은 정의와 양심, 시대의 아픔 같은 것을 보여주는 걸작이에요. 한국은 지금 완전히 암흑 속에 갇혀 언론과 예술은 자기기만을 하고 있어요. 언론은 거짓말을 해대고 있고 예술은 다칠까 봐 구름 잡는 이야기나 하고 있어요. 다 사기꾼들이죠. 내가 J를 지지하고 있는 것은 자유를 갈구하고 있기 때문이에요. 난 정치 활동을 하는 게 아니에요. 자유에 대한 갈증으로 너무 목이 마르기 때문에 우물을 찾아온 것뿐이에요. J와 함께 그 우물을 파기 위해 온 거예요. 다른 뜻은 없어요."

"당신의 그 순수한 열정을 가지고 싶어요. 빨리."

그녀는 두 다리를 힘껏 벌렸고, 그는 그녀의 몸 위로 올라가 두 번째 사랑을 시작했다.

"작품이 거액에 팔린다죠?"

"거액은 아니고 꽤 높은 가격으로 팔리고 있는 것 같아요."

"보람이 있겠어요."

"가난한 작가들에게 좀 미안한 생각이 들어요."

처음과는 달리 그들은 섹스를 하면서도 대화를 나눌 정도로 여유가 있었다. 그러나 잠시 후 대화는 사라지고 그들은 서로에게 몰입해 들어갔다.

납치

추운 겨울도 지나고 벚꽃이 만개한 3월 하순 어느 날, 문도는 세희와 함께 저녁식사를 하고 나서 극장에서 영화 '지바고'를 관람했다. 집에 돌아왔을 때는 밤 11시가 지나 있었다. 그즈음 그는 세희의 집에서 동거를 하고 있었다. 세희가 좁은 원룸에서 사느니 자기 집에서 함께 지내자고 제의해 짐을 싸들고 들어왔던 것이다.

지바고와 라라의 사랑이 감미로우면서도 너무 애절했기 때문에 그 여운을 음미하고 싶은 듯 그들은 침대에 들자마자 누가 먼저랄 것도 없이 상대의 몸을 파고들었다. 한바탕 뜨겁게 사랑을 나누고 났을 때 그녀가 그의 가슴에 얼굴을 묻으며 속삭이듯 말했다.

"나 할 말 있어요."

그는 길게 하품을 하고 나서 그녀의 머리칼을 쓰다듬었다.

"뭔데? 말해봐요."

"저기…… 나 아기 가졌어요."

"뭐어?"

그는 몸을 돌려 그녀를 위에서 내려다보았다.

"오늘 낮에 병원에 갔었는데…… 3개월 됐대요."

그는 세희를 미친 듯 꽉 끌어안고 뒹굴다가 벌렁 드러누워 두 팔을 높이 쳐들었다.

"아! 내가 아기를 갖다니!"

"전 엄마가 되는 거예요. 하지만 전 믿기질 않아요."

그는 다시 세희 위로 몸을 구부리고 두 손으로 그녀의 머리를 감싸 쥐고 얼굴을 가만히 내려다보았다.

"오늘은 유난히 아름다워. 이렇게 아름다운 여자를 보고 뭐라고 하더라. 아, 그렇지. 엔젤, 나의 천사님!"

그는 천사를 포옹하고 그녀의 입에 입을 맞추고 나서 말했다.

"그렇게 허구한 날 섹스를 했는데 아기를 안 가진다는 게 오히려 이상하지."

그들은 부둥켜안고 웃음을 터뜨렸다.

"아기한테 선물을 하나 합시다."

"무슨 선물을 하죠?"

그녀가 눈을 반짝이면서 물었다.

"우리 결혼 선물을 아기한테 줍시다."

"결혼하자구요?"

그가 고개를 끄덕이자 그녀는 두 팔로 그의 목을 끌어안고 뜨겁게 말했다.

"결혼하고 싶어요! 당신하고 결혼하고 싶어요!"

"아기한테 이보다 더 좋은 선물은 없을 거요."

그 뒤부터 그들은 결혼 이야기를 한참 하다가 2시가 넘어서야 잠이 들었다. 대충 정리해보면 결혼식은 한 달 후에 할 것, 식장은 교회에서 간소하게 올릴 것, 비용은 최소한으로 하고 초대 손님도 수십 명 정도로 제한할 것, 주례는 J에게 부탁하기로 하고, 연회 장소는 야외에서 갖도록 하되 장소는 물색해보기로 하고, 신혼여행은 멀리 갈 필요 없이 규슈 남쪽 가고시마에서 배로 세 시간 걸리는 원시림으로 뒤덮인 섬 야쿠시마로 가기로 합의를 보았다. 두 사람에게는 너무도 행복한 밤이었다.

캄캄한 어둠 속에서 번쩍이는 강렬한 불빛에 문도는 눈을 떴다. 그러나 불빛이 너무 강렬해서 눈을 뜰 수가 없었다.

"누구야?"

그는 놀라 상체를 일으키면서 물었다. 그러나 대답 대신 돌아온 것은 강한 충격이었다. 어둠 속에서 번개처럼 날아든 주먹이 턱을 후려갈기자 그는 맥없이 뒤로 나동그라졌다. 뒤이어 세희의 비명이 들렸지만 그것은 금방 잠잠해졌다.

플래시 불빛이 사라지고 방 안에 전깃불이 들어왔을 때 문도는 비로소 움직이는 것들을 어렴풋이 볼 수가 있었다. 검은 그림자가 세 개 움직이고 있었다. 그는 정신을 차리려고 무진 애를 쓰면서 옆으로 쓰러진 채 그들의 움직임에 온 신경을 집중했다.

몸부림치는 세희에게 한 놈이 뭐라고 물었다.

"여권 어디 있어?"

그녀가 손으로 거실을 가리키자 그는 가져오라고 명령했다. 그녀는 벌벌 떨면서 거실로 나가 장식장 서랍 안에서 여권을 꺼냈다. 다른 한 명이 지켜보고 있었기 때문에 도망갈 엄두도 나지 않았다. 방 안으로 들어가 여권을 내밀자 사내는 그녀를 침대 쪽으로 밀면서 뭔가를 그녀의 등에다 갖다댔다. 순간 그녀는 바르르 떨다가 이내 침대 위로 힘없이 널브러졌다. 그러고는 미동도 하지 않았다. 그들은 하나같이 검은색 옷차림에 두 명은 검정 운동모를, 나머지 한 명은 챙이 둥근 검정 중절모를 쓰고 있었다. 그리고 모두 짙은 선글라스로 눈을 가리고 있었다. 중절모의 지시에 두 명은 민첩하게 움직이고 있었다. 한 명이 세희에게 가운을 입히는 동안 다른 한 명은 그녀의 입에 테이프를 단단히 붙였다. 문도는 온 힘을 다해 몸을 일으켰다.

"당신들 뭐야? 뭐하는 짓이야?"

하지만 다시 한 대 얻어맞고 그는 미처 말도 못하고 나가떨어졌다.

"죽기 싫으면 조용히 있어!"

총구가 이마에 와닿자 섬뜩한 공포감이 밀려왔다. 그는 온몸을 부르르 떨었다.

가운 차림으로 쓰러져 있는 세희에게 그들은 이번에는 코트를 입혔다. 그리고 건장한 사내가 그녀를 가볍게 안아올렸다. 그녀를 안은 채 출입문 쪽으로 가는 것을 보고 문도는 그쪽으로 몸을 굴렸다.

"이 새끼가!"

중절모가 구둣발로 걷어차자 그는 바닥에 나동그라졌다.

"그 여자, 손대지 마! 임신 중이야!"

"임신 좋아하네."

중절모가 전기 충격기를 머리에 갖다대자 그는 순간적으로 발작을 일으키면서 부들부들 떨다가 사지를 길게 뻗으면서 잠잠해졌다.

세희는 자기가 어디에 와 있는지 짐작조차 가지 않았다. 한곳에 정신을 집중하고 가만히 귀를 기울여보았다. 바닥이 조금씩 흔들리고 있고 물소리가 찰싹거리고 있는 것으로 보아 배 안에 있는 것 같은 생각이 들었다. 그녀는 벌거벗은 채 침대 위에 누워 있었고, 네 명의 사내가 둘러서서 그녀를 내려다보고 있었다. 세 명은 모자를 쓰고 있었고 나머지 한 명은 대머리에 모자를 쓰고 있지 않았다.

"최 상무, 요거 예쁘게 생겼는데."

대머리가 중절모를 곁눈질하면서 말했다. 몸집이 우람하고, 검은 얼굴에 작은 두 눈이 교활하게 반짝이는 사내였다. 그의 입에서는 술 냄새가 풀풀 났다.

"몸매도 죽여줍니다, 사장님."

최 상무로 불리는 중절모가 말했다.

"데리고 올 때 별일 없었나?"

"사내새끼가 한 명 있었는데 별문제는 없었습니다. 두어 번 쥐어박고 전기로 지졌더니 잠잠해졌습니다. 둘이 발가벗고 자고 있었는데 간밤에 그거 실컷 하고 곯아떨어진 것 같았습니다."

최 상무라는 자가 상사에게 보고하듯 말하는 것으로 보아 대머리는 그보다 윗사람인 것 같았다. 사장이라는 호칭도 그것을 말해주고 있었다.

"다들 나가 있어."

세 사람이 나가자 대머리는 아랫도리를 벗으면서 말했다.

"오랜만에 예쁜 계집 만났는데 몸 좀 풀어야겠다. 여기서 반항해봤자 아무 소용없어. 넌 지금 바다 위에 떠 있는 요트 안에 있다는 걸 알아야 해. 네가 반항하면 두 가지 방법으로 널 조질 수가 있어. 하나는 네 사지를 묶어놓고 조지는 거, 또 하나는 전기총으로 널 기절시켜놓고 조지는 거. 어떻게 하는 게 좋겠어? 두 가지 다 마음에 안 들 거야. 이럴 때 현명한 여자는 반항하지 않고 순순히 다리를 벌려주지. 처음에는 억울하겠지만 나중에 시간이 지나면 함께 섹스를 즐기게 돼. 그게 뭔지 알아?"

"스톡홀름 증후군……."

여자가 웅크리고 앉으며 중얼거렸다.

"어? 그걸 아네."

아랫도리를 모두 벗은 사내는 그것을 잡아 흔들었다. 그것은 묵직하게 늘어져 있었다. 사내가 전기 충격기를 집어들고 그녀 쪽으로 다가섰다. 그것을 보고 세희는 거세게 머리를 흔들었다.

"싫어요!"

"그럼 시키는 대로 해. 이걸 빨아. 네가 빨아주면 금방 설 거야."

"싫어요!"

"싫어?"

그는 전기 충격기를 들고 침대 위로 올라가 그녀 앞에 버티고 섰다. 그녀는 눈앞에 늘어져 있는 흉물을 힐끗 쳐다보았다. 사내는 손바닥으로 그녀의 한쪽 뺨을 후려갈겼다.

"내 말 잘 들어. 지금 문 앞에서 세 놈이 차례를 기다리고 있어. 내가 나가면 차례대로 들어와 널 강간할 거야. 강간하고 싶어 환장한 놈들이야. 하지만 내 선에서 끝낼 수도 있어. 네가 순순히 자진해서 날 즐겁게 해주면 내 선에서 끝내고 저놈들은 못 들어오게 하겠어. 알았어?"

그의 손이 그녀의 빨개진 뺨을 어루만지자 그녀는 흐느껴 울기 시작했다.

"살려주세요. 전 임신 중이에요. 그리고 다음 달에 결혼하기로……."

그녀는 갑자기 입이 막혀 말을 할 수가 없었다. 그가 그것으로 그녀의 입속을 틀어막았기 때문이다. 그것은 잔인한 침략군이나 다름없었다. 점령지의 여자들을 무자비하게 유린하는 침략군처럼 그것은 마구 입속으로 파고들었고, 그녀의 입이 더 이상 감당할 수 없을 정도로 커지자 그는 그녀를 밀어 쓰러뜨린 다음 그녀의 다리 사이로 허겁지겁 그것을 밀어 넣었다.

그녀는 가물가물해지는 의식을 놓치지 않으려고 이를 악물고 버티면서 모든 것을 두 눈으로 똑똑히 보고 기억해두려고 애를 썼다. 더 이상 눈물은 나오지 않았고, 울어서도 안 된다고 생각했다. 이 짐승 같은 놈들에게 굴복하는 것은 자신의 생을 영원히 포기하는 것이나 다름없다는 생각이 들었다. 나에게 스톡홀름 증후군 같은 것은 일어나지 않을 거야. 나는 네놈들을 증오하고 복수할 거야. 내가 당한 것 이상으로 아주 잔인하게 복수할 거야.

대머리는 헉헉거리다가 마침내 정액을 그녀 속에 모두 쏟아붓고 나서야 몸을 일으켰다.

"기막히게 좋았어. 너도 좋았지?"

그는 여자의 뺨을 토닥거려주고 나서 서둘러 옷을 입고 밖으로 나갔다.

그녀가 갇혀 있는 방 안의 벽은 나무로 고급스럽게 꾸며져 있었다. 바닥에도 나무가 깔려 있었고 천장도 마찬가지로 나무로 마감되어 있었다. 천장과 벽에 고정되어 있는 등도 근사하고 고급스러워 보였다.

문이 열리더니 최 상무가 들어와 아랫도리를 벗었다. 자기 선에서 끝내겠다는 대머리의 말은 거짓말이었다. 상무가 급히 일을 치르고 나가자 나머지 두 명이 함께 들어왔다. 그들은 옷을 모두 벗어버리고 나서 두 명이 함께 그녀에게 달려들었다. 2 대 1로 재미를 보자는 것이었다. 그녀는 그들이 요구하는 대로 암소처럼 응해주었다. 그녀가 엎드려 한 놈의 그것을 빨고 있는 동안 다른 한 놈은 뒤에서 그녀를 밀고 들어왔다. 그들은 2 대 1 섹스에 익숙한 듯 갖가지 체위를 요구하며 그녀를 철저히 유린했다. 그러나 그것으로 끝난 것이 아니었다. 문제는 그다음부터였다.

실컷 욕심을 채우고 난 그들은 그녀를 밖으로 끌어내 마룻바닥에 꿇어앉혔다. 소파에 대머리가 앉아 있었고, 그 앞에 있는 탁자 위에는 술병 두 개와 잔들이 놓여 있었다. 그것들은 흔들리지 않게 나무로 된 틀 속에 들어 있었다. 다른 사내들은 주위에 서 있었다. 갑자기 파도가 부딪치는 소리가 쿵 하고 났고, 그 바람에 배가 요동치자 사내들은 뒤뚱거리다가 몸을 가누었다.

"곧 비바람이 몰려올 것 같습니다. 그전에 빨리 처리해야 할 것 같습니다."

최 상무가 공손히 말하자 사장은 담배를 꼬나문 채 고개를 끄덕거렸다. 그는 오징어를 씹어대면서 담배를 피우고 있었다.

그녀가 갇혀 있는 곳은 갑판 아래 거실이었다. 거실은 꽤 넓어 보였고, 앞과 뒤쪽에는 방들이 몇 개 있었다. 거실 한쪽에는 홈바까지 있었고, 그 반대쪽에는 대형 스크린도 설치되어 있었다. 그 정도면 부호들이나 소유할 수 있는 호화 요트라고 할 수 있었다.

"시작해."

사장이 양주 한 잔을 들이켜고 나서 그것을 탁자 위에 탁 소리가 나게 올려놓았다.

"상처 안 나게 해. 상처 나면 안 돼."

그가 주의를 주자 상무가 "알겠습니다." 하고 대답했다. 이 과장으로 불리는, 운동모를 눌러쓴 사내가 탁자 위에서 술병을 하나 집어들어 마개를 딴 다음 중절모에게 건네주었다. 꽤 큰 술병으로 안에는 물 같은 투명한 액체가 가득 들어 있었다. 그는 그것을 들고 그녀 앞으로 다가섰다.

"한잔하실까? 이건 60도가 넘는 보드카야. 소련 놈들이 좋아하는 술이지. 이걸 한 잔 마시면 기분이 좋아질 거야. 자, 아 하고 입을 벌려요."

그는 그녀의 입에다 병 주둥이를 쑤셔 박은 다음 술을 들이부었다. 억지로 보드카를 몇 모금 목으로 넘긴 그녀는 캑캑거리면서 몸부림쳤다.

"자, 기어서 이리 와. 이거 받아먹어. 개처럼 기어서 오라구."

사장이 오징어 다리를 들고 흔들었다. 그녀는 개처럼 기어서 가까이 다가갔다. 그녀가 손으로 오징어 다리를 받으려고 하자 그는 그것을 위로 올렸다.

"손으로 말고 입으로 받아. 개처럼 말이야. 넌 지금부터 개란 말이야. 그걸 명심해."

그녀가 오징어 다리를 입으로 물자 사내들이 웃었다.

"자, 더 가까이 와. 그리고 내가 부르는 대로 받아 적어. 이상하게 쓰지 말고 네가 평소에 쓰던 글씨체 그대로 써. 네 글씨체 다 알고 있으니까 속일 생각 하지 마. 빨리 끝내고 잠 좀 자자. 너도 샤워하고 자야 할 거 아니야."

대머리는 탁자 위에 있는 것들을 한쪽으로 치우고 그 위에다 백지 한 장과 볼펜을 올려놓았다. 그녀는 탁자 앞으로 다가가 그 것들을 내려다보았다. 그리고 시키는 대로 볼펜을 집어들었다. 대머리는 기침을 하고 나서 또박또박 말하기 시작했다.

"저는 J의 성 노리개였습니다. 저의 배 속에는 그의 씨가 자라고 있습니다."

그녀는 볼펜을 던지고 뒤로 물러앉았다.

"안 써? 하, 요것 봐라."

이 과장이 뒤에서 그녀를 붙잡고 머리를 뒤로 젖힌 다음 강제로 입을 열게 하자 최 상무가 보드카 병 주둥이를 그녀의 입에 처박고 병을 거꾸로 쳐들었다. 그녀는 숨이 막혀 콜록콜록 기침을 해대면서 몸부림쳤다. 그녀의 벌거벗은 몸은 그녀의 입에서 흘러내린 술로 질퍽하게 젖어 있었다. 그녀가 항복의 뜻으로 다급하게 두 손을 흔들자 입에서 병 주둥이가 빠져나갔다.

그녀는 헐떡거리면서 숨을 몰아쉬다가 탁자 앞으로 다가앉았다. 볼펜을 쥐었지만 손이 부들부들 떨려 글을 쓸 수가 없었다. 머리가 어지럽고 눈앞이 빙글빙글 돌아 몸을 가누기도 힘들었다.

"저는 J의 성 노리개였습니다."

사장이 말하고 나서 담배 연기를 그녀의 얼굴을 향해 후우 하고 내뿜었다. 그녀가 떨고만 있자 최 상무가 그녀의 뺨을 세게 후려갈긴 다음 술병을 입에다 갖다댔다.

"알았어요. 제발 그만……."

"저는 J의 성 노리개였습니다. 저의 배 속에는 그의 씨가 자라고 있습니다. 벌써 두 번째 임신입니다. 첫 번째는 지웠고, 두 번째도 지우라고 J는 강요하고 있습니다."

거기까지 가까스로 써놓고 그녀는 볼펜을 버리고 모로 쓰러졌다. 이 과장이 그녀를 바로 앉히자 상무는 지체하지 않고 보드카를 그녀의 입에 들이부었다. 그녀는 몸부림치면서 술을 토했고, 그 바람에 술이 사방으로 튀었다. 그녀가 다시 볼펜을 잡자 대머리는 입을 열었다.

"사람들은 J를 민주화 투사라고 하지만 그것은 잘못 본 것입니다. 옆에서 지켜본 J는 짐승이나 다름없는 파렴치한이었고, 조총련으로부터 들어오는 그 많은 후원금도 개인적으로 착복하고 빼돌리는 데 여념이 없었습니다."

대머리는 그녀가 제대로 쓰고 있는지 확인하려고 종이를 자기 앞에 돌려놓고 들여다보았다.

"무슨 글씨가 이래. 알아볼 수가 없잖아. 일단 써놓고 다시 써."

종이를 그녀 앞에 돌려놓고 나서 그는 목청을 가다듬었다.

"J는 저에게 첫 남자였습니다. 하지만 그는 저를 실컷 농락하고 나서 버렸습니다. 만나주지도 않고 아기만 지우라고 강요하고 있습니다. 파렴치한 J의 정체를 세상에 알리는 것이 저의 마지막 의무라고 생각해서 이렇게 편지를 보냅니다. J 전 수행비서 검은 장미 최세희 올림."

그녀가 받아쓸 수 있도록 그는 천천히 말했다. 그러고 나서 그녀가 쓴 것을 확인하고 나서 다시 정서하라고 다그쳤다. 그녀 앞에는 새 종이가 놓였고, 그녀는 시키는 대로 거기다 앞에 쓴 것을 다시 썼다. 이번에는 알아볼 수 있게 힘들여 썼지만 손이 떨리는 바람에 글자는 비뚤배뚤했다. 대머리는 그것을 읽어보고 나서 "이만하면 됐다." 하면서 그것을 최 상무에게 건네주었다.

"당장 보내. 우편은 늦어서 안 되고 팩스로 보내."

"알겠습니다."

그녀는 안 된다고 말하고 싶었지만 혀가 돌아가지 않아 아무 말도 할 수 없었다. 너무 취해서 자꾸만 몸이 모로 쓰러지곤 했다.

"자, 이건 됐고, 알아볼 게 있어. J에게 후원금을 내는 자들 이름을 아는 대로 적어. 그리고 우프 회원들 명단도 적어. 빼놓지 말고 적어야 해."

그녀 앞에는 새 종이가 놓여졌다. 그녀가 고개를 흔들다가 모로 쓰러지자 과장이 달려들어 그녀를 바로 앉혔다. 상무는 보드카를 그녀의 입에다 쏟아부으려 하다가 술이 떨어진 것을 알고는 술 가져오라고 소리쳤다.

"보드카는 없습니다."

운동모가 홈바의 진열장을 살펴보고 나서 말했다.

"아무거나 가져와. 양주 가져와."

대머리가 오징어를 질겅질겅 씹으며 말했다.

상무는 그녀의 입을 쩍 벌리게 한 다음 목구멍까지 병 주둥이를 깊이 쑤셔넣었다. 입이 찢어지면서 입가로 피가 배어 나왔다. 술이 콸콸 소리를 내면서 목구멍 안으로 쏟아져 들어갔지만, 그녀는 별로 반항하지 않은 채 꾹꾹거리기만 했다. 술이 더 이상 들어가지 못하고 밖으로 마구 넘쳐흐르자 대머리가 그만하라고 말했다.

"더 이상 안 들어가잖아."

상무가 병 주둥이를 입에서 빼내자 피와 함께 부러진 이빨들이 술에 섞여 흘러내렸다. 그녀는 고개를 푹 꺾으면서 모로 쓰러지더니 움직이지 않았다. 과장이 그녀를 바로 눕힌 다음 감긴 눈을 벌려보았다.

"기절한 것 같습니다."

상무가 맥을 짚어보더니 대머리를 쳐다보았다.

"맥은 뛰고 있는데 아주 약합니다."

대머리는 잔을 내려놓고 나서 천천히 몸을 일으켰다.

"갖다버려. 쉽게 발견될 수 있게 요트장 부근에 버려. 옷은 입혀서 버려. 자살한 것처럼 말이야. 여권 잊지 말고."

그는 하품을 늘어지게 하고 나서 방으로 들어가버렸다.

잠시 후 요트가 움직이기 시작했다.

드레스 위에다 바바리코트를 입힐 때까지도 그녀는 의식을 잃고 있었다.

"이 여자 여권 어딨어?"

"여기 있습니다."

과장이 빼앗아 가지고 있던 그녀의 여권을 내밀자 상무는 그것을 펴서 꼼꼼히 살폈다. 확인이 끝나자 그는 그녀의 코트 안주머니에 그것을 넣고 쉽게 빠지지 않게 단추를 잠갔다. 갑판 위로 옮길 때에도 그녀는 시체처럼 미동도 하지 않은 채 축 늘어져 있었다.

호화 요트는 천천히 요트 계류장 쪽으로 방향을 잡고 다가갔다. 세희는 난간 가까운 갑판 바닥 위에 엎어져 있었다. 바닷바람에 코트와 드레스 자락이 젖혀지면서 그녀의 종아리가 드러났다. 유난히 하얀 종아리였다. 조그만 두 발은 양말도 신지 않은 맨발이었다.

이윽고 계류장 가까이 이르자 두 사내가 양쪽에서 그녀의 팔과 다리를 잡고 그녀를 들어올렸다.

“소리 나지 않게 조용히 내려.”

상무의 지시에 그들은 계류장을 등지고 서서 여자를 난간 밖으로 넘겼다. 그녀를 바로 던지지 않고 양쪽에서 발목을 움켜잡은 채 거꾸로 가만히 내렸다. 몸이 거꾸로 향하는 바람에 그녀의 머리칼과 옷이 밑으로 뒤집히면서 바람에 마구 뒤엉켰다.

“오케이.”

아무렇지도 않은 듯 가벼운 상무의 명령에 두 사내는 가만히 두 손을 놓았다. 가볍게 첨벙하는 소리와 함께 여자는 어둠 속으로 사라지고, 요트는 기다렸다는 듯 속력을 내어 달려가 버렸다. 멀리 수평선 쪽 하늘이 희미하게 밝아오고 있었다.

이튿날 정오경 J는 기자회견을 열고 최세희의 납치 사실을 발표했다. 회견장에는 한국과 일본 기자들을 비롯한 세계 각국의 기자들이 와 있었다. 기자들은 붕대로 머리를 싸맨 채 J 옆에 앉아 있는 젊은 남자한테 주로 질문을 던졌다.

"경찰에 신고했습니까?"

"깨어나자마자 일본 경찰에 신고했습니다."

"경찰은 어떤 조처를 취했습니까?"

"신고한 지 두 시간쯤 지나 나타나서 이것저것 묻고는 돌아갔습니다. 무엇보다 그녀의 안전이 걱정됩니다. 일본 경찰은 하루속히 범인들을 검거하고 그녀를 구해주기 바랍니다."

"납치범은 한국인이었습니까?"

"네, 한국말이 능숙했습니다."

문도는 침통한 얼굴로 말했다.

"그들은 뭘 요구했습니까?"

"아무것도 요구하지 않고 여자를 납치해 가기만 했습니다."

"왜 여자를 납치해 갔다고 생각하십니까?"

그는 대답하기 전에 지난밤의 악몽이 생각난 듯 몸을 한번 떨었다.

"모르겠습니다. 아마 J의 수행비서이기 때문에 납치해 가지 않았나 생각됩니다. J에 대해서 많은 것을 알고 있기 때문에 그랬을 겁니다."

"그렇다면 J의 정적이 그런 짓을 자행했다는 것인가요?"

"그럴 가능성이 큽니다."

"최세희 씨 개인적인 이유로 납치당한 건 아닙니까?"

"잘 모르겠습니다."

"방금 J의 정적이 납치했을 거라고 말씀하지 않았습니까?"

"그럴 가능성이 있다고 말했습니다."

"정적이라면 구체적으로 누구를 가리키는 겁니까?"

여기서 문도는 머뭇거렸다. 누구라고 지칭하고 싶은 사람이 있었지만 증거도 없이 단지 추정만으로 공개석상에서 그런 말을 할 수는 없었다.

"구체적으로 누구라고 지칭할 수는 없지만…… J의 정적이 누군지는 세상이 다 알고 있습니다."

"왜 여자만 납치했나요? 그들은 왜 당신은 납치하지 않았죠?"

"모르겠습니다만…… 나는 중요 인물도 아니니까 내버려뒀겠죠. 별 볼 일 없으니까요."

"두 분은 어떤 관계입니까?"

문도는 고개를 떨어뜨린 채 눈물을 삼켰다. 그것을 보고 장내가 숙연해졌고, 기자는 거기에 대해 더 이상 질문하지 않았다.

세희의 시신이 발견된 것은 그날 오후였다.

계류장을 빠져나가던 요트가 스크루에 뭔가 걸려 앞으로 나가지 못하고 엔진이 겉돌기만 하자 연락을 받고 달려온 잠수부가 물속에 들어가 살펴보았더니 여자로 보이는 시신이 거기에 달라붙어 있었다. 놀란 잠수부는 지원을 요청했고, 얼마 후 두 명의 잠수부가 지원차 달려왔다. 그들이 물속으로 뛰어들어 살펴보니 시신이 입고 있는 코트가 스크루에 말려들어가 있었고, 그 때문에 시신이 거기에 달라붙어 있었던 것이다.

신고를 받은 경찰이 달려왔을 때 시신은 계류장으로 내려가는 출입구 한쪽 시멘트 바닥에 걸레처럼 놓여 있었고, 그 주위에는 벌써 많은 구경꾼들이 몰려와 있었다. 시신은 스크루에 부딪혀 처참하게 훼손되어 있었다.

그녀의 신원은 금방 밝혀졌다. 주머니를 샅샅이 뒤지던 경찰이 코트 안주머니에서 그녀의 여권을 발견했던 것이다. 여권은 바닷물에 젖어 있었지만 거기에 붙어 있는 사진과 인쇄 글자는 충분히 알아볼 수 있을 정도로 선명했다.

다음 날 일본과 한국 조간신문들은 일제히 최세희의 죽음을 톱뉴스로 보도했다.

일본 신문들은 일본에 망명 중인 J의 수행 여비서가 27일 밤 한국말을 사용하는 괴한들에게 납치되었고, 다음 날 오후 도쿄만 앞에서 의문의 익사체로 발견되었다는 내용과 함께 그녀는 미모의 여성으로 J의 총애를 받고 있었고, 일주일에 두 번씩 살롱 라비앙로즈에 나가 상송을 부르곤 했는데, 항상 검은 드레스에 가슴에 붉은 장미를 달고 노래했기 때문에 블랙 로즈로 불렸다고 보도했다. 납치 당시 함께 있었던 최 씨의 연인 서 모 씨는 이번 납치를 J의 정적들의 소행으로 보인다고 주장했으며, 일본에서 조각가로 활동하고 있는 서 씨는 정적이 구체적으로 누구인지는 밝히지 않았지만 한국 국민이면 J의 정적이 누구인지 거의 다 알고 있다고 하면서, 납치를 자행한 하수인들은 한국 정부의 비밀기관 요원일 가능성이 크다고 말했다고 보도했다.

반면 한국의 언론은 일본 언론과는 사뭇 다르게 보도했는데, 뉴스의 비중도 비교가 안 될 정도로 대대적으로 다루었다. 계엄령하에서 입에 재갈이 물린 한국 언론들은 모든 기사 보도에 대해 일일이 계엄 당국의 검열을 받고 있었기 때문에 이번 사건에 대해 하나같이 입이나 맞춘 듯 똑같은 시각으로 최세희의 죽음을 보도했는데, 그 가운데 J일보의 기사가 가장 자극적이었다.

J 수행 여비서 도쿄만에서
익사체로 발견

만취 상태에서 음독 자살한 듯
유서에서 J와의 불륜 관계 폭로
임신 3개월…… J한테 버림받자 비관
"J는 민주 투사 가장한 파렴치한"

3월 27일 오후 3시경 일본 도쿄만 요트 계류장 부근에서 일본에 도피 중인 J의 수행 여비서인 최세희 씨(31세)가 익사체로 발견되었다. 일본 경찰의 발표에 의하면 최 씨의 몸에서는 혈중 농도가 0.75%나 되는 알코올 성분이 검출되었으며, 그로 보아 최 씨는 만취 상태에서 바다에 추락하여 사망한 것으로 보인다. 한편 최 씨는 사망하기 전 유서로 보이는 서신을 각 언론사에 팩스로 보냈는데, 그 내용으로 보아 스스로 바다에 투신 자살한 것으로 보인다. 다음은 서 씨가 언론사에 보낸 유서 내용 전문이다.

'저는 J의 성 노리개였습니다. 저의 배 속에는 그의 씨가 자라고 있습니다. 벌써 두 번째 임신입니다. 첫 번째는 지웠고, 두 번째도 지우라고 J는 강요하고 있습니다. 사람들은 J를 민주화 투사라고 하지만 그것은 잘못 본 것입니다. 옆에서 지켜본 J는 짐승이나 다름없는 파렴치한이었고, 조총련으로부터 들어오는 그 많은 후원금도 개인적으로 착복하고 빼돌리는 데 여념이 없었습니다. J는 저에게 첫 남자였습니다. 하지만 그는 저를 실컷 농락하고 나서 버렸습니다. 만나주지도 않고 아기만 지우라고 강요하고 있습니다. J의 정체를 세상에 알리는 것이 저의 마지막 의무라고 생각해서 이렇게 편지를 보냅니다. _J 전 수행비서 검은 장미 최세희 올림.'

지금까지 민주화의 상징적 인물로 미화돼왔던 J는 최 씨의 자살을 계기로 재기가 불가능할 정도로 그의 정치 생명에 치명적인 상처를 입었으며, 그를 따르던 많은 사람들이 실망을 금치 못하고 있는 것으로 보아 이번 사건으로 40년에 걸친 그의 정치 생명도 끝날 것으로 보인다.

기사 옆에는 최세희와 J가 다정하게 팔짱을 끼고 있는 모습, 아 하고 벌리고 있는 J의 입에 세희가 음식을 넣어주는 모습, 의자에 앉아 있는 J의 뒤에 바싹 붙어 서서 그의 어깨를 주무르고 있는 세희의 모습 등을 찍은 사진이 큼직하게 실려 있었다.

한국 언론에는 최세희가 한밤중에 괴한들에게 납치되었다는 사실은 단 한 줄도 언급되지 않았다.

J는 도쿄에서 가진 기자회견에서 한국의 비밀기관이 자신을 제거하기 위해 최세희를 납치 살해했으며, 그녀가 남긴 유서는 강요에 의해 쓰인 날조된 유서로 그들이 그녀를 살해했다는 것을 방증하는 증거물이라고 말했다. 기자회견 내용은 곧바로 일본 언론에 보도되었지만, 한국 언론에는 단 한 줄도 언급되지 않았다.

모의

한 달쯤 지나 가까스로 충격에서 벗어난 문도는 상의할 것이 있다며 이중구를 불러냈다. 그들은 저녁 7시경에 만나 조그만 식당에서 라멘을 안주 삼아 사케를 마시면서 조심스럽게 이야기를 나누었다.

"M을 제거하고 싶어."

먼저 말문을 연 것은 문도였다. 뚱딴지같은 소리에 중구의 두 눈이 휘둥그레졌다. 그는 밑으로 쳐진 안경을 밀어올리고 문도를 가만히 응시했다.

"무슨 소리 하는 거야? 제거라니, 암살을 말하는 거야?"

"음, 그거……."

중구는 슬픈 표정을 지었다.

"그를 죽이고 싶어 하는 사람은 많아. 나부터도 그를 없애고 싶어. 하지만 거기까지야. 더 이상은 안 돼."

"왜 안 돼?"

중구는 잠자코 술잔을 내밀었다. 문도는 잔을 부딪친 다음 다시 물었다.

"왜 안 된다는 거야?"

중구는 핼쑥해진 문도의 얼굴을 가만히 쳐다보았다. 불과 한 달 사이에 그는 몰라보게 수척해져 있었고, 그 밝던 표정은 얼어붙은 듯 미소 하나 없이 굳어 있었다. 때때로 멍하니 허공을 쳐다보고 있기도 했고, 오른쪽 손을 떨고 있다가 깜짝 놀라 멈추기도 했다. 두 눈은 충혈되어 있었다.

"우선 그가 어디 있는지도 모르고, 안다고 해도 접근할 수가 없어. 놈도 자기 목을 노리는 사람들이 많다는 것을 알고 있을 것이고, 그래서 이만저만 경호가 삼엄하지 않을 거야. 그리고 그것도 그렇지만 과연 누가 자기 목을 내놓고 그런 어리석은 짓을 하겠어."

그 말이 끝나기 무섭게 문도는 엄지손가락으로 자신을 가리켰다.

"내가 하겠어."

그것은 흔들림 없는 단호한 목소리였다. 퀭한 두 눈동자에는 분노의 응어리가 서려 있는 듯했지만 이내 흐려져 버렸다. 중구는 머리를 흔들면서 웃다가 멈칫했다. 문도의 표정이 워낙 심각했기 때문에 웃고 있을 수가 없었던 것이다.

"혼자서 어떻게 하겠다는 거야?"

"그래서 널 부른 거야."

중구는 찬찬히 상대방의 표정을 살펴보았다. 그리고 그가 그런 말을 하는 것을 이해하고는 가슴이 저려왔다. 그는 사랑하는 여자를 잃었고, 더구나 그녀는 임신한 몸이었다. 그리고 그녀는 그냥 죽은 것이 아니었다. 아주 잔인한 방법으로 살해되었던 것이다. 그런 것을 겪고도 두 손 놓고 가만있는 것은 바보이거나 겁에 질린 비겁자나 할 짓이다. 문도가 오로지 복수만을 생각하는 것은 당연한 일이 아닌가.

"나보고 함께하자는 거야?"

"그래, 너야말로 가장 이상적이고 적합한 동지야."

"왜 그렇게 생각하지?"

중구는 그의 시선을 피하며 조심스럽게 주위를 살피다가 젓가락으로 라멘을 집어올려 입속에 넣고 우물거렸다.

"너의 집안은 M 때문에 파탄이 났고, 너의 부친은 옥살이까지 하셨어. 그리고 그 후유증으로 돌아가셨어. 충격을 받은 너는 한국이 싫어 일본에 도피하다시피 와 있고. 당연히 네 가슴속에는 그자에 대한 증오와 복수심이 도사리고 있다고 생각해."

"그건 너도 마찬가지잖아."

두 사람은 잔을 마주쳤다.

"나는 행동을 원해."

문도는 숨을 죽이고 속삭였다. 중구는 고개를 저었다.

"무슨 말인지 알겠는데 너무 막연하잖아."

"그러니까 뜻을 같이하는 사람끼리 모여서 그걸 상의하자는 거야."

그들은 잠시 라멘을 먹는 데 열중했다. 문도는 반쯤 먹고 나서 젓가락을 내려놓았다. 그리고 고개를 앞으로 숙이고 작은 소리로 속삭이듯 말했다.

"암살이라는 말을 내놓고 자주 쓸 수는 없어. 그걸 마음 놓고 사용하려면 암호로 사용하는 게 안전해. 암살이라는 말의 암暗자에 죽은 사람을 뜻하는 사자死者를 붙여서 암사자라고 하고 싶어."

"암사자? 그거 괜찮은데."

"거기에는 두 가지 의미가 있어. 암살을 의미하는 것과 암살 타깃을 가리키는 것. 그러니까 그 두 가지를 혼용해서 쓰는 거야. 그리고 그걸 위한 결사체 이름은 클럽 A. A는 암살이라는 영어 단어 Assassination의 머리글자라고 생각하면 돼. 클럽 A 하면 무슨 친목모임같이 들려서 의심 안 받을 거야."

"클럽 A라."

중얼거리고 나서 중구는 끄덕였다.

"간단해서 좋아."

문도는 신뢰감이 가는 눈으로 그를 지그시 쳐다보았다.

"내가 믿을 수 있는 사람은 너밖에 없어. 클럽 A에 가입하는 거지?"

"별수 없잖아."

"암사자의 성공을 위해!"

"클럽 A의 발전을 위해!"

그들은 잔을 부딪쳤다.

중구는 새삼스럽게 탁자 위에 놓여 있는 라멘 그릇과 술잔, 그리고 주위를 둘러보고 나서 심드렁하게 말했다.

"그런데 결성식치고는 너무 초라하잖아. 성대하게는 못 하더라도 괜찮은 장소에서 그럴듯하게 해야 하잖아."

"무슨 사업을 벌이는 것도 아니고, 요란스럽게 할 필요는 없지. 시간을 두고 소리 없이 동지를 규합하고 치밀하게 계획을 짜나가다 보면 회식 자리도 많아질 거야. 그때 가서 해도 늦지 않아."

"들어올 사람이 또 있어?"

"물색 중이야. 신중에 신중을 기해 골라야 하기 때문에 시간이 좀 걸릴 거야. 이건 굉장히 중요한 일이야."

"말해서 뭐해. 잘못 골랐다간 우리 모두가 위험에 빠지게 돼. 안전을 위해서는 회원수가 적을수록 좋아. 수가 많을수록 말썽이 생기니까."

"동감이야."

문도는 중구가 점점 적극적으로 나오는 것이 큰 위안이 되었다. 사실 암사자는 혼자서는 도저히 불가능한 일이었다.

"한데 목숨 내놓고 들어올 놈이 있을까?"

중구가 회의적인 표정으로 물었다.

"극히 드물지. 우린 피해자들이니까 금방 뜻이 맞고 위험을 감수할 각오가 돼 있지만 그렇지 않으면 선뜻 나서기가 쉽지 않을 거야. 하지만 전혀 없는 것은 아닐 거야. 신념을 위해 기꺼이 목숨을 바치는 사람도 있으니까. 그런 사람을 찾아야 해."

"동수는 어때?"

"그렇잖아도 생각했어. 하지만 선뜻 말을 꺼내기가 뭐해서 생각 중이야."

구동수는 J를 지지하는 모임인 우프의 중심 멤버로 그들과는 친숙하게 지내는 사이였다. 그들 셋은 어디를 가나 함께 다녔고, 군사정권 타도와 M을 증오하는 공통된 목표와 감정을 가지고 있었다. 하지만 그에게는 중구처럼 허물없이 대할 수 없는, 미묘한 간극 같은 것이 느껴졌다. 그래서 말을 꺼내지 못하고 있었던 것이다.

"말하기 곤란하면 내가 말해볼까? 내 생각에는 아마…… 결국 동조할 거야. 입이 무겁고 신중하기 때문에 금방 대답은 안 하겠지만 결국 우리한테 합류할 거야."

"그래 주면 고맙지. 그는 신념이 강한 녀석이니까."

"한번 마음을 먹으면 절대 포기하지 않고 끝까지 하는 친구지."

구동수는 자세한 것은 알 수 없지만 매우 가난한 집안 출신으로 아르바이트를 해가며 어렵게 유학 생활을 꾸려가고 있었다. 도쿄대에서 동양철학 박사 과정을 밟고 있는 그는 공부밖에 모르는 공붓벌레였고, 언행이 신중하고 과묵해서 쉽게 접근하기 불편한 데가 있었다.

5월 하순 문도는 클럽 A의 모임에서 암사자에 대한 구체적인 계획을 제시했다. 그것은 내년 3월에 미국을 방문하는 M의 동선을 파악하여 적당한 곳에서 그를 해치우는 계획이었다. 지금까지는 암사자에 관해 구체적인 계획도 없이 그 언저리만 맴도는 이야기들만 해오던 그들은 문도의 계획을 듣고는 아연 긴장하는 것 같았다.

그동안 회원은 네 명으로 불어나 있었다. 구동수 외에 마지막으로 가입한 사람은 신자혜라는 여자였다. 서른세 살인 그녀는 와세다대학에서 현대 일본문학을 전공하고 있는 한편으로 국내에서 소설도 발표하고 있는 작가였다. 뒤늦게 일본으로 유학 온 그녀는 쿠데타 발생 당시 쿠데타군에게 남편을 잃은, 불행한 전력이 있는 여자였다. 당시 그녀의 남편은 육군 대위로 국방부에 들이닥친 쿠데타군을 저지하다가 그 자리에서 사살당했다. 그때 그녀는 결혼한 지 5년째로 슬하에 세 살배기 딸이 하나 있었다. 군사정부에 대해 울분과 강한 적개심을 품고 있는 그녀를 클럽에 추천한 사람은 구동수였다. 그들은 같은 대학에 적을 두고 있었고, 그래서인지는 몰라도 자주 만나는 것 같았다. 그들 사이에는 연인 같은 분위기가 감돌고 있었지만 문도와 동수는 모른 체했다.

"내년 3월에 M이 미국을 방문하면 먼저 LA를 방문해서 교포들을 만날 거야. 호텔 연회장을 빌려서 연설을 하고 파티를 하겠지. 그때가 좋은 기회라고 생각해."

문도가 운을 떼자 잠시 무거운 긴장감이 흘렀다. 침묵을 깬 사람은 중구였다.

"대통령의 동선은 극비사항인데 어떻게 그걸 알았지? 정확한 거야?"

"자세한 것은 아직 모르고, 미국 방문할 때 첫 방문지가 LA라는 것만은 알아. 역대 대통령들이 다 그랬거든. 날짜와 장소, 시간은 아직 몰라. 정보는 확실해."

"정보 소스는?"

"청와대와 LA 두 군데서 알아낸 거야. 두 군데 모두 돈을 줘야 해. 맨입으로는 안 돼."

"비용은 걱정하지 말고 나한테 맡겨."

중구의 말에 문도는 안도하는 것 같았다.

"연회장에서 암사자를 해치울 건가요?"

신자혜가 볼펜을 만지작거리면서 가만히 물었다. 검은 뿔테 안경을 낀 그녀는 조그맣고 연약해 보였지만 집착력이 강하고 의외로 강단 있어 보였다.

"그럴 계획을 갖고 있는데, 일단 의견을 들어보고 나서 결정할 거예요. 나 혼자 독단적으로 결정할 수는 없으니까요."

"어떻게 해치운다는 거죠?"

"연회장에 폭탄을 장치해서 터뜨리는 겁니다. 멀리서 버튼을 누르면 터지는 폭탄입니다."

모두가 놀란 눈으로 그를 쳐다보았다.

"경호원들이 연회장을 철저히 체크할 텐데 그게 가능할까?"

동수가 고개를 갸우뚱하면서 물었다.

"체크를 해도 발각이 안 되게 해야지."

"어떻게?"

"방법이 있을 거야. 감지기에 탐지가 안 되게 하는 방법이."

"누가 폭탄을 설치하지?"

"전문가를 부를 수밖에 없어. 그러려면 돈이 필요해. 기술을 빌리고 입막음하는 데 적잖은 돈이 필요해."

"그런 데 드는 돈은 아무리 많아도 아깝지 않으니까 필요하면 이야기해."

"고마워. 그리고 한 사람도 빠짐없이 모두 LA로 가야 해. 미리 가서 본부를 차리고 작전을 짜야 해."

모두가 어리둥절한 표정으로 그를 쳐다보았다. 그는 계속 그들을 놀라게 하고 있었다.

"모두 미국에 가려면 경비가 상당히 들 거야. 괜찮겠어?"

문도는 조금 미안한 표정으로 중구를 쳐다보았다. 결국 클럽 A의 활동비는 모두 그에게 의존할 수밖에 없었다. 그러나 그는 조금도 개의치 않고 문도가 재정 지원을 요구할 때마다 두말하지 않고 들어주곤 했다.

"경비는 걱정하지 말고 떠나라구. 비행기 표, 호텔비, 현지 경비 등 필요한 것은 모두 내가 댈 테니까 아끼지 말고."

"미안한데. 하여간 고마워."

"고맙긴. 이런 일을 도울 수 있다는 게 더 고맙지. 난 지금 가장 가치 있는 일에 투자하는 거야. 선친도 내가 암사자 사냥에 유산을 사용하는 걸 매우 기뻐하실 거야."

"LA에 가서 제일 먼저 해야 할 일은 연회 장소와 날짜, 그리고 시간을 알아내는 거야. 그걸 위해서는 교포 모임을 책임지고 있는 회장에게 접근해야 해. 교포를 동원하려면 어차피 회장한테 부탁해야 하니까 청와대에서 그쪽으로 연락이 갈 거란 말이야. 그리고 M의 일정을 알려줄 게 틀림없어. 연회 장소를 알게 되면 거기 책임자도 구워삶을 필요가 있어. 연회 총책임자는 장소를 준비하고 시간에 맞춰 음식을 내와야 하기 때문에 스케줄을 자세히 알고 있어야 할 거야. 당연히 청와대 쪽과 사전에 연락이 오갈 거야."

"어느 호텔에서 열리는지 알고 나서 연회 담당자에게 접근하면 되겠군요. 그쪽은 제가 한번 시도해볼게요."

자혜가 자진해서 맡고 나서자 모두가 자신감이 붙는지 조금 들뜬 기분이 되는 것 같았다.

"자혜 씨가 나서주면 잘될 거예요."

"그런데 난 폭탄 설치하는 게 걱정이 돼."

동수가 걱정스러운 듯 말했다.

"맞아. 그게 문제야."

중구도 같은 생각이라는 듯 고개를 끄덕였다.

문도는 심각한 표정으로 생각해보고 나서 입을 열었다.

"여러 가지 상황과 문제점을 생각해보고 있어. 원격 폭탄을 발각되지 않게 설치해서 성공적으로 터뜨릴 수 있는 전문가, 즉 청부살인업자를 찾아야 하는데 그게 그렇게 쉬운 일이 아니야. 돈도 많이 들고, 성공 가능성이 얼마나 있는지 아직까지는 오리무 중이야. 하지만 미국에는 살인청부업자들이 많으니까 줄을 대면 만나볼 수 있을 거야. 중요한 것은 돈인데, 돈만 많이 주면 그런 일 하겠다는 사람들 줄을 설 거야."

"살인청부업자한테 어떻게 줄을 댄다는 거야?"

동수가 아무래도 믿기지가 않는다는 듯 물었다.

"업자를 구하는 것도 쉬운 일이 아니지만 더 큰 문제는 폭탄이 터졌을 때 사상자가 암사자 한 명에 그치지 않는다는 거야. 많은 사람들이 피해를 입을 건데 그게 걱정이야."

"그럼 안 되지. 그건 빈대를 잡으려다 초가삼간을 태우는 격이지. 아무 죄 없는 사람들을 희생시킬 수는 없지. 그렇게까지 할 필요는 없잖아."

모두가 고개를 내저었다. 문도는 또 다른 카드를 꺼냈다.

"그게 곤란하면 암사자를 총으로 직접 저격하는 수밖에 없어. 그게 가장 확실한 방법이야."

침묵이 흐른 후 과연 누가, 어떻게 그것을 실행하느냐 하는 질문들이 쏟아져 나왔다. 그런 질문을 쏟아내면서 그들은 암사자 사냥이 얼마나 엄청나고 힘든 일인가를 다시 한 번 절감했다. 그러나 거기까지였다. 그만두자고 말하는 사람은 아무도 없었고, 그들은 계속 거기에 대해 토의하면서 계획을 하나하나 짜나갔다. 계획의 주도권은 여전히 문도에게 있었고, 나머지 세 사람은 그의 의견을 별 이의 없이 따랐다.

"LA행은 예정대로 하는 거고, 장소와 날짜, 시간을 알아내는 것도 그대로야. 변한 것은 사냥 방법이야. 연회장 안에서 그를 저격하는 것은 일단 불가능하다고 보고, 그가 밖에 노출됐을 때를 노릴 수밖에 없는데 호텔에 도착해서 차에서 내릴 때, 아니면 연회를 끝내고 차를 타기 위해 밖으로 나올 때, 이렇게 두 번쯤 기회가 있을 거라고 봐. 일단 연회 장소를 알아내야 해. 장소에 따라 변수가 많기 때문에 장소를 모르고서는 구체적인 계획을 세울 수가 없어. 장소와 시간을 알게 되면 현장 답사를 통해 하나하나 계획을 세워야 해."

"전문가한테 맡기지 않고 직접 할 셈이야? 킬러한테 맡기면 그자가 세부 계획을 짤 거 아니야?"

중구가 두 눈을 동그랗게 뜨고 말했다.

"물론 전문가한테 맡길 거야. 그 방면 전문가들은 많으니까 돈만 주면 최고의 총잡이를 구할 수 있을 거야. 하지만 나는 나대로 따로 준비할 거야."

모두가 어리둥절해서 그를 쳐다보았다.

"그게 무슨 말이야?"

"그러니까 나는 나대로 암사자를 사냥하겠다는 거야. 킬러한테만 맡기지 않고 나도 방아쇠를 당기겠다는 거야. 솔직히 말하면 내 손으로 암사자를 사살하고 싶어."

굳은 표정으로 말하는 문도를 보고 그들은 당황했다.

"그렇게 되면 저격자가 두 명이 되잖아?"

동수가 고개를 갸우뚱하고 물었다.

"그렇지. 두 명이 되는 거지."

"그러다가 실수하면 어떡하려고 그래? 전문가 모셔놓고 다 된 밥에 재 뿌리는 거 아니야?"

따지듯 묻는 중구를 보고 문도는 무겁게 고개를 저었다.

"절대 방해가 되지 않게 할 거야. 청부업자는 내 존재 자체를 모르게 할 거야. 누가 먼저 암사자를 쓰러뜨리든 그건 문제 될 게 없다고 봐."

"네 총이 빗나가서 암사자가 죽지 않고 다치기만 하면 전문가는 손도 쓰지 못하고 포기해야 해. 그렇게 되면 모든 게 도로아미타불이야."

"실수하지 않도록 만반의 준비를 할 거야. 날 믿어줘. 암사자는 두 명의 저격수한테 노출되기 때문에 위험 부담이 더 커지는 장점이 있어. 누구 총이든 놈의 이마를 정통으로 꿰뚫어야 해."

"그건 좋아요. 그런데 전문가 사격 솜씨하고 문도 씨 솜씨가 워낙 차이가 많이 날 텐데 그래도 할 건가요? 총은 잡아봤나요? 도대체 사격 솜씨가 있기는 하나요? 전 그것부터 확인하고 싶어요. 총도 안 잡아본 사격 미숙아라면 절대 내보내서는 안 돼요."

자혜의 단호한 말에 중구와 동수는 전적으로 동의한다는 듯 고개를 크게 끄덕였다. 그러나 문도는 별로 당황해하는 것 같지 않고 차분한 목소리로 입을 열었다.

"이럴 줄 알고 이걸 가져왔어."

그가 꺼내놓은 것은 손바닥 크기의 컬러사진 한 장이었다. 그것은 시상식 현장을 찍은 사진으로 그는 운동복 차림으로 다른 두 명의 선수들 사이에서, 그들보다 높은 단상에 서서 환하게 웃고 있었다. 그의 목에는 메달이 걸려 있었고 운동복 상의 왼쪽 가슴에는 '육군'이라는 글자가 뚜렷하게 새겨져 있었다.

"이건 내가 군에 근무할 때 국가대표 사격 선수 선발전에 육군 대표로 나가 메달을 받았을 때 찍은 사진이야."

"야아, 그럼 사격 국가대표란 말이야?"

모두가 놀란 눈으로 그를 쳐다보았다. 문도는 아무렇지도 않은 듯 가볍게 끄덕였다.

"올림픽 국가대표였나요?"

자혜가 숨을 멈추고 물었다.

"네, 하지만 올림픽에는 참가하지 못했어요. 올림픽을 앞두고 재수 없게 교통사고를 당하는 바람에 참석할 수가 없었죠."

여름 휴가철을 맞아 귀국한 문도는 고양에 있는 작업실로 내려가 이틀에 걸쳐 철로 두상을 하나 만들었다. 거칠게 가스불로 녹이고 망치로 두드려 대충 만든 두상은 가까이서 볼 때는 누구인지 잘 알 수 없지만 좀 멀리 떨어져서 보면 그것은 M의 얼굴과 많이 닮아 있었다.

그는 그것을 높은 받침대 위에 올려놓고 그때부터 사격 연습에 들어갔다. 그가 사용한 총은 뉴베레타 반자동 라이플로 매우 비싼 엽총이었다. 총신에는 은으로 된 판이 부착되어 있었는데,

거기에는 정교하게 사냥 장면이 새겨져 있었다. 그것은 사냥광인 외삼촌 요시다가 한국에 사냥하러 왔다가 한국인 사냥꾼한테서 구입한 것이었다. 그가 집 한 채 값이라고 하면서 잘 보관하라고 신신당부하면서 두고 간 것이었다.

문도는 그것으로 심심할 때마다 사격 연습을 했는데, 이제는 M이라는 타깃을 두고 연습했기 때문에 신중을 기해 한 발 한 발 쏘았다. 그리고 며칠 지나서는 방학을 맞아 귀국한 클럽 A 회원들을 작업실로 초대해서 사격 시범을 보여주었다. 그가 한 발 한 발 정조준해서 쏠 때마다 M의 얼굴에서는 불꽃이 튀었고, 그때마다 회원들은 박수를 쳤다.

"여긴 실내라 거리가 너무 가까워. 밖에 나가서 멀리 놔두고 쏴 볼 거야. 한데 총소리가 멀리 퍼져나갈까 봐 좀 걱정이 돼."

M의 얼굴은 곰보가 되어 있었다. 자혜는 말없이 그 얼굴을 쓰다듬으면서 뭔가 골똘히 생각하는 것 같았다.

그들은 종로에 있는 백화다방에서 자주 만났다. 문도는 교외선 기차를 타고 신촌까지 와서 버스로 갈아타고 시내로 가곤 했다.

백화다방에는 은혜라고 하는 촌뜨기 처녀가 레지로 일하고 있었다. 전남 순천인가 순창인가 하는 데서 고등학교를 졸업하고 올라온 열아홉 살의 그녀는 복스러운 얼굴에 아직 도시 때가 묻지 않은 순박한 모습이었는데, 그것이 문도의 마음에 들었다. 차츰 친숙해진 그들은 손님이 없을 때면 이런저런 얘기도 나누곤 했는데 그녀가 문학소녀인 것을 안 그는 그녀에게 자주 책을 사서 선물로 주곤 했다. 그는 모임이 없을 때에도 혼자서 그녀를 보기 위해 백화에 놀러 가곤 했다. 혼자 앉아서 책을 읽거나 스케치를 하고 있으면 그녀가 지나가면서 관심 있게 들여다보곤 했는데, 그는 그런 시간이 즐거웠다. 그러다가 손님들이 빠져나가고 좀 한산해지면 그는 지나치는 그녀의 손을 잡아끌어 그녀를 자리에 앉히곤 했다. 다리 아플 텐데 좀 쉬어. 그 말이 큰 위안이 되는지 그녀는 행복한 얼굴로 미소를 짓곤 했다.

그녀는 대학에 진학하고 싶어 했다. 형편이 닿는 대로 야간대학 국문과에라도 들어가고 싶어 했다. 그러기 위해서는 다방 레지를 그만두고 야간 근무가 없는 다른 직장을 구해야 했다. 그는 생각 끝에 자기 조수가 되어줄 생각이 없느냐고 물었다. 전부터 교외 작업장에서 작업할 때 옆에서 도와주는 사람이 한 명 있었으면 좋겠다고 생각했지만 일본을 오가다 보니 차일피일 미뤄왔던 것이다. 마침 그녀가 그의 작품을 보고 싶어 했기 때문에 작업실도 보여줄 겸 그녀가 쉬는 날 신촌역에서 만나 그녀를 데리고 작업실로 갔다.

"내 작업을 도와주면 시간 여유가 많을 거야. 규칙적으로 일을 하는 게 아니니까 작업을 안 할 때는 며칠이라도 쉬거든. 그러니까 은혜가 마음만 먹으면 얼마든지 입시 공부를 할 수 있어. 월급도 다방에서 받는 것보다는 많을 거야."

"고맙습니다."

그녀는 두 뺨을 빨갛게 물들이면서 감동 어린 눈으로 그를 쳐다보다가 작품 쪽으로 시선을 돌렸다. 괴상하게 생긴 철제 조각 작품들이 신기한지 그녀는 요리조리 살펴보면서 큰 관심을 보였다.

"언제 시간 나면 모델이 되어줘."

"절 모델로 쓰시려구요?"

"보따리를 품에 안은 촌뜨기 시골 소녀상을 하나 만들 거야. 서울에 올라와서 어리둥절해하는 소녀상 말이야."

그녀는 또 얼굴을 붉히면서 고개를 숙였다.

"언제부터 일할 수 있을까요?"

"내가 일본에 다녀오면 그때부터 일하도록 하지. 두 달쯤 지나서."

"갑자기 그만둔다고 하면 언니가 안 놔줄 거예요."

그날 은혜는 집에 돌아가지 않고 작업실에서 문도와 함께 보냈다. 그녀는 마음을 정한 듯 별로 저항하지 않고 그에게 처녀를 바쳤다. 그는 사회적 약자인 촌뜨기 처녀를 손쉽게 범한 데 대해 양심의 가책을 느꼈지만, 그녀를 끝까지 책임질 생각이었기 때문에 열정적으로 그녀를 사랑해주었다.

은혜는 일주일에 한 번씩은 그의 작업실에서 자고 갔고, 그는 서울에 갈 때면 달동네에 있는 그녀의 단칸 셋방을 찾아가곤 했다. 은혜가 가장 감동한 것은 문도가 서울 북촌에 있는 자기 집에 데리고 가 집을 지키고 있는 먼 친척뻘 되는 할머니에게 그녀를 장차 결혼할 아가씨라고 뻔뻔스럽게 소개했을 때였다.

배신

9월 초 어느 비 오는 날 오후, 구동수는 신자혜한테 심한 모욕을 당하고 나서 울분을 못 이겨 비를 맞으며 발길 닿는 대로 걸어갔다.

그보다 세 살이 적은 자혜는 와세다대 동문으로 유학생 모임에서 만나 가까이 지내왔지만, 두 사람이 보다 은밀한 관계로 발전한 것은 클럽 A에 들어와서부터였다. 동지적 관계는 만나는 횟수가 잦아지면서 연애 감정을 동반하게 되었고, 결국 그들은 두 번 정도 깊은 관계까지 갖게 되었다. 그녀는 결혼한 전력이 있는 데다 딸까지 하나 두고 있었기 때문에 그것이 항상 약점으로 작용했다. 동수는 그런 약점을 파고들어 그녀를 손쉽게 침대로 끌어들였고, 그런 뒤에는 손쉬운 여자라는 생각에 그녀를 존중하고 배려하는 태도가 사라지고 건방지고 거칠어지기 시작했다.

그들은 가난한 연인이었다. 두 사람 다 가난했기 때문에 커피 한 잔 마음 놓고 마실 처지가 못 되었고, 그렇다 보니 번듯한 레스토랑에서 식사 한번 제대로 할 수 없었다. 그 흔한 술집에서 푸짐하게 안주를 시켜놓고 앉아 따끈한 사케 한 잔 마신 적이 없었다. 그나마 데이트를 할 때는 자잘한 찻값이며 밥값은 여자 쪽에서 주로 계산했고, 그는 어쩌다가 한 번쯤 라멘값이나 치르는 것이 고작이었다. 그런데도 그는 그런 것에 익숙한 듯, 또는 당연한 듯 겸연쩍어하거나 미안해하는 기색이 별로 없었다. 주머니 사정 때문에 그들은 멀리 여행 한번 하지 못했고, 그렇다 보니 돈이 안 드는 공원 같은 데서 시간을 많이 보냈다.

자혜한테 변화가 생긴 것은 두 사람의 연애 감정이 시들해지고 만나는 것 자체가 지겨워지기 시작할 무렵이었다. 그녀가 중구와 주고받는 대화와 미소에서 뭔가 미묘한 느낌을 감지한 동수는 신경이 곤두서기 시작했는데, 우연히 두 사람이 카페 창가에 앉아 와인을 마시는 장면을 목격하게 되면서 그의 의구심은 사실로 굳어졌다. 그는 어두운 골목 모퉁이에 숨어서 두 사람의 모습을 한동안 지켜보았는데 자혜는 더없이 행복한 얼굴로 끊임없이 웃고 있었다. 저 여자한테 언제 저런 모습이 있었지, 하고 생각할 정도로 그녀는 전혀 다른 모습을 보여주고 있었다. 고급 카페에서 그녀와 와인 한 잔 해본 적이 없는 그는 수치심으로 얼굴이 화끈거렸고, 이윽고 그것은 질투심이 되어 마치 흉기로 가슴을 마구 찔러대는 것처럼 속에서 비명을 질러대기 시작했다. 자존심에 심한 상처를 입은 그는 분노와 질투로 비틀거리면서 그 자리를 떠났다.

"결국 돈 많은 놈한테 알랑거리는구나. 내 그럴 줄 알았어. 더러운 년 같으니!"

씹어뱉듯이 중얼거리면서 그는 길가에다 가래침을 뱉었다. 씹어

뱉은 그 말이 자혜에 대한 그의 최종적인 평가이자 판단이었다.

그녀에 대한 배신감은 그녀 한 사람에 국한되지 않고 잠시 후에는 이중구까지 싸잡아 도마 위에 올라왔다. 망할 자식, 돈 좀 있다고 남의 여자를 넘봐? 개 같은 자식. 어디 두고 보자. 그는 그대로 당할 수만은 없다고 생각했다. 뭔가 조치를 취하지 않고는 다리를 뻗고 잘 수가 없을 것 같았다. 무엇보다도 자존심이 상해 견딜 수가 없었다. 하지만 그는 중구에게만은 큰소리를 칠 수 없는 입장이었다. 그는 수시로 그에게 돈을 빌리곤 했는데, 그때마다 중구는 안색 하나 변하지 않고 달라는 대로 빌려주었고, 그렇다고 갚으라고 독촉한 적도 없었다. 지금까지 빌린 돈을 모두 합하면 꽤 많았기 때문에 이제는 더 이상 빌려달라는 말도 할 수 없었다.

다음 날 당장 만나 따지고 싶었지만 그녀는 약속이 있다, 바쁘다는 핑계로 그를 슬슬 피하더니 닷새나 지나서야 시간을 내 나왔다. 그는 다짜고짜 그녀의 손을 움켜잡고 여관으로 끌고 갔다. 일단 성적으로 짓이기고 나서 캐물을 작정이었다. 하지만 그녀는 몇 걸음 끌려가다가 멈춰 서서는 더 이상 가려고 하지 않고 어디 가는 거냐고 물었다. 여관에 간다고 하자 그녀는 완강히 머리를 흔들었다.

"싫어요!"

"왜 그래? 새삼스럽게 왜 그래?"

"싫어요. 앞으로는 그런 데 안 갈 거예요."

"그럼 고급 호텔로 갈까요?"

"왜 이래요? 안 간다는데……."

"중구처럼 나도 고급 호텔 갈 수 있어요. 사람 무시하지 말아요."

"뭐라구요?"

그녀는 그를 노려보더니 갑자기 따귀를 올려붙였다.

"야비한 자식! 이걸로 끝이야!"

그는 얻어맞은 뺨을 한 손으로 비비면서 실실 웃었다.

길 가던 사람들이 그들이 다투는 것을 힐끗거리며 지나갔지만 그는 상관하지 않고 하고 싶은 말들을 내뱉었다.

"적반하장이라고, 화를 내야 할 사람은 나야. 뻔뻔스러운 것 같으니!"

"중구 씨가 뭘 어쨌는데 그 사람을 들먹거려요?"

"둘이서 카페에 앉아 히히덕거리는 거 차마 눈 뜨고 못 보겠더군. 와인잔을 들고 너무나 행복해하는 그 모습 보고 눈물이 다 나올 지경이었어요."

"유치 졸렬해요. 식사 한 번 한 걸 가지고 그러다니, 키스라도 했으면 날 죽이겠네요."

"중구 앞에서 행복해하던 그 표정, 나하고 데이트할 때는 그런 표정을 본 적 없었어. 처음 봤을 때 난 다른 여자인 줄 알았어."

"그야 상대가 다르니까요."

"나하고 있을 때는 행복하지 않았다는 건가?"

"솔직히 말하면 그저 그랬어요. 별로였어요."

"내가 돈이 있어서 고급 카페에도 데려가고, 맛있는 요리도 사주고, 비싼 선물도 사주고 그랬으면 행복했겠지. 결국 가난뱅이하고의 데이트는 별로였다는 거지?"

"더 이상 이야기하고 싶지 않아요."

그녀는 홱 돌아서서 걸어갔다. 그는 다급하게 뒤쫓아 가 그녀의 팔을 움켜잡았다.

"돈이 그렇게 좋아?"

"오해하지 말아요!"

"여자가 돈을 쫓으면 창녀나 다름없다는 거 몰라?"

그들은 마주 서서 서로를 노려보았다.

"정말 형편없는 사내군요."

"난 그렇다치고 당신이야말로 정말 분수를 모르는 여자야. 총각이 청상과부 불쌍해서 거둬줬더니 은혜도 모르고 기어오르지를 않나……."

그의 말이 끝나기도 전에 그녀는 다시 그의 뺨을 후려쳤다. 그러나 그전에 그의 손이 먼저 그녀의 손목을 잡아 비틀었다. 사정없이 비트는 바람에 그녀의 얼굴은 고통으로 일그러졌고, 두 눈에서는 눈물이 흘러내렸다. 그녀가 소리를 지르며 격하게 반항하자 그는 손목을 놓아주었고, 그녀는 그를 노려보면서 저주의 말을 쏟아냈다.

"청상과부한테 은혜를 베풀었다고 생각하는 그런 저열한 인격을 가지고 무슨 민주화 운동을 한다는 거야? 흥, 그래서 내 앞에서 거만을 떨고 그랬군. 내가 창녀처럼 돈을 쫓는다고? 그래요. 난 돈이 좋아요! 당신 같은 더럽고 야비한 인간보다는 돈이 더 좋아요. 왜 그런지 알아요? 돈에서는 당신처럼 썩은 냄새가 나지 않거든요."

그녀는 홱 돌아서서 마구 뛰어갔다. 그는 더 이상 그녀를 붙잡지 않았다. 그 대신 그녀의 뒤에다 대고 소리를 질렀다.

"난 클럽에 안 나갈 거야! 너하고 중구 보기 싫어서 안 나갈 거야! 이걸로 끝이야!"

마침 늙고 병든 길고양이 한 마리가 지나가는 것을 보고 그는 재빨리 다가가 놈을 힘껏 걷어찼다. 고양이는 벽에 세게 부딪힌 다음 땅바닥에 철썩 떨어졌다.

"암사자 좋아하네."

빈정거리면서 그는 정말 모든 것이 끝났다고 생각했다. 이제는 더 이상 머뭇거리지 말고 끝내버려야겠다고 생각했다.

비를 맞으며 걸어가던 그의 눈에 벽보 하나가 눈에 들어왔다. 그것은 간첩 신고에 천만 원을 포상금으로 지불한다는 벽보였다. 전에는 그런 것을 보고도 못 본 체하고 지나갔지만 지금은 달랐다. 그는 그것을 유심히 눈여겨보면서 천만 원이라는 돈에 대해 그림을 그려보았다. 천만 원이면 번듯한 아파트를 한 채 살 수 있는 돈이었다. 그의 입장에서는 도저히 만져볼 수 없는 큰돈이었다.

그는 가난이 이제는 지긋지긋했다. 그와 함께 가진 자에 대한 증오심이 컸다. 그가 J의 민주화 투쟁에 참여하게 된 것은 어쩌면 가진 자에 대한 본능적인 증오심이 계기가 되었는지도 몰랐다. 그는 홀어머니 밑에서 육 남매의 셋째로 자랐는데, 남의 논이나 부쳐 먹던 아버지가 자식들을 그렇게 주렁주렁 낳고는 알 수 없는 속병으로 일찍 세상을 떠나자 집안 형편이 그야말로 입에 풀칠하기도 어려울 정도가 되었다. 설상가상으로 어머니마저 열세 살 때 세상을 떠나자 육 남매는 자기 갈 길이라도 있는 듯 하나둘씩 흩어지고 말았다.

수재 소리를 들으며 자란 그는 마을에 새로 들어선 교회의 목사 눈에 들어 고등학교를 졸업할 때까지 교회의 잡일을 돌보며 밥을 얻어먹었다. 그가 고향을 벗어난 것은 고등학교를 졸업하고 나서였다. 그는 무작정 서울로 올라가 닥치는 대로 아르바이트를 하면서 대학에 다녔는데 전공으로 택한 것이 일본어였다. 고교 때 담임교사가 앞으로 일본이 세계 경제를 주름잡을 거라고 하면서 일본어를 전공하면 앞으로 유리한 고지를 선점하게 될 거라고 적극 권했기 때문이었다. 고학으로 어렵사리 대학을 마친 그는 욕심이 생겨 내친김에 일본 유학을 떠났다. 와세다대학에 들어간 그는 학부 3학년부터 다시 공부를 시작했는데, 전공을 바꿔 일본 현대사를 공부했다. 1차 대전을 시작으로 그야말로 욱일승천의 기세로 세력을 확대하면서 아시아를 유린하고 마침내 태평양전쟁을 일으킨 일본은 인류 역사상 맨 처음으로 원자폭탄이, 그것도 연달아 두 곳에 투하됨으로써 참담한 패배를 겪게 되는

데, 그와 같은 부침의 격동 속에서 다시 일어선 일본의 모습이 그의 흥미를 끌었다. 박사 학위를 받고 나면 그는 귀국해서 대학 강단에 설 계획이었다. 이미 서울과 지방 대학에서 그에게 교수 자리를 주겠다고 제의해왔기 때문에 그는 학위 논문이 통과되기만을 기다리고 있었다. 하지만 심사가 까다로워 번번이 퇴짜를 맞았다. 그는 초조해지고, 곤궁한 생활에 시달린 나머지 다 포기하고 돌아갈까 생각했지만 그럴 수는 없었다.

동수는 공중전화 부스 앞에서 잠시 머뭇거렸다. 전화를 걸어볼까 말까 망설이고 있는데, 중년 사내가 부스 안으로 들어가 전화를 걸기 시작했다. 그는 다시 걸어가다가 비도 피할 겸 생각을 좀 정리해보기 위해 다방 안으로 들어갔다.

자혜에게 당한 모욕이 되살아나 그는 커피를 마시는 둥 마는 둥 안절부절못하다가 갑자기 결심한 듯 벌떡 일어나 공중전화가 놓여 있는 곳으로 걸어갔다. 아직 전화를 걸지도 않았는데 가슴이 두근거리고 있었다. 수첩을 꺼내 전화번호를 찾아 눈여겨본 다음 동전을 집어넣고 다이얼을 돌리자 여자 목소리가 들려왔다.

"네, 삼진해운입니다."

해운이라는 말에 그는 잘못 걸었나 하고 생각하면서 조심스럽게 물어보았다.

"혹시 거기…… 송대수 씨라고 계십니까?"

"어디신가요?"

"친구입니다."

"성함을 좀 말씀해주시겠습니까?"

"구동수라고 합니다."

"잠깐 기다려주십시오."

잠시 후 사내 목소리가 들려왔다.

"여보세요."

"아, 나 동수야."

"야, 오랜만이다. 어쩐 일이야? 네가 전화를 다 걸고. 이거 국제 전화야?"

"아니야. 방학이라 서울에 와 있어. 저녁때 시간 좀 있어?"

"마침 퇴근하려던 참인데 잘됐어. 한잔하자."

목소리도 매끄럽고 외모도 매끄럽게 생긴 송대수는 비밀기관인 Z에 근무하고 있었다. 그들은 대학 동기로 비교적 가깝게 지낸 사이였다. 그들이 가까운 사이가 된 것은 두 사람 다 찢어지게 가난한 집안 출신이었기 때문에 동병상련이랄까 그런 감정이 작용했기 때문이었다. 대학 졸업 후에는 서로 다른 길을 갔기 때문에 한동안 만나지 못했는데, 그는 속으로 Z에 들어간 대수를 경멸하고 있었다.

송대수가 갑자기 도쿄에 나타난 것은 일 년쯤 전이었다. 저녁때 단둘이 만나 식사를 하면서 이런저런 이야기를 나누었는데, 식사가 거의 끝나갈 무렵 대수가 그에게 J에 관한 정보를 좀 줄 수 없느냐고 물었다. 대수는 이미 동수가 J의 열성 팬으로 우프 회원인 것까지 알고 있었다. 그가 제안한 것은 J에 관한 정보를 정기적으로 제공해주면 유학 생활을 편하게 할 수 있게 상당한 돈을 주겠다는 것이었다. 그는 J 담당으로 비밀리에 파견되어왔는데 J에 관한 구체적인 정보를 얻지 못해 상사한테 매일 야단을 맞고 있다고 하면서 그에게 좀 도와달라고 애걸하기까지 했다. 동수는 양심상 프락치 활동은 할 수 없다고 딱 잘라 말했지만 대수는 그 뒤에도 종종 전화를 걸어오곤 했다. 몇 달이 지나자 서울로 돌아가게 됐다고 하면서 자기는 다른 부서에서 일하고 있다고 했다. 그러면서 서울에 오거든 연락하라며 전화번호를 알려주고 갔다.

대수는 동수의 초췌하고 불안해하는 모습을 지켜보면서 그가 마음을 바꿨음을 알고 느긋하게 상대가 핵심을 이야기하길 기다리고 있었다. 그들은 카페에 앉아 맥주를 곁들여 저녁식사를 하고 있었는데, 동수는 식사를 다 끝낼 때까지 겉도는 이야기만 하고 있었다.

"학위 받는 대로 국내 대학에서 강의할 거야. 두 군데서 교수직을 제의해왔어. 현재 한국에는 일본 현대사에 대한 전문가가 별로 없어. 일본에 대해서 많이 아는 것 같지만 사실은 수박 겉핥기식 수준에 불과해."

동수는 감색 정장 차림에 혈색이 좋고 머리에 기름까지 발라 매끈한 모습으로 앉아 있는 대학 동기를 바로 보지 못하고 딴 데로 자꾸 시선을 돌리면서 말했다. 짜식, 대학 다닐 때는 잘 먹지를 못해 비리비리했는데, Z에서 일하니까 속이 편한 모양이구나.

"대학 교수가 되면 이제 고생 끝나고 출세하는 거 아니야?"

"출세는 무슨. 밥은 먹고 살 거니까 생활은 안정되겠지."

동수는 제법 겸손을 보이며 말했다.

"그런데 말이야. 너 대학에 가는 게 마음먹은 대로 쉽지 않을 거야."

대수는 맥주잔을 들어 입으로 가져갔다. 동수는 그를 힐끗 쳐다보았다.

"두 군데서 오라고 했어. 지원서만 내면 되게 돼 있어."

"내 말 못 알아듣는군."

대수는 잔을 내려놓고 나서 포크로 스테이크 조각을 찍었다.

"넌 요주의 인물로 찍혀 있어. 그래서 네가 대학에 들어가는 걸 가만두고 보지 않을 거야. 센터에서 대학에 전화 한 통만 걸면 대학은 두말하지 않고 널 받지 않겠다고 약속할 거야. 전국 대학치고 센터 지시를 어기는 곳은 단 한 군데도 없어. 그랬다가는 대학이 문을 닫아야 하니까."

그는 Z를 센터라고 불렀다. 동수는 표정이 굳어졌다. 그의 말을 어디까지 믿어야 할지 알 수 없었지만 무소불위로 권력을 휘두르고 있는 Z를 생각하면 그럴 수도 있겠다는 생각이 들었다.

"그 정도로 내가 요주의 인물인가?"

그는 대수의 눈치를 보면서 물었다.

"찍혔다니까. 블랙리스트에 네 이름이 올라 있단 말이야."

대수는 손가락으로 그를 가리키며 힘주어 말했다.

"친구 좋다는 게 뭐야. 좀 봐줘. 거기 있으면 봐줄 수 있잖아."

그는 은근히 걱정이 되어 말했다. 대수는 어림없다는 듯 고개를 흔들었다.

"그건 내가 손댈 수 없어. 윗선에 블랙리스트가 올라가 있기 때문에 어쩔 수가 없어. 하지만 방법이 없는 건 아니야."

"그 방법이란 게 뭔데?"

동수는 들고 있던 잔을 내려놓으며 긴장해서 물었다. 대수는 꼬고 있던 다리를 흔들었다.

"센터에 협조하는 거야. 협조하면 리스트에서 삭제되지."

"Z의 스파이가 되라는 건가?"

"이봐. 어차피 세상은 먹고 먹히면서 돌아가는 거야. 머리를 잘 굴리면 오래오래 살아남아 잘살게 되는 거고 그렇지 못하면 고생길에 들어가 단명하기 마련이야. 잘 생각해서 처신해. 널 위해서 하는 말이야. 그건 그렇고 나한테 할 이야기가 있는 것 같은데 뭐 할 말 없어?"

그는 가볼 데가 있는 듯 손목시계를 들여다보았다. 초조해진 동수는 마침내 그때까지 속에서 뭉기적거리고 있던 말을 꺼냈다.

"뭐 하나 물어볼 게 있는데…… 오다가 벽보를 보니까 간첩을 신고하면 포상금으로 천만 원 준다고 했는데…… 그거 정말 주는 거야?"

대수의 가는 두 눈이 순간 번쩍하고 빛나는 것 같았다.

"정말이고말고. 간첩 신고는 무조건 천만 원이야. 포상금 욕심 나나? 그럼 우물쭈물하지 말고 당장 신고해. 나한테 신고해. 천만 원이면 아파트가 한 채야. 말해봐."

동수는 머뭇거렸다. 맥주잔을 만지작거리다가 어렵게 입을 열었다.

"신고를 하면 신원은 보장되나? 절대 비밀로 할 수 있어?"

"신원은 절대 노출되지 않아. 죽을 때까지 비밀에 부쳐. 그건 안심해도 좋아."

"저기, 간첩 신고가 아니라도 포상금을 주나?"

"사안에 따라 다르지. 간첩 신고보다 더 줄 수도 있고. 그런데 간첩인지 아닌지 그런 건 신경 쓸 필요 없어. 우리가 간첩이라고 하면 간첩인 거야. 간첩이 아니라도 우리가 간첩이라고 하면 간첩이 되는 거야. 말해봐. 뭔데 그래?"

대수는 똑바로 그를 노려보았고, 동수는 이마에 번진 땀을 손등으로 닦으면서 한숨을 내쉬었다. 대수는 다시 손목시계를 들여다보았다.

"나 약속이 있어서 가봐야 하거든. 아직 5분 정도는 시간이 있으니까 말해봐. 뭔데 그래?"

동수는 주위를 둘러보고 나서 의자를 앞으로 바싹 당긴 다음 기어드는 목소리로 말했다.

"대통령 암살 건이야."

"뭐? 다시 한 번 말해봐!"

대수는 잘못 들은 것 같아 자기 귀를 의심하면서 숨을 죽이고 상대방을 노려보았다. 동수의 얼굴은 핏기 하나 없이 굳어 있었다.

"대통령 암살 음모 건이야. 몇 명이 그걸 준비하고 있어."

대수는 끙 하면서 자세를 고쳐 앉았다.

"그거 정말이야?"

"정말이야. 바로 내가 그 멤버 중 한 명이니까."

대수는 주먹으로 동수의 어깨를 탁 쳤다. 아주 큰 건수를 잡았다는 표시였다. 그는 손을 내밀어 동수의 손을 꽉 잡고 흔들었다.

"정말이지?"

"내가 지금 거짓말하는 줄 알아?"

"사실이면 그건 어마어마한 사건이야! 잘 생각해서 말해. 증거 있어?"

"증거는 얼마든지 있어."

"증언할 수 있어?"

"할 수 있어."

동수의 표정이 미묘하게 떨리고 있는 것을 지켜보다가 대수는 손을 뻗어 그의 어깨를 잡아 흔들었다.

"고맙다! 정말 고마워!"

"포상금은 얼마나 될까? 그리고 난 처벌 안 받는 거지?"

"처벌은 무슨 처벌. 너한테 표창장하고 포상금도 두둑이 줄 텐데. 간첩 신고 하는 것보다 몇 배는 더 줄 거야. 아무튼 사실이면 이건 엄청난 사건이야!"

대수는 주먹으로 탁자를 쳤다. 그 바람에 잔에 있던 맥주가 밖으로 튀었다.

동수는 다시 땀을 닦고 나서 담배 한 대를 피워 물고 기분 좋게 허공에다 연기를 뿜어냈다. 이제 명단만 불러주면 되고, 그것으로 자혜에 대한 복수는 끝나는 것이다. 그 가시나를 두 번 다시 볼 일은 없을 것이다. 그리고 간첩 신고 포상금보다 몇 배나 많은 거액이 굴러들어 온다. 이런 걸 두고 일석이조라고 하겠지. 흐흐흐…… J 좋아하네.

도주

문도는 버스에서 내려 백화다방 쪽으로 급히 걸어가면서도 기분이 착잡했다. 자혜한테서 전화 연락을 받았는데, 대강 이런 내용이었다.

"동수 그 사람 인간이 아니에요. 대판 싸우고 절교했어요. 야비하고 형편없는 인간이에요. 그런 사람하고 어떻게 함께 일할 수가 있어요. 그 사람 앞으로 안 나올 거예요. 나하고 중구 씨 보기 싫어서 앞으로 안 나올 거라고 했어요. 그렇게 알고 나오세요."

이렇게 되면 클럽 A의 존립 자체가 위태로워질 것이 뻔했다. 그는 동수가 묵고 있다는 그의 누나 집에 전화를 걸어보았지만 집에 없다는 대답만 돌아왔다.

백화다방에서 클럽 A의 모임은 특별한 사정이 없는 한 항상 토요일 오후 4시로 정해져 있었다. 그날따라 교외선 열차가 탈선하는 바람에 버스로 바꿔 타고 오느라고 그는 5시가 거의 다 되어서야 약속 장소에 도착했다. 백화다방이 빤히 마주 보이는 건널목에 서서 신호가 바뀌기를 기다리고 있는데 다방 건물 앞에 까만 지프 네 대가 주차해 있는 것이 보였다. 그리고 몇 사람이 그 주위를 서성거리는 것이 분위기가 심상치 않게 느껴졌다. 그중 한 명은 점퍼 밑으로 권총까지 삐죽이 나와 있었다.

신호가 바뀌어 건널목을 반쯤 걸어갔을 때 자혜가 사내들에게 끌려 막 밖으로 나오고 있는 것이 보였다. 그녀의 손목에는 수갑이 채워져 있었다. 그녀는 머리가 헝클어지고 블라우스가 찢어져 있었다. 그는 발길을 돌려 반대쪽으로 건너가면서 뒤쪽에서 눈을 떼지 않았다. 자혜가 지프에 떠밀려 타는 것이 보였다. 인도에 올라와 맞은편을 보니 중구가 사내들에게 두 팔이 잡힌 채 끌려나오고 있었다. 자혜를 태운 차는 이미 출발하고 있었다. 중구는 안경도 끼지 않은 채였고 한쪽 눈두덩은 부어 있었다. 그리고 심하게 절룩거리고 있었다.

중구를 태운 차가 출발한 뒤에도 그는 그곳에 서 있었다. 그는 동수가 끌려나오는 것을 보려고 기다렸지만 30분이 지나도록 그의 모습은 보이지 않았다. 그 대신 은혜가 끌려나오고 있었다. 하지만 그녀의 손목에는 수갑이 채워져 있지 않았다. 그녀는 겁에 질려 오들오들 떨면서 지프에 올랐다.

이제 지프는 한 대만 남아 있었다. 세 명이 밖에서 여전히 서성거리고 있었고 운전석에도 한 명이 있었다. 그들이 자기를 기다리고 있는 것이 확실해지자 그는 서둘러 그곳을 떠났다. 머리가 빙빙 돌아가고 귓속에서 윙윙거리는 소리가 들려왔다. 계엄군을 실은 트럭 두 대가 어디론가 빠른 속도로 달려가고 있었다. 그는 신문사 앞을 지나가면서 정문 쪽을 바라보았다. 계엄군 두 명이 착검을 한 총을 든 채 문 앞을 지키고 있었다. 광화문 네거리에는 탱크 한 대가 포신을 남대문 쪽으로 향한 채 서 있었다. 탱크 앞에는 중무장한 계엄군 네 명이, 그들 옆에는 오토바이가 한 대씩 세워져 있었다.

가슴이 터져나갈 것 같아 그는 골목으로 들어가 조금 걷다가 돌계단 위에 걸터앉아 거친 숨을 몰아쉬었다. 어찌 된 영문인지 알 수가 없었다. 수사관들이 백화다방을 덮친 것을 보면 누군가가 수사기관에 정보를 준 것 같았다. 동수는 자혜와 싸우고 나서 백화다방에 안 나온 것일까. 아니면 무슨 다른 이유가 있어서 안 나온 것일까. 은혜는 왜 데리고 갔을까? 수갑을 채우지 않고 데리고 간 것을 보면 체포한 것은 아니고 뭔가 조사하려고 그런 것 같기도 했다.

교외선 열차는 복구되어 있었다. 열차 안에는 별로 사람들이 없었다. 그는 어둠에 잠긴 들판과 드문드문 다가왔다가 사라지는 불빛들을 바라보면서 이대로 밤새 달렸으면 좋겠다고 생각했다. 그러나 그럴 기회는 어쩌면 결코 오지 않을지도 모른다는 생각이 들었고, 그러자 공포와 불안감이 엄습했다.

원릉역에 내린 사람은 그와 나이 든 할머니밖에 없었다. 역에서 작업장까지는 20분쯤 걸어가야 했다. 그러나 그는 바로 가지 않고 냇가를 따라 좀 멀리 돌아갔다. 작업장에 곧바로 가기가 왠지 불안했다. 다리만 건너 조금 걸어가면 작업장에 닿을 수 있는 거리에 이르자 그는 나무 뒤에 서서 작업장 쪽을 바라보았다. 희미한 가로등 불빛이 비치고 있는 작업장 앞 넓은 마당에 두 대의 까만 지프가 서 있는 것이 보였는데, 그중 한 대는 경광등을 번쩍이고 있었다. 그 주위에서는 검은 그림자들이 서성거리고 있었다. 마당의 나무 탁자 위에는 조각품이 하나 놓여 있었다. 탁자 위에는 조각품을 놓아둔 적이 없었기 때문에 그는 유심히 그것을 바라보았다. 가만 보니 그것은 놀랍게도 M의 두상이었다. 총에 수없이 맞아 곰보가 된 그것을 그래도 알아본 것 같았다. 그것은 대통령 암살 음모의 결정적인 증거물이 될지도 모른다는 생각이 번개처럼 스쳐갔고, 놀란 그는 뒷걸음질을 쳤다.

마을 입구에는 조그만 구멍가게가 하나 있었고, 그 앞에 있는 평상에서는 마을 사람들 몇 명이 둘러앉아 막걸리를 마시고 있었다. 그를 보고 사람들이 아는 체를 했다. 수년째 그곳에 작업장을 두고 주로 일본을 오가면서 작업을 해온 그는 마을 사람들에게 얼굴이 알려져 있었고, 그들은 오다가다 그가 작업하는 모습을 구경하기도 하고 그에게 커피도 얻어 마시곤 했기 때문에 만나면 호감을 보이곤 했다. 그가 가게 안으로 들어가 담배를 한 갑 사서 나오자 그들은 술 한잔하고 가라고 하면서 자리를 비켜주었다. 그가 사양하면서 가려고 하자 한 사람이 젓가락으로 작업장 쪽을 가리키면서 말을 걸었다.

"집에 가봤수?"

"아뇨, 지금 오는 길입니다."

"초저녁부터 낯선 사람들이 차를 타고 와서는 문을 부수고 들어갔는데 형사들 같아요. 눈에 살기가 돌더라구요. 무슨 일 있나요?"

"모르겠습니다."

그는 고개를 흔들었다.

"조각가 선생이 무슨 짓을 했을라구."

초로의 남자가 한마디 했다.

"아직도 가지 않고 지키고 있는 걸 보니까 선생을 기다리고 있는 것 같아요. 가지 말고 얼른 피하세요. 조짐이 안 좋아요. 하도 무서운 세상이라……."

"죄도 없는데 마구잡이로 잡아들여요. 이놈의 세상 어쩌려고 이러는지……."

그들은 걱정스러운 얼굴로 그를 쳐다보았다.

"감사합니다. 안녕히 계십시오."

돌아서 가는 그를 향해 그들은 이구동성으로 말했다.

"집에 가지 말고 빨리 피해요!"

"잡히지 말고 숨어요!"

그는 어둠 속을 정신없이 걷다가 언덕배기로 올라가 털썩 주저앉았다. 거기서는 안심하고 작업장 쪽을 살펴볼 수가 있었다. 거리가 좀 멀기 때문에 자세히 보이지는 않았지만 여전히 까만 지프와 검은 그림자들이 작업장 주위를 서성거리고 있는 것이 보였다. 아아, 이것으로 작업장도 마지막이란 말인가! 지난 몇 년 동안 뻘뻘 땀을 흘리며 쇳조각을 자르고 붙이고 두드리던 일들이 주마등처럼 스쳐갔다. 근사한 작품이 만들어졌을 때의 그 보람과 만족감. 그렇게 행복하던 시절이 다시는 올 것 같지 않아 그는 견딜 수가 없었다.

밤늦게 서울로 돌아온 그는 북창동에 있는 집으로 전화를 걸어보았다. 집을 지키고 있는 할머니가 전화를 받았는데, 목소리가 평소 같지 않고 조금 떨리는 것 같았다.

"누구, 저 찾아온 사람 없었나요?"

"없어. 그런데 빨리 좀 와줘야겠어."

"무슨 일 있나요?"

"오늘 개가 죽었어. 이걸 어디다 묻어줘야 할지 몰라서……."

그때 개 짖는 소리가 캉캉 하고 들려왔다. 이어서 비명소리가 들리더니 갑자기 뚝 그쳤다. 그는 전화를 끊고 돌아서다가 이번에는 백화다방으로 전화를 걸었다.

예상했던 대로 오 마담은 겁에 질린 목소리로 오늘 일어났던 일을 쏟아내기 시작했다.

"난리도 그런 난리가 없었어요. 갑자기 권총을 든 사람들이 들이닥쳐서는 자혜 씨하고 중구 씨를 구석에 몰아넣고 수갑을 채우더니 손님들을 모두 쫓아냈어요. 그리고 문도 씨가 올 때까지 꼼짝 말고 있으라고 권총으로 위협했어요. 발로 차고 주먹으로 때리고 그런 난리가 없었어요. 중구 씨는 많이 맞았어요. 무시무시했어요. 지금도 몸이 막 떨려요. 은혜도 잡혀간 거 아세요? 은혜가 문도 씨 애인이라는 것도 알고 있더라구요. 수갑을 채우지는 않았지만 가자고 하니까 은혜는 막 울었어요. 아세요? 은혜가 임신한 거? 어떻게 책임지시려고 그래요?"

오 마담은 은혜와 같은 고향 출신으로 그녀를 백화다방에서 일하게 한 책임이 있었다. 문도는 가슴이 철렁 내려앉았다.

"임신한지 몰랐어요."

"참 무책임하네요. 그건 그렇고 지금 어디 계세요? 괜찮은 거예요?"

"아직까지는 괜찮아요."

"여기 오면 안 돼요. 그 사람들 또 올 거 같아요. 여기서 무슨 말들을 했는지 꼬치꼬치 캐물었어요. 문도 씨에 대해서 자세히 물었어요. 그런데 그 사람들 왜 그런 거예요? 무슨 이유로 두 사람을 잡아간 거예요? 무슨 대단한 죄를 지은 범인처럼 잡아갔다니까요. 문도 씨도 조심하세요. 보이면 잡혀갈 거예요. 무슨 일이에요?"

"저도 잘 모르겠어요. 구동수는 오지 않았나요?"

"다행히 오지 않았어요. 모르죠, 다른 데서 붙잡혀 갔는지."

"전화도 없었나요?"

"없었어요."

전화를 끊고 난 그는 당장 오늘 밤 잠잘 곳이 걱정되었다. 숙박업소에 투숙한다는 것은 나를 잡아가달라는 것이나 다름없기 때문에 아예 생각할 수도 없었다. 갑자기 도망자 신세가 됐기 때문에 수중에 가진 돈도 별로 없었다.

흑백사진

쓰시마신문사 사장 야마자키 다케고는 맞은편에 앉아 있는 H일보의 윤상도 사장을 실례가 되지 않게 유심히 살펴보았다. 한국 쪽 신문사 대표 가운데 그가 가장 나이 들어 보이고 품성이 돋보였다. 거기다 일본어를 제일 잘했다. 잿빛 머리에 깡마른 인상의 윤 사장은 온화한 미소를 띠고 있었지만 표정 뒤로 강단이 느껴지는 사람이었다. 그가 알기로 H일보는 국민들이 한 푼 두 푼 돈을 내 설립한 언론사로 한국 국민의 열망이 담긴 신문사이지만 출발이 그렇다 보니 재정이 취약할 수밖에 없었다. 그런데도 불구하고 한국의 언론사 가운데 군사독재에 맞서 정론을 펴고 있는 유일한 신문사였다. 그런 신문사의 대표인만큼 그를 대하는 야마자키 사장의 마음은 경외심과 함께 호기심으로 차 있었다.

한일 간 언론인 교류는 일 년에 한 번씩 9월 하순에 열리곤 했는데, 한국과 일본이 교대로 초청 형식으로 행사를 개최했다. 교류 행사는 10년이 채 안 됐지만 해를 거듭할수록 호응도가 높아 한 번 행사를 열 때마다 50명 이상이 참석했고, 어떤 때는 백 명 가까이 행사장에 나타날 때도 있었다. 지금은 정식 행사가 끝나고 교토에 있는 요릿집으로 자리를 옮겼는데 60여 명이 참석해 있었다. 일본에서 열린 만큼 일본 쪽 참가자가 월등히 많았는데 야마자키는 양국 언론인들의 모습에서 딱 부러지게 말할 수는 없지만 어쩐지 상당한 괴리감이 있는 것이 느껴졌다. 그 괴리감이란 한국인들에게서 감지되는 위축감 같은 것, 그리고 그것을 감추려고 하는 허세와 그들과는 딴판인 일본 언론인들의 돈과 자유의 포만감 사이에서 느껴지는 거리감이었다. 그런데 유일하게도 윤상도 사장한테서는 그 같은 괴리감이 조금도 느껴지지 않았다. 그는 대화를 하고 있었지만 마치 시끌벅적한 분위기에서 벗어난 듯 조용한 모습을 보여주고 있었다. 야마자키는 화장실을 다녀오다가 윤 사장 옆에 앉아 있던 사람이 다른 곳으로 자리를 옮기는 것을 보고 그쪽으로 다가가 양해를 구하고 앉았다.

윤 사장은 애주가인 듯 사양하지 않고 술을 받아 마셨다. 자기는 일본 술을 좋아한다고 하면서 안주도 맛있다고 칭찬했다. 대화는 자연스럽게 한국의 정치 상황과 계엄 사태, 언론의 자유에 관한 쪽으로 흘러갔다. 그는 큰 틀에서 문제를 보고 있었다.

"권력에 도취되어 마치 영원히 그것을 휘두를 것처럼 광분하고 있지만 인류의 기나긴 역사에서 보면 찰나일 뿐이죠. 난 서두를 것 없다고 봅니다. 지금은 고통스럽지만 조금만 참으면 다 사라지게 돼 있어요. 그런 과정을 통해 인류 역사는 발전하는 거죠. 좀 더디다 뿐이지 가긴 갑니다. 우리도 머지않아 일본처럼 언론 자유를 만끽할 수 있는 때가 올 겁니다. 나는 그걸 확신합니다."

그는 유창한 일본어로 나지막하게 말했다.

야마자키는 윤 사장의 잔에 네 번째로 술을 따르고 나더니 조심스럽게 입을 열었다.

"이 자리가 파하면 좀 늦긴 하지만 사장님하고 따로 술 한잔 더 하고 싶은데, 시간이 어떠신지요? 긴히 드릴 말씀도 있고 해서……."

"시간은 얼마든지 있습니다. 그렇잖아도 여기서 헤어지면 좀 섭섭할 뻔했는데 잘됐습니다."

윤 사장이 쾌히 수락하자 야마자키는 기쁜 표정으로 술잔을 들어 내밀었다.

그들이 2차로 간 곳은 요릿집 가까이에 있는 조그만 바였다. 야마자키가 이미 연락해두었는지 지배인이 친절하게 그들을 자리로 안내했는데, 실내에는 호스티스로 보이는 미녀들도 두어 명 있었다. 호스티스가 다가오자 윤 사장은 흑맥주를 주문했고, 야마자키는 스카치위스키를 온더락으로 달라고 말했다. 주문한 술이 나오기를 기다리는 동안 야마자키는 서류 가방 안에서 큰 서류 봉투 하나를 꺼냈다.

"보여드릴 게 있습니다."

그는 서류 봉투 안에서 표지가 진한 녹색으로 되어 있는 두툼한 사진첩을 하나 꺼냈다. 표지 안쪽에는 1950. 10. 20이라고 연월일이 적혀 있었다. 두꺼운 페이지마다 같은 크기의 사진들을 두 장씩 아래위로 끼우도록 되어 있었다.

맨 처음 사진은 어선처럼 보이는 배를 찍은 사진이었다. 배 앞머리 옆에는 '眞榮丸(진영선)'이라는 배 이름이 검은색으로 쓰여 있었다.

"30년 전에 찍은 것이라 사진들이 좀 변색됐습니다. 한국에서는 그때 한창 전쟁 중이었습니다. 이 사진들을 찍은 곳은 일본 쓰시마의 이즈하라마치 항입니다."

그의 손가락이 아래쪽 사진을 가리켰다. 그것은 세 사람이 배 앞에서 나란히 찍은 사진이었다.

"여기 가운데 서 있는 사람은 마에마루 호의 선장인 스에타케 씨입니다. 왼쪽은 사토오 순사이고, 이건 저입니다. 당시 쓰시마 신문 신참 기자였습니다. 그날 아침, 그러니까 이 사진들을 찍은 날 아침 자전거를 타고 부두를 지나는데 사토오 순사가 이 배 위에서 뱃사람들하고 뭔가를 들여다보고 있었습니다. 그냥 지나칠 수 없어 가봤더니 갑판 위에 시신들이 뒤엉켜 있었습니다. 모두 다섯 구였는데 그중엔 여자도 한 명 있었습니다. 시신들은 하나같이 손을 뒤로해서 철사로 묶여 있었습니다. 뒤통수는 죽기 전에 얻어맞은 듯 함몰되어 있었고, 어떤 것은 총구멍이 나 있기도 했습니다. 모두가 손이 뒤로 묶인 채 바다에 던져진 것 같았습니다. 시신들은 죽은 지 꽤 오래된 듯했고, 고기가 뜯어 먹고 부패해서 뼈만 남아 있었습니다. 얼굴을 알아볼 수 있는 시신은 하나도 없었습니다. 아주 처참한 모습이었습니다."

야마자키는 페이지를 넘겼다. 뼈만 앙상하게 남은 시신을 찍은 사진들이 세 페이지에 걸쳐 꽂혀 있었다.

"처참하군요."

윤 사장은 굳은 표정으로 중얼거리듯 말했다. 곧 신음소리가 흘러나올 것 같았지만 그는 그것을 견뎌내고 있었다.

"스에타케 선장이 바다에 떠내려온 것들을 건져 올린 겁니다. 그런데 소지품을 보고 한국인들이란 걸 알았습니다. 당시 한국에는 치열한 전투가 벌어지고 있었기 때문에 아마 전쟁으로 희생된 사람들일 거라는 생각이 들었습니다."

"많은 사람들이 희생됐죠. 이루 헤아릴 수 없이 많은 사람들이……."

그때 호스티스가 다가와 술잔을 내려놓고 자리에 앉으려고 하는 것을 야마자키가 막았다.

"우린 할 이야기가 좀 있으니까 이따가 부르면 와주겠나."

호스티스가 풍만한 엉덩이를 흔들며 돌아가자 야마자키는 다음 사진들을 가리켰다.

"이 사진들은 시신의 옷에서 나온 것을 모두 찍은 것들입니다. 이걸 보고 사망자들이 한국인이란 걸 알았습니다."

사진에는 손수건, 도민증, 국민보도연맹원증, 지폐, 담뱃갑, 성냥, 몽당연필, 은박지, 머리빗 같은 것이 찍혀 있었다. 그는 도민증을 크게 확대한 사진을 보여주었다. 도민증은 많이 훼손되어 손으로 쓴 인적사항은 알아볼 수가 없었고, '도민증' '경상남도지사' '교부관청' '고성경찰서장' 등 인쇄된 글자와 사각형으로 된 붉은색 직인만 비교적 선명하게 남아 있었다.

"경상남도지사가 발행한 도민증이군요. 고성경찰서에서 교부했고."

윤 사장의 얼굴은 더없이 침통해 보였다. 야마자키는 페이지를 넘겼다. 거기에는 보도연맹원증을 확대해서 찍은 사진이 들어 있었다.

"이건 비교적 잘 보관돼 있어서 알아보실 수 있을 겁니다. 먼저 이 사진을 보여드린 후 진본을 보여드리겠습니다."

야마자키는 사진 속 한 장의 사진을 가리켜 보였다. 그는 앞으로 돌아가 유품을 찍은 사진에서 은박지를 짚어 보였다.

"이 사진과 보도연맹원증은 비닐봉지 안에 들어 있었는데 꺼내서 은박지를 벗겨보았더니 안에 기름종이로 싸여 있었습니다."

그는 사진첩을 다시 뒤로 넘겼다.

"이건 복사한 겁니다."

사진 속의 흑백사진에는 한 가족으로 보이는 세 사람이 앉아 있었다. 남자는 정장 차림에 넥타이를 매고 있었고, 무릎 위에 갓난아기를 안고 있었다. 아기는 색동옷에 도령 모자를 쓰고 있는 것이 돌을 맞은 것 같았다. 남자 옆에는 아기 엄마로 보이는 젊은 여자가 행복한 듯 미소를 짓고 있었는데, 한복 차림이 우아하고 아름다워 보였다. 야마자키는 다음 사진을 보여주면서 설명했다.

"이건 그 사진 뒷면을 찍은 겁니다. 뒷면에 이런 글이 적혀 있었습니다."

윤 사장은 그 글을 숨죽인 채 들여다보았다. 거기에는 단정한 글씨체로 이렇게 적혀 있었다.

趙龍秀 君 첫돌

4282. 4. 9.

馬山市會華面鳳洞里 4×番地

그는 가슴이 저려와 통증이 느껴질 정도였다. 한참 동안 그것을 들여다보고 있다가 그는 고개를 들어 야마자키 사장을 쳐다보았다.

"바닷속에 오래 있었을 텐데 별로 손상이 안 됐군요."

"물에 젖을까 봐 기름종이로 싸고 다시 은박지로 싸고, 그걸 또 비닐봉지로 싸뒀기 때문에 손상이 안 된 것 같습니다."

"안타깝군요."

"주인 잃은 사진이라 볼 때마다 가슴이 아픕니다. 유족한테 돌려주고 싶은데 너무 막연해서 30년 동안 간직만 해왔습니다."

야마자키는 가방 속에서 다른 봉투 하나를 꺼냈다. 서류봉투 절반 크기의 조금 두꺼워 보이는 갈색 봉투였는데, 그가 그 안에서 꺼낸 것은 은박지였다. 곱게 접혀 있는 은박지를 걷어내자 검게 찌든 기름종이가 나왔다. 기름종이 안에는 얇은 백지가 또 한 장 있었고, 그것을 젖히자 사진첩에서 본 그 일가족 사진과 보도연맹원증이 나왔다.

"모두 진본입니다. 제가 언제까지 지니고 있을 수도 없고 해서 생각 끝에 가지고 왔습니다."

쓰시마신문사 사장은 보도연맹원증에 붙어 있는 사진을 가리키면서 말했다.

"여기에 붙어 있는 사진과 가족사진에 있는 남자하고는 같은 사람인 것 같습니다. 유족이 있으면 그분들에게 돌려드리는 게 도리일 것 같습니다. 그 유족들은 시신이 어디 있는지 아직도 모르고 있겠지요. 사진 뒤에 주소가 있으니까 주소를 찾아보면 유족들을 만날 수 있을지도 모르잖습니까? 보도연맹원증에도 주소하고 인적사항이 적혀 있습니다. 두 곳 주소가 서로 다르긴 하지만 지금까지 그 유족들이 어느 한곳에 살고 있다면 연락이 가능하지 않을까요? 쓰시마에 있는 저로서는 도저히 찾을 수도 없고 해서 이렇게 사장님께 보여드리는 겁니다."

"그렇군요. 잘 알겠습니다."

윤 사장은 30년 동안 그것들을 간직해온 일본인을 감동 어린 눈으로 쳐다보았다.

"제게 맡겨주신다면 유족을 한번 찾아보겠습니다."

"감사합니다. 이제야 마음이 놓이는군요."

야마자키 사장이 안도하는 것을 가만히 지켜보다가 윤 사장은 보도연맹원증을 집어들고 조심스럽게 안팎을 살펴보았다. 그것은 반으로 접히는 네 페이지짜리 신분증으로, 오랜 세월이 지났는데도 비교적 깨끗이 보관되어 있었다. 그는 두근거리는 가슴을 안고 세로로 나열되어 있는 글자를 뚫어지게 들여다보았다.

〈**표지**〉

제435호

국민보도연맹원증

〈**2면**〉

본적 서울시 종로구 혜화동 3가 75번지

주소 서울시 종로구 명륜동 2가 28번지

성명 조남구

단기 4252년 6월 6일생

우자右者는 당연맹 보통맹원임을 증명함.

발행일 단기 4282년 11월 29일

국민보도연맹 서울시종로구연맹

간사장 박종대

〈**3면**〉

◎ 주의사항

一. 본증은 기명 본인이 상시 소지하여야 함.

一. 본증 기재사항 중 변경이동이 있을 시는 즉시 굴출정정屆出訂正할 것.

一. 본시로부터 퇴거 또는 사망 시는 즉시 발행 연맹에 반환할 것.

〈4면〉

강령

一. 우리는 대한민국에 충성을 다하자.

一. 우리는 망국적 북한 괴뢰 집단을 절대 반대하자.

一. 우리는 인류의 자유와 민족성을 무시하는 공산주의 사상을 배격하자.

一. 우리는 이론 무장을 강화하여 남북노당의 멸족정책을 분쇄하자.

一. 우리는 민족진영의 각 정당 사회단체와 보조를 일치하여 대한 기상을 발휘하자.

증명사진은 2면 왼쪽 상단에 붙어 있었는데, 그는 그 사진에서 쉽게 눈을 뗄 수가 없었다. 바다에 수장되어 그 시신이 대마도까지 흘러가 일본인 어부에 의해 발견된 비극적인 젊은이의 얼굴은 초췌하면서도 반항적인 표정을 띠고 있었다. 눈썹은 짙었고, 그 밑에서 부릅뜨고 있는 큰 눈은 적개심으로 활활 타오르고 있는 것 같았다.

야마자키는 사진과 보도연맹원증을 원래대로 싼 다음 갈색 봉투 안에 넣어 윤 사장에게 건네주었다. 윤 사장은 그것을 가방 속에 깊이 간직하고 나서 진심으로 고맙다고 거듭 고개 숙여 인사했다.

"그 시신들은 그 후 어떻게 됐습니까?"

윤 사장이 맥주를 한 모금 마시고 나서 조심스럽게 물었다.

"한곳에 모아서 가매장했다가 10년도 더 지난 1963년엔가 화장해서 이즈하라에 있는 다이헤이지太平寺라는 절에다 합장했습니다."

야마자키는 사진첩 맨 뒤에 있는 사진 두 장을 보여주었다. 한 장은 절 앞에 세워져 있는 길쭉한 돌을 찍은 것으로 거기에는 '曹洞宗 太平寺(조동종 태평사)'라는 절 이름이 새겨져 있었다. 다른 한 장은 묘비를 촬영한 것으로 '無緣之諸靈皐(무연지제영비)'라는 글귀가 조각되어 있었다.

"그 다섯 구의 시신 말고도 한국전쟁 중에 참 많은 시신이 한반도에서 쓰시마로 떠내려왔습니다. 조류가 한반도에서 쓰시마 쪽으로 흐르기 때문에 그런 것 같습니다. 쓰레기도 많이 떠내려오고 있습니다. 그 시신들을 함께 모아서 화장한 다음 다이헤이지에 모신 겁니다."

미동도 하지 않고 사진을 뚫어지게 들여다보고 있던 윤 사장은 고개를 들었다.

"그럼 그 다섯 구 말고도 다른 사람들 시신도 함께 모신 겁니까?”

“그렇습니다. 아마 모두 합해 수십 구는 되는 걸로 알고 있습니다. 다이헤이지 외에도 무연고 시신들을 합장해둔 절이 대여섯 군데 됩니다.”

“그렇군요.”

윤 사장은 한숨을 쉬고 나서 괴로운 듯 입을 열었다.

“부끄럽고 창피한 일이지만 우리 한국에서는 전쟁 전후해서 좌익이라는 이유로, 혹은 빨갱이라고 해서 무고한 사람들을 수십만 명 학살했습니다. 적군에 의해서 학살된 것이 아니라 아군들 손에 죽은 겁니다. 군인, 경찰, 관제 청년단체들이 총동원되어 비전투 지역에서 공산주의자들의 준동을 사전에 막기 위한 것이라는 이유로 죄도 없는 양민들을 재판도 없이 마구잡이로 학살했습니다. 그 가운데서도 보도연맹사건과 제주 4·3사건이 대표적인 학살사건인데, 남부 해안지역에서는 많은 양민을 산 채로 바다에 수장시킨 걸로 알고 있습니다. 쓰시마에 떠밀려온 시신은 그렇게 억울하게 죽은 사람들의 시신일 겁니다. 그걸 직접 목격하신 분을 이렇게 만나 뵐 거라고는 생각지도 못했습니다. 그 불쌍한 시신들을 거둬주시다니 정말 감사합니다.”

윤 사장은 솔직히 야마자키에게 큰절이라도 올리고 싶은 심정이었지만 보는 눈도 있고 해서 앉은 채로 다시 머리만 깊이 숙여 인사했다. 야마자키는 손사래를 치면서 자기가 시신을 거둔 것도 아닌데 뭘 그러느냐고 펄쩍 뛰었다. 잠시 후 그는 다시 진지한 표정으로 돌아가 이렇게 말했다.

"소문에 듣기도 하고 언론에 잠깐씩 비치기도 했지만 그게 사실이었군요. 하긴 30년 전에 두 손이 묶여 떠내려온 시신들만 봐도 어느 정도였는지 짐작이 갑니다만……."

30년 전에 봤던 그 끔찍하고 처참했던 시신들의 모습을 생각하고 야마자키는 새삼 몸서리가 쳐진다는 듯 어깨를 움츠렸다.

"일본에 온 김에 쓰시마에 한번 가보고 싶습니다. 다이헤이지에 가서 합장된 묘지도 둘러보고 절이라도 하고 싶습니다."

윤 사장의 말이 끝나기 무섭게 야마자키 사장은 표정이 밝아지면서 자기가 안내하겠다고 나섰다.

"쓰시마는 일본 국내에서 가기가 좀 불편합니다. 배 편이 있긴 하지만 거리가 멀어 항공 편을 이용하는 게 좋습니다. 도쿄에서 항공 편으로 후쿠오카로 가서 거기서 쓰시마행으로 갈아타는 게 제일 편합니다. 내일 오후 비행기로 쓰시마로 돌아갈 예정인데, 사장님 형편은 어떠십니까?"

"괜찮습니다."

그들은 무거운 짐을 내려놓은 듯 비로소 밝은 표정으로 돌아가 상대방의 잔에 술을 따라주었다.

암살 음모

문도는 길가에 선 채로 신문 기사에 시선을 고정하고 있었다. 심장이 금방이라도 파열될 듯 격렬하게 뛰고 있었지만 신문에서 눈을 뗄 수가 없었다.

대통령 암살 음모 간첩단 검거

북괴 지령, 한일 오가며 기획 음모

J와 도쿄에서 수시로 접촉

국가보안위 Z는 북괴 지령을 받고 한국과 일본을 수시로 오가며 대통령 암살을 모의한 SM상사 대표 이중구 씨(37)와 와세다대 대학원에 유학 중인 신자혜 씨(32), S대 경제학과 교수인 오상규 씨(34), J의 처조카이자 K일보 기자인 허만식 씨(35) 등 5명을 구속 수사 중이라고 27일 발표했다. 주범이자 조각가인 서문도 씨(33)는 현재 도주 중으로, 전국에 수배 중이라고 밝혔다.

이들은 암살을 상징하는 뜻으로 영문자 A(assassination의 머리글자)를 넣어 '클럽 A'라는 결사체를 조직, 주범 서씨는 두 차례 월북하여 공작 부호인 '암사자'를 받아오기도 했다. 조청련을 통해, 북한 노동당 중앙위원회의 직속기구로 해외 공작과 남한의 주요 테러를 주도해온 35호실의 지령을 수시로 받아온 그는 고양군 원릉에 있는 대형 창고를 조형물 창작 공간으로 위장, 조직원들과 함께 정기적으로 사격 연습을 해온 것으로 밝혀졌다. 사격 연습에 사용한 총기들은 북괴 공작원으로부터 수령한 것으로 알려졌으며, 서씨는 군복무 시 사격국가대표 선발전에서 우승할 정도로 사격 솜씨가 뛰어났다.

SM상사 대표 이중구 씨는 부정축재자로 형사처분을 받고 복역 직후 사망한 전 H산업 회장 이문섭 씨의 3남으로 부친의 사망에 앙심을 품고 클럽 A에 가담했다. 부친으로부터 막대한 유산을 물려받은 이씨는 클럽 A의 활동비를 대왔으며 거액을 들여 외부에서 살인청부업자를 고용할 계획까지 세운 것으로 드러났다.

신자혜 씨 역시 지난 78년 혁명군과 반혁명세력의 충돌과정에서 사망한 남편 김광식 대위의 죽음에 군 차원의 사과와 보상이 없는 데 앙심을 품고 암살 음모에 가담한 것으로 밝혀졌으며, 서씨의 월북 시 함께 동행해 노동당에 가입, 한국판 마타하리로 북괴를 위해 자신을 희생시킬 것을 약속하기도 했다.

오상규 씨는 서독 베를린자유대학 재학 시 북괴 공작원에 포섭

돼 공작금으로 유학 생활을 하면서 두 차례 밀입북해 조선노동당에 가입했으며, 박사 학위를 받고 귀국 후 S대 경제학과 교수로 부임, 친정부적 발언과 글들을 발표하여 보수우익의 신진 논객으로 위장하여 활동하던 중 35호실로부터 '야고보'라는 공작부호를 새로 부여받으면서 클럽 A에 가입하여 활동하라는 지시를 받고 적극적으로 암살 음모에 가담했다.

허만식 씨는 일본에 도피 중인 J의 처조카로 K일보 도쿄 주재 기자로 있으면서 J의 지시로 클럽 A에 가입, J와 클럽 A 간의 연락 업무를 맡아 활동하면서 내년 5월로 예정되어 있는 대통령의 일본 방문 시 동선을 파악, 대통령 저격 장소를 물색해온 것으로 밝혀졌다.

클럽 A는 내년 3월로 예정되어 있는 대통령의 미국 방문 1개월 전에 방문 예정지인 LA에 조직원들이 모두 출동하여 비밀 아지트를 정하고 대통령의 숙소와 연회 장소, 그 밖의 방문 예정지를 알아내 그중 한 지점에서 대통령을 저격할 계획이었다. 그러나 대통령의 미국 방문 계획이 취소되는 바람에 부득이 암살 음모 계획을 수정, 대통령이 일본을 방문하는 시점인 내년 5월에 암살을 결행할 예정이었다.

수사본부는 클럽 A의 대통령 암살 음모에 J가 어떤 식으로든 관여했을 것으로 보고 관련 여부를 집중적으로 캐고 있으며 조직원들의 아지트와 숙소 등지에서 각종 무기와 통신용 암호표, 난수 해독책자, 북에 제공한 안보 관계 비밀문서 등

30종 150여 점을 압수했다.

신문에는 그의 사진과 함께 다른 조직원들의 사진도 실려 있었다. 그 사진들 가운데 오상규와 허만식은 처음 보는 얼굴들이었다. 그러나 구동수의 사진은 없었다. 그의 이름은 어디에도 언급되어 있지 않았다. 그는 암사자 사냥에 참가한 적이 없는, 존재하지 않는 유령 인물이 되어 있었다.

낯선 두 사람 오상규와 허만식은 암살 음모 계획을 키우기 위해 짜깁기해서 내세운 사람들이었다. 이를테면 간첩 혐의나 보안법 위반 혐의로 조사를 받던 사람을 암살 음모 쪽에 한통속으로 몰아넣음으로써 보다 크게 문제를 키워 세간의 이목을 집중시키려는 악랄한 의도가 숨어 있었다.

편지

쓰시마신문사의 야마자키 사장은 한일 언론인 회의가 있은 지 한 달쯤 지난 어느 날 H일보의 윤상도 사장으로부터 편지 한 통을 받았다. 봉투 안에는 편지와 함께 그가 유족을 찾아 전해달라고 주었던 일가족 사진과 보도연맹원증도 들어 있었다. 편지는 일본어로 쓰여 있었다.

야마자키 사장님께

그간 안녕하셨습니까?

일본에서의 즐겁고 유익했던 모임이 있은 지 어느덧 한 달이 훌쩍 지나가 버렸습니다. 매번 모임이 있을 때마다 느끼는 일본 언론인들의 그 자유분방한 분위기는 그 어느 때보다도 인상적이었습니다. 한편으로는 부럽기도 했습니다. 꽁꽁 얼어붙은 한국의 언론 상황이 빚어낸 저의 경직된 모습을 보이기 싫어 그날 저는 모처럼 과음을 했습니다. 솔직히 말씀드리면 통곡하고 싶었습니다. 모든 기사가 일일이 검열에 걸려 잘리거나 수정되고 시키는 대로 거짓 기사를 써야 하는 한국의 현실이 통탄스럽고 부끄러웠습니다. 제구실을 못하는 언론이 무슨 언론입니까? 20세기 현대사에 떳떳이 동참하지 못한 채 자꾸만 뒤처지고 있는 한국이 불쌍하고 가련하기만 합니다. 하지만 저는 자유의 그날이 오리라 확신하고 있기 때문에 연인을 기다리듯 그날을 기다리고 있습니다. 캄캄한 어둠 저쪽에 여명의 빛이 비치기를 눈이 빠지게 기다리면서 자유의 소중함에 대해서 배울 수 있는 시간을 갖게 된 데 대해 감사하고 있습니다.

장황하게 넋두리를 늘어놓은 것 같아 죄송합니다.

그럼 이제 지난번 술자리에서 저에게 주셨던 그 비참한 사연이 담긴 사진과 보도연맹원증을 사장님께 다시 돌려보내게 된 사유를 말씀드리겠습니다.

저는 귀국 즉시 기자 수 명을 두 팀으로 나누어 서울과 마산 주소지에 급파하여 유족이 생존해 있는지 알아볼 것을 지시했습니다. 그와 함께 한국전쟁을 전후해서 남쪽 해안지방에서 저질러진 양민 수장 학살의 진상도 현장에 직접 가서 낱낱이 취재하도록 지시했습니다. 나중에 그것을 H신문에 특집 시리즈로 게재하고 싶었기 때문이었습니다.

그런데 초조하게 기다리던 끝에 취재기자들로부터 날아온 소식은 절망적이었습니다. 유족의 생사도 알 수 없거니와 행방 또한 묘연하다는 것이었습니다. 알아낸 것은 그 세 가족의 이름이었습니다. 수장되어 쓰시마 해안에서 발견된 남자의 이름은 보도연맹원증에 적혀 있는 대로 조남구 씨가 확실했고, 그 부인으로 보이는 아름다운 여자는 박선화라고 했습니다. 그리고 아기 이름은 사진에 적혀 있는 대로 조용수였습니다. 사진 뒤에 적혀 있던 마산 주소지 마을에서 알아낸 것입니다. 마을 사람들은 사진을 보고 그들을 알아보았고, 조남구 씨가 바다에 수장되어 시신도 찾지 못했다는 것을 알고 있었습니다. 서울시 종로구 호적계에는 그들 일가족의 호적이 그대로 남아 있었습니다. 기자들이 알아본 바에 의하면 그 일가족의 비극은 조남구 씨가 수장된 것으로 끝나지 않았습니다. 부인 박선화 씨는 남편을 끌고 가 수장시킨 청년단장을 유혹해서 잠자리를 가진 다음, 그가 잠이 들자 그 얼굴에다 펄펄 끓는 뜨거운 물을 부었다고 합니다. 그의 손에 한번 걸리면 살아남는 사람이 없다고 해서 저승사자라는 별명까지 달고 다닌 살인마였는데, 결국 그 여자한테 당하고 만 것입니다. 그는 얼굴이 완전히 뭉개지고 눈까지 잃었는데 얼마 후 죽었습니다. 그리고 그 여자는 체포되어 무기징역형을 받았다고 합니다.

마을 사람들이 알고 있는 것은 여기까지였습니다. 감옥에 간 후 어떻게 됐는지 그 뒤 소식은 아무도 모르고 있었습니다. 아기는 외삼촌이 데려갔다고 하는데, 그 뒤 아기가 어떻게 됐는지 아는 사람은 아무도 없었습니다. 기자들은 포기하지 않고 두 사람의 행방에 대해서 알아보았습니다. 박선화 씨의 교도소 복역을 알아본 결과 그 여자는 1975년에 감형되어 석방되었다고 합니다. 25년간 복역한 후 자유의 몸이 된 것입니다. 하지만 그녀의 종적은 거기서 끝납니다. 아무도 그녀의 행방을 모르고 있습니다.

기자들은 그녀의 오빠, 그러니까 아기의 외삼촌을 추적해보았습니다. 그 사람 이름은 박상기로 아기 아버지인 조남구와는 막역한 친구 사이이기도 했습니다. 하지만 조남구가 이상을 좇던 사람인 데 반해 그는 현실주의자였습니다. 일제 때에는 면서기를 했고, 일본식으로 창씨개명까지 했을 정도로 현실에 순응하면서 사는 사람이었습니다. 한국전쟁이 일어났을 때 그는 밀수를 해서 돈을 벌고 있었는데, 그 이듬해쯤 일본으로 밀항해서 거기에 아예 주저앉았습니다. 그 사람이 고아가 된 조카 용수를 데려간 것은 일본으로 밀항하기 전이었습니다. 여동생 박선화가 그런 고초를 겪고 감옥까지 간 것을 알게 된 그는 갈데없는 아기를 어디론가 데려갔고, 나중에 혼자서 일본으로 밀항했다고 합니다. 일본으로 밀항하면서 아기를 데려갔을 리는 없고, 그렇다면 한국 어딘가에 아기를 두고 갔을 텐데 그 아기 행방을 알 길이 없습니다. 여기까지는 박상기 씨를 알고 있는 사람들의 이야기를 취합해서 알아낸 것입니다. 그런데 두 해 전쯤 그 사람이 갑자기 고향에 나타났다고 합니다. 전쟁 때 일본으로 밀항한 후 거의 30년이 다 돼서 육십 가까운 초로의 신사가 돼 나타났다고 합니다. 그는 마을 사람들에게 잔치를 열어 대접했고, 마을 회관이나 하나 지으라고 하면서 큰돈을 놓고 갔는데, 일본에서 사업가로 크게 성공했다고 합니다. 일본으로 귀화해서 이름도 일본 이름인 요시다 고이치吉田浩一로 바꿨다고 합니다. 그것은 그가 고향 사람들에게 주고 간 명함을 보고 우리 기자들이 확인한 것입니다. 명함에는 직함이 신일산업 회장으로 되어 있었습니다. 박상기 씨가 고향에 나타났을 때 마을 사람들은 잊지 않고 아기 행방을 물었다고 합니다. 그랬더니 아기가 뭐냐고 하면서 이제는 멋진 청년이 되어 일본에 유학도 했고, 지금은 유명 조각가로 활동하고 있다고 했습니다. 기자들은 명함에 적힌 대로 요시다 씨에게 전화를 걸어보았습니다. 명함에 있는 것은 회사 전화번호였습니다. 그런데 전화를 받은 사람 말이 회사 주인이 바뀌어 요시다 씨는 더 이상 회사에 나오지 않으며 전화번호도 모른다고 했습니다. 그래서 생각 끝에 저는 기자들에게 명함에 나와 있는 대로 적어 보내라고 했습니다. 비록 요시다 씨가 지금은 그 회사 주인이 아니고 전화 연락도 안 되긴 하지만 경찰에 알아보거나 지금의 신일산업 운영자에게 알아보면 어렵지 않게 요시다 씨의 소재를 알 수 있을 거란 생각이 들었기 때문입니다. 그래서 생각 끝에 양해도 구하지 않고 이 사진과 보도연맹원증을 도로 보내게 된 것입니다. 수고를 끼치게 돼서 죄송합니다만 요시다 씨의 소재가 밝혀지면 그 두 가지 모두 그분에게 보내주셨으면 합니다. 그것들이 어떤 연유로 그렇게 오랜 세월이 지나 그의 손에 들어오게 됐는가를 알게 되면 그분뿐만 아니라 조각가로 활동하고 있다는 그분의 조카 조용수 군도 크게 감동하리라고 생각합니다. 잔혹하게 살해되어 수장된 한 젊은이의 시신과 함께 현해탄을 건너왔던 유품들이 30년의 세월이 지나서 그 유가족에게 전달된다면 얼마나 뜻깊고 감동적인 일이겠습니까!

그 유품들이야말로 저 처참했던 한국전쟁의 비극이 고스란히 담겨 있는 것들 아닙니까! 아무 인연도 없는 것들을 30년 동안이나 귀중하게 간직해주시고, 마침내 유족의 손에 그것을 전해주시게 된 사장님의 숭고한 인간애에 다시 한 번 머리 숙여 깊이 감사드립니다.

요시다 씨가 마을 사람들에게 주고 간 명함에 적힌 인적사항은 다음과 같습니다.

信一産業株式會社

會長 吉田浩一

〒112 東京都文京區音羽2-13-22

電話東京(03)946-125x(大代表)

길가의 나뭇잎들은 어느새 노란빛으로 물들어가고 있습니다. 가을의 처연한 모습이 저의 늙음을 재촉하는 것만 같아 지난날들을 생각나게 합니다. 일 년 후 서울에서 갖게 될 모임이 벌써부터 은근히 기다려지는군요. 다시 뵈올 그날까지 부디 건강하시기를 빌겠습니다.

서울에서 윤상도 배상

〈추신〉

앞에 말씀드린 대로 제가 특별히 파견한 H일보 기자들은 한국

전쟁을 전후해서 남쪽 해안지방에서 저질러진 양민 수장 학살의 진상을 낱낱이 취재하여 원고 집필까지 끝냈습니다. 이제 신문에 특집 시리즈로 5회에 걸쳐 게재하는 일만 남았는데 검열당국에서 게재 불가 판정을 내렸습니다. 예상했던 일이지만 참으로 안타깝고 분하지 않을 수 없습니다. 하지만 언젠가는 빛을 볼 날이 있을 것으로 믿고 기사를 소중히 보관해두었습니다.

그런데 기사를 완성하고 보니 뭔가 부족한 것이 보였습니다. 그것은 기사를 받쳐줄 사진이 없다는 점이었습니다. 사진이야말로 학살의 참혹상을 알려줄 수 있는 확실한 증거인데도 불구하고 그것이 없다는 것은 참으로 안타까운 일이 아닐 수 없습니다. 내륙지방에서 저질러진 잔인한 학살 현장을 찍은 사진들은 그동안 여기저기서 보았고, 또 어딘가에 보관되어 있는 것으로 알고 있습니다. 하지만 남부 해안지방에서 저질러진 수장 현장이나 바다에 떠도는 시신을 찍은 사진은 한 번도 본 적이 없습니다. 그런 점에서 야마자키 사장님께서 쓰시마에 떠내려온 시신들, 손이 철사줄로 꽁꽁 묶이고 뼈만 앙상하게 남은 참혹한 시신들을 찍은 그 사진이야말로 참으로 귀중한 것들이 아닐 수 없습니다. 그것은 바다에서 자행된 잔인무도한 학살을 생생히 입증할 수 있는 유일한 사진이라는 점에서 그 자료적 가치는 실로 높다고 할 수 있습니다. 그래서 감히 부탁드리건대 그 사진들을 기사에 사용할 수 있게 허락해주실 수 없을까요? 원본이 아닌 복사판 사진이라도 좀 보내주신다면 참으로 요긴하게 쓸 수 있으리라고 생각합니다. 만일 기사와 함께 그 사진을 싣는다면 기사는 한층 돋보일 것이고, 독자들에게 큰 충격을 줄 것으로 생각합니다.

당장 게재할 수 있는 형편이 못 되기 때문에 천천히 보내주셔도 됩니다. 간곡히 부탁 말씀드립니다.

그로부터 이틀 뒤 H일보 윤상도 사장은 오후 2시가 지난 좀 늦은 시간에 점심식사를 하고 사무실로 돌아왔는데, 책상 위에 메모가 하나 있어 집어 보니 쓰시마신문 야마자키 사장으로부터 국제전화가 왔었다는 내용이었다. 화장실에 갔는지 비서가 보이지 않아 초조하게 기다리다가 10분쯤 지나 돌아온 그녀에게 물어보니 한 시간쯤 전에 전화가 왔었다고 했다. 그녀가 일본어를 잘 알아듣지 못하자 저쪽에서 영어로 바꿔 말했는데, 영어가 서툰 것이 그녀가 일어 서툰 것만큼 서로 비슷했다고 하면서 그녀는 웃었다. 어떻든 그녀는 메모지에 '쓰시마의 야마자키'라고 정확히 표기해놓고 있었다.

윤 사장은 즉시 야마자키에게 전화를 걸었다. 그의 전화를 받자마자 야마자키는 밝은 목소리로 이렇게 말했다.

"요시다 고이치 씨와 연락이 됐습니다!"

"아, 그렇습니까?"

윤 사장은 들뜬 목소리로 말했다.

"별로 어렵지 않게 연락이 됐습니다. 경찰에 알아봤더니 그 사람에 대해서 잘 알고 있었습니다. 내일모레 요시다 씨를 만나 사진을 전해주기로 약속했습니다."

"잘됐군요. 정말 감사합니다. 요시다 씨가 쓰시마로 오기로 했습니까?"

"아닙니다. 제가 마침 도쿄에 갈 일이 있어, 가는 길에 만나기로 했습니다. 한데 유품 이야기를 했더니 소스라치게 놀라더군요. 어떻게 해서 그것들을 입수했느냐고 꼬치꼬치 물어서 그걸 설명하느라고 애를 먹었습니다. 대강 설명했는데도 충격을 받았는지 나중에는 말을 잘 잇지 못했습니다. 도쿄 다녀오면 또 연락드리겠습니다. 그리고 시신들을 찍었던 사진은 몇 장 복사해서 H신문사로 오늘 보냈습니다."

"아, 정말 감사합니다. 이렇게 고마울 수가……. 감사, 감사합니다."

마치 자신의 일처럼 윤 사장은 너무 감격스러워 목소리가 떨리기까지 했다.

"그런데 경찰 말로는 요시다 씨는 야쿠자 최대 조직의 상당한 실력자라고 하더군요."

"그, 그렇습니까?"

윤 사장은 야쿠자라는 말에 갑자기 당황스러웠다. 야마자키는 그것을 다독거리듯 대수롭지 않게 말했다.

"요시다 씨가 무슨 일을 하든 상관없지요. 유품만 전해주면 되니까요. 그건 그렇고 참, 그 조카는 현재 서울에 있는 걸로 아는데 최근에는 연락이 잘 안 된다고 했습니다."

천사의 분노

토요일 오후 종로 거리는 대학생들로 들끓고 있었다. 집회가 원천적으로 봉쇄된 계엄령하에서 그렇게 많은 대학생이 집결한 것은 처음이었다. 그동안 대학생들의 반정부 시위가 없었던 것은 아니지만 거의가 소수 인원에 의해 산발적이고 기습적으로 이루어진 데 지나지 않았기 때문에 그 파급 효과는 미미했다. 계엄 당국은 시위 기미만 있어도 가혹하게 단속하고 처벌했기 때문에 대학가에는 공포 분위기가 팽배해 있었고, 위축될 대로 위축된 학생들은 극소수 과격한 성향을 지닌 학생들을 제외하고는 시위에 나서기를 꺼려하고 있었다. 시위를 주도한 학생들은 신원이 밝혀질 경우 계엄령 위반으로 강제로 학교에서 제적되고 수배 대상이 되기 때문에 체포되지 않으려고 도망 다니기 바빴다. 그런 상황에서 갑자기 많은 대학생들이 도심에 나타나 시위를 벌인 것은 분명 놀라운 일이 아닐 수 없었다.

어림잡아 시위 군중은 수천 명은 되는 것 같았다. 그중에는 대학생이 아닌 일반인도 끼어 있었지만 거의 대학생들이었다. 그들이 이렇게 많이 모이게 된 것은 전국 규모의 대학생 단체가 그동안 지지부진하던 반정부 시위에 대해 반성하는 차원에서 거사 일정을 잡고 전국 대학에게 시위를 촉구했기 때문이었다.

계엄군을 태운 트럭이 계속 도착했고, 트럭에서 뛰어내린 계엄군은 옆구리에서 칼을 뽑아 그것을 총 끝에다 철컥 꽂은 뒤 민첩하게 대열을 갖춰 차도를 가로막았다. 병력이 계속 불어나는 것으로 보아 시위대를 일거에 박살 내려는 것이 분명해 보였다.

학생들은 하나같이 착검한 총을 들고 있는 살벌한 모습의 계엄군을 공포 어린 눈으로 바라보고 있었다. 그 공포감을 없애려는 듯 그들은 주먹을 흔들면서 구호를 외쳐댔다.

"군사독재 물러나라!"

"타도하자 군사독재!"

"독재정권 물러나라!"

"타도하자 군사독재!"

시위대와는 달리 그들을 바라보는 계엄군의 얼굴은 무표정했다. 그들은 감정을 숨긴 채 명령이 떨어지기만을 기다리고 있었다.

시위대와 계엄군 사이의 거리는 50미터쯤 되었다. 빈 공간을 사이에 두고 대치하고 있는 그들의 시야에 비둘기 몇 마리가 날아들었다. 비둘기들은 짝짓기를 하려는지 구구거리면서 서로 부리를 쪼기도 하고 몸을 비비기도 하고 날개를 퍼덕이기도 하면서 평화롭게 햇빛을 즐기고 있었다.

시위대의 뒤쪽으로는 돈화문이 있었다. 그쪽으로 뻗어 있는 넓은 차도 양쪽으로는 골목이 몇 개 있었는데 시위대는 계엄군에게 쫓기게 될 경우 각자 골목으로 뿔뿔이 흩어져 도망칠 계획을 세워놓고 있었다. 시위를 하더라도 도주로를 확보해놓아야 안심이 되기 때문이었다.

시위대 앞에서 주먹을 흔들며 구호를 선창하던 학생 하나가 갑자기 군인들을 향해 돌멩이를 집어던졌다. 그는 짙은 선글라스에 파란 운동모를 눌러쓰고 있었는데, 행동거지로 보아 과격파 리더인 것 같았다. 계엄군과의 충돌을 유도해서 피를 보고야 말겠다는 일전불사의 결의가 보이고 있었다.

그가 다섯 번째로 던진 돌멩이 하나가 하필이면 장교의 얼굴에 정통으로 맞자 시위대는 함성을 질렀고, 그것이 신호이기라도 한 듯 그들은 일제히 돌멩이를 던지기 시작했다. 군인들은 돌멩이에 맞지 않으려고 이리저리 피하면서 최루탄을 발사했다. 놀란 비둘기들이 일제히 날아올라 도망간 자리 위로 최루탄 연기가 허옇게 깔리고 있었고, 연기 사이사이로 시위대가 혼란에 빠진 모습이 보였다.

돌멩이에 얼굴을 맞은 장교는 얼굴이 피투성이가 된 채 땅바닥에 누워 있었다. 중위 계급장을 단 그는 얼굴에 정통으로 돌멩이를 맞는 순간 의식을 잃은 것 같았다. 헌병 완장을 찬 장딸막한 대위가 가까이 다가와 중위를 내려다보더니 한쪽으로 치우라고 말했다.

"앰뷸런스 불러."

"불렀습니다."

하사가 대답하자 대위는 지휘봉으로 그의 가슴을 쿡 찔렀다.

"분대장인가?"

"네, 그렇습니다."

하사는 차렷 자세를 하고 대답했다.

"넌 분대원들로 특공조를 조직해서 저기 저놈을 끝까지 추적해서 붙잡아 와!"

하사는 대위가 지휘봉으로 가리키는 쪽을 바라보았다.

"누, 누구 말입니까?"

"저기, 앞에서 까부는 놈 말이야. 파란 모자 쓴 놈 말이야."

"아, 알겠습니다. 저놈이 맨 먼저 돌멩이를 던져 중위님을 맞혔습니다."

"저놈은 살인자나 마찬가지야. 놓치면 절대 안 되니까 지구 끝까지 쫓아가서라도 잡아 와. 놓치면 영창이다."

"알겠습니다."

"체포하기 어려우면 사살해도 좋다."

"알겠습니다."

대위가 돌아서서 명령을 내리자 맨 앞에 서 있던 계엄군이 허공에다 대고 일제히 총을 쏘았다.

탕탕탕! 탕탕탕탕! 탕탕탕탕탕탕!

뭉쳐 있던 시위대는 혼비백산해서 사방으로 흩어졌다. 그 틈을 이용해 계엄군은 앞으로 집총한 채 시위대 쪽으로 뛰어갔다. 그 기세가 대단하고 살벌해서 시위대는 감히 맞서 싸울 생각도 못한 채 골목으로 도망치기에 바빴다.

이기호는 정신없이 도망치던 시위대와 부딪쳐 넘어졌다. 뒤에다 대고 도망가면 안 된다고 소리쳤지만 소용없는 짓이었다. 그는 길바닥에 떨어진 파란 운동모를 집어들어 머리에 눌러쓰고 몸을 일으켰다. 저만치 계엄군 몇 명이 달려오고 있는 것이 보였다. 시위대는 보이지 않고 그 혼자 뒤처져 있는 것을 알고는 그는 냅다 뛰기 시작했다.

K대 사회학과 3학년에 재학 중인 그는 3년간의 군복무를 마치고 1학기 개강에 맞춰 대학에 돌아온 복학생이었다. 마라톤 거리를 완주할 정도로 달리기에 자신이 있는 그는 별로 힘들이지 않고 뛰어갔다. 이 정도면 따돌렸을 거라고 생각하면서 뒤돌아보니 계엄군 두 명이 기를 쓰고 저만치 따라오고 있었다. 한 명은 키가 커 보였고, 다른 한 명은 작은 키에 안경을 끼고 있었다. 자기를 노리고 달려오고 있는 것이 분명하다고 생각하자 속으로 코웃음이 나왔다. 어디까지 따라오는지 한번 내기할까. 그는 빠른 속도로 냅다 뛰었다.

계엄군이 보기에 파란 운동모는 도저히 따라갈 수 없을 정도로 달리는 속도가 빠르고 지칠 줄 모르는 것 같았다. 그는 골목을 벗어나 아예 멀리 가버리지 않고 추격자들을 놀리기라도 하는 듯 이 골목 저 골목으로 미꾸라지처럼 빠져나가면서 그 주변을 맴돌고 있었다. 상황을 파악한 김 하사는 숨을 헐떡거리면서 안경을 벗어 얼굴에 흐르는 땀을 손등으로 닦은 다음 그것을 도로 끼고 나서 주위를 찬찬히 살펴보았다. 처음 추격을 시작했을 때는 다섯 명이었는데 지금은 모두 탈락하고 그 혼자만 남아 있었다. 상대가 워낙 잘 달려 뒤만 쫓다가는 결국 놈을 놓칠 것 같았다. 파란 운동모가 옆길로 재빨리 사라지는 것을 보자마자 그는 반대편 쪽으로 달려갔다. 그쪽으로 가면 놈보다 앞질러 갈 수 있을 것 같았다.

그의 예상은 적중했다. 골목과 골목이 만나는 곳에서 대기하고 있자 파란 운동모가 허둥지둥 달려오는 것이 보였다. 김 하사는 방아쇠에 손가락을 건 채 뛰어갔다. 그를 발견한 파란 운동모는 당황해서 뒤로 돌아섰다. 그러나 그쪽에서도 계엄군이 몰려오고 있었다. 그는 머뭇거리다가 옆으로 나 있는 좁은 골목으로 빨려들 듯 달려 들어갔다.

눈부시게 맑던 날씨가 갑자기 캄캄해지면서 돌풍까지 불어대더니 마침내 세찬 비가 쏟아져 내리고 있었다.

목화는 시위대와 계엄군의 쫓고 쫓기는 모습을 대문 앞에 서서 구경하고 있었다. 다른 여자들은 혹시나 다칠까 봐 모두 집 안에 틀어박혀 있었지만 그녀는 겁도 없이 밖에 나와 조마조마한 마음으로 지켜보고 있었다. 비가 오는데도 골목을 울리는 발소리는 요란스러웠다. 그녀는 비닐우산을 받쳐 든 채 처마 밑에 서 있었다. 홱 불어 닥친 바람에 기어코 우산이 뒤집어지자 그녀는 그것을 제대로 돌려놓으려고 허둥거렸다. 그때 후다닥 소리가 나더니 대학생으로 보이는 청년 한 명이 엎어지듯 달려왔다. 파란 운동모를 쓴 그는 목화 앞을 막 지나쳐 다른 골목으로 들어가려고 했다.

"그쪽은 막혔어요!"

대학생은 당황해하며 그녀를 쳐다보았다. 선글라스를 끼고 있었지만 땀으로 뒤범벅된 얼굴은 궁지에 몰린 자의 초조함을 보여주고 있었다.

"이리 들어와요!"

그녀는 앞뒤 생각해보지도 않고 말한 다음 앞장서서 대문 안으로 들어갔다. 그를 자기 방에라도 숨겨주고 싶었다. 그때 고함소리가 들려왔다.

"서라! 서지 않으면 쏜다!"

목화가 고개를 돌린 순간 탕! 하고 총소리가 들려왔다. 비틀거리는 기호를 향해 김 하사는 연속해서 두 발을 더 발사했다.

탕! 탕!

"아, 안 돼!"

목화는 안타깝게 외치면서 쓰러진 대학생을 부둥켜안았다. 계엄군은 다가오더니 총 끝으로 그녀의 뺨을 찔렀다.

"비켜!"

그녀는 몸을 일으키면서 옆에 나뒹굴고 있는 우산을 집어들었다.

"이 나쁜 놈! 살인자!"

어디서 그런 용기가 생겼는지 모를 일이었다. 그녀는 분을 참지 못해 우산으로 계엄군을 마구 때렸다.

"나쁜 놈! 이 나쁜 놈!"

계엄군은 뒷걸음질을 치다가 멈춰 서서 총을 들어올렸다.

"씨팔년!"

욕설과 함께 그는 방아쇠를 당겼다.

탕!

총소리는 길게 여운을 끌다가 사라졌다.

계엄군은 여자가 두 손으로 가슴을 쓸어안으면서 쓰러지는 것을 무표정하게 바라보다가 갈 길이 바쁜 듯 냉큼 돌아서서 골목 저쪽으로 걸어가버렸다. 그제야 집 안에서 겁을 집어먹고 숨어서 지켜보던 여자들이 우르르 밖으로 나와 목화 주위로 몰려들었다.

"어머머머, 이 피 좀 봐!"

늙은 창녀의 가슴은 검붉은 피로 물들고 있었다. 여자들은 숨을 몰아쉬고 있는 그녀를 안쪽으로 옮겨 마루 위에다 눕혔다. 그런 다음 허둥대면서 여기저기다 전화를 걸어댔다. 병원에 연락하고 경찰에도 신고하는 소리를 아슴푸레 들으면서 그녀는 한 손을 들어 뭐라고 말했다.

"크게 말해봐요!"

그녀와 좀 친하게 지내는 사십대의 안경 낀 여자가 그녀 위로 허리를 굽히면서 말했다. 늙은 창녀는 손으로 마당 저쪽을 가리켰다. 그녀가 가리키는 쪽 끝에는 대문이 활짝 열린 채로 있었고, 그 앞에는 대학생의 시신이 비를 맞으며 널브러져 있었다.

"추운데…… 좀 덮어줘."

목화는 대학생을 가리키면서 마지막 한마디를 힘겹게 중얼거리고 나서 숨을 거두었다.

연인

문도는 영등포 구로공단 부근의 주막거리에 있는 '할머니 설렁탕집' 안을 창문을 통해 살피면서 서성거리고 있었다. 차은혜는 정신없이 일하고 있었다. 식탁이 수십 개나 되는 꽤 큰 식당인데 거의 혼자서 도맡아 일을 하고 있었다. 허우대가 크고 배가 나온, 주인으로 보이는 사내는 카운터를 지키면서 틈나는 대로 도와주는 척할 뿐 그녀 혼자 음식을 나르고 탁자를 치우고 하느라 눈코 뜰 새 없이 돌아가고 있었다. 자그마한 몸매에 연약해 보이는 그녀의 모습이 너무 안쓰러워 마음 같아서는 당장 뛰어 들어가 도와주고 싶은 충동을 누르느라고 그는 고통스러웠다. 지난 일 년 동안 그는 도망 다니느라고 그녀를 통 보지 못했는데, 그사이에 그녀는 많이 변해 있었다. 통통하고 귀여워 보이던 모습은 사라지고 그 대신 야위고 세파에 시달린 얼굴로 바뀌어 있었는데, 몇 살은 더 나이 들어 보이기까지 했다. 그녀가 그렇게 변한 모습이 마치 자신의 책임인 것만 같아 그는 미안하고 가슴이 아팠다. 그가 없는 동안 그녀는 그의 아기까지 낳았다니까 혼자서 얼마나 심신이 힘들었겠는가. 결혼도 하지 않은, 소녀나 다름없는 그녀가 그에게 버림받은 처지나 다름없는 상태에서 아기를 낳았으니 앞날이 캄캄했을 것이다.

그녀가 땀을 훔치는 모습이 보였다. 손님들이 썰물처럼 빠져나간 자리에는 음식 찌꺼기들과 빈 그릇들만 너저분하게 널려 있었다. 주인 사내가 구석에서 식사하고 있는 손님들 쪽을 한번 살피더니 슬그머니 은혜에게 다가가 어깨를 다독거려준다. 잠시 후 그 손이 밑으로 내려가더니 엉덩이를 쓰다듬기 시작한다. 그녀가 가만있자 이윽고 마음 놓고 주물러댄다. 저런 망할 자식. 하지만 그로서는 어쩔 수가 없다. 눈알이 튀어나올 것 같지만 고개를 돌릴 수밖에 도리가 없다. 어쩌겠는가.

지난 일 년간 도망 다니는 동안 그가 겪은 일들 가운데 가장 괴롭고 충격적인 것은 체포된 클럽 A의 회원들이 사형 집행된 사실이었다. 그가 모르는 오상규와 허만식에게는 각각 10년과 15년 형이 선고되었는데, 유독 이중구와 신자혜한테는 사형이라는 극형이 내려졌던 것이다.

계엄군사법정은 그야말로 일사천리로 재판을 진행했고, 재판을 시작한 지 3개월도 안 돼 두 사람을 사형에 처했다. 형식적이긴 했지만 이중구와 신자혜는 육군본부 계엄보통군법회의와 계엄고등군법회의 두 군데를 차례로 거쳤는데, 두 군데서 모두 사형선고를 받고 마지막으로 대법원에 상고했다. 그러나 허수아비에 불과한 대법원 판사들은 상고를 기각, 사형을 확정했고, 상고를 기각한 지 채 열 시간도 지나지 않아 형이 집행되었던 것이다.

극악무도한 사법 살인에 문도는 경악했고, 실낱같은 희망도 버리고 말았다.

언제 끝날지 모르는 도피 생활에 그는 지칠 대로 지쳐 있었다. 그러나 자수하더라도 살아날 가능성이 전혀 없다는 것을 알고 있는 이상 길가에 쓰러져 죽는 한이 있더라도 끝까지 가볼 생각이었다.

그가 밀항을 생각한 것은 그것이 도피 생활의 마지막이라고 생각했기 때문이었다. 밀항이 성공하면 세상이 좋아질 때까지 일본에 납작 엎드려 있을 생각이었다. 그의 처지는 국내에서 더 이상 도망 다니는 것이 불가능해질 정도로 악화되어 있었다. 무엇보다도 더 이상 숨어 있을 곳이 없었다. 거기다 돈도 떨어져 있었다. 돈도 없으니 움직이는 것조차 힘들었다. 결국 그는 구걸하듯이 아는 사람들을 찾아가 도움을 청하곤 했다. 자존심 같은 것은 벌써 오래전에 버렸기 때문에 거의 남아 있지 않았다.

지금까지 가깝다고 생각해온 지인들은 그가 불쑥 나타나면 흡사 귀신이라도 만난 듯 소스라치게 놀라면서 전전긍긍해하곤 했다. 하룻밤 잠자리나 한 끼 식사, 또는 용돈 정도로 끝내고 그를 빨리 쫓아낼 궁리만 하는 것이 빤히 보였다. 처음에는 그것이 여간 섭섭하지 않았고 배신감에 실망한 나머지 몸 둘 바를 몰랐지만 나중에 곰곰 생각해보니 돌아다니면서 그들에게 부담감을 주는 자신이 더 문제라는 생각이 들었다. 궁지에 몰릴 대로 몰린 그가 일본 밀항을 생각한 것은 어쩌면 당연한 것이었다.

일찍이 일본에 유학했고, 그 후에도 제집 드나들 듯 뻔질나게 일본에 가곤 했기 때문에 그에게 일본은 외국이 아닌 친숙한 이웃 동네처럼 여겨졌다. 하지만 지금은 정상적인 방법으로는 갈 수 없는 먼 이국처럼 생각되었다. 그렇더라도 불법이긴 하지만 일단 일본 땅에 발을 딛기만 하면 그곳에는 그에게 안식처를 제공해줄 여러 가지 조건들이 갖추어져 있었다. 그를 도와줄 친구도 많았고, 누구보다도 J가 그를 기다리고 있었고, J는 그가 망명 신청을 할 경우 큰 도움이 될 것이 틀림없었다. 더구나 일본에는 그의 외삼촌이 있었다.

일본에서 사업을 크게 벌여 거부가 된 외삼촌은 철저히 일본인으로 살고 있었다. 귀화하여 이름도 일본식으로 요시다 고이치로 바꾸고 한국에 본처가 있는데도 일본 여자와 결혼한 그는 정치적으로 극우에다 지극히 현실적이어서 일본 같은 자본주의 사회에 딱 들어맞는 인물이었다. 문도는 그런 외삼촌이 영 마음에 들지 않았지만 어렸을 때부터 그를 교육시키고 일본에 유학까지 보내준 사람이 바로 외삼촌이었다.

누이동생 부부가 남자는 빨갱이로 몰려 수장되고 여동생은 살인범으로 구속되어 무기형을 언도받자 그는 졸지에 고아가 된 어린 조카를 불쌍히 여겨 우선 자기 집으로 데리고 갔다. 그들 내외는 자식이 없었고, 그의 아내는 병약한 데다 신경질이 심했다. 그녀는 도저히 조카를 기를 자신이 없으니 자기 작은아버지 내외가 오십이 넘도록 자식이 없어 외로워하는데 먹고살 만한 집안이니 아기를 거기 줘버리라고 강권했다. 거의 밖에서 생활하다시피 한 박상기가 오랜만에 집에 돌아와 보니 아기는 이미 아내의 작은아버지 집에 가 있었다. 차라리 잘됐다 싶어 그대로 받아들이기로 하고 밀수업에 정신이 팔려 있는 사이 아기는 정식으로 입양 절차를 밟아 성과 이름까지 서문도로 바뀌고 그 집의 양자로 입적되었다.

문도를 입양한 서씨는 조그만 배를 하나 가지고 고기잡이를 했는데, 문도가 학교에 들어갈 나이가 되었을 때 결핵으로 세상을 떠났다. 가세가 기울어 생활이 쪼들리는 것을 알게 된 상기는 서씨 집을 찾아가 그 부인에게 자신이 문도 외삼촌으로 그 애의 장래를 책임질 의무가 있다고 하면서 문도를 대학까지 보내줄 테니 걱정하지 말라고 위로했다. 그리고 그는 자기 말대로 그 약속을 지켰던 것이다.

그가 그렇게 책임감을 느낀 데에는 불쌍한 누이에 대한 죄책감이 무엇보다도 컸기 때문이었다. 그는 누이가 감옥에 있을 때 두 번인가 면회를 간 적이 있었는데 그때마다 누이는 그에게 자기는 잘 있으니 걱정 말고 아들을 잘 부탁한다고 몇 번이나 말했었다. 그 뒤 그는 누이 면회를 가지 못하는 대신 조카 교육비만은 챙겨 보냈는데 일본으로 밀항한 뒤에도 조카를 위해 서씨 집으로 돈을 보내주곤 했다. 일본으로 밀항하여 그곳에 주저앉으면서부터 그는 누이한테 더더욱 면회를 갈 수 없었고, 결국 연락도 끊기고 말았다. 무기징역형을 선고받았으니 그 어느 감옥에선가 살아 있을 거라는 막연한 생각이 문득문득 떠오르기도 했지만, 그저 그 선에서 누이에 대한 생각을 지워버리곤 했다.

그는 애초부터 누이의 남편인 조남구를 못마땅하게 생각했었다. 그와는 친한 친구 사이이긴 했지만, 그것은 겉으로 드러난 것일 뿐 속으로는 시국에 대한 인식의 차이로 그를 빨갱이 같은 놈 정도로 생각하고 있었다. 그러다가 누이가 그와 눈이 맞아 결혼까지 하자 더욱 못마땅하게 여겨졌다. 그는 빨갱이를 싫어했지만 그렇다고 극우 쪽에 서서 행동에 나서거나 하지는 않았다. 적당한 거리를 두고 관망하는 것을 즐기는 쪽이었다. 그리고 시국이 어떻게 돌아가든 그런 것에는 별로 관심이 없고 하루빨리 돈을 벌어 부자가 되는 것이 꿈이었다. 전쟁 중에도 그는 돈벌이가 되는 것을 찾아 돌아다녔고, 전쟁이라는 특수 상황을 잘만 이용하면 돈벌이에 큰 도움이 될 수 있을 것으로 생각하고 부지런히 싸돌아다녔다. 전쟁 중에 그가 밀수에 손을 댄 것도 그런 상황을 역이용했기 때문이었다.

한국전쟁 때문에 특수를 누리게 된 일본은 온갖 제품들을 쏟아내고 있었다. 그런 제품들을 일본 쪽 밀수업자가 배에 싣고 공해상으로 나오면 한국 쪽 밀수업자가 배에서 대기하고 있다가 달러를 주고 받아오는 식이었다. 위험 부담이 없는 것은 아니었지만 정부는 전쟁 중이라 해상 경비에 신경을 쓸 여유가 없었고, 그래서 밀수업자들은 경계구역을 밥 먹듯이 드나들었다. 그렇게 돈벌이 하느라고 바쁘게 돌아다니다 보니 그는 누이 부부한테 일어난 불행한 사건을 까맣게 모르고 있었다. 나중에야 그것을 알고 땅을 치고 통탄했지만 이미 엎질러진 물이었다.

외삼촌이 학비를 대준 덕분에 문도는 대학까지 별 어려움 없이 마칠 수가 있었다. 그에게 일본 유학을 권한 사람도 외삼촌이었다. 그동안 떨어져 지낸 조카를 가까이 두고 보고 싶었고, 의젓하게 자란 그에게서 보람을 느끼고 싶었던 것이다.

일본 유학 생활도 외삼촌이 학비와 생활비를 풍족하게 대주었기 때문에 문도는 조형미술이라는 창작세계에 몰입할 수 있었다. 그는 일본의 조형 작가들과 친교를 맺었고, 그들의 뛰어난 작품을 감상하는 동안 거기에 서구의 흐름이 배어 있는 것을 보고는 자신이 아직 우물 안 개구리임을 자각하고 뉴욕으로 다시 유학을 떠났다. 그가 뉴욕에서 조각에 파묻혀 지내는 동안 외삼촌은 군말 없이 돈을 보내주었고, 그는 당연한 듯 그것을 받아 챙겼다. 외삼촌 요시다는 조카가 무슨 공부를 하든 전혀 상관하지 않았다. 지원은 하되 상관하지 않는다는 식이었다. 그냥 마음대로 공부하게 내버려두었고, 재력이 있는 한 조카를 도와준다는 아주 간편한 생각밖에 갖고 있지 않았다. 뉴욕 유학을 마치고 돌아온 문도는 비로소 외삼촌의 도움 없이 경제적으로 자립할 수가 있었다.

그의 조형작품은 평단의 비상한 관심을 끌면서 만들기가 무섭게 팔려나갔고, 얼마 안 가 그는 자신도 모르는 사이에 국제적인 작가로 부상해 있었다. 그가 작품 활동만 했다면 아마 한국에서 활동하지 않고 유럽이나 미국으로 날아가 마음껏 자신의 기량을 발휘했을 것이다. 그러나 몸에 흐르는 피 탓일까. 그는 국내 정치 상황에 관심이 지대했고, 그것을 외면한 채 작품 활동을 하기 위해 외국으로 간다는 것은 일종의 도피 같았기 때문에 그대로 주저앉았던 것이다.

그런데 그때까지도 요시다는 문도에게 집안의 비극에 대해 한 마디도 언급하지 않았다. 때문에 문도는 부모가 일찍 돌아가시는 바람에 자신이 어느 집에 양자로 들어간 정도로만 알고 있었다.

밤 11시가 되자 구로공단 주막거리는 갑자기 어두워졌다. 하루 장사를 끝낸 식당과 술집들이 약속이나 한 듯 서둘러 불을 껐기 때문이었다. 사람들은 통금에 걸리지 않기 위해 바쁘게 움직이고 있었다. 식당을 나온 은혜도 막차를 놓치지 않으려고 서둘러 차도 쪽으로 걸어갔다. 골목을 벗어나자 저만치 버스가 오는 것이 보였다. 그녀는 냅다 뛰어갔다. 버스가 정차하고 문이 열리자 그녀는 남자들 뒤를 따라 발판을 밟고 올라갔다. 몸을 밀어붙이지 않으면 탈 수 없을 정도로 버스 안은 발 디딜 틈 없이 승객들로 꽉 들어차 있었다. 간신히 차에 올라탄 그녀는 숨을 몰아쉬면서 승객들 틈에 몸을 맡겼다. 손을 뻗어 손잡이를 잡고 몸을 바로 하고 싶었지만 손이 닿지 않아 포기하고 다른 사람들에게 몸을 의지할 수밖에 없었다. 버스가 속력을 내거나 급정거할 때마다 그녀는 한쪽으로 몸이 쏠려, 넘어지지 않으려고 아무나 붙잡았고,

가까스로 몸을 바로 하고 나면 창피하고 부끄러워 죄송합니다 하고 고개를 숙이곤 했다.

그녀의 집은 버스로 40분쯤 걸리는 곳에 있었다. 버스에 탄 지 15분쯤 지났을 때 버스가 끼익하면서 급정거하자 승객들이 한쪽으로 쏠리면서 여자들이 비명을 질렀다. 은혜도 넘어질 뻔했지만 누군가가 팔을 잡아주어서 넘어지지 않고 몸을 바로 할 수 있었다. 그런데 그녀의 팔을 잡은 손이 떨어지지 않고 그대로 있었다. 그 시간이 너무 길다고 생각했기 때문에 그녀는 팔을 빼려고 했다. 그때 재빨리 속삭이는 소리가 들려왔다

"은혜, 나 문도야. 그냥 그대로 있어."

그녀는 멈칫해서 고개를 돌려 남자를 쳐다보려고 했다.

"나 쳐다보지 말고 그대로 있어."

그녀는 몸이 경직되면서 숨까지 멎는 것 같았다. 혹시 잘못 들은 게 아닐까. 그녀는 숨을 죽이고 다음 말을 기다렸다.

"많이 야위었어. 어디 아팠어?"

그녀는 고개를 흔들었다. 그렇게 보고 싶고 기다렸던 사람이 자기를 붙잡고 있다니! 그녀는 도무지 믿을 수가 없었다. 하지만 분명히 사랑하는 그 사람 목소리였다.

"만나고 싶었지만 그럴 수가 없었어. 미안해."

버스가 갑자기 속력을 내는 바람에 승객들이 출렁거렸다. 그녀는 그의 옷을 움켜잡았다가 허리에 팔을 둘렀다. 품에 안기면 울음을 터뜨릴 것만 같았다. 갑자기 눈물이 마구 쏟아져 나오는 바

람에 아무것도 볼 수 없었다.

"아기는 잘 있어?"

그녀가 아기를 낳은 것을 이미 알고 묻는 말이었다. 그녀는 급하게 고개를 끄덕이면서 얼른 고개를 돌려 그를 쳐다보았다. 안경을 끼고 그 위에 챙이 둥근 모자를 눌러쓴 남자가 그녀를 쳐다보고 있었다. 그녀가 알고 있는 문도는 안경을 끼지 않았고 모자를 쓴 모습도 본 적이 없었다. 낯선 모습이었지만 눈이 마주치는 순간 그녀는 그를 알아볼 수가 있었다. 그는 여전히 도피 중이라 변장을 하고 다니는 것 같았다. 그 모습에 그녀는 가슴이 미어지는 듯했다.

"아기는 어디 있어? 누가 돌보고 있지?"

"엄마가…… 시골집에서 엄마가 보고 있어요."

그녀는 떨리는 목소리로 말했다.

"봐줄 사람이 있어 다행이구나. 아기 이름은?"

그녀는 고개를 흔들었다.

"아직 없어요."

"아들이지?"

그녀가 얼굴이 빨개지면서 끄덕이자 그가 뜨거운 목소리로 말했다.

"내가 이름을 지어봤어. 서명우라고 지었어."

서명우. 그녀는 속으로 그것을 굴려보았다. 그리고 미소를 지으면서 얼른 고개를 끄덕였다.

"마음에 들어요."

버스가 정차하자 사람들이 다투어 내리느라고 혼잡스러웠다. 그녀는 그의 팔짱을 꼭 끼었다. 아, 그리운 사람. 그녀는 사람들이 보든 말든 그의 가슴에 얼굴을 묻고 싶었다.

"잘 가. 연락할게."

그녀는 화들짝 놀랐다.

"어디 가시려구요? 함께 가요!"

그녀는 낮은 소리로 절박하게 말했다. 소리가 좀 컸던지 사람들이 그들을 쳐다보았다.

"난 곧 내려야 해. 함께 갈 수 없어."

그녀는 마구 고개를 흔들면서 울기 시작했다.

"잠깐만이라도 보고 싶었어. 미안해."

그는 그녀를 따라 버스를 탄 것이 후회되었다. 먼발치에서나마 설렁탕집 창문을 통해 그녀를 보고 나서 발길을 돌렸어야 했다.

그녀가 너무 울어댔기 때문에 그는 더 이상 버스에 타고 있을 수가 없었다. 할 수 없이 그는 다음 정거장에서 그녀를 데리고 내렸다.

"가지 마세요! 가시면 안 돼요! 우리, 여관에 가요!"

버스에서 내리자마자 그녀는 그를 붙잡고 애절하게 말했다.

"여관은 안 돼. 경찰이 임검을 나오기 때문에 안 돼."

"그럼 우리 집에 가요!"

그렇게 말했지만 그녀의 집이라는 것은 조그만 단칸 셋방이었고, 그것도 친구와 함께 쓰고 있는 처지였다. 하지만 그녀는 이것저것 따지고 있을 겨를이 없었다. 그를 붙잡아두는 것이, 그리고 하룻밤만이라도 함께 지내는 것이 소원이었다. 밖에서 노숙하는 한이 있더라도 그의 곁에 꼭 붙어 있고 싶었다.

"집에 가도 되는 거야? 혹시 경찰이 감시하고 있는 거 아니야?"

"그런 거 없어요."

그들은 사람들 눈을 피해 골목 안으로 들어갔다. 어두운 골목 안으로 들어서자 그들은 서로 뜨겁게 포옹하면서 입을 맞췄다.

"보고 싶었어요!"

그녀는 흐느끼면서 말했다. 그녀의 눈물이 그의 얼굴을 뜨겁게 적시자 그는 그녀의 얼굴에 얼굴을 비벼댔다.

"나도 보고 싶었어."

숨이 막힐 정도로 한참 동안 격렬한 키스를 한 다음 그들은 서로 꼭 껴안고 걸었다. 잠시라도 떨어지면 큰일이라도 날 듯 꼭 붙어 서서 걸어갔다.

문도는 손목시계를 보았다. 통금이 시작되는 자정까지는 아직 30분 정도 남아 있었다. 은혜와 함께 있는 것이 발각될 경우 그녀에게 돌아갈 피해를 생각해서 그는 될수록 빨리 그녀와 헤어지려고 했는데, 은혜가 완강하게 붙잡는 바람에 결국 그녀와 함께 하룻밤을 보내지 않을 수 없게 된 것이다. 가슴이 터질 듯 흥분되면서도 그는 한편으로 걱정되기도 했다. 별일 없어야 할 텐데, 그녀가 다치지 말아야 할 텐데 하고 생각하면서 그는 그녀가 이끄는 대로 따라갔다.

수십 년 동안 방치된 채 쌓여온 빈곤의 퇴적물이 쌓여 퀴퀴한 냄새를 풍기는 좁은 골목에는 낮은 건물들이 이마를 맞대고 있었는데, 거의가 공단에서 일하는 가난한 직공들을 상대로 월세를 받기 위해 만들어놓은 쪽방들로, 빈틈 하나 없이 다닥다닥 붙어 있었다. 그녀는 한 건물 앞에 멈춰 서더니 2층으로 올라가는 철제 계단을 가리켰다. 외등 하나가 주위를 침침하게 비추고 있었다.

"올라가야 해요. 친구하고 같이 있어요. 불편하겠지만 하룻밤 정도는 같이 지낼 수 있어요. 친구한테 말하고 올 테니까 여기서 좀 기다려요. 가시면 안 돼요. 알았죠? 절대 가시면 안 돼요."

그녀는 신신당부하고 계단을 뛰어올라갔다. 친구하고 함께 방을 쓰고 있다는 말에 그는 난처한 생각이 들었다. 잠시 후 내려온 그녀가 그의 품에 안기면서 말했다.

"친구가 감기에 걸렸는지 많이 아파요. 하지만 괜찮다고 했어요. 이야기 좀 하고 들어가요. 안에 들어가면 이야기할 수 없으니까."

취객 한 명이 비틀거리면서 다가왔다. 은혜는 문도한테서 떨어졌다가 취객이 지나가자 다시 그의 품에 안겼다.

"그거 정말이에요?"

"뭐 말이야?"

그는 은혜를 꼭 끌어안으며 물었다.

"간첩이라는 거……."

그녀는 조심스럽게 말끝을 흐렸다.

"그걸 믿었어?"

"아뇨, 믿지 않았어요. 하지만 워낙 엄청나서……."

"믿으면 안 돼. 날조한 거니까. 대통령을 암살하려고 한 건 맞아. 그놈은 나라를 망치고 있는 독재자니까. 난 비록 쫓기고 있지만 조금도 부끄럽지 않아. 미친개들이 쫓아오면 도망가는 건 당연해. 미친개한테 붙잡혀 찢겨 죽느니 차라리 도망 다니는 게 나아. 붙잡혀 죽는 건 개죽음이나 마찬가지야. 아무 의미가 없어."

"아, 하지만 무서워요! 왜 그렇게 무서운 일을 했어요? 무서워요!"

그녀는 그의 품속에서 몸을 떨었다.

"누군가 해야 하는 일을 내가 했을 뿐이야. 하지만 실패로 끝나 분해. 배신자가 있었어."

순간적으로 어둠 속에서 표범처럼 빛나는 눈빛을 보고 그녀는 얼른 시선을 돌렸다.

"매일 텔레비전하고 신문 봤어요. 선생님 붙잡혔을까 봐. 사형당한 사람들 텔레비전에 나온 것도 봤어요. 너무 불쌍했어요."

"나도 붙잡히면 사형당할 거야. 난 주범이니까 사형당할 게 틀림없어."

"안 돼요! 붙잡히면 안 돼요! 절대 붙잡히지 마세요!"

그녀는 흐느끼면서 그의 가슴에 얼굴을 비볐다.

"붙잡히지 않을 거야."

"제가 뭐 도와드릴 거 없나요? 돈은 있어요? 제가 돈 좀 모아놓은 게 있는데 드릴까요? 잠은 어디서 주무세요? 숨어 지낼 데는 있어요? 저녁은 드셨어요?"

그녀는 그의 까칠한 얼굴을 손으로 더듬다가 초라한 차림새를 쓰나듬으면서 걱정스러운 눈으로 그를 쳐다보았다.

"더 이상 국내에 숨어 있는 게 힘들어. 이러다가는 곧 붙잡힐 것 같아."

"아, 안 돼요! 우리는 어떡하고요? 아기는 어떡하고요?"

울음을 터뜨리는 그녀의 입을 그의 입이 막았다.

"울지 마. 그래서 말인데, 할 이야기가 있어. 나 일본으로 갈 거야."

그녀는 천천히 그녀의 품에서 떨어졌다.

"정말이세요?"

"응, 내일 떠날 거야. 일본에 가면 안전해. 외삼촌도 계시고, 날 도와줄 사람들은 많아."

"우린 다시는 못 만나겠군요."

그녀는 절망적으로 중얼거렸다.

"아니야. 가서 자리 잡으면 은혜하고 아기 데리고 갈 거야. 그때까지만 참고 기다려줘. 꼭 데리고 갈 거야."

그녀는 그의 표정을 살피다가 가만히 끄덕였다.

"더 이상 한국에 있을 수 없으면 일본에라도 가셔야죠. 그런데 어떻게 가시죠? 무사히 빠져나갈 수 있나요?"

"정상적으로는 안 되고…… 밀항할 거야. 배를 타고 몰래 건너갈 거야. 별로 멀지 않아."

"그건 위험하잖아요."

"어느 정도 위험은 감수해야지. 하지만 밀항만 전문적으로 하는 사람들이 도와주기 때문에 안심해도 돼. 그 사람들이 잘 안내해줄 거야. 돈만 주면 돼. 준비는 다 돼 있어."

"돈 필요하면 제가 드릴게요."

"아니야. 일본에 있는 외삼촌이 돈은 다 지불했어."

"헤어지는 거 싫어요!"

그녀는 그의 가슴에 얼굴을 묻고 다시 울음을 터뜨렸다.

구로공단에 다닌다는 은혜의 친구 춘자는 밤새 기침을 했다.

세 사람이 누워 있는 방 안은 몸을 뒤채기도 어려울 정도로 비좁았다. 춘자가 맨 왼쪽에 누워 있었고, 은혜는 가운데를 차지하고 있었다. 그 오른쪽에 문도가 거북하게 두 다리를 뻗고 있었다. 하지만 캄캄한 어둠이 그 모든 것을 덮어버리고 있었다. 춘자의 기침 소리가 귀에 거슬리고 신경에 쓰였지만 절박한 상황에서 오랜만에 만난 연인의 마지막일지도 모르는 하룻밤의 슬픈 사랑을 막을 수는 없었다.

문도는 품에 안긴 은혜의 몸을 더듬다가 조심스럽게 아랫도리를 벗겼다. 춘자에게 눈치채일까 봐 극도로 조심하면서 옷을 끌어내리자 은혜는 옷이 쉽게 벗겨지게 하체를 들어주었다. 그런데 기침 소리가 처음에는 신경에 거슬렸지만 나중에는 오히려 도움이 되었다. 기침 소리 하나 없는 적막 속에서는 바스락거리는 소리도 크게 들리기 마련이었다. 그런 상황에서 옆에 누워 있는 사람이 눈치 못 채게 도둑질하는 것처럼 몰래 사랑을 나눈다는 것은 불가능한 일이었다. 옆 사람이 알든 모르든 상관하지 않고 막무가내로 그걸 한다면 몰라도.

그가 은혜의 몸속으로 들어갔을 때 그녀의 신음은 기침 소리에 묻혀 있었다. 그들은 기침 소리를 이용해 서로 사랑한다고 속삭였다. 움직임은 더욱 빨라지고 거칠어지고 있었다. 그녀는 그의 목에 매달려 신음을 삼켰지만 그것을 다 삼킬 수는 없었다. 춘자가 몸을 뒤척이는 것이 아무래도 눈치를 챈 것 같았다. 그렇다고 해서 이제 막 달아오르기 시작한 사랑의 일체감을 멈출 수는 없었다. 그들은 더욱 격렬하게 몸을 부딪쳤다. 춘자가 또 몸을 뒤챘다. 깨어 있으면서 자고 있는 척하는 것 같았다. 어둠 속에서 두 눈을 크게 뜨고 보고 있을지도 모른다는 생각이 들었다. 그렇더라도 이제는 어쩔 수 없었다. 그녀를 무시한 채 그들은 허덕거리고 몸부림쳤다. 그것은 일상적인 사랑 행위가 아닌, 보다 절박하고 절망적이기까지 한 사랑이었기 때문에 처절하기까지 했다.

"살아서 만나야 해요! 사랑해요!"

"꼭 와서 데려갈게! 몸조심해!"

그는 마침내 자신의 모든 것을 그녀의 몸속에 쏟아 넣었다. 마지막 한 방울까지 짜 넣은 뒤 그녀의 가슴에 얼굴을 묻고 감격의 눈물을 흘렸다.

한참이 지나 숨이 가라앉고 방 안이 무거운 침묵에 싸여 있을 때 춘자가 더듬거리며 일어나더니 밖으로 나갔다. 화장실에 가는 것 같았다. 그 기회를 이용해 은혜가 조금 큰 소리로 물었다.

"아기 이름 한자로는 어떻게 쓰죠?"

"쉬워. 맑을 명에 집 우 자야."

"서명우, 서명우…… 마음에 들어요."

"아기, 잘 부탁해."

그는 은혜를 으스러지게 껴안고 입을 맞추었다.

밀항

다음 날은 비가 내렸고 바람까지 불어 바다가 거칠었다. 소주를 마시던 선장이란 사내는 걱정스러운 눈으로 어두운 바다를 바라보다가 그에게 시선을 돌렸다.

"이런 날 배 타봤수?"

사내는 오십대 초반쯤 돼 보였는데 눈초리가 매섭고 광대뼈가 유난히 튀어나와 있었다.

"아뇨, 처음입니다."

문도는 소주잔을 만지작거리다가 소주를 입안에 털어 넣었다. 어둠 속에서 들려오는 바람 소리와 파도 소리는 공포스럽기까지 했다.

방 안에는 함께 밀항할 사람들이 문도 외에도 다섯 명이 더 있었다. 남자 한 명에 젊은 여자가 네 명이나 있었다. 화장을 짙게 한 여자들은 초조하게 담배만 빨아대고 있었다. 남자는 늙수그레해 보였고, 뭐가 못마땅한지 얼굴에 잔뜩 주름을 잡고 있었다. 그들 가운데는 한두 번 밀항을 해본 사람도 있는지 뭔가 아는 체하는 말소리도 들렸다.

"파도가 거칠어 고생 좀 하겠는데."

"연기하면 안 되나요?"

문도가 불안한 표정으로 말하자 뺨에 칼자국이 흉하게 난 사십대 중반의 사내가 흘기듯 그를 쳐다보면서 퉁명스럽게 말했다.

"그런 소리 하지 말아요. 결정은 우리가 할 테니까."

문도는 아무 소리 못한 채 입을 다물었다. 칼자국은 단단한 몸매에 얼굴이 검고 둥글었다. 그는 담배를 꼬나물더니 한마디 보탰다.

"이보다 더 험한 날에도 작업해요. 돈이 얼만데."

"저쪽에서도 나올 거라고 연락 왔어요."

예정대로 떠날 거니까 그렇게 알고 준비하고 있으라는 뜻으로 광대뼈가 말했다.

"어선이에요?"

가장 나이 들어 보이는 여자가 선장의 잔에 소주를 주면서 물었다.

"낚싯배야. 10톤이야."

그들의 목숨을 책임지고 있는 선장은 그래서인지 태도가 권위적이고, 여자들한테는 무조건 반말이었다.

"몇 마력입니까?"

늙수그레한 사내가 물었다.

"1200마력에 최신 엔진, 발전기는 두 대, 최신 항법장치…….
당신들 운 좋은 거야. 이만한 배 만나기도 힘들어요."

"그만하면 뭐 걱정하지 않아도 되겠네."

"내 말 잘 들어요."

칼자국이 사람들을 훑어보며 끼어들었다. 그 역시 목에 잔뜩 힘을 주고 있었다.

"배에 오르면 일단 모두 배 밑창으로 들어가요. 밖으로 나오면 안 돼요. 나오라고 할 때까지 거기 숨어 있어야 해요. 언제 경비정이 나타날지 모르니까. 경비구역 지나면 꺼내줄 거니까 그때까지 꼼짝 말고 있어요. 만일 지시에 반항하면 바다에 던져버릴 거니까 그렇게 알아요."

그 말에 모두가 입을 다물었다. 무거운 침묵을 깬 것은 여자였다.

"몇 시간이나 걸리죠?"

"접선 지점까지 두 시간, 인수인계가 끝나면 그쪽에서 알아서 할 거예요."

"전에는 한 시간밖에 안 걸렸는데."

"넉넉잡아 그렇다는 거야. 낌새가 안 좋으면 돌아오는 척하다가 되돌아가야 하니까 얼마나 걸릴지는 두고 봐야 해. 날씨가 이렇게 안 좋으면 속력을 낼 수도 없어."

"인수인계를 하고 나면 일본까지는 얼마나 걸리죠?"

문도가 물었다.

"다섯 시간쯤 잡아야 할 거예요. 일본 배는 우리보다 빠른데도 그만큼 걸려요."

"대마도가 바로 코앞에 있으니 거기까지는 아주 가깝지. 하지만 거기서부터 일본 본토까지가 먼 거야."

늙수그레한 사내가 혼잣말처럼 중얼거렸다.

"자, 그리고 5만 엔씩 내요. 만일의 경우에 대비한 거니까 잔말 말고 5만 엔씩 내요. 빨리! 시간 없어요."

칼자국이 갑자기 서두르기 시작했다. 이미 밀항비로 큰돈을 지불한 그들은 도대체 무슨 말이냐는 듯 그를 쳐다보았다.

"이미 다 지불했잖아요?"

한 여자가 따지듯 물었다.

"계약금 외에 따로 돈 들어갈 구멍이 갑자기 생기면 누가 그걸 메꿔? 당신들이 메꿔야 할 거 아냐?"

"그게 뭐예요?"

"재수 없이 경비한테 걸리면 그놈들 그냥 보내줄 줄 알아? 배 위에 올라오면 제일 먼저 뒤지는 게 밑창이야. 그러니까 배에 오르기 전에 미리 봉투를 던져줘야 해. 봉투가 두둑하면 그냥 가는 거고 그렇지 않으면 골치 아프게 돼."

"결국 봉투값이군요."

"이게 다 알고 하는 장사란 거 몰라? 걔들, 돈이 적으면 받지도 않아. 경비 안 걸리면 나중에 돈 다 돌려줄 거니까 5만 엔씩 빨리!"

밀항자들은 울며 겨자 먹기로 일본에 가서 쓰려고 꽁꽁 숨겨 둔 비상금을 꼬물꼬물 꺼내기 시작했다. 돈을 안 낸 사람은 문도가 유일했다. 그는 사실 그만한 돈이 없었다. 그런데 칼자국도 그에게는 돈을 내라고 하지 않았다. "당신은 됐어요. 나중에 계산하기로 했으니까." 하면서 특별 대우를 해주었다.

얼마 후 그들은 술집을 나와 부두로 향했다. 자정이 가까운 감천항은 이미 인적이 끊겨 있었고, 비바람과 파도 소리만 들려오고 있었다. 모두들 어깨를 웅크린 채 급하게 걸어가다가 칼자국이 가리키는 배 위로 올라갔다.

배는 제법 커 보였다. 칼자국이 갑판 중간쯤에 있는 묵직한 나무판을 들어올리자 한 사람이 들어갈 만한 시커먼 구멍이 나타났다. 너무 캄캄해서 망설이고 있는데 잠시 후 엔진 소리가 나면서 희미한 불빛이 비쳤다.

"살고 싶은 사람은 구명조끼를 입고 그렇지 않은 사람은 안 입어도 좋아요."

칼자국이 구명조끼를 던지면서 말하자 모두가 다투어 그것을 입었다.

"자, 한 명씩 조심해서 내려가요. 똥오줌은 통에다 누고 토사물은 봉지가 있으니까 거기다 토하고."

사람들은 사다리를 타고 조심스럽게 밑으로 내려갔다.

밑창은 창고나 다름없었다. 비좁은 공간에 온갖 잡동사니가 쌓여 있었고, 바닥은 바닷물이 새는지 질퍽하게 젖어 있었다. 한쪽에 평상 같은 것이 놓여 있었기 때문에 사람들은 그 위로 올라가 앉았다. 생선 썩는 냄새와 오물 냄새가 뒤섞여 숨이 컥 막히는 것 같았다. 높은 곳에 둥근 창이 하나 있었는데 어두워서 아무것도 보이지 않았다. 오물통은 플라스틱 상자을 쌓아놓은 쪽에 놓여 있었다. 자리가 비좁았기 때문에 문도는 플라스틱 통 하나를 깔고 앉았다. 거기에는 밀항자 처지에 사람대접 받을 생각은 하지 말라는 무언의 멸시가 깔려 있었다.

"망할 새끼들, 돈을 그렇게 처받았으면 누울 자리라도 마련해줘야지. 이게 뭐꼬. 성질 같으면 칼로 배때기를 콱 찔러버리겄구만."

나이 든 남자가 화가 나서 욕지거리를 내뱉는 것을 들으며 문도는 눈을 감았다. 사람들이 불안하고 초조해진 나머지 연달아 담배를 피워대는 바람에 실내는 금방 담배 연기로 가득 찼다.

마침내 배가 움직이기 시작했다. 방파제를 벗어나기 무섭게 배는 흔들리기 시작했다. 파도가 유리창을 후려칠 때마다 배가 금방이라도 부서져나갈 듯 우지끈 우지끈하는 소리가 들려왔다. 사람들은 불안한 눈으로 창문을 올려다보곤 했다.

바다 가운데로 나가자 배는 가랑잎처럼 흔들렸다. 집채 같은 높은 파도 위로 쑥 올라섰다가 파도를 타고 밑으로 떨어질 때는 흡사 지옥으로 떨어지는 것 같았다. 그때마다 여자들은 서로 껴안고 비명을 질러대곤 했다. 그녀들은 일본에 도착하는 대로 가는 곳이 정해져 있었다. 네 명 모두 오사카의 술집에 계약되어 있었다. 위험을 무릅쓰고 밀항선을 타고 오사카 술집까지 원정을 가는 것은 오로지 돈을 벌기 위해서였다. 하지만 사정을 좀더 깊이 들여다보면 빚을 갚기 위해서 가는 것이었다. 한국의 술집에서 일하면서 사채를 끌어다 쓴 것이 화근이었다. 고리채로 빚이 눈덩이처럼 불어나 갚을 길이 막막한 것을 안 빚쟁이는 일본에 가면 큰돈을 벌 수 있다고 구슬리기도 하고 협박하기도 해서 오사카의 술집에서 일 년 치에 해당하는 보수를 한목에 받아 챙긴 후 한 푼도 주지 않은 채 그녀들의 등을 떠밀어 밀항선에 태웠던 것이다. 빚이 한국에서 오사카의 술집으로 옮겨진 그녀들은 그 빚을 갚기 위해 일 년 동안 무보수로 일하지 않으면 안 된다. 술집 주인은 그 빚을 뽑아내는 것은 물론 한국에서 온 미녀라는 점을 최대한 이용, 매춘까지 강요하면서 그녀들한테서 고혈을 빨아내기 위해 온갖 술수를 다 부릴 것이다. 일 년 후 약정기간이 다 끝나면 몸도 마음도 황폐해질 대로 황폐해진 그녀들은 진저리를 치면서 하루빨리 한국행 밀항선에 오르기만을 고대할 것이다. 하지만 예정대로 귀국하는 사람은 거의 없다. 이런저런 이유로 발목이 잡혀 고혈을 빨리면서 오도 가도 못하는 신세로 전락하는 경우가 태반이다.

사람들이 여기저기서 윽윽 하면서 토하기 시작했다. 거기에 대비해서 문도는 배를 비워두었지만 얼마 후에는 위 속의 찌꺼기까지 토해내야 했다. 사람들은 정신없이 토해내는 한편으로 넘어지지 않으려고 뒤뚱거리면서 부지런히 오물통이 있는 곳을 드나들었다. 토사물과 오물통에서 풍기는 악취가 진동했지만 무시무시하게 덮쳐오는 산더미 같은 파도에 금방이라도 부서져버릴 듯한 가랑잎 같은 배 안에 꼼짝없이 갇혀 있는 데서 오는 공포감에 비하면 그런 것은 그래도 견딜 만했다.

뚜껑이 열리더니 비바람이 몰려들어왔다.

"서문도 씨, 올라와 봐요!"

위에서 부르는 소리에 문도는 허둥지둥 사다리를 타고 위로 올라갔다. 다시 뚜껑이 쿵 소리를 내면서 닫혔고, 그는 갑판 위를 덮치는 파도에 맞아 나동그라졌다가 사내가 던져준 밧줄을 몸에 감고 선장실 쪽으로 기어갔다.

가까스로 선장실에 들어갔을 때는 온몸이 바닷물에 흠뻑 젖어 몰골이 참담했다. 그렇게 배가 걷잡을 수 없이 흔들리는데도 선장은 키를 잡은 채 유행가를 흥얼거리고 있었다.

"소주 한 잔 할래요, 커피 할래요?"

문도는 어리둥절해하다가 커피나 한 잔 달라고 말했다. 칼자국이 커피포트에서 김이 나는 커피를 따르더니 그에게 잔을 내밀었다.

"잘 대접하라고 저쪽에서 연락이 왔어요. 좀 있다가 연락이 오면 바꿔줄 테니까 기다려요."

문도는 또 어리둥절했다. 또다시 파도가 덮쳐오자 배는 파도 안으로 들어갔다. 그리고 잠시 후 위로 불쑥 솟아오르자 바닷물이 창 위로 주르르 흘러내렸다.

"밑에는 있을 만하지요?"

선장이 싱긋 웃으며 물었다. 문도는 고개를 흔들었다.

"아뇨, 질식할 것 같던데요."

선장과 칼자국이 킬킬거렸다.

"사람대접 받으려면 밀항을 말아야지. 내려가지 말고 선실에 계슈. 부탁받고 특별히 대접해주는 거요."

그때 찍찍 하는 소리가 들려왔다. 선장이 무전기 마이크를 잡더니 "잠깐 기다리십시오." 하고는 문도에게 급하게 손짓을 했다. 문도는 재빨리 그쪽으로 다가가 마이크를 건네받았다.

"문도냐? 오고 있냐?"

외삼촌의 목소리가 잡음 속에 섞여 카랑카랑 들려왔다.

"네, 가고 있습니다!"

"파도가 거칠다며?"

"네, 좀 그렇습니다."

"도착하면 차가 기다리고 있으니까 그거 타고 올라와."

"네, 알겠습니다. 감사합니다."

"몸조심해."

선장은 마이크를 받아 챙기면서 문도를 새삼스럽게 다시 쳐다보았다.

"방금 그 사람 누굽니까?"

"좀 아는 분입니다."

"여기까지 연락이 오는 걸 보면 대단한 사람 같은데……."

문도는 외삼촌의 힘이 대단하다는 것을 실감했다. 짐작은 했지만 외삼촌이 야쿠자에 몸담고 있을지도 모른다는 생각은 이제 사실로 굳어지는 것 같았다. 항해하고 있는 밀항선에 무전 연락을 해올 정도면 정보력이나 영향력에서 야쿠자가 아니고는 할 수 없는 것이었다. 외삼촌에게 감사하면서도 그는 마음이 착잡해지는 것을 어찌 할 수가 없었다.

또 하나의 사진

다음 날 저녁때 문도는 쉬고 있던 호텔 방을 나와 엘리베이터를 타고 아래층으로 내려갔다. 로비에는 검은색 양복 윗주머니에 노란색 손수건을 꽂은 건장한 청년이 그를 기다리고 있다가 그가 가까이 다가가자 정중히 고개를 숙여 인사한 다음 밖으로 그를 안내했다.

밖에는 검은색의 고급 벤츠가 대기하고 있었다. 청년은 아무 말도 하지 않은 채 문도를 위해 뒷문을 여닫고, 자신은 잽싸게 조수석에 오른 다음 중년의 운전사에게 출발 사인을 보내는 등 그 일련의 동작을 아주 익숙하게 기계처럼 움직였다. 그 청년은 만일의 경우에 대비해서 보내준 안내자 겸 경호원이었다.

한 시간쯤 지나 문도가 내린 곳은 도쿄만 부근이었다. 고층 오피스 빌딩 안으로 들어간 그는 엘리베이터를 타고 35층으로 올라갔다.

'ORION COM'이라는 금색 표지가 붙은 문 앞에 이르자 안내자가 초인종을 눌렀다. 문이 찰칵 소리를 내면서 열리자 안내자는 문도가 들어갈 수 있게 비켜서면서 문을 당겼다. 안에 앉아 있던 젊은 여자가 일어서서 그들을 맞았고, 청년은 그녀에게 사인을 보낸 다음 밖으로 사라졌다. 안쪽에 육중해 보이는 목제 출입문이 있는 것으로 보아 여자 혼자 있는 그곳은 비서실인 것 같았다. 눈에 띄는 미모에 단정해 보이는 여비서는 미소를 지으면서 그에게 말을 걸었다.

"서 선생님이시죠?"

"그렇습니다."

문도는 일본어로 대답했다.

"이쪽으로 오십시오. 안에서 기다리라고 하셨습니다."

문도는 그녀가 열어주는 목제문을 지나 안으로 들어갔다. 여비서는 푹신해 보이는 가죽 소파를 가리키며 그가 앉기를 기다렸다가 뭘 마시겠느냐고 물었다.

"블랙커피 한 잔 주십시오."

그녀가 나가자 그는 일어서서 실내를 둘러보았다. 수십 평은 되어 보이는 실내는 얼른 보기에도 아주 고급스럽게 꾸며져 있었다. 바닥에는 페르시아 융단이 깔려 있었고, 벽은 나무로 마감이 되어 있었고, 벽에 걸려 있는 그림들과 여기저기 놓여 있는 조각들은 그의 눈에도 쉽게 값을 매길 수 없을 정도로 고가인 유명 작가들의 작품 같았다. 그중에서도 그가 제작한 철 조각품 하나가 그의 시선을 끌었다. 그것은 수년 전에 그가 외삼촌에게 판 작품이었다. 태양을 향해 두 팔을 벌리고 있는 여인의 형상을 본뜬 것으로 그가 외삼촌에게 기증하고 싶었던 작품이었다. 그런데 외삼촌이 공짜로 받으면 작품의 가치가 떨어진다고 하면서 한사코 돈을 내겠다고 우기는 바람에 할 수 없이 적잖은 돈을 받고 넘긴 것이었다.

한쪽 벽은 책장으로 채워져 있었는데, 수 미터에 이르는 벽에 맞춰서 짠 것 같았다. 그런데 그 책장에는 각종 책들이 빈틈없이 채워져 있었고, 그것이 그를 놀라게 했다. 외삼촌이 이렇게 책을 좋아했다는 말인가. 그는 고개를 갸우뚱하면서 실내를 압도하고 있는 책을 바라보았다. 거기에는 철학과 문학, 사회과학, 경영 관계, 정치와 역사, 미술과 조각, 사진과 음악 등 온갖 분야의 책들이 빼곡히 들어차 있었다. 책장 앞에는 윤이 나는 마호가니 색의 대형 책상이 놓여 있었다. 책장 오른쪽에는 사진 액자가 몇 개 걸려 있었다.

그는 창가로 다가가 밖을 내다보았다. 도쿄만의 휘황한 불빛이 한눈에 들어오고 있었다. 그것을 보자 견딜 수 없이 가슴이 저려왔다. 검은 장미 최세희가 살던 아파트도 도쿄만이 내려다보이는 곳에 있었다. 이 부근 어딘가에 있는 것 같았다. 그곳에서 잠시 동안이지만 그녀와 함께 살았던 일이 생각나 그는 가슴이 울컥해져 왔다. 라비앙로즈에서 샹송을 부르던 그녀의 매혹적인 모습을 다시는 볼 수 없다는 사실에 이르자 그는 견딜 수가 없어 자기도 모르게 몸을 부르르 떨었다. 그동안 정신없이 쫓겨 다니느라고 그녀 생각을 하지 못했던 자신을 준열히 꾸짖고 싶었다. 그녀의 참혹한 죽음을 생각하자 그의 가슴은 갑자기 분노와 증오로 끓어올랐다. 여전히 기고만장해 있는 M을 생각하자 찢어 죽이고 싶은 생각으로 온몸이 부들부들 떨리다가 마비돼버리는 것 같았다.

문이 열리더니 비서가 커피잔을 들고 조용히 들어왔다.

"커피 드세요."

그녀는 커피잔을 소파 사이에 놓여 있는 탁자 위에 내려놓고 나서 밖으로 사라졌다. 그는 소파에 앉지 않고 커피잔을 들고 벽에 걸려 있는 사진 액자 쪽으로 다가가 그 앞에 멈춰 섰다. 모두가 컬러사진들로 가족들의 모습이 담겨 있었다. 외삼촌이 먼저 세상을 떠난 일본인 부인과 외동딸과 함께 찍은 가족사진은 여느 평범한 가족들 모습과 다를 바 없었다. 낚싯배 위에서 자기 키보다 큰 고기 옆에 서서 웃고 있는 외삼촌의 모습 뒤로 보이는 풍광이 어쩐지 쿠바 같아 보였다. 두 다리를 못 쓰는 불구로 집에서만 갇혀 지내고 있는 외동딸이 고양이를 안고 웃고 있는 사진도 있었다. 문도는 언젠가 외삼촌 집에 가서 그녀를 본 적이 있었다. 힘이 하나도 없어 보이는 그녀는 그의 손을 쓰다듬으면서 그렇잖아도 한번 만나고 싶었다고 말했다. 그녀는 뭔가 주고 싶은데 마땅한 것이 없다고 하면서 여기저기 서랍을 열어보다가 자기가 수놓은 거라고 하면서 예쁜 손수건을 하나 주었다.

그는 책장 쪽으로 갔다가 돌아서서 책상 앞으로 다가섰다. 책상 위 맨 왼쪽에는 책이 한 권 놓여 있었는데, 제목을 보니 사마천의 〈사기史記〉였다. 그 옆에는 은장식이 되어 있는 전화기, 두 개의 파이프, 듀퐁 라이터, 메모첩, 필기구통이 가지런히 놓여 있었다. 오른쪽 끝에는 조그만 사진 액자가 하나 세워져 있었는데, 사진은 흑백으로 아주 오래돼 보였다. 그것은 두 젊은 부부로 보이는 남녀가 아기를 안고 있는 사진이었다. 그는 무심코 고개를 돌리다가 다시 그것을 눈여겨보았다. 그것은 어디서 본 듯한 사진이었다. 어디서 봤더라? 그는 혼란스러워지는 머리를 갸우뚱하면서 액자를 집어들었다. 남자의 무릎 위에 앉아 있는 아기는 색동옷에 도령 모자를 쓰고 있었고 손에는 딸랑거리는 장난감을 들고 있었다. 아기 옆에 앉아 있는 여자는 고운 한복 차림에 함초롬한 모습으로 미소를 짓고 있었는데, 더없이 행복해 보이는 모습이었다. 하지만 그 순간, 또 다른 여자의 얼굴이, 나이 들고 불행해 보이는 여자의 얼굴이 그 위에 겹쳐지면서 눈앞에 아른거렸다. 너무 피곤해서 헛것을 본 게 아닐까. 그는 시선을 돌려 방 안을 한 번 휘둘러본 다음 다시 사진에 눈을 박았다. 사진 속의 예쁜 여인은 그가 보았던 누군가를 닮아 있었다. 그가 하룻밤 사랑을 나누었던, 기억하고 싶지 않은 늙은 창녀의 모습이 그 미소 안에 담겨 있었다. 그것은 아무리 긴 세월의 격차에도 결코 사라질 수 없는 모습이었다. 이 사진이 왜 여기, 하필이면 왜 외삼촌의 책상 위에 있는 것일까? 그는 아무리 생각해도 그 이유를 알 수 없었다. 그 어떤 상상력을 동원해도 그것이 이 책상 위에 놓여 있는 이유를 찾을 수가 없었다. 결국 내가 잘못 본 것이 아닐까 하는 생각이 들었고, 비슷한 사진을 보고 그 늙은 창녀까지 생각한 자신이 마음에 안 들어 책상 앞에서 물러났다. 그때 문이 열리면서 외삼촌이 들어왔다.

요시다는 전보다 더 몸이 비대해져 있었고, 어디서 한잔했는지 술 냄새를 풍기고 있었다. 문도가 다가서면서 고개를 숙여 인사하자 그는 가만히 그를 노려보다가 느닷없이 그의 따귀를 후려갈겼다. 문도가 얼떨떨해 있자 그는 와락 그를 껴안았다.

"짜식, 하나밖에 없는 삼촌을 애먹일 거냐?"

"죄송합니다."

"넌 문제가 많은 놈이야."

"죄송합니다."

"이놈아, 죄송하다면 다냐?"

그는 다시 문도를 껴안고 잡아 흔들다가 그를 놓아주고 자리에 앉혔다.

"잘 왔다. 너하고 대통령 암살 모의를 한 놈들은 모두 사형당했다던데 잘못했으면 네놈도 목매달았을 거 아니야?"

"붙잡혔으면 그랬죠."

"뻔뻔스러운 놈 같으니! 그걸 말이라고 하는 거야?"

"죄송합니다."

"하여간 붙잡히지 않고 돌아와서 천만다행이다. 이젠 꼼짝 말고 여기 엎드려 있어. 하는 짓거릴 보니까 한국 대통령이란 놈도 오래 못 가겠더라. 여기선 완전히 웃음거리다. 복지부동하고 가만있으면 세상 좋아질 거다. 그때까지 까불지 말고 얌전히 있어. 알았냐?"

"네, 알겠습니다."

"너한테 긴히 할 말이 있다."

요시다는 책상 앞으로 다가서더니 파이프에 담배를 잰 다음 거기에 불을 붙이고 나서 그것을 빽빽 빨면서 소파로 다가와 앉았다. 문도는 무릎 위에 두 손을 얹은 채 얌전히 앉아서 외삼촌의 말을 기다렸다.

"나 암 걸렸다."

"네?"

그는 놀란 눈으로 외삼촌을 바라보았다.

"대장암이란다."

"네? 정말입니까?"

"암 잘 본다는 병원 세 곳에 가서 검사받았는데 암이 확실해. 그것도 말기래."

그는 대수롭지 않은 듯 말했다.

"어떡하죠?"

문도는 사뭇 걱정스러운 얼굴로 당황해서 물었다.

"어떡하긴 뭐. 인명재천이라고 어쩔 수 없는 거지 뭐."

"너무 걱정하지 마십시오. 치료할 수 있습니다. 암에 제일 나쁜 것은 자신감 상실입니다."

"이제 환갑인데 이 나이에 죽으면 좀 억울하긴 하지. 일도 많이 벌여놨는데 말이야. 여기서 치료가 어려우면 미국에 가서 치료를 받아볼까 한다. 그쪽이 시설도 그렇고 실력도 한 수 위라니까 말이야. 그래서 하는 말인데 여기 있는 동안 내 사업 좀 도와라."

"제가 어떻게……?"

"내 곰곰 생각해봤는데 사업을 물려줄 마땅한 사람이 없다. 딸 하나 있는 건 사람 구실을 못하지, 여기 와 있으니까 사방이 모두 적들뿐이다. 일본 놈들은 겉으로는 친한 척하지만 가슴속에는 비수를 품고 있어. 언제 그것으로 나를 찌를지 몰라. 귀화는 했지만 난 여전히 조센징이야. 피는 어쩔 수가 없어. 난 지금 너무 많은 걸 가지고 있는데 죽을 때가 되니까 그게 다 쓸모없는 거야. 그렇게 악착같이 돈을 모았는데 다 써보지도 못하고 푼돈만 쓰다가 가게 됐어. 생각 같아서는 내 재산을 다 한국으로 빼돌리고 싶은데 그게 금방 되는 게 아니야. 표 나지 않게 빼돌리려면 몇 년은 걸린단 말이야. 그런저런 이유로 해서 내 사업을 너한테 맡길까 한다. 너라면 믿고 맡길 수 있고, 잘 해낼 수 있을 거라고 본다. 우선 내 자산 규모를 파악하고 그게 어떻게 돌아가고 있는지 아는 게 중요해. 오늘부터 당장 일을 시작해."

당황한 문도는 어쩔 줄 모르다가 가까스로 이렇게 말했다.

"한번 생각해보겠습니다."

"생각해볼 게 뭐가 있어? 넌 지금 실업자란 말이야. 굴러들어온 호박을 차버릴 셈이야?"

요시다는 눈을 부라리며 역정을 냈다.

"사업에 대해서는 전혀 경험도 없고 생각해보지도 않았기 때문에 당황스럽기만 합니다. 너무 갑작스럽고 큰일이라 저로서는 생각을 정리할 필요가 있어서 말씀드린 겁니다."

"좋아. 생각하는 건 좋아. 중요한 것은 내 사업을 너한테 물려준다는 거야. 그걸 기정사실화하고 생각하란 말이야. 내가 내일이라도 당장 암으로 죽으면 나 대신 일을 맡을 사람이 없어."

"잘 알겠습니다."

"지금은 복지부동하고 조용히 있어야겠지만, 네 문제가 법적으로 정리가 되고 활동이 자유로워지면 적극적으로 사업에 뛰어들어야 해. 그동안은 앞에 나서지 말고 뒤에서, 돌아가는 상황을 파악이나 하고 있으란 말이야."

"알겠습니다. 그건 그렇고 한 가지 물어볼 게 있습니다."

"그래, 물어봐. 뭔데 그래?"

요시다는 파이프에 있는 재를 사기 재떨이에다 톡톡 털면서 귀를 기울였다.

"저기, 책상 위에 있는 사진 말입니다."

요시다는 책상 쪽을 힐끗 쳐다보고 나서 대수롭지 않게 받아넘겼다.

"그게 어때서?"

"저 사진에 있는 사람들은 누굽니까?"

요시다는 파이프에 새 담배 가루를 재고 거기다 불을 붙이고 나서 연기를 서너 모금 빨 때까지 침묵을 지켰다. 그의 얼굴이 심각하게 일그러지고 있었다. 이윽고 그가 뒤로 몸을 젖히면서 말했다.

"저걸 봤구나. 사진 가져와 봐."

문도는 시키는 대로 책상 쪽으로 다가가 사진 액자를 들고 소파로 돌아와 앉았다. 요시다는 그것을 들고 가만히 사진 속의 인물들을 살펴보더니 입을 열었다.

"이제부터는 네가 간직해라. 네 사진이니까. 30년 만에 제대로 주인을 찾았다."

그는 사진 액자를 문도 앞에 내려놓았다. 문도는 무슨 두려운 물건이나 되는 듯 거기에 선뜻 손을 대지 못한 채 머뭇거리며 그것을 내려다보았다.

"지금 무슨 말씀을 하시는 겁니까? 이게 제 사진이라니요? 정말로 하시는 말씀입니까?"

"그래, 정말이야. 사진에 있는 그 아기가 바로 너야. 너란 말이다."

문도는 얼어붙은 듯 가만히 사진을 응시하다가 떨리는 손으로 액자를 집어들었다. 외삼촌의 다음 말이 두 귀를 후려치듯 들려오고 있었다.

"너를 안고 있는 사람이 네 아버지다. 옆에 있는 여자는 네 어머니고……. 처음 보는 거라 놀랐을 거다."

온몸이 부들부들 떨려오는 바람에 그는 액자를 더 이상 들고 있을 수가 없었다. 그것을 내려놓자 그 위로 뜨거운 눈물이 후두둑 떨어졌다. 그는 그것을 쓰다듬으면서 좀더 심하게 와들와들 떨어댔다.

"저, 정말입니까? 이, 이이 여자가 제 어머니란 말입니까?"

"그래, 네 엄마야. 내 누이동생이기도 하고."

요시다의 목소리도 침통하게 잠겨 있었다.

"두 분은 지금 어디 계십니까?"

"모두 죽었어. 그래서 널 다른 집에 양자로 보낸 거야."

문도는 고개를 흔들면서 액자를 집어들고 일어섰다.

"거짓말하지 마십시오! 이 여자를 봤습니다! 얼마 전에 봤어요!"

"뭐라고? 그게 정말이야?"

요시다는 두 눈을 부릅뜨고 그를 노려보다가 천천히 몸을 일으켰다.

"어, 어디서 봤다는 거야?"

"서울서 봤어요! 종로에서!"

"그 여자인 줄 어떻게 알아? 그건 30년도 더 지난 사진인데, 사진에 있는 얼굴하고 얼굴이 똑같았다는 거야?"

"그 여자도 이거하고 똑같은 사진을 가지고 있었어요!"

"뭐라고?"

요시다는 몸을 한번 부르르 떨더니 안절부절못하면서 왔다 갔다 하다가 멈춰 섰다.

"비슷한 가족사진은 얼마든지 많아! 잘못 본 거 아니야?"

"아니에요! 같은 사진이 틀림없어요! 사진 뒷면에 아기 이름이 적혀 있었는데 잘 기억나지 않아요. 이름자 하나가 용 자였던 것 같아요. 용 용龍 자요. 성은 조씨였고……."

"사진 꺼내봐!"

요시다가 턱으로 그가 들고 있는 액자를 가리켰다. 문도는 재빨리 고리를 밀어내고 액자 안에서 사진을 꺼내 뒷면을 보았다. 거기에는 다음과 같이 적혀 있었다. '趙龍秀 君 첫돌 4282. 4. 9.' 그 곁에는 연필로 급하게 눌러쓴 것 같은 주소도 적혀 있었다.

요시다는 문도가 보여주는 이름자를 보고는 갑자기 맥이 풀린 듯 비틀거리다가 책상 앞으로 가서 털썩 주저앉았다. 그리고 상체를 앞으로 기울이면서 두 손으로 이마를 짚고 두 눈을 감았다.

"이럴 수가. 죽은 줄 알았는데 아직 살아 있구나. 네 엄마가 살아 있구나."

중얼거리듯 말하는 외삼촌의 말에 문도는 목이 메어 아무 말도 할 수가 없었다. 그러나 그는 쥐어짜듯이 물었다.

"왜 모두 돌아가셨다고 했습니까? 우리 아버지는 어디 계십니까?"

"네 아버지는 돌아가셨다. 거짓말이 아니야. 30년 전에 돌아가셨어."

요시다는 말하기 괴로운 듯 신음 소리를 냈다. 문도는 사진 뒷면을 손가락 끝으로 가리키며 물었다.

"조, 조용수 이게 제 본래 이름입니까?"

요시다는 얼굴에서 두 손을 떼고 그를 바라보았다.

"그래, 맞아. 그게 네 본래 이름이야."

"왜 그동안 이 사진을 보여주지 않았습니까? 왜 제 과거를 감추기만 하고 본명도 알려주지 않았습니까?"

"네가 괴로워할까 봐 과거를 이야기해줄 수 없었어. 그리고 그 사진은 얼마 전에야 내 손에 들어온 거야. 기회가 오면 말해주려고 했는데 네가 먼저 알아볼 줄은 몰랐다. 자세한 건 나중에 말하기로 하고, 네 엄마는 언제 어디서 어떻게 만난 거냐? 자세히 말해봐. 네 엄마인 줄 알고 만난 거냐?"

문도는 다시 심하게 떨기 시작했다. 금방이라도 울음을 터뜨릴 것만 같은 그를 보고 요시다는 일어나 홈바로 가서 양주를 두 잔 가지고 와 그중 한 잔을 문도에게 건네면서 어깨를 쓰다듬어주었다.

"한 잔 마셔. 마시고 나면 좀 진정이 될 거다."

요시다는 단숨에 술을 들이켜고 나서 또 한 잔을 가지고 책상 앞으로 돌아왔다. 문도의 술잔은 비어 있었다.

"한 잔 더 할래?"

"아닙니다. 됐습니다."

그는 심호흡을 한 다음 처음 말을 배운 아기처럼 힘들게 더듬더듬 말을 꺼냈다.

"처음 보는 여자였는데…… 제, 제가 어떻게 어머니인 줄 알았겠습니까? 오십대 여자였는데…… 아, 아주 초라하고…… 불쌍해 보이는 여자였습니다. 한 달쯤 전이었습니다."

그는 목이 메어 말을 이을 수가 없었다. 그 여자를 종로의 사창가에서 만났다는 사실만은 도저히 말할 수가 없었다. 그러나 그것 때문에 이제부터 거짓말을 꾸며대야 한다는 것이 그를 더 괴롭혔다. 그는 칼로 가슴을 도려내는 듯한 고통을 느끼며 거짓말을 늘어놓기 시작했다.

"종로 뒷골목에 있는 어느 허름한 술집이었습니다. 탁자가 서너 개 있고 작은 방이 하나 있는 아주 조그만 간이주점이었습니다. 밤 11시가 넘은 시간이었는데…… 통금 때문에 손님들은 모두 가버리고 여자 혼자 그 집을 지키고 있었습니다. 그날 잘 데도 없고 통금 시간도 가까웠기 때문에 무작정 문을 밀고 안으로 들어갔습니다. 그 여자는 영업이 끝났다고 하면서 나가달라고 했습니다. 저는 사정했습니다. 통금이 해제될 때까지 구석에 조용히 앉아 술만 마시다가 가겠다, 당신은 방에 들어가 자도 좋다, 술값은 먼저 낼 테니까 안심하고 자라, 이렇게 사정했더니 그게 통했던지 저를 받아줬습니다. 그런데 그 여자는 방에 들어가지 않고…… 통금이 해제될 때까지 저와 함께 술을 마셨습니다. 아침에는 라면까지 끓여줬습니다. 그 여자는 이름이 목화라고 했는데…… 술집 여자가 본명을 댈 리 없으니까 아마 가명이었을 겁니다. 그 여자는 술에 취하니까…… 신세를 한탄하면서…… 자꾸 울었습니다. 너무 울어서…… 제가 민망했습니다. 목화는…… 전쟁 때 남편이 빨갱이로 몰려 죽었다고 했습니다. 아주 비참하게……."

문도는 급기야 흐느껴 울기 시작했다. 어깨를 떨면서 오열하는 그를 보고 있다가 요시다도 마침내 참지 못하고 눈물을 훔쳤다.

"숨기지 말고 사실대로 말씀해주십시오. 우리 아버지…… 정말 그렇게…… 빨갱이로 몰려…… 비참하게 돌아가셨나요? 어떻게 돌아가셨는지…… 전 알아야 할 권리가 있습니다."

요시다는 차마 대답은 못하고 고개만 끄덕였다. 그는 아예 술병을 가지고와 문도의 잔에 술을 주었다.

"마셔. 울고 싶으면 실컷 울어라."

"……그 말이 맞았군요."

문도는 몸을 추스르고 나서 술잔을 들어 입으로 가져갔다.

"그땐 전쟁 때라 참 많은 사람들이 억울하게 죽어갔다. 죄 있는 사람들도 있었지만 죄도 없는 사람들이 무더기로 죽어갔어. 재판도 없이 마구잡이로 죽였지."

"아무리 전쟁 때라고 사람을 그렇게 재판도 없이 죽일 수가 있습니까?"

문도가 격분해서 말하자 요시다는 재빨리 술을 들이켜고 나서 침울하게 말했다.

"전쟁 때는 다 미쳐서 돌아간다. 제정신이 아니야. 평소에는 착하던 사람도 악마가 된다."

"전 그게 싫습니다. 우리 동지들을 사형시킨 자들도 악마나 마찬가지입니다. 전시도 아닌데 말입니다."

"네 아버지는 바다에 수장됐어. 빨갱이들 씨를 말려야 한다고 하면서 사람들을 철사줄에 묶어 배에 싣고 가서 빠뜨려 죽였어. 지심도 앞바다에 버렸다고 들었다."

충격적인 사실 앞에 문도는 아무 말도 못한 채 한참 동안 부들부들 떨고만 있었다. 조카가 그러고 있는 것을 지켜보면서 요시다는 한숨만 내쉬고 있다가 궁금증을 못 이겨 입을 열었다.

"그러니까 그날 밤 주막에서 목화라는 여자가 이 사진하고 똑같은 사진을 너한테 보여줬다는 거냐?"

문도는 눈물을 닦고 나서 힘겹게 입을 열었다.

"그 여자가 방에 들어가더니 책을 한 권 가지고 나왔습니다. 〈죄와 벌〉이라는 책이었습니다. 그 책 안에서 바로 이 사진을 꺼내 보이면서…… 아기 돌 때 찍은 거라고 했습니다. 30여 년 전에 찍은 거라고 하면서……."

감정이 북받치자 문도는 말을 잇지 못했다. 요시다는 그가 마음을 가라앉히고 다시 입을 열 때까지 한참을 기다려주었다.

"제가 아기는 어떻게 됐느냐고 하니까 헤어졌다고 했습니다. 사람을 죽인 죄로 무기징역을 살았는데 25년 만에 감형되어 석방됐답니다. 나와 보니까 아들은 행방이 묘연하고, 자기 자신이 너무 초라해서…… 이미 장성해서 잘살고 있을 아들을 찾아 나설 자신이 없었답니다. 여기까지가 그녀의 이야기입니다. 다음 날 헤어질 때 그녀는…… 제가 젊어서 죽은 자기 남편하고 너무 닮아서…… 남편이 살아서 돌아온 줄 착각할 정도였다고 했습니다. 그래서 영업이 끝났는데도 저를 받아줬다고 하면서 눈물을 글썽였습니다. 그 여자가 제 어머니였다니…… 어떻게 그럴 수가…… 아, 어떻게 그럴 수가 있습니까?"

문도는 더 이상 견딜 수가 없어 화장실 안으로 들어가 울음을 터뜨렸다. 자신과 벌거벗고 정을 나눈 그 늙은 창녀가, 그 가엾고 불쌍한 창녀가 자신을 낳은 어머니라니! 어떻게 그런 일이 있을 수 있단 말인가! 결코 씻을 수 없는 죄를 짓고 만 자신이 너무 추악해 그는 자신을 칼로 찔러 죽이고 싶었다. 이제 어떡하면 좋단 말인가. 어떻게 하면 이 죄를 씻을 수 있단 말인가. 그는 벽을 치며 통곡했지만 소리를 죽여 우느라고 마치 온몸으로 우는 것처럼 격렬하게 떨어댔다.

그가 화장실에서 나왔을 때 요시다는 침통한 얼굴로 파이프를 빨아대고 있다가 문도가 소파에 앉기를 기다려 입을 열었다.

"이제 넌 내가 무슨 이야기를 해도 이해할 만큼 컸으니까 이제부터 내가 하는 말을 잘 새겨들어라. 네 엄마가 감옥에 간 건 네 아버지를 바다에 수장시킨 청년단장인가 하는 놈을 죽였기 때문이야. 어떻게 죽였냐 하면 그놈이 자고 있을 때 얼굴에다 끓는 물을 들이부었어. 그놈은 눈까지 멀어 괴로워하다가 얼마 후에 뒈졌지. 그 때문에 네 엄마는 무기징역형을 받은 거지. 네 엄마는 석방되자 나를 찾았을 거다. 감옥에 있을 때 면회를 가면 너를 잘 부탁한다고 하면서 네 이야기만 했으니까. 한데 난 널 잘 기를 자신이 없었어. 마누라는 속병으로 누워 지내다시피 했고, 신경질이 심해 난 도무지 견뎌낼 재간이 없었어. 거기다 난 거의 집에 붙어 있지 않고 밖으로만 돌아다녔기 때문에 너를 사실상 안아줄 시간도 없었어. 그래서 결국 네 외숙모 작은아버지 되는 사람한테 널 양자로 보냈지. 그 집은 자식이 없었거든. 이름도 조용수를 버리고 아예 서문도라고 바꿨어. 그러고 난 얼마 있다가 일본으로 아예 건너와 버렸어. 물론 밀항한 거지. 일본에 눌러앉아 살다 보니까 네 엄마 면회도 못 가고 결국 소식이 끊어졌는데, 재작년엔가 한국에 가서야 네 엄마가 25년 만에 석방된 걸 알았지. 하지만 어디로 갔는지 알 수가 없었어. 그렇게 해서 소식이 끊어졌는데…… 네가 중학교에 다닐 때던가, 네가 나한테 보낸 편지에서 부모 이야기를 꺼낸 적이 있었지. 양자로 입양된 거 벌써 알고 있었다고 하면서 부모님이 누구냐고, 한번 만나고 싶다고 해서 두 사람 다 세상 떠난 지 오래됐다고 했지. 아버지는 죽은 게 확실하고, 어머니는 감옥에서 무기징역을 살고 있는데 그건 죽은 목숨이나 같잖아. 그래서 그렇게 말해버린 거야. 사실대로 말하면 자식 된 도리로 감옥살이하는 생모 뒷바라지해야 할 거고 심리적으로도 평생 부담을 안고 살아야 하잖아. 그래서 아예 부모가 죽었다고 말한 거야."

"저 사진은 어떻게 된 겁니까? 얼마 전에 입수하셨다고 했는데?"

"이제 그 이야기를 해주마. 참, 기막힌 사연이 담긴 눈물겨운 사진이다."

그는 사진을 달라고 하더니 그것을 쓰다듬었다.

"네 엄마 이름이 뭔지 모르지?"

"네, 아직 모릅니다."

헤어지던 날 아침 그에게 우산을 주려고 뛰어오던 목화 생각이 났다. 그 여자가 정말 내 어머니란 말인가. 그는 그 사실을 받아들일 수가 없었다.

"네 엄마 이름은 박선화야. 그리고 아버지 이름은 조남구. 네 아버지는 뭐라고 할까, 현실적이지 못하고 항상 꿈만 꾸고 살아온 위인이었지. 나하고는 친한 친구 사이였지만 커가면서 생각하는 것이 다르고 가는 길이 달랐기 때문에 차츰 멀어졌어. 선화는 나보다는 네 아버지를 더 좋아하고 따르다가 결혼까지 했지만, 결국 잘못된 선택이 되고 말았지. 네 아버지는 일제 때 동경제국대 철학과를 다닌 수재였는데 한마디로 말하면 이상주의자였어. 몰래 독립운동도 하고 사회주의, 무정부주의 모임에도 나가다가 불령선인으로 붙잡혀 옥살이도 했는데, 해방이 되자 제대로 된 나라를 세우겠다고 바쁘게 뛰어다녔지. 제 세상을 만난 듯 북한도 다녀오고, 소련도 다녀오고…… 정말 당시 네 아버지 얼굴 보기 힘들었다. 네 아버지는 제대로 된 나라를 세우려면 우선 친일분자들부터 말끔히 숙청해야 한다고 생각했어. 그래야 민족정기가 살아나고, 그 바탕 위에서 나라를 세워야 제대로 된 튼튼한 독립국가를 세울 수 있다고 생각했어. 말인즉슨 옳았기 때문에 친일분자들은 찍소리 못하고 숨어 지내고 있었지. 기회가 오기를 기다리면서 말이야. 그런데 그 기회가 너무 일찍 온 거야. 이승만이 집권하면서 친일분자들을 중용하고 공산당을 불법화시키면서 세상이 뒤바뀌기 시작한 거야. 숨죽이고 있던 친일분자들이 권력을 잡으면서 역공을 가해오기 시작했지. 친일분자라고 자기들을 공격했던 사람들을 모조리 공산당, 빨갱이라고 몰아세우면서 잡아들이기 시작했어. 그때부터 네 아버지는 도망자 신세가 됐지. 남한에서 숨어 지내다가 아무래도 북한이 안전하겠다 싶어 넘어갔지만 거기 상황에 질리고 말았어. 지나친 개인 우상화와 전체주의 사회를 보고 도로 남한으로 내려오고 말았지. 네 아버지는 골수 공산주의자는 아니고 사회를 개혁하고 싶어 한 사회주의적 무정부주의자라고나 할까. 아무튼 친일분자들 손에 들어간 남한을 바꿔보려고 하다 보니까 역공을 당해 결국 빨갱이로 몰려 피해 다니다가 붙잡혀 처형당하고 말았지. 친일분자들은 자기를 비판하는 사람들을 무조건 빨갱이로 몰아서 죽였으니까."

요시다의 시선이 잠시 허공에 멈춰 있었다. 그는 다음 말을 꺼내기를 망설이는 것 같다가 작정한 듯 입을 열었다.

"이 사진은 네 아버지 몸에서 나온 거야. 네 첫돌 때 찍은 똑같은 가족사진을 두 장 뽑아 한 장은 네 아버지가 갖고, 다른 한 장은 네 엄마가 간직하고 있었겠지. 다른 사람들과 함께 바다에 수장된 네 아버지 시신은 두 달쯤 지나 대마도, 그러니까 쓰시마 해안에 흘러 흘러 닿았는데 어부가 시신들을 발견하고 배로 건져 올렸다고 해. 시신들은 모두 썩고 해서 뼈만 남아 누가 누군지 알아볼 수가 없었는데, 주머니에서 이 사진하고 신분증이 나왔다는 거야."

요시다는 맨 아래쪽 서랍을 열더니 조그만 종이 상자 하나를 꺼내들고 소파로 와서는 그것을 탁자 위에 올려놓고 뚜껑을 열었다. 그 안에는 비닐봉지와 은박지 조각, 시커멓게 때에 전 기름종이 같은 것이 들어 있었다.

"네 아버지 시신과 함께 이 사진하고 신분증이 바닷물에 젖은 옷 속에 두 달이나 있었는데, 이렇게 상하지 않고 비교적 깨끗이 보관될 수 있었던 것은 이 은박지와 기름종이에 이중으로 싸여 있었던 데다 비닐봉지 안에 들어 있었기 때문이었어. 네 아버지가 이 사진을 그렇게 보관했던 거야."

문도는 떨리는 손으로 은박지와 기름종이를 집어 두 손 위에 올려놓은 채 그것들을 한참 동안 들여다보았다.

"네 아버지는 죽음을 예감했던지…… 사진 뒤에다 주소까지 적어두었는데 그것 때문에 결국 이 사진이 여기까지 오게 된 거야. 그것도 30년이나 지나서 말이다. 이 사진이 여기까지 오게 된 사연을 이야기하면 참 기막히고 그런 감동이 없다."

그는 그 일을 생각하면 지금도 흥분이 되는지 잠시 뜸을 들였다가 불이 꺼진 파이프에 불을 붙여 몇 모금 빨아댄 다음 헛기침을 두어 번 했다.

"얼마 전에 야마자키 다케고라는 사람한테서 전화가 걸려왔었다. 쓰시마신문사 사장인데 자기한테 아주 귀한 유품들이 있다면서 그걸 나한테 전해주고 싶다는 거야. 자기가 도쿄에 오는 길에 그 유품에 얽힌 이야기도 들려줄 겸 나를 직접 만나 전해주겠다는 거야. 그래서 내가 하고많은 사람들 가운데 왜 하필 다른 사람도 아닌 나한테 그런 걸 주려고 하느냐고 물으니까 그게 조남구 박선화 부부가 아기 돌 때 아기와 함께 찍은 가족사진이기 때문에 그렇다는 거야. 조남구 이름이 적혀 있는 국민보도연맹원증도 갖고 있다는 거야. 그 말을 듣고 나는 꼭 귀신에 홀린 거 같았다. 부부 이름까지 정확히 대면서 그랬으니 내가 놀라 자빠진 것도 무리는 아니지. 더욱이 야마자키 사장이 한국전쟁 때 쓰시마로 흘러온 한국인 시신의 옷 속에 그것들이 들어 있었고, 그걸 자신이 어부한테서 받아 30년 동안 간직해왔다는 말을 들었을 때는 납득이 가면서도 도무지 믿을 수가 없었어. 어떻게 그런 일이 있을 수 있느냐 말이야."

외삼촌의 이야기가 끝났을 때 문도는 그 자리에 얼어붙은 듯 꼼짝 않고 앉아 있었다. 그의 얼굴은 싸늘하다 못해 냉기까지 감돌고 있었다. 그는 더 이상 눈물을 보이거나 하지 않았다.

"이것도 네가 간직해라."

요시다가 뭔가를 앞에다 던져주었을 때에도 그는 넋을 빼고 앉아 있었다.

"네 아버지가 사진하고 같이 지니고 다닌 국민보도연맹원증이다. 보도연맹이 뭔지 알아?"

"대강 알고 있습니다."

"한마디로 나는 빨갱이입니다 하는 증명서야. 똑똑한 사람들은 다 가입시켜서 잡아 죽였지."

문도는 접혀 있는 그것을 펴서 안쪽에 붙어 있는 흑백 증명사진을 뚫어지게 들여다보았다. 가족사진 속의 아버지 모습하고 같은 얼굴이었지만 왠지 초췌하고 분노 어린 표정이 담겨 있었다. 그 사진을 보고 있는 동안 그는 너무도 혼란스럽고 감정이 북받쳤기 때문에 어쩔 줄 모르며 손을 떨고 있다가 갑자기 그것을 내려놓으며 이렇게 말했다.

"어머니를 찾으러 도로 서울로 가야겠습니다."

불쑥 내뱉듯이 하는 말에 요시다는 멈칫했다. 그는 입으로 가져가던 술잔을 도로 내려놓고 그를 바라보았다.

"네 어머니를 찾을 수 있겠어?"

"네, 그 집에 가면 계시겠죠. 빨리 가지 않으면 다른 데로 가버릴지도 모릅니다. 섬에 팔려갈지도 모른다고 하면서 섬에 가면 끝장이라고 하셨어요."

요시다의 표정이 일그러지고 있었다. 그는 괴로운 듯 한숨을 쉬다가 술잔을 들어 얼른 술을 목으로 넘겼다.

"솔직히 말해 그 위험한 한국으로 도로 널 보내고 싶지 않다. 하지만 네 엄마를 찾아야 하니까 널 붙잡을 수도 없고 참 곤란하구나."

"어머니를 찾아야 하는 게 아니고 구해내야 합니다. 제가 아니고는 어머니를 구해낼 사람이 없습니다."

요시다는 고개를 크게 끄덕이면서 문도의 어깨를 잡아 흔들었다.

"할 수 없다. 그렇다면 가야지. 빨리 가서 엄마를 구해 와라. 함께 가면 좋겠지만 난 알다시피 몸이 좋지 않아서……."

"아닙니다. 저 혼자 가야 합니다. 혼자서도 충분히 할 수 있습니다. 죄송합니다만 다시 배 편을 좀 마련해주십시오."

"또 밀항하겠다는 거냐?"

요시다는 한숨을 내쉬면서 문도를 지그시 바라보다가 결심한 듯 그의 어깨를 두드렸다.

"할 수 없지. 다른 방법이 없으니까. 달러도 좀 가져가야겠지. 네 엄마를 구해 나오려면 돈이 만만치 않게 들 거다."

"감사합니다."

"내일 전화해. 준비해놓을 테니까."

"알겠습니다."

"한국에 가면 조심해야 한다. 붙잡히면 어떻게 되는지 알지?"

"알고 있습니다."

"널 사지에 보내서는 안 되는 건데……."

"걱정하지 마십시오."

"도착하거든 연락해. 그리고 네 엄마를 찾는 즉시 연락해. 나한테 전화 연결해줘."

"알겠습니다."

"이렇게 빨리 헤어질 줄 몰랐다."

요시다는 문 앞에서 헤어지기 아쉬운 듯 문도를 얼싸안았다. 문도 역시 어쩐지 다시는 외삼촌을 못 볼 것 같은 생각이 들어 그를 꽉 껴안았다. 그의 몸에서는 담배 냄새가 물씬 났다.

어두운 밤의 미로에서

얼룩무늬 전투복에 전투모를 쓴 군인들이 한쪽 어깨 위에 기관단총을 하나씩 걸친 채 군가를 부르며 동대문 쪽에서 종로를 지나 광화문 쪽으로 다가오고 있었다. 4열종대로 양쪽 차선을 다 차지한 채 거침없이 행진해오고 있는 그들의 모습은 마치 세계 제일의 강군이나 되는 것처럼 위풍당당해 보였고, 그들이 질러대는 우렁찬 군가는 종로 거리를 쩌렁쩌렁 울려대고 있었다. 그 뒤를 따라 전차부대의 무한궤도가 굉음을 울리며 나타났다. 머리 위에서는 헬리콥터가 날고 있었다. 길가에는 많은 사람들이 서서 겁먹은 표정으로 군 행렬을 바라보고 있었다. 박수를 치는 사람이 종종 있었지만 마지못해 치는지 하나같이 힘이 없어 보였다.

차도에는 이미 손을 썼는지 차량이 한 대도 보이지 않았다. 계엄군의 위세는 하늘을 찌를 듯이 높았고, 그것은 언제까지고 영원히 계속될 것처럼 보였다. 그 위세를 감히 나서서 꺾을 사람은 아무도 없을 것 같았다.

높은 산 깊은 골 적막한 산하

눈 내린 전선을 우리는 간다
젊은 넋 숨져간 그때 그 자리
상처 입은 노송은 말을 잊었네
전우여 들리는가 그 성난 목소리
전우여 보이는가 한 맺힌 눈동자

전차부대가 지나가자 그 뒤를 이어 포병부대가 나타났다. 대포를 실은 트럭들이 우르릉거리며 지나가는 것을 지켜보고 있다가 그는 지하도로 내려갔다. 하필이면 퇴근시간에 맞춰 거리가 사람들로 북적일 때 차도를 막아놓고 대규모 군사 퍼레이드를 벌이는 데에는 많은 시민들에게 계엄군의 위세를 과시하여 겁을 주려는 계산이 깔려 있었다. 지나치는 사람들의 표정은 하나같이 굳어 있었다.

종로3가의 그 골목에는 한 달 만에 오는 것 같았다. 골목 여기저기 으슥한 곳에는 어느새 창녀들이 나와 있었다. 어둠은 그들의 가련하고 추한 모습을 가려주기 때문에 어느 정도 위안이 되는 것 같았다.

"놀다 가세요."

"오빠, 싸게 해줄게."

"잘해줄게요."

반복되는 똑같은 말들이 그물이 되어 그를 에워싸고 있었다.

그것을 헤치고 나오기가 너무 힘들어 그는 결국 참지 못하고 거칠게 팔을 휘둘렀다. 팔짱을 단단히 끼고 그를 끌고 가려는 창녀를 억지로 떼어내자 그녀가 욕설을 퍼부었다.

"야, 이 새끼야! 엄마 젖이나 빨아라, 개새끼! 씨팔새끼, 이 골목엔 왜 왔어?"

그는 어처구니가 없어 그녀를 멀거니 쳐다보다가 돌아섰다.

"뭘 쳐다봐, 새끼야? 눈깔을 확 빼버릴까 부다!"

고스란히 당할 수밖에 없는 무력감이 그는 슬펐다. 상대가 사회적 약자이기에 더욱 그런 느낌이 들었다. 여자의 입에서 남자를 향해 그런 상스러운 욕설이 마구잡이로 튀어나올 수 있다는 사실을 그대로 받아들이자니 숨이 막히는 것 같았다. 분노가 치솟았지만 그것은 이상하게도 그녀에게 향한 것이 아니었다.

계속해서 여자들한테서 입에 담을 수 없는 욕설을 들으면서 미로처럼 얽혀 있는 골목을 이리저리 돌아다니던 그는 마침내 그 집을 발견하고는 멈춰 서서 두근거리는 가슴을 진정하느라고 호흡을 가다듬었다. 그러나 갈수록 격심하게 가슴이 뛰는 바람에 나중에는 숨쉬기조차 힘이 들었다.

한참 후 가슴이 좀 진정되자 이제부터는 늙은 창녀 목화가 아닌, 자신을 낳아준 어머니를 만난다는 사실 앞에서 그는 갑자기 공황 상태에 빠져들어 얼빠진 모습으로 그 집 문 앞에 서 있었다. 기쁨보다는 두려움이 앞섰고, 그 두려움을 어떻게 해야 할지 몰라 망설이고 있었다. 어머니인 줄 알면서도 그녀 앞에서 함부로 어머니라고 부를 수 없는 기막힌 처지가 그를 절망적인 상황으로 몰아넣고 있었다. 순간적으로 모질게 독한 마음을 먹고 모른 채 발길을 돌려버릴까 하는 생각도 들었지만 도저히 그럴 수는 없는 일이었다. 그는 주춤거리며 문 앞으로 더 다가섰다. 만일 자기와 하룻밤 정을 나눈 남자가 자기 자식이라는 것을 알게 된다면 그녀는 우선 그것을 믿으려 들지 않을 것이다. 하지만 결국 그 사실을 받아들일 수밖에 없을 것이고, 충격에 그녀가 무슨 짓을 할지 모른다. 그녀에게 어머니라는 것을 알려주는 순간 그녀는 기쁨보다는 참담한 고통 속으로 빠져들 것이다. 그것을 알려준다는 것은 너무 잔인하고 가혹한 짓이다. 차라리 모르게 내버려두는 것이 낫지 않을까. 지금 굳이 그것을 이야기해서 어머니를 혼란과 고통 속에 빠뜨리는 것보다는 그녀를 우선 사창가에서 구해내는 것이 급하다. 그리고 긴 시간을 두고 사실에 조금씩 접근해간다면 그녀가 받는 충격도 적을 것이다.

앳돼 보이는 소녀가 밖으로 나오다가 그를 발견하고 대뜸 팔짱을 끼면서 끌어당긴다.

"오빠, 놀다 가요."

아무리 잘 봐주려고 해도 열두어 살밖에 안 돼 보이는 어린 소녀였다. 이렇게 어린 소녀를 가둬놓고 매춘을 강요하다니. 이 소녀는 앞으로 어떻게 될까. 그는 슬픈 눈으로 소녀를 바라보았다.

"나 누구 좀 만나러 왔어."

그는 열린 대문 사이로 마당을 들여다보았다. 마당은 어둠에 잠겨 있었고, 방마다 불이 켜져 있었다. 대청마루에서는 여자들이 둘러앉아 저녁식사를 하고 있었다. 그들 사이에 목화의 모습은 보이지 않았다.

"누구 찾으세요?"

소녀가 그를 빤히 올려다보며 물었다. 너무 어리고 연약해서 품에 안으면 바스러질 것만 같았다.

"목화 씨 안에 있어?"

"목화 씨요?"

"그래, 목화 씨……. 나이가 좀 든 여자야."

"그런 여자 없는데요."

소녀는 도리질을 했다.

"얼마 전까지 있었는데?"

"그런 여자 없어요. 자주 바뀌니까 우리도 잘 몰라요. 저도 온지 며칠밖에 안 됐어요. 오빠, 없는 여자 찾지 말고 저하고 놀아요. 제가 잘해드릴게요. 해달라는 대로 해줄게요."

소녀는 그의 팔에 매달려서 그를 좀처럼 놓아주려고 하지 않았다.

"이러지 마. 나 지금 바빠."

"그런 여자 없다니까요. 저하고 놀아요."

"제발 이거 놔."

가까스로 그녀를 떼어놓고 그가 마당 안으로 들어가자 소녀가 그보다 먼저 앞질러 대청마루 앞으로 달려가서는 어떤 남자가 목화를 찾으러 왔다고 말했다.

그가 다가가자 여자들이 식사하다 말고 일제히 그를 쳐다보았다.

"무슨 일로 오셨어요?"

한 여자가 물었고, 그는 될수록 평온한 목소리로 목화를 찾으러 왔다고 말했다.

"목화가 누구야? 여기 그런 여자 없는데요."

"잘못 온 거 아녜요?"

"목화가 어디 한둘이야."

"애인이에요?"

그가 머뭇거리자 여자들은 별로 우습지도 않은데 까르르 소리 내어 웃었다. 문도는 얼굴을 붉히면서 왼쪽의 구석진 방을 바라보았다. 그 방은 그날 밤 목화와 함께 지냈던 방인데 문이 닫혀 있었고, 문고리에 자물통까지 채워져 있었다.

"바로 저 방 주인이에요. 나이가 오십대로 좀 나이 든 여잡니다. 이름이 목화라고 했어요. 아시는 분 계시면 좀 말씀해주십시오. 그 여자가 어디 있는지 알려주시면 사례하겠습니다."

평온하던 그의 목소리는 어느새 안타깝게 사정하는 목소리로 바뀌어 있었고, 바들바들 떨리기까지 했다. 그의 손에 지폐가 여러 장 쥐어져 있는 것을 본 여자들은 침을 삼키면서 조용해졌다. 그는 그것을 탁자 위의 그릇들 사이에 올려놓았다. 여자들은 표정까지 바뀌어 있었고, 더 이상 아무도 웃는 사람이 없었다.

그가 생각하기에 어머니는 이미 이곳을 떠난 것 같았다. 그녀가 걱정했던 대로 섬으로 팔려 갔을까. 만일 그랬다면 큰일이라는 생각이 들었다. 섬으로 팔려 갔다면 배를 타고 이 섬 저 섬 돌아다니며 찾아야 하는데, 검문검색이 심한 배를 어떻게 타고 다닌단 말인가. 그는 피가 마르는 듯한 심정으로 다시 호소하듯 여자들을 둘러보았다.

"이미 떠난 여자 찾아서 뭐해요? 그러지 말고 우리하고 재미있게 놀아요. 이 돈이면 우리 올나이트도 할 수 있어요."

입이 걸어 보이는 창녀가 돈을 집어들면서 말했다. 그 말에 긴장해 있던 여자들의 표정이 허물어지면서 또 까르르 웃음이 터져나왔다. 그때 웃지도 않고 말도 없이 앉아 조용히 식사만 하고 있던 여자가 수저를 내려놓으면서 불쑥 한마디 했다.

"목화 언니라면 제가 좀 알아요."

그녀는 여자들 가운데서 제일 나이 들어 보였다. 영양실조에라도 걸린 듯 비쩍 마른 얼굴이 핏기 하나 없이 파리해 보였고, 거기다 눈이 몹시 나쁜지 도수 높은 안경까지 끼고 있었다.

"여기 있는 애들은 목화를 몰라요. 다들 여기 온 지 한 달도 안 됐어요. 그 돈 이리 줘."

그녀는 다른 창녀의 손에서 거침없이 지폐를 채더니 몸을 일으켰다.

"듣고 싶으면 따라오세요."

그녀는 대청에 붙어 있는 작은방 안으로 들어갔다. 하지만 자리에 앉지는 않고 서성거리더니 그의 손을 잡았다.

"우리 나가서 한잔하면서 이야기해요. 그런 이야기는 이런 데서 하기가 좀 뭣해요."

한마디로 어울리지 않는다는 말이었다. 도대체 무슨 말을 하려고 그러는 것일까. 문도는 몹시 궁금했지만 잠자코 그녀를 따라 밖으로 나갔다.

골목을 조금 걸어가다가 왼쪽으로 구부러진 곳에 조그만 간이주점이 하나 있었는데, 그녀는 단골인 듯 익숙하게 문을 밀고 안으로 들어갔다.

"할머니, 여기 순대 한 접시하고 소주 한 병 주세요."

안경은 자리에 앉기도 전에 이쪽 의사는 물어보지도 않고 자기 멋대로 주문부터 했다.

좁은 실내에는 탁자가 세 개밖에 없었는데, 그중 하나는 한 쌍의 젊은 남녀가 차지하고 있었다. 남자는 군복 차림이었고, 여자는 화장을 너무 짙게 해서 마치 탈을 쓴 것 같았다. 여자들은 서로 아는지 눈인사를 나누고 시선을 돌렸다.

"이제 딱 한 달 남았어요."

군인이 말했고, 여자가 거기에 대꾸했다.

"제대하면 놀러 오세요."

"아, 가기 싫은데."

까까머리 군인은 술잔을 탁 내려놓으며 말했다.

"제대 한 달 남겨두고 탈영하는 놈도 있어요. 첨엔 이해 못했는데 지금은 이해가 가더라구요."

나이 든 창녀는 밖으로 나오자 기분이 좋은지 안색이 훨씬 밝아져 있었다.

"공돈 생겼으니까 오늘은 손님 안 받아도 돼요. 이 돈 내가 다 가져도 되죠?"

"목화 씨 있는 곳을 알려주면 다 가져도 좋아요."

그녀는 그를 빤히 쳐다보고 나서 잔에 술을 따랐다.

"목화 언니를 좋아했나 보죠?"

"좀 좋아했어요. 측은하기도 하고……."

그들은 잔을 부딪친 다음 소주를 쭉 들이켰다.

"목화 언니…… 참 불쌍한 여자였어요. 나도 불쌍하긴 마찬가지지만 그 여자한테 대면 아무것도 아니에요. 젊어서 남편은 빨갱이로 몰려 죽고 자기는 살인죄로 무기징역을 받았대요. 그러다가 25년 만엔가 풀려나왔는데 아들은 찾을 수가 없고…… 그 나이에 배운 것도 없고 남의 허드렛일이나 하면서 돌아다니다가 이 골목까지 흘러들어 왔대요."

여자의 말이 비수처럼 가슴을 파고들었다. 그는 다음에 나올 말이 무서워 겁먹은 눈으로 그녀를 쳐다보았다.

여자는 순대 한 조각을 입속에 넣고 "아, 맛있다." 하면서 씹어대다가 갑자기 생각난 듯 말했다.

"그런데 참 어떡하죠?"

여자의 표정이 심상치 않은 것을 보고 문도는 바짝 긴장했다.

"목화 언니 이 세상에 없어요."

"네? 뭐라고 했죠?"

잘못 들은 것 같아 그는 바짝 귀를 기울이며 물었다.

"이 세상에 없다구요."

그녀는 그의 집요한 시선을 애써 피하면서 냉담하게 말했다.

"그, 그게 무슨 말입니까?"

긴장된 목소리와 함께 손끝이 바르르 떨리는 것을 보고 여자는 집었던 순대를 내려놓았다.

"죽었어요."

그녀는 그래서는 안 되는 줄 알면서도 자기도 모르게 차갑게 말했다.

문도는 무서운 눈으로 그녀를 쏘아보다가 소주잔을 들어 얼른 입속에 털어 넣은 다음 잔을 가만히 내려놓았다.

"확실합니까?"

그의 목소리는 놀라울 정도로 착 가라앉아 있었다. 그가 무서운 눈으로 노려보는 바람에 그녀는 몸을 움츠렸다.

"요 앞에서 죽었어요. 죽은 지 한 달쯤 됐어요."

한 달쯤 전이라면 그와 헤어지고 나서 얼마 안 돼 죽은 것 같았다.

"왜…… 왜 죽었나요?"

"계엄군 총에 맞아 죽었어요."

"뭐라구요?"

갑자기 목소리가 커진 바람에 다른 사람들의 시선이 그에게 쏠렸다. 그녀는 조금 머뭇거리다가 입을 열었다.

"지금 생각하면 죽으려고 그랬나 봐요. 그날 종로에서 학생들이 데모를 했는데, 군인들한테 쫓긴 데모대가 이 골목으로 도망쳐 왔어요. 총소리가 콩 볶듯이 나고, 우린 무서워서 집에서 나오지도 못하고 있는데 목화 언니는 겁도 없이 구경하러 나갔어요. 마침 학생 하나가 집으로 도망쳐 들어오자 뒤쫓아 온 계엄군이 등에다 총을 쐈어요. 그 학생이 쓰러지자 목화 언니는 피를 흘리는 학생을 끌어안고 소리를 질렀어요. 그러다가 학생이 숨을 거두자 빗자루를 들고 그 군인을 쫓아갔어요. 그리고 이놈아! 이 나쁜 놈아! 하면서 빗자루로 그 군인을 때렸어요. 그러자 군인은 잠자코 언니한테 총을 쏘고는 가버렸어요. 여기 가슴 한복판을 쐈어요. 가까이 가서 보니까 가슴이 온통 피에 젖었는데 죽어가는 걸 차마 볼 수가 없었어요. 사람 하나 죽이는 거, 파리 새끼 죽이는 것보다 더 쉽게 죽이더라구요."

눈물이 그의 볼을 타고 소리 없이 흘러내리다가 탁자 위로 떨어지는 것을 보고 여자는 좀 놀라는 것 같았다.

"어머, 눈물까지 흘리시네. 목화 언니를 사랑하셨나 봐. 자, 한 잔 받으세요."

그러나 그는 미동도 하지 않은 채 가만히 앉아 있었다. 눈물이 계속 볼을 적시고 있었지만 그것을 닦으려고도 하지 않는 것이,

그대로 얼이 빠진 모습이었다.

"언니는 어디서 그런 용기가 생겼는지 몰라요. 어쩌면 잘 죽었는지도 몰라요. 평소에도 걸핏하면 죽고 싶다고 했으니까요. 일부러 죽으려고 군인한테 달려들었는지도 모르죠. 숨을 거두면서도 자기보다는 비를 맞으며 죽어 있는 대학생이 춥겠다고 하면서 뭘 갖다가 덮어주라고 하더라구요. 그런 천사가 어딨어요. 가만있지 말고 한잔 드세요."

그녀가 또 술을 권했지만 그는 손을 들어 사양했다.

"난 됐어요. 시, 시신은 어떻게 됐나요?"

떨리는 목소리로 그가 물었다. 목소리뿐만 아니라 온몸을 떨고 있었다. 격한 감정에 사로잡혀 있는 그를 보자 여자는 태도가 조금 조심스러워졌다.

"종로경찰서에서 온 순경이 시신을 살펴보고 몇 가지 물어보더니 잠시 후 앰뷸런스가 와서 싣고 갔는데⋯⋯ 그 뒤로는 어떻게 됐는지 잘 모르겠어요. 장례 치를 사람도 없어서 아마 장례도 못 치렀을걸요. 이 순대 좀 들어보세요. 아주 맛있어요."

"유품은 어디 있나요?"

"유품이라고 뭐가 있나요. 몇 가지 있는 거 아직 그 방에 있을걸요."

"아까 보니까 문이 잠겨 있던데⋯⋯ 그 방은 비어 있나요?"

"목화 언니가 죽은 후 쭉 비워뒀어요. 방바닥이 금이 가고 벽도 갈라지고 해서 연탄 냄새가 심하게 났어요. 그 때문에 언니는 항상 머리가 아프다고 했는데, 이참에 방을 수리할 생각인가 봐요. 금방 수리할 것 같더니 저렇게 차일피일 미루네요. 애들도 무섭다고 그 방에는 안 가려고 해요."

"부탁이 있습니다."

떨리는 목소리로 말하고 나서 그는 손등으로 눈물을 훔쳤다.

"뭔데요? 말씀하세요."

그녀는 불쾌해진 눈으로 그를 쳐다보았다. 별 이상한 남자도 다 보겠다는 그런 표정이었다.

"저기, 목화 씨가 살았던 그 방에 좀 들어가 볼 수 없을까요?"

"그건 왜요? 그건 그렇고, 도대체 목화 언니하고 어떤 관계였어요? 아주 심각한 사이였던 것 같은데……?"

"그냥 좀 가까운 사이였어요."

"아니에요. 내가 보기에 보통 사이가 아닌 것 같아요. 그렇지 않고서야 남자가 이렇게 눈물을 흘릴 수가 없어요."

"그런 건 묻지 말고 방을 좀 보여줘요. 유품도 제가 가져갔으면 합니다. 사례는 충분히 하겠습니다."

애원하듯 하는 말과 충분히 사례를 하겠다는 말에 그녀는 마음이 움직였다.

"주인아줌마한테 말해볼게요. 아줌마도 차라리 잘됐다고 할 거예요. 죽은 사람 물건, 돈도 안 되는데 가지고 있어봐야 짐만 되지 뭐하겠어요. 일단 술이나 마시고 봐요. 시켜놓은 건 마시고 가야 할 거 아네요. 순대 좀 먹어봐요."

문도는 더 이상 그 자리에 앉아 있을 수가 없었다. 그래서 자리에서 일어서면서 양해를 구했다.

"밖에서 바람 좀 쐬고 있을게요. 천천히 마시고 나오세요."

밖으로 나온 그는 어둠에 잠겨 있는 골목 저쪽을 바라보았다. 그 어둠 속에 혼자 외롭게 서 있는 늙은 창녀의 모습이 떠올랐다. 그쪽으로 가면 그녀가 희미한 가로등 아래 서 있을 것만 같았다. 그녀를 따라 안으로 들어가 술을 마시다가 두 사람은 누가 먼저랄 것 없이 서로를 끌어안고 쓰러진다. 거기서 그의 생각은 멈춘다. 더 이상은 안 된다. 더 이상 생각해서는 안 된다. 그것을 잊어야 한다. 그것은 어쩔 수 없는 일이었다. 그 늙은 창녀가 나의 어머니였다는 사실만 생각해야 한다. 하지만 도무지 믿을 수가 없다. 사실이 그렇다 해도 그것을 받아들일 수가 없다. 어떻게 그것을 받아들일 수 있단 말인가.

밤 9시가 지나고 있었다.

밖에는 비가 내리고 있었다. 어둠 속에 소리 없이 조용히 내리고 있어서 밖에 나와 보지 않으면 비가 내리는지 모를 정도였다.

그는 비를 맞으며 검은 그림자처럼 조용히 걸어갔다. 전에는 주위를 살피기도 하고 사람들을 경계하기도 했지만 지금은 조금도 그런 기색이 없이 무엇엔가 몰입한 모습으로 걸음을 옮겼다.

사창가 골목을 빠져나온 그는 창덕궁 쪽으로 걸어가다가 다방을 발견하고 안으로 들어갔다. 다방은 1층에 있었고, 손님들로 북적이고 있었다. 부근에 있는 행사장에서 행사가 끝나자 거기에 참석했던 사람들이 한꺼번에 몰려든 것 같았다. 도로 나갈까 하다가 그는 출입구 쪽에 빈 테이블이 하나 남아 있어 그 앞에 엉거주춤 앉아 커피를 주문했다. 다방에 들어온 것은 충격에서 벗어나 마음을 가라앉히기 위해서였고, 어머니가 남기고 간 사진을 다시 한 번 찬찬히 보기 위해서였다. 그리고 은혜에게 전화를 걸어야 했다.

아침에 그는 은혜에게 전화를 걸었었는데, 그녀는 그가 일본에서 전화를 건 줄 알고 깜짝 놀라는 것 같았다. 할 수 없이 그는 아직 일본에 가지 못했다고 거짓말을 하고 떠나기 전에 아기를 한번 보고 싶다고 말했다. 그렇게 해서 약속한 것이 그녀의 모친이 아기를 데리고 상경하면 역에서 만나자는 것이었다. 날짜는 빠를수록 좋고, 기차 도착 시간은 표를 구한 다음에 연락해주기로 했기 때문에 그는 도착 일시를 알기 위해 은혜에게 전화를 걸어야 했다.

커피를 주문한 다음 그는 배낭에서 책을 하나 꺼냈다. 아주 오래돼 보이는 사륙판 구형 단행본으로 일본에서 발행된 도스토옙스키의 소설 〈죄와 벌〉이었다. 사진은 그 책 속에 끼워져 있었다. 그것들은 그의 어머니가 남긴 유품 가운데서 그가 가지고 온 유일한 것이었다. 그는 배낭 주머니 안에서 편지봉투를 꺼내 그 안에서 또 하나의 사진을 꺼내 들었다. 그리고 두 개의 사진을 비교해 보았다. 둘은 크기가 똑같았다. 30년의 세월 동안 바랜 빛깔도 비슷했다. 두 사진에 나와 있는 세 사람도 똑같아 보였고, 아기는 똑같이 딸랑이를 들고 있었다. 뒷면에 '趙龍秀 君 첫돌 4282. 4. 9.'라고 적혀 있는 내용도 일치했다. 다른 것이 있다면 한쪽 사진에만 주소가 적혀 있다는 점이었다. 아주 먼 세월을 두고 돌고 돌아 아버지와 어머니 손을 떠난 그 두 사진이 이제야 비로소 그의 손안에 들어왔다는 생각에 그는 왈칵 눈물이 솟았다. 두 분의 죽음은 얼마나 참혹하고 비참했던가. 그 생각을 하자 그는 울음을 멈출 수가 없었다. 멈추려고 할수록 울음은 더 격렬하게 터져나왔다.

"어, 어머님, 용서하십시오."

자기도 모르게 그 말이 흘러나오자 그는 놀라서 그것을 얼른 도로 삼켰다. 그 말 한마디로 죄를 사하려고 하다니. 그는 자신을 도저히 용서할 수 없었다.

그가 두 손으로 얼굴을 감싼 채 울음을 삼키고 있을 때 누군가가 다가와 알은체를 했다.

"아이구, 이거, 조각하시는 서 작가님 아니십니까?"

문도는 얼른 울음을 그치고 벗어놓은 안경을 낀 다음 모자를 머리 위에 얹었다. 중년의 뚱뚱한 대머리 사내가 벌게진 얼굴로 그를 내려다보고 있었다.

"미술 평론하는 장태범이라고 합니다. 서 작가님 맞으시죠?"

뚱보는 악수를 청하는 대신 손가락으로 그를 가리키며 큰 소리로 물었다. 난처해진 문도는 탁자 위에 있는 것들을 주섬주섬

챙겨들고 자리에서 일어섰다.

"아닙니다. 잘못 보셨습니다."

급히 밖으로 빠져나오는데 뒤통수에다 대고 쏘아붙이는 소리가 송곳처럼 귀를 후비고 들어왔다.

"저거, 간첩이라구! 빨리 경찰에 신고해!"

그가 줄달음질 치자 밖에까지 따라 나온 뚱보가 "이봐! 거기 서봐! 이봐, 간첩!" 하고 소리쳤다. 그러나 겁이 나는지 따라오지는 못하고 있었다.

30분 정도 정신없이 도망질치던 그는 숨을 돌리고 나서 공중전화 부스 안으로 들어갔다. 전화를 걸면서 보니 맞은편에 종로경찰서 간판이 보였다. 그것은 마치 그가 오기를 기다리고 있는 것 같았다. 식당에서 전화를 받은 은혜는 잔뜩 흥분해서 말했다.

"내일 밤에 엄마 올라오시기로 했어요!"

"몇 시에 도착이지?"

"8시 15분에 도착해요!"

"알았어. 시간 맞춰 나갈게. 명우 데리고 오는 거지?"

"당연하죠. 그런데 괜찮겠어요? 위험하면 나오지 마세요."

"괜찮을 거야. 내일 봐. 사랑해."

"사랑해요. 사랑해요."

그녀는 작은 소리로 울먹이며 말했다.

공중전화 부스를 나온 그는 조금 걸어가다가 건널목 앞에 멈춰 섰다. 길만 건너면 바로 경찰서였다. 경찰서 앞 주차장에는 장갑차가 한 대 서 있었고, 그 옆에는 지프차와 오토바이가 세워져 있었다. 정문 앞에는 두 명의 계엄군이 착검한 총을 든 채 경비를 서고 있었다. 그것은 계엄군이 경찰서를 접수하여 경찰 업무를 대신하고 있음을 보여주는 매우 위협적인 모습이었다.

문도는 신호가 바뀌자 건널목을 천천히 걸어갔다. 어째서 자신이 그렇게 대담한 행동을 취하게 되었는지 자신도 잘 알 수가 없었다. 그에게는 뭔가를 초월한 듯한 모습이 엿보였다. 그는 어머니가 묻혀 있는 곳을 알고 싶었고, 그곳에 가서 밤새워 앉아 있고 싶었다. 그렇지 않고는 살아 있다는 것이 아무런 의미도 없는 것 같았다.

비에 젖은 어깨가 갑자기 무겁게 느껴지면서 마치 깊은 숲속에 들어선 것 같았다. 숲은 차갑고 푸르스름한 안개비에 젖어 있었다. 무엇인가 후드득 떨어지는 소리에 보니 검붉은 동백꽃이었다. 그러고 보니 그가 가려고 하는 길 앞에는 동백꽃이 무더기로 떨어져 있었다. 그 길 저쪽에 목화의 모습이, 아니 어머니의 모습이…… 안개비에 젖은 창백한 모습이 어른거리고 있었다. 그는 "어머니!" 하고 부르고 싶었다. 그리고 아까부터 묻고 싶은 것이 있었다. 어머님은 내가 자기 아들이라는 것을 아셨을까? 증거 같은 것이 없다 해도 모든 어머니한테는 자기만이 느낄 수 있는 육감이란 것이 있다. 골목에서 헤어질 때 그녀가 그의 품에 안겨 가만히 몸을 떨면서 한 말이 있었다. 어제 손님을 처음 봤을 때 젊어서 죽은 남편이 살아 돌아온 줄 알았어요. 너무 닮아서…….

그는 우산을 주려고 뛰어온 그녀를 냉정히 뿌리치고 돌아선 자신이 저주스러웠다.

갑자기 양쪽에서 자동차 경적이 요란스럽게 들려왔다. 그제야 그는 자신이 차도 한가운데 멍하니 서 있는 것을 알았다. 차에 치이지 않은 것이 다행일 정도로 차들은 그를 금방이라도 깔아뭉개버릴 듯 가까이 다가와 으르렁거리고 있었다. 그는 서둘러 길을 건너갔다.

정 순경은 하품을 길게 하고 나서 막 다가선 사내를 기계적으로 올려다보았다.

계엄군이 경찰서를 접수하면서 가장 좋은 점은 사소한 문제로 서까지 찾아와 시끄럽게 구는 사람들이 확 줄었다는 점이었다. 전에는 밤이 깊어 가면 폭행 사고나 취객들의 행패로 인한 피해 때문에 서에까지 몰려와 서로 삿대질을 하면서 싸우는 일이 하루에도 몇 건씩 있었는데, 지금은 그런 것이 거의 자취를 감춰 당직인 그는 별로 할 일이 없었다. 차제에 그는 계엄 상태가 좀 오래오래 계속되어 군인들이 서에 장기 주둔해줬으면 참 좋겠다고까지 생각했다.

계엄군이 서를 접수하긴 했지만 경찰이 하던 모든 사소한 일들까지 떠맡아 감 놓아라 배 놓아라 하는 것은 아니었다. 귀찮고 자질구레한 고발 고소 사건은 여전히 경찰이 도맡아 하고 있었고, 군인들은 계엄 관련 중요 업무만 처리한다고 하면서 위압적인 태도로 소일하고 있었다. 그것을 보면서 요즘 그는 이럴 줄 알았으면 군대에 말뚝을 박고 헌병이나 보안사에 근무할걸 잘못했다고 생각하곤 했다.

"무슨 일입니까?"

군인들의 위압적인 태도를 닮아가고 있는 그는 거만한 태도로 앞에 서 있는 사내를 바라보았다. 사내는 굵은 검정 테 안경에 챙이 둥근 누런색의 모자를 눌러쓰고 있어서 얼굴을 잘 알아볼 수 없었다. 모자챙 끝에서는 빗방울이 떨어지고 있었고, 땟국이 흐르는 누런 점퍼는 비에 푹 젖어 있었다. 어깨에는 검정색 배낭을 지고 있었다. 일단 정문을 지키고 있는 계엄군을 통과해서 들어온 만큼 신분은 문제 될 것이 없는 것 같았고, 그래서 정 순경은 거기에 대해서는 묻지 않고 잠자코 방문자가 먼저 용건을 이야기하기를 기다리면서 또 길게 하품을 했다.

"한 달 전에 어떤 여자가 총에 맞아 죽었는데…… 그 여자 시신을 어디다 묻었는지 그걸 알고 싶어서 왔습니다. 종로경찰서에서 시신을 가져갔다고 합니다."

정 순경은 좀 어리둥절했다. 이런 일로 찾아온 사람은 처음이었기 때문이다. 그는 주눅 들지 않고 침착하게 서 있는 사내가 별로 마음에 들지 않았다. 이자는 왜 굽신거리지 않는 거지?

"여자가 총에 맞아 죽었다구요? 누가 쐈는데요?"

"군인이 쐈습니다."

"뭐요? 군인이라면 계엄군을 말하는 거요?"

"그렇습니다."

그는 큰일 날 소리를 하고 있다는 듯 사내를 노려보면서 자세를 꼿꼿이 했다. 계엄군을 비난하는 것은 처벌 대상이다. 하지만 아직은 계엄군을 비난하는 것인지 아닌지 알 수가 없다. 확인이 필요하다고 그는 생각했다.

"그러니까 계엄군이 양민을 사살했다는 겁니까?"

"그, 그렇습니다."

처음에는 침착해 보이던 사내가 조금 불안해하는 기색을 보이며 더듬거리는 것을 보고 정 순경은 더 날카롭게 질문을 던졌다.

"계엄군이 왜 여자를 사살했어요? 이유가 뭐예요?"

"모, 모릅니다."

"몰라요? 이유도 모르면서 계엄군이 여자를 사살했다는 건 어떻게 알았어요?"

정 순경은 오른손으로 볼펜을 굴리면서 상대방을 빤히 쳐다보았다. 별 볼 일 없어 보이는, 얼이 좀 빠진 것 같은 이런 초라한 사내는 마음대로 상대해도 좋을 것 같았다. 그것은 경험에서 터득한 것이었다. 그는 심심하던 차에 잘됐다고 생각하면서 헛기침을 두어 번 했다. 상대방이 뭐라고 말한 것 같은데 잘 들리지가 않았다.

"뭐라고요? 좀 크게 말해봐요. 계엄군이 여자를 사살했다는 건 어떻게 알았느냐고요? 사살한 걸 직접 봤어요?"

"직접 보지는 못하고…… 누, 누구한테 들었습니다."

"누구한테 들었어요? 그런 말한 사람 누구예요?"

정 순경은 노트를 펴더니 당장 거기에다 문도가 불러주는 이름을 적을 듯이 볼펜을 만지작거렸다.

"이름은 잘 모르겠습니다. 어떤 여자한테서 들었는데…… 모르는 여자입니다."

"하, 이 양반, 정말 웃기는 양반이네."

정 순경은 볼펜으로 책상을 똑똑 두드리다가 훈시조로 말했다.

"이거 알아요? 지금은 계엄하이기 때문에 계엄군이 업무상 행한 일에 대해서는 책임을 물을 수 없다, 알고 있어요?"

"책임을 묻자는 게 아니고 시신을 어디다 묻었는지 그걸 알고 싶다는 겁니다."

"그건 알아서 뭐하려구요?"

"그, 그럴 일이 있습니다."

"그럴 이유가 있다고요? 이유를 말해봐요. 이유를 알아야 말해줄 거 아니요?"

사내는 얼른 대답하지 않고 머뭇거렸다. 정 순경은 상대가 아무래도 미심쩍다고 생각하면서 고개를 갸우뚱하다가 불쑥 말했다.

"신분증 좀 봅시다."

"아, 안 가져왔습니다. 모르고 집에 두고 왔습니다."

사내가 당황해하는 것을 보고, 약점을 잡은 정 순경은 다시 위압적으로 말했다.

"지금이 어느 시댄데 신분증도 없이 돌아다녀요? 이름이 뭐예요?"

"기, 김치수입니다."

"직업은?"

"없습니다."

"무직이에요?"

"그, 그렇습니다."

아무래도 수상쩍다는 듯 정 순경은 다시 한 번 상대방을 아래위로 살폈다.

"죽은 여자는 왜 찾는 거예요?"

"너무 불쌍한 여자입니다. 시신을 찾아서…… 따뜻한 곳에 묻어주려고 그럽니다."

목소리가 잠기면서 뺨 위로 눈물이 흘러내리는 것을 보고 정 순경은 어리둥절했다.

"죽은 여자하고 어떤 사이예요?"

"어어어……."

"뭐라구요? 잘 안 들리니까 큰 소리로 말해봐요."

"어, 어머님입니다."

"어머니라구요? 당신 어머니란 말이에요?"

사내는 고개를 끄덕이다가 끝내 울음을 터뜨렸다. 울음소리를 삼키느라고 애쓰는 바람에 몸이 부들부들 떨리고 있었다.

그때까지 퉁명스럽게 나오던 정 순경은 당혹스러웠다. 죽은 어머니를 찾으러 왔다면서 울고 있는 사내를 더 이상 붙들고 상대하고 싶지가 않았다. 그래서 무책임하게 이렇게 말했다.

"오늘은 늦어서 담당자가 퇴근하고 없으니까 내일 아침에 와봐요. 내일 올 때는 신분증 가지고 와야 해요."

문도는 충혈된 눈으로 순경을 쏘아보았다.

"시신을 어디다 묻었는지 그것만 알면 되는데, 지금 좀 알 수 없을까요?"

정 순경은 고개를 천천히 흔들었다.

"난 담당이 아니라 몰라요. 내일 다시 와봐요."

이런 사람은 일단 돌려보내는 것이 상책이다. 그리고 다른 사람한테 떠넘기는 것이다. 그는 더 이상 이야기하기 싫다는 듯 상대를 외면한 채 몸을 옆으로 돌려 담배를 한 대 꺼내 물고 나서 성냥불을 드윽 그었다. 담배에 불을 붙인 다음 한 모금 길게 빨던 그의 시선이 무심코 오른쪽 벽 위에 붙어 있는 수배 벽보에 가서 멎었다. 그냥 스치는 듯하던 시선이 번쩍하더니 벽보에 실려 있는 흑백사진을 응시했다. 수배 인물은 안경을 끼지 않았고 모자도 쓰지 않았지만 방금 모자 밑으로 얼핏 드러났던 사내의 눈매가 어디서 본 듯한 느낌이 들었다. 직감이었지만 매일 보는 수배 벽보에서 본 것 같은 생각이 들자 그는 벌떡 몸을 일으켰다. 사내는 이미 저만치 걸어가고 있었다.

"이봐요! 이봐!"

그는 창문을 거칠게 열어젖히면서 사내를 손짓해 불렀다.

"이리 와봐요!"

문도는 엉거주춤 서서 뒤를 돌아보았다.

"시신 있는 곳 알아냈어요. 이리 와봐요. 빨리!"

문도는 허둥지둥 창가로 다가갔다.

정 순경은 벽보를 다시 한 번 쳐다보고 나서 사내를 뚫어지게 노려보았다.

"모자 한번 벗어봐요."

"네?"

"그 모자 한번 벗어보라구요."

문도는 멈칫거리다가 천천히 모자를 벗어들면서 물었다.

"시신은 어디 있습니까?"

"안경도 벗어봐요."

문도는 안경을 벗는 대신 다시 다그쳐 물었다.

"시신은 어디 있습니까? 어디다 묻었습니까?"

그는 울분으로 눈물까지 글썽이고 있었고, 목소리도 떨리고 있었다.

"안경 벗어보라니까!"

정 순경은 권총을 뽑아들었다.

"꼼짝 마! 안경 벗어!"

총구는 곧장 가슴팍에 겨누어져 있었다. 총구를 노려보는 문도의 눈에는 그 구멍이 유난히 커 보였다. 숨 막히는 순간이 흐른 뒤 그는 왼손을 들어 조심스럽게 안경을 벗었다.

"당신, 서문도 맞지?"

수배 벽보와 사내의 얼굴을 번갈아 잽싸게 쳐다보면서 묻는 순경의 목소리에는 흥분과 두려움이 뒤엉켜 있었다.

"당신, 간첩 맞지?"

"아, 아닌데요. 잘못 봤습니다."

"뭐가 아니야? 손들어! 꼼짝 말고 거기 그대로 서 있어!"

문도는 두 손을 쳐드는 척하다가 재빨리 창틀 밑으로 상체를 숙이고 오른쪽으로 내달렸다. 뒤이어 총소리와 함께 탄환이 귓가를 스쳐가는 것이 느껴졌다.

탕! 탕! 탕!

"간첩이다! 간첩!"

고함 소리에 이어 비상벨 소리가 주위를 뒤흔들기 시작했다.

마침 트럭 한 대가 마당으로 들어오고 있었다. 그는 트럭 옆으로 몸을 가리면서 정신없이 뛰어갔다.

경비를 서고 있던 계엄군 두 명이 뒤늦게 사태를 알아차리고 어둠 속으로 사라지는 사내를 뒤쫓아 가면서 총을 발사했다.

탕탕! 탕탕탕! 탕탕탕탕탕탕!

문도는 차도를 건너뛰었다. 차가 급정거하면서 타이어가 노면을 긁어대는 끼익하는 소리가 어둠을 날카롭게 갈랐다.

탕탕탕!

다급하게 쏘아대는 총소리에 여기저기서 군인들이 뛰쳐나오더니 그중 몇 명은 급히 오토바이에 올라탔다. 두 대의 오토바이가 먼저 길을 가로지른 다음 사내가 사라진 골목 쪽으로 달려가자,

다른 두 대는 도주로를 차단하기 위해 멀리 돌아갔다.

골목으로 뛰어든 두 대의 오토바이 가운데 앞서 달리던 오토바이 헤드라이트에 사내의 모습이 비친 것은 5분쯤 지나서였다. 그는 절룩거리면서 뛰다가 포기하고 그냥 무겁게 발을 떼고 있었는데, 그 뒤를 따라 핏자국이 길게 이어지고 있었다. 계엄군은 급히 오토바이에서 내려 어깨 뒤에 걸어둔 기관단총을 앞으로 돌려 뺀 다음 고함을 질렀다.

"서라! 움직이면 쏜다!"

뒤에 도착한 군인은 오토바이에 앉은 채 헤드라이트를 사내의 몸에 맞췄다. 이제 그의 몸은 헤드라이트 안에 완전히 들어와 있었다.

"움직이지 마! 손들어!"

그러나 사내는 고함 소리가 들리지 않는지 그대로 쩔뚝거리며 걸어갔다. 그 뒷모습이 이미 생사를 초월한 것 같았다. 죽음의 거대한 장막이 앞을 가리고 있는 것이 보였지만 그는 그것을 헤치고 나간다는 것이 불가능하다는 것을 알고 있었다. 그리고 고함이 자기와는 상관없는 것처럼 들렸다.

"서라! 서지 않으면 쏜다!"

계엄군이 다시 한 번 경고했지만 사내는 그대로 걸어가면서 중얼거리고 있었다.

"아, 어머니, 그렇게 비참하게 돌아가시다니! 어머니, 죄송합니다. 제가 드릴 것은 아무것도 없습니다. 빈손밖에 없습니다. 부디 용서해주십시오. 아, 어머니, 어쩌다가 우리는……."

"뭐하는 거야?"

오토바이 위에 앉아 헤드라이트를 비추고 있던 계엄군이 눈을 부라리자 총을 겨누고 있던 계엄군은 지체 없이 방아쇠를 당겼다.

탕탕탕! 탕탕탕탕!

온몸에 총탄을 맞은 문도는 한 번 빙그르르 돌다가 다리를 꺾으며 모로 쓰러졌다.

계엄군이 다가갔을 때 그는 비에 젖은 땅바닥에 엎어진 채 심하게 경련을 일으키다가 거칠게 숨을 몰아쉬기 시작했다. 그의 오른손은 뭔가를 움켜쥐려는 듯 안타깝게 땅바닥을 긁어대고 있었다. 그 움직임이 둔해지는 것과 함께 그의 몸은 순식간에 검붉은 피로 젖어들고 있었다.

뒤늦게 숨을 헐떡이며 도착한 정 순경이 군홧발로 사내의 어깨를 확 밀어 몸을 젖혀놓고 얼굴을 들여다보았다.

"간첩 맞아요?"

문도를 사살한 계엄군이 옆에서 내려다보며 물었다.

"네, 맞아요."

정 순경은 끄덕이면서 침을 탁 하고 뱉었다.

문도는 뿌옇게 몰려오는 안개 속으로 사라지는 형체들을 놓치지 않으려고 애쓰면서 중얼거렸다.

"아…… 은혜…… 기다리지 마. 난…… 갈 수가 없어. 어머니…… 용서해주세요. 어머니…… 불쌍한 어머니…… 아, 어머니……."

이것이 그가 지상에 남긴 마지막 말이었다.

소리 없이 내리던 비는 어느새 세찬 비로 변해 있었다.

〈끝〉

김성종

연세대 정치외교학과 졸업. 1969년 〈조선일보〉 신춘문예에 「경찰관」이 당선돼 등단했으며, 1974년 〈한국일보〉 창간 20주년 기념 장편소설공모에 『최후의 증인』이 당선되면서 본격적인 활동을 시작했다. 평균 시청률 44.3%를 기록하며 국민 드라마로 큰 인기를 끌었던 〈여명의 눈동자〉의 원작자이며, 명실공히 한국 추리문학을 대표하는 소설가다.

주요 작품으로 『최후의 증인』 『여명의 눈동자』 『일곱 개의 장미송이』 『제5열』 『미로의 저쪽』 『제5의 사나이』 『아름다운 밀회』 『국제열차 살인사건』 『백색인간』 『비밀의 연인』 『세 얼굴을 가진 사나이』 『봄은 오지 않을 것이다』 『안개의 사나이』 『후쿠오카 살인』 『늑대소년 다루』 『달맞이언덕의 안개』 『해운대, 그 태양과 모래』 등 50여 편이 있으며, 소설집으로는 『회색의 벼랑』 『어느 창녀의 죽음』 『고독과 굴욕』 등이 있다. 후학 양성과 추리문학 발전을 위해 부산 해운대 달맞이언덕에 세계 최초의 '추리문학관'을 세웠으며, 이는 우리나라 문학관 1호로 해운대의 명소로 자리 잡았다. 한국추리문학대상, 봉생문화상, 부산시문화상, 부산MBC문화대상 등을 수상했고, 한국추리작가협회 회장, 부산소설가협회 회장을 역임했다. 현재는 추리문학관 관장으로, 4층에 있는 그의 작업실에서 작품 구상에 골몰하고 있다.